La fausse épouse du Dr Smythe

*

Seconde chance pour un amour

*

Scandale en pédiatrie

SUSAN CARLISLE

La fausse épouse du Dr Smythe

Traduction française de

C. DUTEIL

BLANCHE

HARLEQUIN

Collection : Blanche

Titre original :
MARRIED FOR THE BOSS'S BABY

Ce roman a déjà été publié en 2016

HARPERCOLLINS FRANCE
83-85, boulevard Vincent-Auriol, 75646 PARIS CEDEX 13
Service Lectrices — Tél. : 01 45 82 47 47 - www.harlequin.fr
ISBN 978-2-2804-5774-3 — ISSN 0223-5056

Composé et édité par HarperCollins France. Achevé d'imprimer en février 2021.
par CPI Black Print - Barcelone - Espagne
Dépôt légal : mars 2021.

FSC
www.fsc.org
MIXTE
Papier issu de sources responsables
FSC® C159065

Pour limiter l'empreinte environnementale de ses livres, HarperCollins France s'engage à n'utiliser que du papier fabriqué à partir de bois provenant de forêts gérées durablement et de manière responsable.

1.

Grant Smythe arpentait avec irritation le vestibule de la maison de son père.

Il était attendu au bloc opératoire ! Le foie qu'il devait greffer avait une durée de vie limitée !

Son père et sa belle-mère étaient enterrés depuis la veille, et la nounou était partie. Où était la nouvelle nurse ? Quand allait-elle se décider à arriver ?

Il vérifia l'heure sur son téléphone.

Elle aurait *dû* être là.

Le bébé geignit.

Agacé, il jeta un coup d'œil à la poussette.

Brett Smythe, son père, l'avait toujours rabaissé, il le prouvait encore avec ce dernier tour de mauvais goût… En fait, il devait se retourner dans sa tombe à la pensée que lui, Grant, s'était vu confier la garde de sa demi-sœur. Il n'avait sûrement jamais eu l'intention de dire à l'enfant qu'elle avait des frères aînés…

Le gémissement se mua en un cri plaintif.

Que se passait-il ? Quelle nouvelle catastrophe allait-il devoir encore affronter ? Il ne s'était pas occupé de nourrissons depuis l'école de médecine, et encore l'expérience avait-elle été brève. Où diable était… Comment s'appelait-elle, déjà ? Sydney ? Sara ? Sharon ?

Le bébé poussa un hurlement strident.

Le bébé. Il était si amer qu'il n'arrivait même pas à appeler l'enfant par son nom.

Il regarda le visage angélique crispé de colère.

Sa sœur. *Lily.* Il n'avait pas le droit de faire supporter à cet innocent poupon le poids de ses vieux différends avec son père.

— Lily, chuchota-t-il.

Elle ferma la bouche et l'étudia d'un air grave.

Il fut surpris par sa beauté. Elle ressemblait beaucoup à Evelyn, sa mère — la femme que, à une époque, il avait voulu épouser. Lily aurait pu être sa fille s'il n'avait pas présenté Evelyn à son père…

La sonnerie du téléphone l'arracha à ses sombres pensées.

Il reconnut le numéro de Léon, son meilleur ami et avocat, qu'il avait chargé de veiller sur ses intérêts et sur ceux de la fillette quand on lui en avait confié la garde provisoire.

— Il semble que l'oncle et la tante d'Evelyn ne plaisantent pas, attaqua Léon sans préambule.

Qu'est-ce qui leur prenait, à ces deux-là ? Pourquoi avaient-ils attendu les funérailles pour annoncer qu'ils comptaient demander la garde de Lily ?

— Evelyn n'a jamais parlé d'eux.

— Peu importe. Ils sont là. Tu devrais envisager de leur laisser Lily. Une adoption serait la solution. On peut s'arranger pour que tu administres le fonds en fidéicommis que son père lui a laissé.

Il sentit son sang se glacer.

La place de sa sœur était avec lui ! C'était important, même s'il ne comprenait pas très bien pourquoi. Croyait-il avoir encore quelque chose à prouver à son père ? Il avait passé toute sa vie d'adulte à s'opposer à lui. Mais il était parti, maintenant, et malgré leurs piètres relations il détestait penser qu'il ne le verrait plus jamais.

— Que connais-tu à l'éducation des enfants ? insista Léon.

Le découragement s'abattit sur lui.

— Que sait-on de ces gens ? demanda-t-il.

— Si on se base sur le rapport préliminaire des services sociaux, c'est le couple idéal pour adopter un enfant.

— Pas moi ni le mode de vie que je peux lui offrir ?

— Pour être tout à fait franc, ça ne compte pas.

— Qu'est-ce qui ferait la différence ?

Léon soupira.

— Les juges préfèrent qu'un enfant soit confié à un couple. Si tu étais marié, ce serait un gros atout. Tu es son parent le plus proche, et tu as les moyens et la capacité de t'occuper d'elle. Je ne vois pas un juge, même le plus conservateur, te refuser sa garde dans ces conditions.

— En somme, tu es en train de me dire que je dois me trouver une épouse pour garder ma petite sœur ?

— Un en mot, oui, rétorqua calmement Léon.

Au volant de sa vieille voiture, Sara Marcum tourna dans l'allée de l'élégant hôtel particulier de Highland Park, le quartier le plus huppé de Chicago.

Le jardin était bien entretenu, chaque brin d'herbe semblait au garde-à-vous…

Elle n'arrivait pas à croire qu'elle avait accepté ce poste !

Kim, une amie infirmière qui travaillait à l'hôpital, l'avait appelée ce soir-là pour lui dire que le Dr Smythe avait besoin d'une nurse de toute urgence. La sachant disponible, elle lui avait donné l'adresse du médecin en lui demandant de s'y rendre immédiatement.

— Tu as un grand cœur, Sara, tu es la seule qui puisse aider ce type, avait insisté Kim. Ce n'est que temporaire, et tu seras très bien payée.

Mais Sara n'était pas une nounou, elle n'avait pas envie de s'occuper d'enfants ! Elle travaillait comme infirmière dans des établissements de soins palliatifs. Actuellement entre deux affectations, elle n'était pas certaine de vouloir continuer ce travail, qu'elle adorait et détestait à la fois. La mort après des semaines de souffrance de M. Elliott, un de ses patients préférés, avait été la goutte d'eau qui avait fait déborder le vase. Elle sentait qu'il était temps de passer à autre chose.

Elle avait besoin de prendre du recul, mais elle ne pouvait pas se permettre de ne pas avoir de revenus. Son père et elle devaient manger et se loger. C'est pourquoi elle avait accepté ce poste de nurse.

Son portable sonna comme elle se garait dans l'allée.

— Salut, papa.

— On a un problème, ma petite.

— Qu'est-ce qu'il y a encore ? demanda-t-elle dans un soupir, lasse de devoir repousser les créanciers.

— M. Cutter vient de passer. Il nous expulse.

— Quoi ? s'écria-t-elle, agrippant le volant. Je lui ai promis de régler l'arriéré de loyer dès que je pourrai. Je lui ai payé un mois entier il y a deux semaines !

— Il connaît quelqu'un qui veut l'appartement.

Elle avait envie de hurler. Cela finirait-il jamais ?

En grandissant, elle avait eu conscience que son père travaillait dur pour joindre les deux bouts. Et, après son accident, leur situation financière était devenue encore plus serrée. Il touchait une pension d'invalidité, rien d'autre. La société qui l'employait s'était arrangée pour prouver qu'il était responsable de l'explosion qui l'avait rendu infirme, et il n'avait eu droit à aucune indemnité. Pour sa part, elle rêvait de devenir infirmière et s'était endettée pour obtenir son diplôme. Il lui avait fallu des années pour rembourser ses emprunts, mais elle avait fini par y parvenir. Pourtant, elle avait toujours du mal à s'en sortir.

— Enfin, papa, il ne peut pas !

— Je le lui ai dit, mais il s'en moque. Il exige que nous ayons vidé les lieux d'ici la fin du mois.

Elle soupira, exaspérée.

Elle était fatiguée de déménager. Et voilà qu'il fallait recommencer. Pour aller où ?

Ils s'étaient pourtant bien débrouillés, à une époque. Elle avait mis de l'argent de côté et elle cherchait une maison à acheter, quand son père avait été victime d'un escroc du télémarketing. Seul à la maison, il était une proie rêvée pour un beau parleur sans scrupule, et toutes ses économies avaient été investies dans un terrain en Floride, qui n'existait pas. Aujourd'hui, une grande part des réserves personnelles de Sara réglait les frais médicaux de son père, et même avec cet emploi de nurse elle arriverait à peine à finir le mois.

— Il faut que j'y aille, papa. Ne t'inquiète pas, je trouverai une solution, affirma-t-elle avant de raccrocher.

Comme elle descendait de voiture, un homme de haute taille sortit de la belle demeure, un minuscule bébé dans les bras.

— Qu'est-ce qui vous a retardée ? aboya-t-il.

Figée, elle soutint son regard.

L'enfant se mit à hurler.

— Je suis désolé, dit-il, haussant la voix pour couvrir les pleurs. On m'attend en salle d'opération. Entrez, je vous prie.

Il s'engouffra dans la maison, laissant la porte ouverte.

Emue par la détresse du nourrisson, elle les suivit à l'intérieur.

— Tenez, fit le Dr Smythe en lui fourrant le bébé dans les bras. Je dois partir.

Elle prit l'enfant, la gorge serrée.

Pourquoi fallait-il que chaque enfant qu'elle prenait dans ses bras éveille en elle cette peur viscérale de s'attacher ?

— Partir ? C'est-à-dire ?

— Je reviendrai plus tard, répondit-il. Vous trouverez tout ce qu'il vous faut à la cuisine et dans la nursery, au premier.

— Docteur Smythe…

— Pas le temps, coupa-t-il. Et, ramassant ses clés sur la desserte du vestibule, il fonça vers la porte.

— Vous ne pouvez pas partir comme ça, protesta-t-elle en lui emboîtant le pas.

— Je n'ai pas le temps de discuter maintenant.

— Vous ne pouvez pas me mettre cet enfant dans les bras et vous en aller ! Revenez…

— Nous parlerons de tout ça plus tard, lança-t-il.

Il sortit, claquant la lourde porte derrière lui.

Ebahie, elle resta plantée au milieu du hall d'entrée, le bébé en pleurs dans les bras.

Elle était outrée par le comportement de cet homme. Il lui avait remis le nourrisson comme un vulgaire paquet ! On ne confie pas un bébé à quelqu'un de façon aussi cavalière !

Mère porteuse, elle avait dû abandonner un bébé une fois. Elle l'aurait gardé si elle avait pu, mais ce n'était pas prévu dans l'accord, et son cœur en restait encore douloureux. Dans quel guêpier s'était-elle encore fourrée ?

Maintenant qu'elle était là, elle n'avait pas d'autre choix que de s'occuper de l'enfant mais, quand ce présomptueux médecin rentrerait, elle mettrait fin à leur accord. Il lui fallait trouver un arrangement pour son père et elle, essayer de faire entendre raison à leur logeur… En tout cas, travailler pour le Dr Smythe n'était pas la solution.

Traversant le vestibule carrelé noir et blanc, elle pénétra dans la salle de séjour.

Elle n'avait jamais vu une pièce aussi peu faite pour un enfant et elle pria silencieusement pour que ce bout de chou ne renverse jamais du jus de fraise sur le beau canapé blanc ou l'élégant tapis ivoire.

Elle ne savait même pas si c'était un garçon ou une fille !

Comme le bébé continuait de gémir, elle le berça doucement.

C'était sans doute l'heure de son biberon. Après l'avoir changé, elle le coucherait pour la nuit. Il y avait une nursery quelque part, mais pour l'instant la cuisine ferait l'affaire. Elle y trouverait de quoi nourrir l'enfant. En se concentrant sur le côté pratique, elle oublierait peut-être l'aspect affectif dérangeant de ce travail ?

Elle s'engagea dans un couloir qui la mena à la cuisine, une pièce spacieuse et claire avec du matériel dernier cri, le rêve de toute ménagère. Les hautes fenêtres donnaient sur une piscine. Un jardin verdoyant dessiné au cordeau s'étendait au-delà, avec une pimpante maisonnette dans le fond.

Elle avait entendu parler du statut social des Smythe, mais elle n'avait pas l'habitude de côtoyer tant d'opulence !

Elle avisa un relax pour bébé dans un coin et y attacha l'enfant avant de se mettre en quête de lait maternisé. En ouvrant le réfrigérateur, elle trouva plusieurs biberons déjà préparés. Elle en prit un et, l'ayant chauffé à la bonne température, posa le siège sur la table et commença à nourrir l'enfant.

Comme par magie, la petite frimousse crispée se détendit et prit une expression angélique.

Sara sentit son cœur se serrer.

Elle aurait tant aimé voir Emily sourire ainsi ! Elle aurait dû oublier tout ça, mais elle n'y arrivait pas. Elle se cramponnait toujours à ces précieux moments où toutes deux ne faisaient qu'un seul être.

Les bras tendus, Grant attendit que l'infirmière lui enfile la blouse chirurgicale verte et la lui attache dans le dos.

Avait-il perdu l'esprit ? Il ne connaissait rien aux bébés. Et voilà qu'il lui en tombait un du ciel ! Le plus surprenant, c'était qu'il comptait se battre pour le garder.

Fils cadet, il avait passé ses années d'adolescence en conflit permanent avec son père, et le divorce de ses parents avait encore empiré les choses. Quand son mari l'avait quittée, sa mère avait été dévastée. Son frère, Eddy, se trouvait alors dans une communauté en Californie, et elle avait reporté sur Grant toute son affection. Heureusement, il l'avait convaincue de suivre une thérapie. Maintenant, elle vivait en Floride et allait bien.

Pour compliquer encore les choses entre Grant et son père, celui-ci avait trouvé le moyen d'épouser Evelyn, la femme dont il était amoureux. Cette trahison lui avait porté un coup fatal. Ces deux dernières années, il n'avait eu que des rapports limités avec son père et Evelyn. Son père faisait des efforts, mais Grant n'arrivait pas à lui pardonner. Et la naissance du bébé avait achevé de le dégoûter.

— Docteur Smythe, on vous attend.

Il poussa la porte battante d'un coup d'épaule et entra en salle d'opération où le patient était déjà sur la table.

— Excusez mon retard, dit-il à la cantonade avant de s'adresser à l'anesthésiste. Tout est prêt, John ?

— Le patient est stable, répondit John.

Grant s'approcha de Jane, qui achevait sa formation en chirurgie avec spécialisation en transplantation d'organes. Un coup d'œil lui permit de constater qu'elle avait déjà commencé à ouvrir le patient.

— Où est le foie ?

— Il sera là dans trente minutes, répondit Jane.

Il inclina la tête.

— Bon. Préparons le patient à recevoir son nouveau foie.

Au bloc opératoire, il contrôlait tout et il était le meilleur. Il appréciait l'ordre qui y régnait. Dehors, la vie était plus compliquée, inattendue. Maintenant que son père et Evelyn n'étaient plus, il devait admettre qu'il se sentait un peu coupable que son père soit mort sans que leur relation se soit apaisée. Il avait été choqué d'apprendre que celui-ci n'avait pas actualisé son testament après la naissance de Lily. Son frère étant indisponible, c'était donc à lui qu'avait échu la garde de Lily. Il ne pouvait pas laisser les services sociaux prendre leur petite sœur. Il ne voulait pas non plus la confier à l'oncle et à la tante d'Evelyn. Et il allait prouver qu'il était digne de s'occuper d'elle.

— Docteur, l'organe est arrivé.

Un homme entra, portant une glacière.

Le rythme allait s'accélérer, maintenant. Il allait devoir mettre toute son énergie dans l'ablation du foie malade et la greffe du nouvel organe. Il n'aurait pas le temps de penser à Lily.

Quand les vaisseaux sanguins furent clampés et le foie malade enlevé, il inspecta l'organe du donneur et, le glissant délicatement dans la cavité abdominale, commença à suturer les vaisseaux.

Le téléphone de la salle d'opération sonna.

— Docteur Smythe, c'est pour vous. Une femme qui prétend être votre nurse.

— Que diable, je ne peux pas lui parler maintenant !

L'infirmière transmit le message.

— Elle insiste.

Il souffla avec exaspération.

— Jane, voulez-vous surveiller le saignement et commencer à refermer pendant que je m'occupe de ça ?

Il se dirigea vers le téléphone, sous les regards perplexes de ses collègues.

Ça ne lui ressemblait pas de prendre une communication au bloc. Il entretenait une bonne relation avec son équipe, mais il était connu pour ne pas tolérer les interruptions pendant les opérations.

— Ça a intérêt à être sérieux, grommela-t-il dans l'appareil. Je suis au milieu d'une opération.

Silence. Puis une voix se fit entendre au bout du fil.

— C'est Sara Marcum. Je suis désolée. J'ignorais qu'on me passerait le bloc opératoire.

— Maintenant que c'est fait, que voulez-vous ?

— Il est tard et, comme nous n'avons pas eu le temps de parler, je voudrais savoir si je dois rester la nuit. Ce n'était pas prévu, mon père m'attend à la maison.

Il n'y avait pas réfléchi en partant de chez lui en catastrophe. Il avait juste supposé…

— Oui, j'aurai besoin de vous toutes les nuits. Si vous pouvez vous débrouiller ce soir, je vous donnerai la liste de vos responsabilités demain. Je vous laisse maintenant.

— Moi aussi, j'ai des responsabilités, docteur Smythe, mais je resterai avec le bébé jusqu'à votre retour.

— Merci.

Il raccrocha.

Quelles responsabilités pouvaient être plus importantes qu'un bébé ou une greffe d'organe ? Mais peut-être cette femme avait-elle aussi des problèmes…

Il allait finir cette opération et rentrer. Pas question de perdre aussi cette nurse.

Retournant à la table d'opération, il haussa les épaules devant les yeux scrutateurs de ses collègues.

— On m'a confié la garde d'un bébé, et j'ai une nouvelle nounou. Peut-on finir le travail, maintenant ?

Sara raccrocha, crispée.

Son appel avait irrité le Dr Smythe, mais il ne lui avait pas laissé le choix en partant si vite. Avec cette expulsion en perspective, elle avait besoin de ce travail, mais elle ne laisserait pas cet homme la traiter avec désinvolture.

Il était temps de trouver la nursery.

Elle prit le bébé dans ses bras et gravit le grand escalier circulaire jusqu'au premier étage. Prenant un couloir, elle poussa chaque porte. Tout au bout, en face de la chambre principale, elle découvrit un petit coin de paradis.

Les murs étaient peints en rose pâle, comme la chambre où elle avait passé son enfance. En grandissant, cette fillette croirait-elle comme elle avoir fait quelque chose de mal pour que sa maman s'en aille ? Elle espérait que non.

Au-dessus du berceau ivoire drapé de tulle rosé, le prénom *Lily* était fixé au mur en lettres blanches.

Un joli nom, simple et pur à l'image du lis.

Elle plongea son regard dans les grands yeux qui la fixaient.

La petite fille portait bien son nom.

Elle n'avait pas pensé à demander comment s'appelait le bébé. Connaître le nom de quelqu'un crée un lien personnel, ce dont elle tenait à se préserver. Mais comment le Dr Smythe avait-il pu lui remettre l'enfant sans le lui dire ?

Le monde médical était petit, elle avait entendu parler du

dynamique jeune médecin connu pour ses talents de chirurgien. Mais, en confiant son bébé à une inconnue avant de filer, il avait fait preuve d'égocentrisme, voire de négligence. Sa mère avait agi ainsi avec elle, et elle avait grandi en se croyant responsable de son départ, un très lourd fardeau pour un enfant.

Elle eut vite fait de changer Lily.

Pendant ses études, elle avait appris à s'occuper des bébés. A l'époque, elle aimait travailler avec eux, même si elle préférait les éviter aujourd'hui.

Prenant Lily qui s'agitait, elle alla s'asseoir dans le rocking-chair près de la fenêtre donnant sur le magnifique jardin et la berça longuement pour la calmer.

Elle pourvoirait aux besoins physiques de la petite fille le temps nécessaire, laissant à son père l'aspect affectif. Elle s'efforcerait de ne pas s'attacher à elle, car elle savait combien la séparation était dure ensuite.

Après avoir couché l'enfant, elle téléphona brièvement à son père et choisit la chambre la plus proche de la nursery pour y passer la nuit. Après cette journée épuisante, elle ne tarda pas à s'endormir.

Grant rentra à la maison vers minuit.

L'opération s'était bien passée, il avait juste envie d'un bon lit pour dormir. Cependant, tout le long du retour à Highland Park, il avait réfléchi à ce qu'il devait faire pour obtenir la garde définitive de Lily.

Il était sur les nerfs depuis la mort de son père. Il avait peur que ses décisions soient plus influencées par l'affect que par la raison. Etait-il le mieux placé pour élever cette enfant ? Ne voulait-il pas prendre soin de Lily pour se venger d'Evelyn qui l'avait trahi ou pour apaiser l'âme de son père mort ? Ce dernier aurait-il été content qu'il s'intéresse à Lily ?

Qu'importent les motivations, il était au moins sûr d'une chose : il serait un meilleur père que lui. Lily n'aurait jamais l'impression de ne pas être à la hauteur, elle n'aurait pas le sentiment d'être mal aimée et se sentirait toujours soutenue, quoi qu'il arrive. Il voulait qu'elle reste avec lui, et si pour ça il devait convoler il le ferait.

L'idée de prendre une décision aussi radicale l'angoissait. Devait-il se marier juste pour la garder ? Et puis, aucune des femmes qu'il avait connues ne pouvait remplir ce rôle, en admettant qu'il en persuade une d'accepter. Elles étaient toutes trop superficielles, trop préoccupées par son argent pour s'intéresser à Lily.

Avec l'oncle et la tante d'Evelyn, Lily aurait un foyer, des parents qui la désiraient vraiment. Lui aussi, il voulait l'enfant. Mais était-il prêt à consacrer les vingt prochaines années de sa vie à une autre personne que lui-même ?

Il frappa le volant de sa paume.

Il voulait que Lily vive avec lui et il se battrait pour la garder, même s'il devait se marier pour ça !

Il se gara sous un des trois auvents situés derrière la demeure et ouvrit la porte de la cuisine.

Le silence régnait dans la maison, mais une lampe était allumée sous le comptoir.

Il y avait longtemps qu'on n'avait pas laissé une lumière allumée dans l'attente de son retour.

Il sortit le lait du réfrigérateur et prit un verre. Il le remplissait quand, tel un lutin, la nounou fit irruption dans la cuisine, armée d'un parapluie.

Il sursauta, renversant le lait qui inonda le comptoir de granite et ruissela sur le sol.

— Bon sang, vous m'avez fait peur ! s'écria-t-il, hargneux.

— Que croyez-vous que j'aie ressenti en me réveillant dans cette énorme maison et en entendant du bruit ?

— Je vous ai dit que je rentrais ce soir.

— Je devais vous croire après la façon dont vous avez filé ?

Il accusa le coup. Il l'avait mérité.

— Je vous dois des excuses, admit-il en la regardant. Pardonnez-moi.

Avec ses grands yeux noisette et ses cheveux ébouriffés, elle retint son attention. Elle portait le même T-shirt et le même jean qu'un peu plus tôt. Apparemment elle se moquait comme d'une guigne de son apparence.

Il s'éclaircit la gorge.

— Si vous preniez un siège pour que nous puissions parler pendant que je nettoie ?

— Il est tard. Vous n'êtes pas fatigué ?

— Si. Mais je ne sais pas si je serai encore là demain matin, dit-il avec un sourire charmant. Je risque de me faire agresser avec ce parapluie…

Elle jeta un coup d'œil à l'objet puis le regarda.

— Quelques minutes, alors. Lily va bientôt se réveiller.

Lily. Son père avait appelé sa fille ainsi en hommage à sa grand-mère. Durant sa relation avec Evelyn, lui-même avait confié à celle-ci qu'il donnerait ce prénom à la fille qu'il aurait un jour, et elle l'avait trahi en choisissant le même pour son enfant, prouvant quel mépris son père et elle avaient pour ses sentiments à lui. Depuis, il se méfiait des femmes et se dévoilait peu avec ses petites amies. En dissimulant ses faiblesses, il risquait moins de souffrir.

Des faiblesses que son père avait su exploiter. D'aussi loin qu'il s'en souvienne, il avait voulu impressionner ce père indifférent que rien ne paraissait satisfaire. Il se détestait de se soucier de son opinion, mais il s'était toujours efforcé de lui plaire. Elever Lily était peut-être une autre façon de lui prouver qu'il était à la hauteur. Quelle ironie ! Son père était mort, et il essayait encore de se montrer digne de lui…

Il prit un torchon et commença à éponger le lait.

La jeune femme dont il avait oublié le nom avait accroché le parapluie au dossier d'une chaise et s'était assise, attendant qu'il parle.

Il jeta le torchon dans l'évier et s'assit en bout de table.

— Je suis désolé, je n'arrive pas à me rappeler votre nom.

Elle fronça ses sourcils joliment dessinés.

— Permettez-moi une mise au point, déclara-t-elle avec sévérité, penchée vers lui. Vous n'êtes même pas sûr que je sois la personne que vous attendiez. Et si j'avais kidnappé Lily ? Vous ne pourriez même pas donner mon nom à la police ! J'espère sincèrement que vous êtes plus sérieux avec vos patients.

Il n'avait pas volé cette remontrance, mais il ne supportait pas qu'elle mette en doute ses compétences médicales.

— Sachez que mes patients passent avant tout pour moi, dit-il sèchement.

— J'ai pu le constater cet après-midi ! Je m'appelle Sara Marcum et je suis là jusqu'à ce que vous engagiez une nounou à plein temps pour Lily. Pour l'heure, elle a bu son biberon, elle a été changée et elle dort. A présent, je vais me coucher car je suis fatiguée. Nous pourrons poursuivre cette discussion demain matin. Bonne nuit.

Quand elle se redressa, sa poitrine tendit son T-shirt. Elle ne portait pas de soutien-gorge, et il ne put s'empêcher de remarquer que ses seins pointaient sous le tissu.

Elle ramassa le parapluie. Il craignit un instant qu'elle s'en serve sur lui, mais elle lui tourna le dos et quitta la cuisine, lui offrant le spectacle charmant de son postérieur haut et ferme moulé dans son jean.

Bon sang ! Comme s'il n'avait pas assez de problèmes entre ses patients, la situation de Lily et la succession de son père, voilà qu'il était maintenant confronté à une nurse autoritaire à la langue bien pendue, trop mignonne pour sa tranquillité d'esprit !

2.

Sara émergea d'un lourd sommeil. Ses yeux mirent un moment à s'habituer à l'obscurité, et il lui fallut plusieurs secondes pour enregistrer les cris de bébé.

Rabattant les couvertures, elle sauta du lit.

Depuis quand Lily pleurait-elle ?

N'étant pas mère, elle n'avait pas cet instinct qui alerte les mamans quand leur petit a un problème. Si sa propre mère l'avait eu, elle ne l'aurait pas abandonnée…

Elle frissonna, chassa ces sombres pensées. Lily avait besoin d'elle.

N'ayant pas de vêtements de rechange, elle avait dormi en T-shirt. Pieds nus, elle pénétra dans la nursery éclairée par la veilleuse, prit Lily dans ses bras et la berça doucement.

Le comportement du Dr Smythe l'irritait, mais elle le plaignait car il devait avoir du mal à se reposer. A trois mois, Lily ne faisait pas encore ses nuits. Sa couche était probablement mouillée, et elle se sentirait mieux après avoir pris son biberon de nuit.

Elle reposa l'enfant dans son berceau pour rassembler de quoi la changer. Comme les hurlements redoublaient, elle lui parla à voix basse pour la calmer. Elle revenait vers le berceau quand une haute silhouette s'encadra à la porte, tel un dieu vengeur portant pour tout vêtement un mini-boxer-short.

— Vous ne pouvez pas la faire taire ? grogna Grant d'une voix endormie.

— Elle a mouillé sa couche, je vais la changer.

— Bon. Je dois partir tôt pour l'hôpital, dit-il en se détournant.

— Je n'ai aucun contrôle sur ses pipis, ne put-elle s'empêcher de remarquer avec une pointe d'acidité.

Après un temps d'arrêt, il se retourna, repoussant une boucle brune de son front.

— Pardon, je suis injuste. Faites ce que vous avez à faire. Je n'ai ni le temps ni l'envie de chercher une autre nurse pour l'instant. Efforcez-vous d'ignorer ma mauvaise humeur.

C'était mieux. Elle ne se laissait pas intimider par qui que ce soit, et il n'était pas question qu'elle permette à ce grand ponte arrogant et dominateur de la traiter par-dessus la jambe.

— Je ferai ce que je peux, mais il faut que nous établissions quelques règles élémentaires.

— Je vais aller à l'hôpital, puis nous aurons cette discussion. Ça vous va ?

— Oui. A présent, si vous voulez bien m'excuser, je vais m'occuper de Lily. Oh ! au fait…

Il s'immobilisa.

— J'apprécierais que vous vous habilliez en ma présence.

Il baissa les yeux.

— Je l'ai fait.

Et il sortit sous son regard ébahi.

Quand Grant pénétra dans la cuisine, Sara avait installé Lily dans son relax sur la table et lui donnait son biberon. Elles semblaient charmées l'une par l'autre.

Il savoura le spectacle en silence, conscient qu'elle avait quelque chose de spécial qu'il n'arrivait pas à définir.

Elle portait toujours ce T-shirt qui mettait ses beaux seins en valeur, et il se rappela sa réflexion de la veille sur sa tenue vestimentaire. Qu'attendait-elle d'un homme arraché au sommeil en pleine nuit ? Qu'il enfile un smoking ? Lui, il ne se plaignait pas.

— Bonjour.

Sara se retourna, surprise.

— J'espère que nous ne vous avons pas réveillé ce matin.

— Je n'ai rien entendu. Il est temps que je parte pour l'hôpital.

— Vous faites beaucoup d'heures, remarqua-t-elle en continuant à nourrir le bébé.

— C'est comme ça quand on développe un programme de transplantation, dit-il en se servant une tasse de café.

— Ça doit être difficile en vous occupant en même temps de votre fille.

Il sentit son cœur se serrer. Il n'avait jamais parlé à personne de la trahison de son père.

— Lily n'est pas ma fille mais ma demi-sœur.

— Votre *sœur* ? s'écria Sara, l'air incrédule. Comment ça ?

Il haussa les épaules.

— De la façon la plus normale du monde : mon père a fécondé sa jeune seconde épouse, et j'ai eu une petite sœur.

Les yeux de Sara s'agrandirent.

— Je l'ignorais. Kim ne m'a rien dit.

Il posa lentement sa tasse.

— Mon père et ma belle-mère se sont tués dans un accident de voiture la semaine dernière.

Sara le fixa, visiblement choquée.

— Je suis désolée de l'apprendre. Je supposais que votre épouse était partie… Je suis navrée.

Leurs yeux se rencontrèrent.

— Vu mon comportement, vous ne deviez pas être tellement surprise que ma femme m'ait quitté… Mais je ne suis pas marié, je ne l'ai jamais été.

Cependant les choses allaient devoir changer.

— Je suis sûre que les parents de Lily seraient soulagés de savoir que vous prenez soin d'elle.

Il détourna les yeux.

Peut-être. Ou peut-être pas.

— J'aimerais le croire. Je veux juste m'assurer que je fais ce qu'il faut pour elle.

— Je ne doute pas que vous le ferez, dit Sara.

Il enregistra malgré lui la légère fêlure de sa voix.

— J'ai besoin d'aide, reprit-il, déconcerté d'éprouver le besoin de se justifier devant cette inconnue. Je ne peux pas m'occuper de Lily en étant tout le temps absent. Vous avez vu comment ça se passe…

— Je comprends, répondit Sara avec sympathie, reportant son attention sur la fillette qui gigotait. Tout le monde n'est pas taillé pour être parent. Il faut juste faire de son mieux.

Qu'en savait-elle ? Il aimait l'idée de plaire à son père en gardant Lily. Sentir que, pour une fois, celui-ci serait fier de lui…

Sa gorge se serra.

Il ne quêtait quand même pas l'approbation d'un mort ! Il devait réfléchir à tout ça à tête reposée.

— Il faut que je la change, dit Sara en prenant Lily dans ses bras avant de quitter la pièce.

S'il ne se hâtait pas, il allait arriver en retard à son travail. Il n'était pas habitué à rencontrer des étrangers chez lui le matin. Même les femmes avec qui il sortait ne passaient pas la nuit dans son appartement. Depuis le décès de son père, sa vie lui échappait complètement. Il était responsable d'un bébé. Pas n'importe lequel, sa petite sœur. Et une parfaite inconnue partageait la même maison que lui.

Sara installa Lily dans son relax, ravie qu'elle soit aussi facile. Sans sa crainte de s'attacher et l'imprévisible Dr Smythe, elle aurait aimé ce travail. Et cela lui faisait peur.

Et puis, il y avait les moments où Grant frôlait l'arrogance, comme la veille, quand il avait fait irruption dans la cuisine à demi nu, ou lorsqu'il avait quitté la maison ce matin sans dire au revoir. Ne pouvait-il au moins faire preuve de la plus élémentaire courtoisie ? Après tout, ils ne se connaissaient pas ! Devant un tel comportement, elle se demandait s'il était sage de continuer.

Quand il rentrerait, elle lui demanderait combien de temps

elle était censée rester et quand elle serait payée. Elle devait commencer à chercher un nouveau logement. En partant d'ici, elle devrait se décider : soit reprendre son travail dans les soins palliatifs, soit se mettre en quête d'un poste paramédical différent. Quoi qu'il en soit, son père méritait d'avoir un foyer agréable et sûr.

Après déjeuner, elle coucha Lily pour sa sieste.

La fillette était une vraie beauté, et dans son sommeil elle ressemblait à un ange.

Quittant la chambre sur la pointe des pieds, Sara gagna le bureau qu'elle avait découvert à l'arrière de la maison.

Avec ses murs lambrissés, ses rayons de livres, son parquet ciré et son salon confortable, c'était l'endroit idéal pour une pause.

Elle s'installa sur le canapé, le *babyphone* à portée de main, et alluma la télévision. Ses yeux ne tardèrent pas à se fermer.

Elle fut réveillée par un bruit de pas dans l'entrée, annonçant le retour du médecin. Elle eut juste le temps de poser les pieds par terre avant qu'il franchisse le seuil.

Son regard fit le tour de la pièce et se posa sur le bureau, empreint d'une expression étrange, proche de la souffrance. Il semblait avoir oublié sa présence. Au bout de quelques instants, il reporta son attention sur elle.

— Allons parler dans le salon, dit-il.

Et il tourna les talons sans lui laisser le temps de répondre.

Quelle mouche l'avait piqué ?

Dans le salon, elle le trouva en train de faire les cent pas devant la cheminée de brique blanche. Elle s'assit dans un fauteuil, et il la regarda, accoudé au manteau de la cheminée.

Essayait-il de l'intimider ? C'était un peu tard pour ça.

Il s'éclaircit la gorge.

— Je voudrais encore m'excuser pour mon départ abrupt hier, mais je ne pouvais pas faire autrement… Un patient m'attendait au bloc. J'apprécie que vous soyez venue vous occuper de Lily sans délai.

— Docteur Smythe, Kim m'a dit que vous aviez besoin de mes services en attendant de trouver une solution définitive. Combien de temps croyez-vous que ça prendra ?

— Appelez-moi Grant. Après tout, nous allons vivre ensemble sous le même toit, dit-il, jetant autour de lui un regard chargé de dégoût. J'ignore combien de temps j'aurai besoin de vous.

Elle allait donc devoir passer plusieurs jours ici ? Avec lui ? A s'occuper de Lily ?

Une bouffée d'angoisse lui comprima la poitrine.

Plus elle resterait avec Lily, plus elle aurait de mal à la quitter. C'était dans sa nature de s'attacher.

Il dut sentir sa réticence.

— Ecoutez, je sais que nous sommes partis du mauvais pied, mais la nurse de Lily m'a laissé en plan, et il me fallait quelqu'un immédiatement...

Il vint s'asseoir dans le fauteuil proche du sien et se pencha vers elle, les coudes sur les genoux, son regard intense accrochant le sien.

— Je vous suis reconnaissant d'être venue. Je vois déjà que vous êtes formidable avec Lily. J'aimerais beaucoup que vous puissiez vous arranger pour rester le temps nécessaire.

Avec ses yeux suppliants et sa voix calme, il était convaincant. Il admettait avoir besoin d'elle, et elle devinait qu'il n'avait pas l'habitude de supplier. Mais pouvait-elle garder une distance affective avec Lily ? Et puis, elle allait vivre avec un inconnu diablement séduisant. Depuis quand sa vie était-elle devenue le scénario d'un feuilleton à l'eau de rose ?

Il s'adossa à son siège et la scruta.

— J'ai cru comprendre que vous êtes infirmière en soins palliatifs.

— C'est exact.

— Un métier difficile, remarqua-t-il, les bras sur les accoudoirs de son fauteuil. Il faut être spécial pour faire ce genre de travail.

Il jouait la carte du charme, à présent. Il était vraiment désespéré. En d'autres circonstances, il ne se serait même pas intéressé à elle. Elle n'était pas son genre. C'était un homme sculptural, sophistiqué, glamour, et elle une femme ordinaire. A part Lily et la médecine, ils n'avaient rien en commun.

— C'est gratifiant, dit-elle du bout des lèvres.

— J'imagine que ça doit être épuisant émotionnellement ?

— En effet, répondit-elle d'un ton bref, n'ayant pas envie d'en parler. J'accepte de rester deux semaines. Pas plus.

— Excellent.

Il se leva en souriant et revint vers la cheminée. Il posa les yeux sur le portrait d'une belle jeune femme qu'elle supposa être la mère de Lily.

— Quelles seront mes fonctions ? demanda-t-elle.

— Je veux juste que vous vous occupiez de Lily.

Elle se détendit.

— Comme j'ignorais que je devrais rester, je n'ai pris aucune affaire personnelle.

— Achetez tout ce qu'il vous faut. A mes frais, dit-il d'un air absent.

Il devait plaisanter. Qui peut donner carte blanche à une femme pour qu'elle s'offre des vêtements ?

— Je vais demander à mon père de me préparer quelques affaires. Pouvez-vous charger un service de livraison de les apporter ici ?

— Donnez-moi votre adresse, je m'en occupe.

— Merci. Je voudrais aussi avoir mes samedis.

Il lui jeta un regard accablé.

— Je m'arrangerai.

— Suis-je aussi responsable de l'entretien de la maison et des repas ?

Il la considéra d'un air perplexe, comme s'il n'y avait jamais pensé.

— Une femme de ménage vient deux fois par semaine. Chargez-vous juste de l'alimentation et du nécessaire pour vous et le bébé. Vous pouvez vous faire livrer. Je mettrai de l'argent à votre disposition.

— Merci. Je veillerai à consigner mes dépenses.

— Je suis souvent absent. Je vous laisse le soin de vous occuper de tout ça. Si vous avez besoin de quelque chose et que vous ne pouvez pas me joindre, contactez mon assistante.

Il sortit une carte de la poche revolver de son pantalon et la lui tendit.

— Au fait, il y a une voiture à votre disposition dans le garage derrière la maison, avec un siège bébé dedans. La clé est accrochée près de la porte de la cuisine. Vous pouvez garer votre véhicule à côté de la berline noire. Il faut que je retourne à l'hôpital, conclut-il avant de sortir.

Elle devait informer son père qu'elle serait absente les deux prochaines semaines. Quand elle lui avait parlé la veille au soir, il avait paru inquiet qu'elle séjourne chez un inconnu, mais il avait compris qu'elle devait rester avec Lily.

Quand elle l'eut au téléphone, il lui parut triste.

— Sara, tu n'as pas à faire une chose dont tu n'as pas vraiment envie ! C'est ma faute si nous sommes dans cette situation. Tu devrais mener ta vie, fonder ta propre famille au lieu de garder l'enfant d'une autre et de te gâcher l'existence à cause de mes décisions stupides.

Elle tressaillit, consciente qu'elle n'aurait peut-être jamais sa propre famille.

— Nous en avons déjà discuté, je ne veux pas revenir là-dessus. Nous sommes dans cette galère ensemble. De toute façon, ça va s'arranger. Je vais nous trouver un nouveau logement. Assez parlé de ça. Papa, pourrais-tu me préparer quelques affaires de rechange ?

— Bien sûr, ma petite.

Elle lui donna la liste de ce qu'il lui fallait.

— Un service de livraison viendra chercher la valise.

— Elle sera prête.

La nuit était tombée depuis longtemps quand Grant regagna la demeure de son père et gara sa voiture à côté de celle de Sara. Le porche était éclairé. Une lumière était allumée au-dessus de la porte de derrière, et une autre brûlait dans la cuisine.

Sara était une personne attentionnée.

Comme il pénétrait dans la cuisine, son attention fut attirée par un papier à l'écriture soignée posé sur le comptoir.

« Je vous prie de me prévenir quand vous venez et quand vous partez. J'aimerais savoir quand il y a quelqu'un dans la maison.

« Sara »

Il avait vécu seul si longtemps qu'il n'avait même pas pensé à l'informer de ses allées et venues.

Froissant le papier, il le jeta dans la poubelle et se dirigea vers l'escalier. Dans sa chambre, il vida ses poches et se déchaussa. En entrant dans la salle de bains commune à sa chambre et à celle de Sara, il vit que la porte de Sara était fermée.

Elle n'avait sûrement pas pensé qu'ils partageraient une salle de bains quand elle avait choisi cette chambre.

Il frappa doucement à la porte.

Pas de réponse.

Il gratta de nouveau, écouta, puis se décida à ouvrir.

Un rai de lumière se découpa sur le sol. Recouverte d'un drap, Sara semblait toute petite dans le grand lit.

— Sara, appela-t-il à voix basse.

Il ne voulait pas l'effrayer, mais elle avait demandé à être prévenue de son arrivée.

Elle se tourna dans son sommeil, et il aperçut ses jolies fesses moulées dans un charmant slip rose. Quand Kim lui avait dit connaître quelqu'un qui pouvait l'aider, il avait supposé qu'il s'agissait d'une femme mûre. Etre attiré par la nounou de Lily ne faisait pas partie de ses plans. Finalement il ne valait pas mieux que son père, songea-t-il avec dégoût. Celui-ci était la dernière personne à laquelle il voulait ressembler, mais ils étaient aussi coureurs l'un que l'autre.

— Sara ? murmura-t-il. Je suis rentré.

Elle se redressa, et il vit qu'elle portait une chemise de nuit légère à fines bretelles. On lui avait donc apporté ses vêtements. Comme elle se tournait vers lui, il entrevit la courbe d'un sein.

Il étouffa un grognement.

Il ne devait pas venir dans sa chambre la nuit au risque de ne pas pouvoir contrôler sa libido. Il ne devait pas l'effaroucher. Leur relation était fragile, et il ne pouvait pas se permettre de la voir rompre leur accord, il avait trop besoin d'une nurse.

— Oh ! très bien. Merci de m'avoir prévenue.

La porte du couloir étant la plus proche, il s'enfuit par là.

A partir de maintenant, il s'arrangerait pour rentrer avant l'heure du coucher ou il lui laisserait une note sur la porte.

Les trois jours qui suivirent, Sara passa son temps à nourrir, changer et baigner Lily en veillant à ne pas la tenir trop longtemps.

Elle savait que si elle s'attardait à contempler son adorable frimousse et à jouer avec elle, elle souffrirait en la quittant le moment venu. Elle ne voulait pas revivre cette épreuve. La première fois, ça s'était mal passé. Se séparer d'Emily lui avait énormément coûté. Elle devait garder une distance affective avec Lily et elle n'avait plus que quelques jours à tenir. Si elle touchait assez d'argent pour payer la caution d'un nouvel appartement sans s'attacher à Lily, elle aurait gagné.

Elle n'avait pas le même problème avec Grant. Elle l'avait peu vu depuis qu'elle était ici. Le matin, ils échangeaient quelques mots, puis il partait travailler sans même embrasser Lily. En dehors du soir où il l'avait réveillée, il n'avait pas passé la nuit à la maison. Chaque matin, elle constatait que le lit de la grande chambre n'était pas défait. Mais Grant était dans la cuisine, tout habillé, et il s'apprêtait à partir travailler quand elle descendait avec Lily.

Il ne passait quand même pas tout ce temps à l'hôpital ?

Elle n'avait pas prévu de dormir seule dans l'immense demeure et elle n'aimait pas ça. Il fallait qu'elle demande à Grant les conditions exactes de leur accord. Il passait probablement ses nuits à prendre du bon temps avec une femme. Avait-il une petite amie ? Dans l'affirmative, ça ne la concernait pas. Il ne l'interrogeait jamais sur Lily et ne s'occupait jamais du bébé quand il était à la maison. Comme si l'enfant lui faisait peur. Veillait-il délibérément à ne pas créer de liens avec elle de crainte de la perdre ?

Le mercredi matin, le téléphone sonna.

Elle ne prit pas la peine de décrocher, mais le répondeur se déclencha, et elle entendit le message depuis la cuisine :

— Madame Smythe, c'est le service de consultation pédiatrique. Je vous rappelle que Lily a rendez-vous aujourd'hui à 14 heures avec le Dr Gomaz pour son bilan des trois mois. Prévenez-nous si vous avez un empêchement. Merci.

Grant ignorait-il qu'elle devait être informée de ce genre de choses ? S'il avait la garde de Lily, il devait penser à ces détails. Mais, puisque la mère de celle-ci était décédée, elle emmènerait la petite à son rendez-vous.

Préparer le bébé dans la précipitation ne fut pas une sinécure. Rien que l'attacher dans son siège auto se révéla une vraie prouesse. Elle avait quitté la maison juste après le déjeuner et elle dut se hâter pour arriver à l'heure au rendez-vous. Pour compliquer les choses, elle conduisait une voiture qu'elle ne connaissait pas. En arrivant à l'hôpital où se trouvaient les consultations pédiatriques, elle fit le tour du parking avant de trouver une place libre à l'étage supérieur. Sortant le bébé de la voiture entre deux véhicules en stationnement, elle renonça à prendre la poussette.

Incroyable ce qu'un petit enfant était difficile à gérer dans le feu de l'action !

Elle pénétra dans le cabinet du médecin quelques minutes à peine avant l'heure du rendez-vous. Heureusement, l'attente ne fut pas longue, et on appela bientôt Lily. Le pédiatre la trouva en parfaite santé et déclara qu'elle avait besoin d'une vaccination. L'injection fut faite par une infirmière souriante, mais Sara souffrit autant que si elle avait reçu la piqûre. Les yeux pleins de larmes, elle câlina Lily en pleurs, la rassurant d'une voix douce. Elle regagnait la réception quand une pensée angoissante la frappa. Elle n'avait aucun moyen de paiement ! Elle avait oublié de demander à Grant sa carte d'assuré social et elle n'avait pas assez d'argent sur son compte pour couvrir le montant de la consultation.

— Pouvez-vous adresser la facture au Dr Grant Smythe ? demanda-t-elle à la réceptionniste.

— Je regrette, le règlement est dû à la visite.

— Je suis la nurse. Ne peut-on trouver un arrangement ?

La réceptionniste secoua la tête.

— Laissez-moi un moment pour passer un appel, dit Sara, rouge d'embarras.

Installant Lily indignée sur son épaule, elle sortit son téléphone et appela Grant.

La sonnerie s'éternisa, et elle commençait à craindre qu'il ne réponde pas quand une voix exaspérée rugit à son oreille.

— Oui ?

— C'est… C'est Sara. Pardon de vous déranger, mais je suis aux consultations pédiatriques…

— Il est arrivé quelque chose ? l'interrompit-il.

— Non, Lily va bien. Elle avait son bilan des trois mois aujourd'hui. Il faut régler la consultation.

Il y eut un profond soupir à l'autre bout du fil.

— Il vous fallait une carte d'assuré.

Lily poussa un hurlement, et Sara se boucha l'oreille.

— Qu'est-ce qu'elle a ? cria Grant dans le téléphone.

— On l'a vaccinée, et elle est fatiguée, répondit Sara, s'efforçant de contenir son irritation.

— Vous avez assez d'argent pour payer ?

— Non. Je viens d'acheter des provisions et, comme je n'ai pas de carte d'assuré, on me demande de régler l'intégralité de la facture.

— J'arrive tout de suite.

La communication fut coupée.

Elle patienta en salle d'attente et s'efforça de calmer Lily en larmes, en se félicitant que l'hôpital soit juste à côté.

Grant arriva dix minutes plus tard, vêtu d'une tenue de chirurgien sous sa blouse d'un blanc immaculé. Allant droit au guichet de réception, il désigna Sara et Lily à l'employée qui sourit sottement.

Tous les regards féminins convergeaient vers lui. C'était un homme saisissant, et sa présence en imposait. Ses épais cheveux bruns, son regard intense et sa haute taille séduisaient, mais c'était surtout son mystère qui subjuguait les femmes… Y compris elle.

— C'est réglé, dit-il en les rejoignant.

— Merci, répondit-elle en se levant. Encore une chose…

Elle lui tendit Lily malgré son regard irrité.

— Tenez-la pendant que je vais aux toilettes, je vous prie.

Grant referma maladroitement les mains autour du torse du bébé qui pleurnichait, jambes pendantes.

Ignorait-il comment tenir un bébé ?

Peu importe. Il allait devoir le faire pendant au moins quelques minutes.

3.

Grant évitait ce genre de situation depuis qu'on lui avait confié la garde de Lily. La tenir lui rappelait qu'elle aurait pu être son enfant, alors qu'elle était celle de son père. Ce père pour lequel il n'avait jamais été assez bien, sauf dans le choix de sa petite amie. Et il la lui avait volée.

Il prit la petite contre sa poitrine et lui tapota le dos.

Elle se calma.

Il s'en félicita, comme tous les occupants de la salle d'attente, probablement. Il observa les yeux brillants de Lily dans sa frimousse au teint de pêche. Un doux gazouillis sortait de ses lèvres, et sa main potelée se referma sur son auriculaire.

Il avait peut-être eu une piètre relation avec son père et sa belle-mère, mais il ne trahirait pas ce petit être. Il avait le devoir de lui donner ce qu'il n'avait pas reçu de leur père. Même si les parents d'Evelyn obtenaient sa garde, Lily aurait toujours son soutien. Elle grandirait en sachant qu'elle avait un grand frère sur lequel elle pouvait compter, qui croyait en elle.

— Vous devez être un père merveilleux. Votre épouse a de la chance, observa la dame aux cheveux gris assise à sa gauche, près d'une jeune mère.

— Je…

Il se tut. Il n'avait pas envie de s'expliquer.

Sara revint sur ces entrefaites.

— Vous auriez dû voir votre mari à l'œuvre, remarqua la dame âgée. Votre bébé s'est calmé à la seconde où il l'a pris contre lui !

Sara posa sur lui ses grands yeux perplexes.

— C'est vrai ?

— C'est vrai, répondit-il avec une satisfaction inattendue.

Sara lui sourit.

— Ce n'est pas si difficile, quand on veut.

Apparemment, elle avait remarqué qu'il gardait ses distances avec sa petite sœur.

— Vous voulez que je prenne Lily maintenant ? Vous devez sûrement retourner travailler.

Il fut irrité par son empressement à le voir partir. Et il s'étonna lui-même en s'entendant répondre :

— J'ai fini ma journée et j'ai faim. Si nous allions manger quelque chose au café du coin ?

— Avec Lily ? dit Sara avec une surprise presque comique.

— Bien sûr. Les parents font ça tout le temps. Deux adultes intelligents doivent pouvoir gérer un bébé de trois mois pendant une heure. Vous avez pris un biberon ?

— Oui, mais…

Il lui tendit Lily, mais celle-ci se remit à pleurer. Il la ramena contre sa poitrine, et elle se calma.

— Vous feriez mieux de la garder, déclara Sara.

Elle se détourna, mais il avait eu le temps de voir sa déception. Comme si elle souffrait que Lily le préfère à elle.

Manquait-elle à ce point d'assurance ?

N'ayant pas le choix, il sortit avec Lily dans les bras, et Sara lui emboîta le pas.

— Au fait, étiez-vous au courant que Lily avait une visite médicale aujourd'hui ? Avez-vous oublié de me le dire ?

— Je l'ignorais. Comment l'avez-vous su ?

— On a téléphoné pour rappeler le rendez-vous.

Il passa Lily d'un bras à l'autre.

— J'ai cherché un calendrier de soins, mais Evelyn n'était pas douée pour les détails, sauf s'il s'agissait de son maquillage.

— Vous êtes dur. Pour cette fois, je passerai sur votre oubli, mais je dois être avertie quand Lily est censée aller quelque part. Et munie d'une carte d'assuré social.

— C'est noté.

Ils passèrent au parking chercher la poussette, et elle le suivit sur le trottoir en poussant celle-ci.

Il lui adressa un sourire narquois.

— Je me moquais des gens qui portent un enfant en poussant une poussette vide, mais maintenant je comprends.

Lily commençait à peser lourd dans ses bras.

En arrivant devant le petit restaurant, il tint la porte ouverte pour Sara.

— Prenons cette table au fond. On sera plus tranquilles.

Sara cala la poussette contre la table.

— Elle dort ? demanda-t-elle.

— Je crois.

Elle se haussa sur la pointe des pieds pour vérifier. Le sommet de sa tête était à quelques centimètres, et il sentit une agréable odeur de rose.

Son parfum ? Son shampooing ?

— Elle dort, confirma Sara. Passez-la-moi, je vais la mettre dans la poussette.

— Je peux le faire, rétorqua-t-il en se demandant quelle mouche le piquait.

— Bien. Je vais régler le siège en position allongée, et avec de la chance elle dormira jusqu'à notre retour à la maison.

La maison. Sara appelait la demeure de son père « la maison ». Ce n'était pas un foyer pour lui, il y restait uniquement pour Lily. Son appartement était une garçonnière de célibataire, et il l'aimait ainsi. En vérité, il ne s'était vraiment senti chez lui nulle part depuis qu'il était enfant. Pour lui, l'hôtel particulier de ses parents était l'endroit où sa mère avait pleuré, supplié son père de ne pas partir. Son frère était déjà dans l'Idaho à l'époque, et Grant avait affronté seul le mariage en décomposition de ses parents.

S'il obtenait la garde définitive de Lily, il lui faudrait trouver un nouveau logement, un bel endroit où Lily pourrait grandir. A moins qu'il ne surmonte suffisamment sa répulsion pour la demeure de son père afin de pouvoir y vivre. Ces derniers jours, ce n'étaient pas les souvenirs qui l'éloignaient de la maison, mais plutôt la jeune femme assise en face de lui.

— Pardon, vous disiez ? demanda-t-il, revenant au présent.

— Je voulais savoir si vous étiez rentré hier soir. Je vous ai attendu pour vous parler, mais il était tard.

— Je suis allé à mon appartement.

— Vous auriez pu appeler, cela aurait été de la plus élémentaire courtoisie.

Il soutint son regard.

— Vous dites toujours le fond de votre pensée ?

— Pas toujours.

— Je ne suis pas rentré avant 1 heure et je me suis dit que vous n'apprécieriez pas que j'appelle aussi tard.

A cet instant, la serveuse s'approcha de leur table.

— Bonjour, docteur, on ne vous a pas vu depuis longtemps.

— Bonjour, Karen. J'ai été pas mal occupé.

— Vous ne m'aviez jamais dit que vous aviez une femme et un adorable bébé !

— Qu'est-ce qu'on prend, Sara ?

Sara lui lança un regard perçant qui le mit mal à l'aise. Le soupçonnait-elle d'avoir flirté avec la jolie serveuse ?

— Je prendrai un sandwich bacon-laitue-tomate et de l'eau, s'il vous plaît, répondit Sara en souriant.

— Et moi un *Reuben* grillé et un soda, je vous prie.

— Je vous apporte tout ça, dit la serveuse.

Elle sourit en contemplant Lily endormie.

— On en apprend tous les jours, ajouta-t-elle en s'éloignant.

Il regarda Sara, qui soutint son regard.

— Je regrette sincèrement ce qui est arrivé à Lily. Et à vous, déclara-t-elle avec une compassion qui le toucha.

— Surtout à Lily. Mon père et moi ne nous sommes jamais entendus.

— Malgré tout, vous devez souffrir, remarqua-t-elle. Il était votre père, après tout.

Il haussa les épaules tristement.

— Ce salaud a gâché la vie de ma mère et la mienne, mais le fait de savoir que je ne le verrai plus me tourmente.

Incroyable. Sara arrivait à lui faire dire des choses qu'il n'avait jamais confiées à personne.

— Il a quand même dû y avoir de bons moments.

Y en avait-il eu avant le divorce ? Les deux dernières années avaient souillé tous les souvenirs précédents.

— Mon père me manquerait s'il disparaissait, admit Sara. Il est ma seule famille et m'a élevée seul. S'il lui arrivait malheur, je ne sais pas ce que je ferais.

Son père lui manquait-il ? Absorbé par Lily, les funérailles, le règlement des affaires de son père et sa rancœur, il n'avait pas eu le temps d'y réfléchir.

— Et votre mère ? demanda-t-il.

— Elle nous a quittés quand j'avais quatre ans, et je ne l'ai pas revue. Elle n'a plus jamais donné signe de vie.

Aussi horribles qu'aient été ses relations avec son père, au moins il avait eu deux parents. Il était resté proche de sa mère, ils se parlaient au téléphone chaque semaine.

— J'en suis désolé.

— C'est comme ça, dit-elle, fataliste.

— Alors, vous avez toujours vécu avec votre père ?

Un pli soucieux se forma sur le front de Sara.

— Oui. Il est handicapé. Il a été victime d'une explosion sur son lieu de travail voilà des années.

Pourquoi s'intéressait-il à sa vie personnelle ? Il n'avait pas besoin de tout savoir sur Sara pour qu'elle s'occupe de Lily. Ce n'était peut-être pas une bonne idée de partager un repas avec elle, tout compte fait. Il ne s'impliquait jamais dans la vie des femmes qu'il rencontrait. Il n'avait pas confiance. Moins une femme en savait sur lui, moins il avait de risques de souffrir.

— Avez-vous trouvé une nurse pour me remplacer ? demanda-t-elle sans le regarder.

— Non.

— Avez-vous cherché ? Les deux semaines arrivent bientôt à leur terme.

— Je pensais que je pourrais peut-être vous convaincre de rester un peu plus, dit-il en soutenant son regard.

— Ce n'était pas notre accord.

— Je sais. Mais je ne peux pas me passer de votre aide. N'avez-vous pas besoin de cet argent ? Si vous restez, je vous récompenserai royalement, insista-t-il.

Elle détourna la tête en rougissant.

— Là n'est pas la question. Le propriétaire de l'appartement que nous louons nous expulse. Mon père doit avoir quitté les lieux avant samedi prochain.

— Où comptez-vous aller ?

— Je ne sais pas. Je n'ai pas eu le temps de chercher. Je suppose que nous irons à l'hôtel en attendant.

La serveuse leur apporta leur commande et s'éloigna.

— De toute façon, vous avez assez de souci avec Lily. C'est mon problème, et je le réglerai, dit Sara avec fermeté.

Visiblement, elle n'avait plus envie d'en parler.

Ils mangèrent en silence. Il venait de terminer son sandwich quand Lily commença à s'agiter.

— Ça ne vous ennuie pas de lui donner son biberon pendant que je finis de manger ? demanda Sara, sortant le biberon du sac pendu à la poussette.

— Elle ne peut pas attendre ?

— Si, environ trois secondes. Après quoi, elle hurlera assez fort pour vous exploser les tympans. Pourquoi ne voulez-vous pas la prendre ? Vous l'avez bien fait tout à l'heure. Il s'agit juste d'un biberon, c'est elle qui fait tout le travail.

— Je suppose que je pourrais.

— Merci. J'aurai fini dans une minute. Je changerai sa couche, et nous vous laisserons tranquille.

— Je ne travaille plus de la journée. Ça ne me dérange pas.

— J'aurais juré le contraire.

Cette fille commençait à lui taper sur les nerfs…

— Eh bien, vous vous trompez.

Elle posa le biberon sur la table devant lui comme si elle le défiait d'admettre qu'il avait peur de nourrir Lily. Soudain, elle éclata de rire, et le son cristallin glissa sur lui comme une caresse.

— On croirait deux gamins qui se chamaillent !

Il se surprit à sourire, ce qui ne lui était pas arrivé depuis longtemps. Soulevant Lily de la poussette, il l'installa au creux de son bras.

— C'est mon premier biberon. Qu'est-ce que je fais ?

— Approchez la tétine de ses lèvres, elle fera le reste.

Lily cessa de pleurer dès qu'elle eut la tétine dans la bouche. Il leva vers Sara un visage radieux.

— Je vous l'avais dit, déclara-t-elle. C'est facile.

Quand Lily eut fini de téter, elle se leva.

— Passez-la-moi. Je vais aller aux toilettes lui faire faire son rot et changer sa couche.

Elle se pencha pour prendre l'enfant, et son parfum de rose l'enveloppa, troublant ses sens. Elle était sûre d'elle, impossible de ne pas lui faire confiance.

— Vous savez vous y prendre avec les enfants, observa-t-il.

Le visage de Sara refléta une surprise mêlée de regret.

— J'ai fait beaucoup de baby-sitting étant jeune.

Il la regarda s'éloigner, parfaite image de maternité, le bébé blotti contre elle.

Il lui fallait une épouse. Sara allait être expulsée.

S'il lui offrait un logement, accepterait-elle de l'épouser sur la base d'un accord où chacun trouverait son compte ?

L'idée était insensée. Mais, d'après Léon, il devait être marié pour avoir une chance de garder Lily. On fait des choses folles en désespoir de cause. Il n'avait rien à perdre à lui poser la question. Au pire, elle le giflerait et tournerait les talons.

Il devait y réfléchir.

Sara avait du mal à croire qu'elle travaillait pour Grant Smythe depuis presque deux semaines.

Bientôt, elle partirait. Samedi, son père et elle déménageraient leurs affaires dans un hôtel bon marché et passeraient le reste de la journée à chercher un nouveau logement. Grant devrait se débrouiller seul avec Lily ou trouver une nounou pour la journée. Ce n'était pas son problème. De toute façon, elle avait besoin de s'éloigner de l'enfant. Elle espérait que ce déménagement détournerait ses pensées du plaisir qu'elle éprouvait à jouer les mamans.

Elle eut un sursaut de surprise en voyant Grant entrer dans la cuisine avec deux sacs de plats chinois qu'il posa sur la table.

— J'ai pensé que vous aimeriez peut-être des plats cuisinés.

— J'adore la cuisine chinoise.

Elle installa Lily dans son relax à côté d'elle.

— Je prépare du thé, ça vous va ?

— Parfait.

Quand elle revint avec des tasses, Grant avait disposé sur la table des boîtes en carton blanc.

— Fourchettes ou baguettes ? demanda-t-il.

— Baguettes.

— Je suis impressionné, dit-il, approbateur. Je n'ai jamais su m'en servir.

S'efforçait-il d'être agréable ?

— Un chirurgien qui ne sait pas manier des baguettes ?

— Donnez-moi un scalpel, et vous verrez.

— On ne peut pas être bon partout, admit-elle en prenant les baguettes qu'il lui tendait.

— J'imagine que non.

Pensait-il aux espoirs que son père avait mis en lui ?

Elle le regarda enfourner une bouchée de porc au caramel. Il avait une belle bouche, pleine et généreuse. Et des rides d'expression, comme s'il riait souvent.

— Je suis contente que vous soyez rentré tôt à la maison.

— Ce n'est pas « la » maison, pour moi. J'ai un appartement en ville. Nous sommes là uniquement pour Lily.

— D'accord. Je vois que c'est un sujet douloureux.

— Vous avez la langue bien pendue…

Elle haussa les épaules.

— Puisque vous êtes là, je dois vous parler d'une ou deux choses. J'ai besoin d'argent pour faire des achats pour Lily. Et je vous rappelle que je prends ma journée samedi… Je vous l'avais dit, précisa-t-elle devant son air accablé.

— Je m'en souviens. Je m'occuperai de Lily. Retrouvez-moi dans le bureau de mon père après l'avoir couchée, je vous ferai un chèque.

Grant ne savait pas à quand remontait son dernier repas en bonne compagnie dans une cuisine. Le soir, il jouait au poker avec des collègues, sortait avec une amie ou assistait à un événement sportif. Pourquoi avait-il décidé de rentrer plus tôt à la maison ce soir et d'apporter le dîner ? « La maison ». Il n'avait pas appelé cet endroit ainsi depuis des années.

Il s'approcha sans entrain du bureau de son père.

Il n'aimait pas cette pièce. C'était là que son père avait passé son temps à contester ses décisions concernant ses amis, son école, son choix de carrière… Là aussi qu'il lui avait annoncé qu'il divorçait de sa mère. Il croyait avoir dépassé tout ça, mais retrouver l'espace personnel de son père avait tout fait remonter.

Il baissa les yeux vers le fauteuil en cuir.

La dernière fois qu'il s'y était assis, il n'était qu'un enfant sur les genoux de son père. Une semaine plus tôt, il n'aurait même pas considéré ça comme un vrai souvenir. Qu'est-ce qui avait changé ?

Il posa le chéquier sur le bureau.

Sara entra et attendit qu'il remplisse le chèque.

— C'est ma pièce préférée, remarqua-t-elle. En dehors de la cuisine, c'est la plus accueillante, la plus confortable.

— Pas pour moi, dit-il d'un ton sec.

Avait-il perdu l'esprit ? Il n'allait pas lui confier ses états d'âme à propos de cette pièce !

— Pourquoi ? Ce bureau vous va bien, déclara-t-elle.

Il lui tendit le chèque et s'approcha des rayons de livres.

— C'est là que mon père me mettait sur la sellette.

— Oh ! je comprends que vous ne l'aimiez pas, alors.

— Ce que je faisais n'était jamais assez bien pour lui. Mes notes, les filles avec qui je sortais, le parti pris que j'avais pour ma mère au moment du divorce, la liste est infinie. Avez-vous remarqué qu'il n'y a aucune photo de mon frère et de moi dans cette maison ? s'enquit-il avec amertume.

— J'ignorais que vous aviez un frère.

— Dans cette demeure, nous n'existons pas. Il nous avait effacés de sa vie. Ou il avait laissé Evelyn le faire. Peu importe.

— Je pense que ça importe, au contraire, répondit Sara en s'approchant, posant brièvement la main sur son bras.

Il se détendit et en fut surpris.

— Où est votre frère ? demanda-t-elle.

— Il vit dans l'Ouest. On se voit une fois par an.

— J'ai toujours voulu avoir des frères et sœurs, observa-t-elle en s'éloignant. Au moins, il vous reste votre mère et lui.

— Savez-vous pourquoi votre mère vous a quittés ?

— Non, admit-elle, le dos tourné. Mon père était au travail quand elle est partie. Elle ignorait qu'il faisait des heures supplémentaires ce soir-là, et il est rentré tard à la maison.

— C'est pour ça que vous n'aimez pas rester seule… Elle n'aurait jamais dû faire ça, dit-il avec colère.

— Non. Qu'elle parte, c'était terrible, mais qu'elle me laisse seule, c'était pire.

— Certains parents n'ont pas conscience de ce qu'ils font à leurs enfants.

Elle se tut un moment avant de remarquer :

— Nous sommes une paire plutôt dysfonctionnelle pour nous occuper d'un bébé, non ?

— Certes. Mais Lily aura une meilleure jeunesse que moi déclara-t-il avec conviction.

Plus tard ce soir-là, Léon téléphona pour demander à Grant de se joindre à lui pour une partie de golf le samedi suivant. Devant garder Lily, Grant déclina l'invitation.

— Alors, tu t'es décidé à prendre femme ? demanda Léon.

— Non.

— Ne tarde pas. Plus tôt tu donneras l'image d'un honorable père de famille, mieux ça vaudra.

— Que suis-je censé faire ? Courir dans la rue demander la main de la première venue ?

— Allons, Grant ! Tu n'as jamais eu de mal à trouver une femme quand tu en voulais une.

— Bon sang, Léon, il s'agit de me *marier*, là !

— Je sais. Et aussi de gagner la garde de Lily. Ça va de pair.

— J'ai quelqu'un en tête, répondit Grant avec un soupir.

Il passa les heures suivantes à examiner les affaires de son père en réfléchissant à sa conversation avec Léon.

Il devait se décider vite s'il voulait se marier.

Il gagna la cuisine où Sara préparait les biberons du lendemain, s'affairant comme si elle était la maîtresse de maison.

Il ne voyait pas de meilleure candidate. Elle était géniale avec Lily et gérait parfaitement la maison. Et ils s'entendaient plutôt bien.

Ils pouvaient peut-être conclure un marché…

4.

Se retournant, Sara vit que Grant l'observait depuis la porte de la cuisine.

— Sara, vous voulez bien venir vous asseoir une minute ? demanda-t-il en se dirigeant vers la table.

Elle sentit naître une appréhension. Que se passait-il ? Il lui avait paru un peu morose dans le bureau et, maintenant, il avait une expression bizarre.

Elle s'essuya les mains sur un torchon et le rejoignit.

Il la scruta.

— Avez-vous un endroit où vous installer, demain ?

Elle ne s'attendait pas à ça. Elle lui avait vaguement parlé de son expulsion, mais pourquoi aborder la question maintenant ?

— Nous irons dans un motel le temps de trouver mieux.

— Avez-vous un petit ami ? Un compagnon ? Un époux ?

Elle le fixa, interloquée. La discussion devenait personnelle, et ça la mettait mal à l'aise.

— Je ne vois pas où vous voulez en venir.

— Je ne voudrais pas qu'il y ait un problème avec votre emploi du temps.

Sous-entendait-il qu'elle ne se consacrait pas assez à Lily ? Elle partait bientôt. Pourquoi s'en soucier maintenant ?

— Je vous assure que Lily a toujours bénéficié de toute mon attention, et ça continuera jusqu'à mon départ. Et, bien que ça ne vous regarde pas, je n'ai pas d'amoureux.

— C'est de ça que je voulais vous parler.

— De ma vie amoureuse ? s'écria-t-elle, ébahie.

— Oui. Non. En quelque sorte.

Elle voulut se lever, mais Grant tendit la main pour la retenir.

— S'il vous plaît, écoutez-moi.

— Allez droit au but, j'ai du mal à suivre.

— Y a-t-il une raison qui vous empêche de vous marier ? demanda-t-il gravement, comme si c'était capital pour lui.

Il commençait sérieusement à lui faire peur. Il avait l'air d'un type normal, pourquoi ces questions irrationnelles ?

— Non. Pourquoi ?

— La famille de ma belle-mère veut me prendre Lily, dit-il posément. D'après mon avocat, je dois me marier si je veux espérer la garder. Ça peut paraître insensé, mais pourriez-vous envisager de m'épouser ?

Elle se raidit et se leva d'un bond, manquant entrer en collision avec lui.

— Vous plaisantez ! Vous êtes fou ! Vous ne vous rappelez même pas mon nom quand je suis arrivée ! Nous nous connaissons à peine. Vous devez avoir un ego surdimensionné pour croire que je puisse vouloir vous épouser sous prétexte que je vous ai vu en sous-vêtements et que nous avons partagé deux repas !

— Vous ne comprenez pas. Ce serait juste un arrangement d'affaires. Un mariage sur le papier. Dès que j'aurai la garde de Lily et que j'aurai trouvé une nurse permanente, nous partirons chacun de notre côté. Ce serait une bonne solution pour vous. Car, si vous m'épousez, je vous achèterai la maison de votre choix.

Elle se figea.

Une maison ? Il lui achèterait une *maison* ? Plus de minables appartements en location, plus de risques d'expulsion ?

— Vous avez perdu l'esprit, dit-elle en secouant la tête.

Mais l'offre était tentante. Elle ne s'inquiéterait plus pour le confort de son père. Il n'y aurait plus de déménagements. Elle admirait Grant d'aller jusque-là pour garder Lily. Il tenait vraiment à l'enfant.

— Nous ne nous connaissons même pas.

— Ce n'est pas nécessaire. Je vaquerai à mes affaires, et vous vous occuperez de Lily, comme maintenant. Il faudra juste tenir jusqu'à l'audience du tribunal.

— Elle est prévue pour quand ?

— Je l'ignore, répondit-il, plus détendu. Dans un mois, peut-être.

C'était loin. Le mariage, même blanc, était un engagement qu'elle n'était pas sûre de pouvoir prendre. C'était pour ça qu'elle n'avait pas de petit ami : elle ne s'engageait jamais dans une relation par peur d'être abandonnée. Supporterait-elle de passer tout ce temps avec Lily sans avoir le cœur brisé en partant ? Cela valait-il la peine de souffrir autant, juste pour avoir une maison ?

— Je ne sais pas…

Déjà, elle n'avait écouté que son bon cœur en portant Emily et elle avait eu beaucoup de chagrin quand elle avait dû l'abandonner. En acceptant la proposition de Grant, elle s'exposait à de nouvelles peines. C'était énorme d'enfanter un bébé, mais *se marier* ?

— Vous seriez une mère idéale pour le tribunal. J'ai déjà pu constater que vous étiez parfaite avec Lily. Je crois que nous pouvons nous entendre un mois ou deux.

— Vous ne pouvez pas demander à une autre femme ? Je ne crois pas pouvoir tenir ce rôle.

— J'admets que c'est une solution extrême, mais mon avocat affirme que c'est ma seule chance de garder Lily. Je ne vous l'aurais pas demandé s'il y avait une autre option.

Sans trop savoir pourquoi, elle était blessée qu'il la demande en mariage pour garder Lily. Elle avait l'idée désuète qu'il fallait s'aimer pour ça. Il aurait été si facile de dire oui s'il avait tenu à elle ! Ne pouvait-on pas la vouloir pour elle-même, au lieu de se servir d'elle ?

— S'engager envers quelqu'un qu'on ne connaît pas est une décision grave.

Etre mère porteuse aussi. Cela vous change à jamais.

— Pour moi aussi, observa-t-il.

Si elle acceptait, son père aurait un logis à lui. Il serait installé une fois pour toutes. Elle pourrait peut-être enfin être heureuse et ne plus s'inquiéter pour lui.

— Alors, vous acceptez ?

L'offre était tentante. Trop tentante. Non, elle n'allait pas de nouveau s'impliquer dans la vie de quelqu'un d'autre !

Mais c'était pour aider Lily et son père…

Soudain, sa décision fut prise : elle ferait ce sacrifice et en supporterait les conséquences le moment venu.

Elle acquiesça avec réticence.

— Super, lança Grant, les yeux brillants. Je prendrai des dispositions demain matin pour qu'un camion de déménagement vienne chercher vos affaires samedi. Que votre père ne s'inquiète de rien, il s'installera ici en attendant que vous trouviez une maison à votre goût.

Apparemment, il avait tout prévu.

— Merci. Il appréciera, dit-elle sans conviction.

Il se tourna vers elle.

— Je vous demande de mettre votre vie entre parenthèses pour moi, c'est le moins que je puisse faire ! Dans cette demeure, nous avons largement la place.

— Papa ne peut pas monter les escaliers.

— Je pensais l'installer dans la maison d'invités près de la piscine. Ainsi, il se sentira chez lui.

— Merci, murmura-t-elle, tout étourdie. Ce sera génial.

— Alors, topons là.

Elle considéra la grande main que Grant lui tendait et y glissa la sienne avec un étrange sentiment de sécurité. Comme si Grant allait prendre soin d'elle.

— Marché conclu.

— Bien sûr, cet accord doit rester strictement confidentiel. Personne d'autre ne doit savoir.

— Comment vais-je expliquer tout ça à mon père ?

— Dites-lui que nous avons eu le coup de foudre. Je vais prévenir mon avocat que c'est réglé, répondit-il en sortant.

Elle se passa la main sur le front.

Si elle avait été emportée par une tornade, elle n'aurait pas été plus secouée. Dans quel pétrin s'était-elle fourrée ?

A présent, il lui fallait appeler son père. Que pourrait-elle lui dire de crédible ? Elle détestait mentir. Elle espérait que, heureux d'avoir un toit, il oublierait qu'elle épousait un inconnu. Elle ne pensait pas pouvoir le convaincre qu'elle avait aimé son employeur au premier regard, mais elle essaierait.

Avec son père, elle choisit soigneusement ses mots.

— Je serai là pour t'aider à emballer les affaires samedi matin, et le camion de déménagement arrivera l'après-midi, conclut-elle.

— Je suis un peu sous le choc, mais je suis heureux pour toi, ma petite fille !

Elle raccrocha en regrettant de ne pouvoir partager son enthousiasme.

Le samedi matin, Grant s'éveilla en sueur, étreint par une angoisse incontrôlable.

Il allait passer la journée seul avec Lily et il ne savait même pas s'occuper d'un bébé !

Sara finissait de donner son biberon à Lily quand il entra dans la cuisine.

— Je vous laisse prendre la relève, dit-elle en emportant le biberon dans l'évier.

Il se figea, glacé. Il commençait *maintenant* ?

Son cœur s'affola. Il préférait faire deux opérations en même temps que rester seul toute une journée avec un bébé.

Sara tourna la tête et le dévisagea.

— Il y a un problème ? Vous êtes tout pâle.

— Je… Je ne crois pas pouvoir gérer Lily seul toute la

journée. On ne peut pas venir avec vous ? demanda-t-il d'un ton pitoyable.

— Hein ?

— Je ne pense pas qu'il soit prudent de me la confier toute la journée. Je ne sais pas m'occuper d'un bébé. Nous ne resterons pas dans vos pattes, s'empressa-t-il d'ajouter. De toute façon, les déménageurs feront tout le travail. Je nourrirai Lily et la changerai. J'ai juste besoin de savoir que j'ai un soutien si quelque chose tourne mal.

Grant plaisantait-il ? Il n'en avait pas l'air. Sara n'avait jamais vu quelqu'un d'aussi angoissé. S'ils partaient immédiatement, elle pourrait finir tout ce qu'elle avait à faire avant l'arrivée des déménageurs. La présence de Grant et Lily la gênerait sans doute, mais il lui faisait pitié.

— Si vous y tenez.

Le visage de Grant s'illumina.

— Prenons le véhicule utilitaire, nous aurons plus de place, déclara-t-il. Et vous pourrez y mettre les affaires que vous ne voulez pas confier aux déménageurs.

Son enthousiasme arracha un sourire à Sara.

C'était mieux que la mine terreuse qu'il arborait quelques instants plus tôt !

— Je crains que vous ne passiez une journée ennuyeuse.

— Ce sera toujours mieux que celle que Lily et moi aurions passée ici sans vous.

— Eh bien, d'accord, dit-elle.

Il devrait cependant apprendre à se débrouiller seul, car elle ne serait pas toujours là.

— Génial. Dites-moi comment préparer Lily.

— Vous devez la changer et l'habiller, répondit-elle, consciente que la journée allait tourner au cauchemar si elle passait son temps à lui expliquer quoi faire.

Il lui jeta un regard perplexe.

— Montez à la nursery et commencez à la déshabiller, lâcha-t-elle avec agacement. Je vous rejoins dès que j'ai fini.

— Très bien. Mais ne tardez pas trop.

Avec un soupir, elle nettoya le biberon.

Elle allait avoir du mal à assurer si elle devait faire ses cartons et surveiller Grant et Lily en même temps !

Quand elle entra dans la chambre, Grant avait déshabillé Lily, et ses vêtements s'entassaient par terre. Il s'efforçait de lui mettre une couche propre.

Allons, la situation n'était peut-être pas désespérée. Au moins, il essayait.

Allant vers la commode, elle sortit une tenue pour Lily.

— C'est fait ! déclara Grant en levant les mains, comme s'il venait de réaliser un exploit.

Elle s'approcha pour jeter un coup d'œil.

Tout était de guingois, les attaches dirigées vers l'arrière au lieu d'être vers l'avant. Mais la couche était mise.

— Beau travail, dit-elle, encourageante, en lui tapotant le dos.

Il avait un dos ferme, musclé. Puissant.

Elle frémit, troublée.

— Passez-moi ses vêtements, pria-t-il, inconscient de l'effet qu'il produisait sur elle.

Elle lui tendit la grenouillère qu'elle avait choisie.

— Pour un homme qui commence juste à savoir la tenir, vous ne vous débrouillez pas si mal, commenta-t-elle avec un sourire railleur.

Une demi-heure plus tard, ils s'apprêtaient à monter dans la camionnette, quand Grant étouffa un juron.

— Quoi ? demanda-t-elle innocemment.

— Je vais devoir déplacer le siège enfant. Je n'aurais pas dû le mettre dans l'autre voiture. Il faut un diplôme d'ingénieur pour installer ce truc-là.

Sara éclata de rire.

— J'ai essayé de vous le dire.

Elle se demanda depuis quand elle n'avait pas ri d'aussi bon cœur. C'était agréable. Libérateur.

— Je vais attendre sur les marches avec Lily pendant que vous vous attelez à cette tâche insurmontable.

— Vous pourriez au moins proposer de m'aider.

— Vous voulez ? s'enquit-elle, faisant mine de lui tendre Lily.

Il carra exagérément les épaules.

— Et rater une occasion d'étaler ma supériorité de mâle ? Installer un siège bébé, ce doit être l'équivalent moderne de rapporter la viande pour un homme des cavernes. Je m'y colle !

Pouffant joyeusement, elle alla patienter sous la véranda avec Lily. Elle ignorait que Grant pouvait être aussi drôle.

Il mit moins de temps qu'elle ne le craignait. Il tempêta et lâcha quelques jurons incendiaires, mais le siège fut enfin fixé.

— Mon héros, murmura-t-elle en y installant Lily.

— J'ai entendu…

— Prenez la direction d'Englewood, dit-elle comme ils quittaient l'allée.

Il tourna à droite.

— Parlez-moi de votre père, demanda-t-il.

— Eh bien, il aime la lecture, les mots croisés et le sport. Il travaillait dans un atelier d'usinage avant son accident.

— Que lui avez-vous dit à propos de nous ?

Y avait-il vraiment un *nous* dans un mariage blanc ?

— Que nous allions nous marier. Je n'ai pas eu à lui fournir trop d'explications, il était si préoccupé par le déménagement qu'il n'a pas posé beaucoup de questions, mais il le fera tôt ou tard. Je lui ai dit que c'était un coup de foudre.

— Et quand il apprendra la vérité sur ce mariage ?

— Ça ne lui plaira pas, mais il comprendra. Il est mon plus grand fan.

— Ça a dû être agréable de grandir auprès d'un père pareil, remarqua Grant, une pointe de regret dans la voix.

— C'est vrai. Je suis navrée des mauvais rapports que vous entreteniez avec le vôtre.

— J'ai appris à avancer, répondit-il en haussant les épaules.

Elle en doutait. Il était écorché vif quand il évoquait son père. Mieux valait changer de sujet.

— Parlez-moi de la mère de Lily, dit-elle. J'ai vu son portrait au-dessus de la cheminée. Elle était très belle, et visiblement beaucoup plus jeune que votre père.

— En effet. De vingt-cinq ans.

— Intéressant. Où un homme de cet âge rencontre-t-il une femme aussi jeune ?

— Quand son fils l'amène à la maison. Evelyn était *ma* petite amie, au départ.

Elle regarda Grant, saisie. Elle comprenait mieux sa rancœur envers son père.

— Pas étonnant que vous ayez eu tant de mal à vous rapprocher de Lily ! Ils vous l'ont confiée ?

— Pas exactement. Ils n'ont pas eu le temps de préparer un nouveau testament. Il n'y avait personne d'autre pour s'occuper d'elle.

— Alors, pourquoi vous donner tant de mal pour la garder ? Pourquoi aller jusqu'à épouser une inconnue et lui offrir une maison ? Si l'oncle et la tante d'Evelyn sont gentils, il vaudrait peut-être mieux les laisser l'adopter. Vous pourriez toujours lui rendre visite.

Ça n'avait pas marché pour elle. Emily lui manquait toujours autant. Elle n'avait fait que la porter, mais cela n'y changeait rien. Grant aurait-il les mêmes regrets s'il renonçait à Lily ?

— Lily est ma responsabilité. Je suis son frère, sa famille, dit-il d'un ton sans réplique.

Le silence retomba dans la voiture, uniquement rompu par les indications qu'elle lui donnait pour trouver le chemin.

Grant se demandait pourquoi il avait parlé d'Evelyn à Sara. C'était la première fois qu'il évoquait son humiliation devant quelqu'un. Quel pouvoir cette femme avait-elle sur lui pour qu'il se comporte de façon aussi inhabituelle ?

Sara lui indiqua l'entrée d'une résidence et désigna un parking devant un immeuble, où il alla se garer.

— Je prends Lily, dit-elle en débouclant sa ceinture. Sortez la poussette et le sac de couches.

— Attendez une minute…

Elle lui lança un regard interrogateur.

— J'ai réfléchi, il faudrait que nous ayons l'air amoureux devant votre père. Vous savez, qu'on se touche, qu'on s'embrasse, comme un couple sur le point de convoler.

Dans toute autre circonstance, il aurait éclaté de rire devant l'expression horrifiée de Sara.

— Allons, Sara, ce n'est pas si terrible !

— Vous avez peut-être raison, chuchota-t-elle.

— Vous ne croyez pas que nous devrions nous exercer, pour que vous… Pour que tu n'aies pas l'air surprise quand je t'embrasserai devant lui ?

— Vous… Tu comptes faire *ça* ?

— Il croit qu'il s'agit d'un mariage d'amour, non ?

Elle scruta ses lèvres, le mettant mal à l'aise. Il était habitué à ce que les femmes mendient ses baisers, et elle agissait comme une condamnée à mort !

— Je suppose qu'on pourrait. Mais il ne faut pas se laisser emporter.

— Je promets de ne pas me laisser emporter si tu ne le fais pas.

Il se pencha vers elle, et elle resta pétrifiée. Ses lèvres étaient tendres, appétissantes. Il dut prendre sur lui pour se contenter de les effleurer.

— Bon, nous avons beaucoup à faire, il faut y aller, dit-elle en ouvrant la portière.

Il avait envie de la ramener à lui et de lui donner un vrai baiser. Il éprouva une certaine satisfaction en remarquant qu'elle tremblait en débouclant la ceinture de Lily. Ce chaste baiser l'avait troublée malgré tout.

Quelques instants plus tard, ils remontaient l'allée menant à l'immeuble quand un petit homme dégarni se précipita vers eux, venant d'un bâtiment voisin.

— Mademoiselle Marcum !

— C'est le propriétaire, annonça Sara.

Grant arrêta la poussette pour qu'elle puisse y mettre Lily.

— Mademoiselle Marcum, vous partez bien aujourd'hui ?

— C'est pour ça que je suis là. Le camion de déménagement arrive cet après-midi.

— Bien. J'espère que vous laissez l'appartement dans l'état où vous l'avez trouvé, dit l'homme, acide.

Grant s'avança avec la poussette pour attirer son attention.

— Je vous suggère de rester à l'écart de Mlle Marcum et de son père le reste de la journée, lâcha-t-il sèchement en sortant de son portefeuille quelques billets qu'il lui tendit. Cela devrait couvrir les problèmes que vous pourriez inventer… je veux dire « trouver ». A présent, excusez-nous, ma fiancée et moi avons des cartons à faire.

Sara s'éloigna en poussant la poussette, et il la suivit.

— J'aurais pu régler ça toute seule, souffla-t-elle.

— Oui, mais j'ai pris plaisir à voir sa tête d'abruti quand je lui ai dit ça.

— Docteur Smythe, je crois que vous aimez jouer les durs.

— C'est un imbécile. Où est votre appartement ?

— Par là. Voilà justement papa.

Un homme se dirigeait vers eux en s'aidant d'une canne. Il était grand et mince, avec une épaisse chevelure brune soigneusement peignée. Son maintien évoquait une personne de bon sens, Sara devait tenir de lui.

— Bonjour, petite.

— Bonjour, papa, répondit-elle, pressant le pas pour aller à sa rencontre et le serrer dans ses bras.

Grant n'avait jamais eu droit à ce genre d'accueil avec ses parents.

Sara s'arracha aux bras de son père et se tourna vers lui.

Il s'approcha, la main tendue.

— Grant Smythe. Enchanté de vous connaître, monsieur.

L'homme lui donna une poignée de main ferme en le regardant dans les yeux.

— Je m'appelle Harold. Vous êtes le médecin que ma fille compte épouser si soudainement ?

Déplorant d'avoir à lui mentir, Grant glissa un bras autour de la taille de Sara, qui ne broncha pas.

— C'est exact.

— Plutôt rapide, non ?

Sara se blottit contre lui.

— C'est ça, le coup de foudre.

Son père lança à Grant un regard appuyé.

— Le moment est mal choisi pour discuter de ça, nous en reparlerons plus tard, dit-il, tournant son attention vers le bébé. Et voici donc Lily, ajouta-t-il, souriant à l'enfant, qui se mit à gazouiller en agitant frénétiquement ses jambes potelées.

A en juger par le ton de Harold, Sara avait dû lui parler beaucoup de Lily. Mais que lui avait-elle dit sur lui ?

— Elle est toute jolie. Je peux la tenir ? J'ai toujours voulu avoir une petite-fille.

Sara tressaillit, et Grant se demanda pourquoi.

— Entrons, papa. Tu dois reposer ta jambe, et il faut que je commence les cartons.

Sara poussa la porte d'un appartement du rez-de-chaussée, et ils entrèrent. Ce n'était pas immense mais, malgré les cartons de déménagement un peu partout, le logement semblait parfaitement entretenu.

— Asseyez-vous, Grant, pria Harold, désignant le canapé.

Le mobilier était usé mais confortable. Grant serra le frein de la poussette et s'assit tandis que Harold prenait place dans un fauteuil inclinable.

— Papa, je t'avais dit que j'emballerais les affaires.

— Je sais, petite, mais je ne suis pas invalide. Un gentil couple a emménagé à côté, et ils m'ont laissé leurs cartons.

— Très bien. Je vais en emporter un ou deux dans ma chambre pour y mettre des choses auxquelles je tiens. Y a-t-il certains trucs que tu veux que j'emballe ?

— Toutes mes affaires personnelles sont empaquetées et étiquetées. Le reste ira au garde-meuble.

— Je peux t'aider ? demanda Grant.

— Ça va pour l'instant, répondit Sara avant de sortir, non sans leur jeter un coup d'œil inquiet, visiblement tourmentée par la perspicacité de son père.

— J'apprécie que vous me procuriez un logement dans un délai aussi court, Grant, remarqua Harold.

— Je vous en prie.

— Vous prenez tout le temps des pensionnaires ?

Le vieil homme était plus rusé qu'il n'y paraissait.

— Sara m'a dit que vous deviez quitter votre appartement. Or, j'ai une très grande maison. Je prends soin de ma famille, et elle et vous en faites partie, maintenant.

Harold secoua sagement la tête. Il n'était pas dupe.

— Sara dit que vous êtes chirurgien.

— Oui. Je réalise des greffes de foie.

— Vous êtes souvent absent la nuit ?

— Ça m'arrive, répondit Grant en se demandant où il voulait en venir. Pourquoi ?

— Sara déteste rester seule la nuit, surtout dans cette grande maison. Je lui tiendrai compagnie, maintenant.

— Papa ! s'écria Sara avec reproche en pénétrant dans la pièce, un carton dans les bras. N'embête pas Grant avec ça.

Il savait qu'elle n'aimait pas rester seule depuis la désertion de sa mère, mais il n'avait pas deviné qu'elle avait *peur*. Il comprenait à présent pourquoi toutes ces lampes étaient allumées quand il rentrait la nuit.

— Je promets d'essayer de moins m'absenter la nuit, dit-il.

— Je peux prendre cette adorable petite fille, maintenant ?

Sara sortit Lily de la poussette et la tendit à son père.

Harold sourit à l'enfant et la fit sauter dans ses bras pour son plus grand plaisir, avant de jeter à sa fille un regard dur.

— Veille à garder les prochains que tu auras. J'ai besoin de *tous* mes petits-enfants.

Grant déglutit.

Sara avait eu un enfant ?

Elle détourna les yeux avec une expression accablée.

— Papa, dis-moi quelles caisses tu veux emporter à la maison pour que je prévienne les déménageurs.

— Celles de l'entrée.

Sara alla dans le vestibule marquer les cartons au feutre. Elle continua à s'affairer pendant l'heure qui suivit, occasionnellement assistée par Grant.

Harold commença à parler de sport, et ils eurent une discussion animée sur un nouveau joueur de base-ball de l'équipe locale. A midi, tous trois partagèrent le repas simple commandé par Grant.

Quand les déménageurs arrivèrent, Grant leur désigna les caisses marquées par Sara et déclara qu'il était temps de céder la place.

— J'ai encore deux ou trois choses à voir dans la cuisine, dit Sara. Va changer Lily, je vais dire à papa que nous sommes prêts à partir.

Sans enthousiasme, il prit Lily et alla dans le salon chercher le sac de couches.

Sara le rejoignit peu après.

— Tu es sûr que je ne dois pas rester jusqu'à ce que les déménageurs aient fini ?

— Absolument. J'ai parlé au patron, il sait ce qui est fragile et où livrer les cartons marqués, répondit-il.

Un déménageur les frôla, forçant Sara à se rapprocher de lui.

Entourant Sara de ses bras, Grant l'embrassa sur le front.

Il commençait à apprécier ce petit jeu et il fut déçu quand elle s'écarta.

— Papa, appela-t-elle, il est temps de partir !

— Je suis prêt, petite, répondit Harold, qui était juste derrière.

Ils regagnèrent la camionnette, Grant ouvrant la marche avec la poussette, suivi de Sara et son père. Quand Lily fut attachée sur son siège, la poussette pliée dans le coffre, et tout le monde assis à sa place, Grant prit la main de Sara.

— On rentre à la maison ? dit-il joyeusement.

A son grand étonnement, il commençait à considérer la demeure où il avait grandi comme *sa* maison. Il regarda Sara et jeta un coup d'œil à Harold et Lily dans le rétroviseur.

De l'extérieur, ils ressemblaient à une vraie famille. Il n'avait jamais envisagé d'en fonder une.

En fin de matinée le lendemain, Harold était installé dans la maison d'invités, et Grant avait aidé Sara à porter ses affaires dans sa chambre. Ils venaient de finir de déjeuner, et Lily se balançait dans son petit transat.

— Qu'est-ce qu'on fait cet après-midi ? demanda Grant.

— J'imaginais que tu avais sûrement prévu d'aller au golf, au foot, ou je ne sais quoi, répondit Sara, visiblement surprise.

— Non, dit-il, ce genre d'activité ne m'intéresse pas aujourd'hui. J'ai envie de passer la journée avec toi.

Elle faillit s'étrangler mais se ressaisit.

— C'est une belle journée, j'aimerais faire une promenade au bord du lac Michigan.

— Bonne idée, rétorqua-t-il. Comme tu n'as pas eu de journée de repos hier, c'est à toi de choisir l'activité, ajouta-t-il avec son sourire le plus charmeur. Il paraît qu'on a refait Shoreline Park. Ça vous dit d'y aller ?

Harold déclara qu'il préférait rester pour faire une sieste.

Une heure plus tard, Grant garait le van sur le parking encombré.

Il n'avait jamais passé d'après-midi au parc avec une femme et un bébé et, étrangement, il en avait très envie.

— On y est ? demanda Sara, qui avait dormi en route.

— Oui. Je sors la poussette pendant que tu changes Lily, et on sera prêts à y aller, dit-il en descendant de voiture.

Le temps qu'il sorte la poussette, elle avait presque fini de changer le bébé. Elle le lui tendit pour qu'il l'attache et vérifia deux fois le contenu du sac pour s'assurer qu'il ne manquait rien.

Elle était très méticuleuse. L'était-elle aussi quand elle embrassait ? Quand elle faisait l'amour ?

Des pensées qu'il devait s'interdire. Elle ne semblait pas être du genre à sauter dans le lit du premier venu. Ni à passer d'un homme à l'autre. C'était plutôt une femme de cœur, une femme dévouée. Une aventure passagère ne l'intéressait sûrement pas.

C'était pourtant tout ce qu'il avait à offrir. Il avait trop souffert pour s'ouvrir de nouveau à une femme. Si gentille que soit Sara, pouvait-il lui faire confiance ?

Il préférait ne pas courir le risque. Ni maintenant ni jamais.

Sara contempla les eaux bleu-vert du lac Michigan, qui clapotaient doucement le long du rivage. Le soleil brillait, mais l'air était vif. Des couples se promenaient main dans la main sur le sentier pavé.

La veille, Grant lui avait tenu la main et, même s'il jouait la comédie pour son père, elle avait été troublée. Elle allait devoir se contrôler si elle ne voulait pas avoir d'ennuis.

Des familles les dépassaient, avec des enfants qui se faufilaient à vélo. Elle se tourna vers Grant, qui verrouillait les portières après avoir enveloppé Lily d'une deuxième couverture. Elle appréciait ses progrès avec l'enfant. Elle répugnait à l'admettre, mais il commençait à lui plaire.

Maintenant qu'elle le connaissait mieux, elle comprenait pourquoi il avait été aussi odieux lors de leur rencontre. Il avait eu une vie difficile. Après avoir été atrocement blessé par son père, voilà qu'il était responsable de Lily. Il y avait de quoi craquer.

Il maniait la poussette avec aisance. Il serait un bon père pour Lily. Aurait-elle fait une bonne « tatie » si elle était restée en contact avec Emily ? Elle avait pris sa décision. Cette période de sa vie était derrière elle. Mais vivre avec Lily faisait tout remonter. Elle devait contenir ses émotions si elle ne voulait pas souffrir de nouveau.

— Quoi ? s'écria Grant. Pourquoi me regardes-tu ainsi ?

— Je me disais que tu commençais à bien te débrouiller avec un bébé.

— J'ai encore beaucoup à apprendre, répondit-il, gêné. Disons que Lily et moi nous apprivoisons peu à peu.

— Je suis contente. Elle mérite d'être entourée de personnes qui l'aiment. Comme tous les enfants.

Ils marchèrent un moment en silence.

— Ton père a sous-entendu que tu avais eu un enfant, non ?

Elle ne voulait pas revenir là-dessus, mais il la harcèlerait jusqu'à ce qu'il ait une réponse.

— Des amis proches ne pouvaient pas avoir d'enfants. Je l'ai mis au monde pour eux.

Il s'immobilisa.

— Tu as été mère porteuse ?

— Oui.

— C'est vrai ? rétorqua-t-il, sous le choc. J'avais envisagé des tas de scénarios, sauf ça. Qu'est-ce qui t'a poussée à prendre une décision aussi extrême ?

— Comme épouser une inconnue pour obtenir la garde d'une fillette ?

— Touché, admit-il, penaud. Je ne devrais pas être surpris.

— Que veux-tu dire ?

— Que tu as du cœur et que tu possèdes toutes les qualités d'une mère. C'était un tel engagement !

Un engagement de neuf mois qu'elle avait rempli, puis elle

s'était enfuie. Comme sa mère. L'engagement ne faisait pas partie des gènes de la famille.

— Peu de gens en sont conscients, dit-elle en frissonnant.

— Tu as froid ? s'écria-t-il, enlevant son pull bleu clair à torsades. Tiens, ça devrait te tenir chaud.

— Mais tu vas avoir froid.

— Ma chemise a des manches longues, répondit-il.

Elle enfila le pull, qui l'enveloppa comme une chaude couverture.

— Tu permets ?

Il sortit le col de son chemisier et l'arrangea autour de son cou, écartant délicatement une mèche de cheveux.

Si elle avait eu froid avant, ce n'était plus le cas. Le contact de Grant l'avait singulièrement échauffée. Elle fourra les mains dans les poches de son jean pour s'empêcher de le toucher.

Il se pencha vers elle, et elle cessa de respirer.

Devait-elle se laisser embrasser ? Le voulait-elle ?

Le souffle de Grant lui effleurait les lèvres. Cette fois, il ne jouait pas la comédie pour son père. Si elle le laissait faire, leur relation allait devenir personnelle. Etait-elle capable d'affronter ça ?

— Aidez-moi ! Au secours !

Une femme courait vers eux.

— Il y a eu un accident de vélo, haleta-t-elle, affolée. Je l'ai vu se produire. C'est grave.

— Je suis médecin, dit Grant. Montrez-moi le lieu de la collision et appelez les secours.

Elle tendit le bras, désignant l'endroit où le sentier faisait un coude, dissimulant les blessés.

Il échangea un coup d'œil avec Sara et lui pressa brièvement la main.

— Surveille Lily, lança-t-il, avant de se ruer à travers la pelouse pour arriver plus vite sur les lieux.

Grant aperçut un petit groupe de personnes. Deux bicyclettes endommagées gisaient sur le sol. Les deux victimes portaient encore leurs casques. Au moins, elles n'auraient pas de graves lésions crâniennes.

Comme il rejoignait les badauds, une femme freina et sauta de son vélo.<

— George, tu vas bien ? demanda-t-elle au blessé couché dans l'herbe.

George geignit, et Grant s'agenouilla devant l'autre, dont le bras était tordu dans une position bizarre.

— Je suis médecin ! Où avez-vous mal ?

— Au bras… Il doit être cassé. Et au côté du visage…

L'homme tourna la tête, et Grant vit qu'il avait la peau arrachée de la tempe à la mâchoire.

— Ne vous agitez pas. Une ambulance arrive. Je vous laisse un instant pour examiner l'autre blessé et je reviens m'occuper de votre bras.

Il s'accroupit devant le second cycliste.

— Je suis le Dr Smythe. Comment vous sentez-vous ?

— J'ai la bouche abîmée, répondit-il, du sang coulant de la commissure de ses lèvres.

— Il a une grosse entaille à la jambe. Je suis sa femme…

Sara les rejoignit avec la poussette, où Lily commençait à s'agiter, gagnée par le stress ambiant.

— Je peux aider ? demanda-t-elle en la prenant dans ses bras.

— Il faut quelque chose pour comprimer cette blessure.

Sara brandit une couche.

— C'est absorbant, et vous pourrez l'attacher autour de la jambe avec le velcro, déclara-t-elle, confiant Lily à la femme témoin de l'accident. De quoi souffre l'autre victime ?

— Un bras cassé et des lacérations faciales, répondit Grant en appliquant la couche. Tenez-la bien. Comme ceci, indiqua-t-il à l'épouse du blessé.

Allant vers l'autre homme, Sara posa son sac par terre et fouilla dedans pour en faire l'inventaire.

— J'ai une bouteille d'eau, un bavoir… et une couverture.

— Roule-la, dit Grant. Nous allons en faire une écharpe. Où est cette fichue ambulance ? Nous allons vous redresser, et je vais soutenir votre bras pendant que Sara le glisse dans l'écharpe, ajouta-t-il à l'intention du blessé. Ça va aller. Vous allez devoir arrêter le cyclisme quelques semaines, mais vous pourrez remonter sur un vélo.

Avec précaution, ils assirent doucement l'homme et lui posèrent l'attelle de fortune pour immobiliser son bras. A cet instant, on entendit la sirène de l'ambulance.

Sara courut la guider jusqu'au lieu de l'accident, et quelques minutes plus tard les secours étaient là.

Grant exposa la situation aux urgentistes, qui embarquèrent les deux blessés. Puis l'ambulance repartit, toutes sirènes hurlantes.

Sara s'approcha de Grant, Lily dans les bras.

— Ça va, toutes les deux ? demanda-t-il.

— Très bien.

— Il est temps de rentrer, le soleil décline.

Il rassembla les affaires et retourna chercher la poussette, où Sara installa Lily en l'enveloppant d'une couverture. Ils retournèrent lentement au parking.

— J'ai apprécié ton aide. La couche était une bonne idée. Tu as été une bonne infirmière urgentiste.

— Je n'ai pas donné beaucoup de soins de ce genre depuis l'école d'infirmière, admit-elle en riant.

— Nous avons formé une bonne équipe, tous les deux.

— Ça nous arrive souvent ces temps-ci, dit-elle en souriant.

Il se demanda comment ils se seraient entendus s'ils s'étaient embrassés. Leur baiser aurait sûrement été explosif, et il se sentait déçu. Il avait encore envie d'embrasser Sara. Ce serait enfreindre leur accord, mais un baiser n'était pas grand-chose.

Sauf s'il ne savait pas s'en satisfaire…

Etait-il prêt à courir ce risque ?

5.

Le lundi après-midi, Sara se rendit avec Lily et Grant au cabinet de Léon. Les présentations faites, ce dernier lui désigna un siège.

— Asseyez-vous, Sara.

Grant resta debout devant une bibliothèque garnie d'ouvrages juridiques, l'air morose.

N'était-il pas content ? Après tout, c'était son idée.

— Vous devez lire ces documents et les signer, dit Léon en poussant des papiers vers elle.

Comme Lily se plaignait, Grant s'avança pour la prendre dans ses bras et la berça doucement.

Léon lui jeta un regard comique.

— Qui êtes-vous et qu'avez-vous fait de mon ami ?

Grant le foudroya du regard.

— Occupe-toi de Sara.

Elle prit son temps pour lire les documents légaux.

— C'est trop généreux, observa-t-elle à l'adresse de Grant.

— Non. J'ai besoin que tu le fasses.

Elle connaissait sa détermination. Il ne changerait pas d'avis. Elle signa les feuilles sans discuter.

— Ce mariage ne doit pas avoir l'air factice, déclara l'avocat en les glissant dans une chemise. Il doit sembler bien réel. Sans forcément faire des noces à tout casser, il faudra un peu plus que passer devant le juge de paix. Et cela devra avoir lieu bientôt, car l'audience pour la garde de Lily est fixée à la fin du mois.

Sara jeta un coup d'œil à Grant, aussi consterné qu'elle.

— Le juge ne trouvera pas curieux que nous soyons mariés depuis si peu de temps ?

— Il sera plus intéressé de savoir que vous offrez un foyer stable à Lily parce que vous êtes mariés.

Quittant le cabinet de Léon, ils attendirent l'ascenseur.

— Je peux difficilement m'occuper d'un bébé, chercher une maison et organiser un mariage en même temps, remarqua-t-elle.

— Ne t'inquiète pas, répondit Grant en lui rendant le bébé. Je connais la personne idéale pour gérer tout ça.

Ce soir-là, Sara reçut un appel sur son portable.

— Bonsoir, c'est Clarisse Smythe, la mère de Grant. Vous avez un moment pour qu'on puisse parler ?

Sara s'affola. Pourquoi la mère de Grant l'appelait-elle ? Allait-elle l'accuser d'épouser son fils pour sa fortune ?

— Je vous écoute. Lily s'est endormie.

— Le rejeton de Brett, lâcha Clarisse avec amertume. Je me demande pourquoi Grant… Mais je ne vous appelle pas pour ça. Il m'a dit que vous alliez vous marier et m'a chargée des préparatifs. Quelle taille faites-vous ?

— Quelle taille ?

— Il vous faudra une robe, non ?

— Oui… Je fais du 38.

— Vous avez une préférence ?

— J'aime les choses simples.

— Grant me l'a dit. Et votre pointure de chaussures ?

Sara lui répondit, de plus en plus mal à l'aise.

— Qui prendrez-vous comme demoiselle d'honneur ?

— Je n'y ai pas réfléchi. Je pourrais demander à mon amie Kim.

— Pouvez-vous lui dire de m'appeler ? Je me charge de sa robe. Vous avez une préférence pour la couleur ?

— Non…

— Ça facilite les choses. Bon, c'est tout ce qu'il me faut. J'ai hâte de vous connaître, reprit Clarisse. Grant dit que vous êtes adorable. On se voit dans deux semaines en Caroline du Nord.

— En *Caroline du Nord* ?

— C'est là qu'aura lieu le mariage.

Sara resta figée, les yeux fixés sur le voyant rouge indiquant que la communication était coupée.

Jusque-là, elle n'avait pas pris conscience qu'elle allait vraiment se marier avec Grant Smythe. Quand sa petite vie ordonnée et terne avait-elle commencé à lui échapper ?

Sans doute quand Grant lui avait fourré Lily dans les bras.

Elle composa le numéro de Kim qui voulut savoir comment se passait son travail de nounou.

— Veux-tu être ma demoiselle d'honneur ? demanda Sara.

— Tu veux dire, un jour ?

— Non, dans deux semaines, répondit-elle calmement.

— Qui épouses-tu ? Tu ne sors avec personne, que je sache.

— Je vais épouser Grant.

— Le *Dr Grant Smythe* ?

— Oui.

— Eh bien, tu ne perds pas de temps ! J'aurais pris le job moi-même si j'avais su que le sexy Dr Smythe faisait partie du marché !

— Tu veux être ma demoiselle d'honneur, oui ou non ?

— Bien sûr !

— Merci. La mère de Grant s'occupe des préparatifs. Appelle-la pour lui préciser tes mensurations, et elle t'expliquera tout, dit-elle avant de lui donner le numéro de Clarisse. J'entends Lily pleurer. Je dois y aller.

Sara détestait mentir à son amie mais, si la vérité éclatait maintenant, Grant perdrait la garde de Lily. Elle parlerait à Kim et à son père plus tard, en espérant qu'ils comprendraient.

En dépit de sa nervosité, elle aimait la routine dans laquelle la maisonnée s'était installée. Chaque matin, Grant lui disait au revoir avant de partir, trouvant même le temps d'une petite caresse pour Lily. Pour lui, l'enfant n'était plus une ultime insulte de son père, il la voyait davantage comme une charmante petite personne digne d'être connue. En tout cas, plus comme sa fille que comme sa sœur — ce qui était dans l'intérêt de Lily. La plupart du temps, il rentrait à temps pour le dîner. Plusieurs fois, il rapporta des plats tout prêts. Un soir, il fit même la cuisine. Pour le remercier, elle lui préparait de savoureux petits déjeuners, et il appréciait ses talents de cuisinière.

Ses journées tournaient autour de Lily, à qui elle s'attachait de plus en plus. Chaque risette, chaque progrès l'attendrissait davantage, et elle commençait à avoir peur. Ce serait très dur de la quitter. Et Grant aussi.

Elle avait beau se raisonner, elle était entraînée dans un processus irréversible. Elle se surprenait à penser à Grant endormi dans sa chambre, à attendre son retour le soir ou, pire encore, à souhaiter qu'il la touche. En présence de son père, il jouait les parfaits amoureux, lui donnant un baiser sur le front ou sur la joue pour faire bonne mesure.

Elle se comportait de plus en plus en maîtresse de maison, ce qui la rendait nerveuse. Elle ne devait pas oublier que Grant et Lily représentaient une simple parenthèse ! Elle attendait son jour de repos avec impatience dans l'espoir de reprendre un peu de distance.

Le vendredi soir, elle eut la surprise de voir Grant rentrer plus tôt, encore en tenue de chirurgien.

— Je ne t'attendais pas si tôt, remarqua-t-elle en installant Lily dans son siège pour lui donner son biberon. Comme tu es rentré tous les soirs cette semaine, je pensais que tu avais mieux à faire le week-end.

— Es-tu fatiguée de moi ?

— Ce n'est pas ce que j'ai dit.

— Bon, lâcha-t-il en souriant. J'aime trouver quelqu'un à la maison quand je rentre après ma journée de travail.

— Et nous sommes contentes de t'avoir. Cette maison est trop grande pour Lily et moi. Au fait, ta mère a appelé.

— Elle a fini les préparatifs ? demanda Grant, s'asseyant à table pour chatouiller le pied potelé de Lily.

— Elle voulait savoir si j'avais une préférence pour les fleurs.

— Tu permets que je lui donne son biberon ?

— Bien sûr ! Je crois que mon père voudrait avoir une discussion avec toi au sujet du mariage. Il ignore qu'il s'agit d'une comédie. Il est un peu démodé pour ce genre de choses…

— Je m'en occupe dès ce soir.

Grant devrait jouer le jeu et demander sa main à son père pour le satisfaire. Ce dernier avait souffert quand elle avait accepté d'être mère porteuse, et elle imaginait aisément sa réaction s'il apprenait qu'elle se prêtait à un simulacre de mariage.

Attendrie, elle regarda Grant donner son biberon à Lily.

Son attitude avec le bébé avait radicalement changé. Il s'en occupait beaucoup, et elle prenait plaisir à voir cet athlète prendre soin de la toute petite fille. Il avait besoin d'apprendre. Un jour, elle partirait, quoi qu'il lui en coûte.

— Tu veux lui donner son bain ? demanda-t-elle quand il eut fini.

Grant hésita, mais il n'y avait plus de terreur dans ses yeux.

— Je ne suis pas prêt à le faire seul. Ça ne te gêne pas que je t'assiste ?

— Pas du tout. Il est plus facile de faire sa toilette à un bambin que de réaliser une greffe d'organe, tu sais.

— Peut-être, mais j'ai une formation en chirurgie, pas en néonatalogie.

— Tu as de la chance que je sois qualifiée dans ce domaine, dit-elle en souriant. Si tu montais déshabiller Lily ? Je nettoie le biberon et je te rejoins.

Quand elle pénétra dans la chambre de Lily, Grant l'avait entièrement déshabillée. Planté au milieu de la pièce avec l'enfant dans les bras, il fredonnait une chanson en esquissant des pas de danse. Il ne semblait pas gêné le moins du monde, et elle était prête à parier que peu de gens l'avaient vu ainsi.

— Veux-tu te joindre à nous ?

— Je ne crois pas…

Il lui tendit un bras en guise d'invitation.

— Allons, viens. Ça va t'amuser.

Elle en avait très envie.

Oubliant ses craintes, elle se glissa contre lui, et il referma un bras léger autour de sa taille. Elle posa une main sur son bras et l'autre dans le dos de Lily, imaginant un instant que c'était son enfant, sa famille…

Un rêve insensé qu'elle s'empressa de chasser.

Ils valsèrent lentement autour de la chambre.

Etre aussi proche de Grant lui donnait le vertige. Son fredonnement emplissait la pièce. Il sentait vaguement la Bétadine, mais ça ne la dérangeait pas. Ça lui rappelait juste que son travail consistait à sauver des vies.

La tête nichée au creux de l'épaule de Grant, Lily gazouillait.

Levant la tête, elle vit qu'il la regardait. Dans ses yeux, elle lut une question. Du désir. Il inclina la tête et hésita, comme s'il quêtait sa permission.

Le cœur battant, elle parvint à sourire et attendit, les lèvres entrouvertes.

Enfin, les lèvres de Grant se posèrent sur les siennes. Sa bouche était ferme. Chaude. Il la serra contre lui tandis que leurs langues se mêlaient avec une passion grandissante qui la faisait frissonner.

Ils n'étaient plus que désir, découverte, acceptation.

Soudain, il recula d'un bond.

— Oh ! Lily ! protesta-t-il en riant, louchant sur la tache humide qui maculait sa chemise.

— Quelqu'un essaie de nous rappeler que c'est l'heure du bain, dit Sara avec un rire nerveux.

S'efforçant de revenir à la réalité, elle reprit Lily.

— Je commence pendant que tu nettoies cette chemise.

Dans la salle de bains, elle glissa la cuvette pour bébé dans la grande baignoire.

— Alors, qu'est-ce que je dois faire ?

Elle se retourna et sentit son pouls s'accélérer.

Grant avait enlevé sa chemise. Il était torse nu, et elle n'avait jamais vu d'homme aussi sexy.

— Tu peux prendre un gant de toilette et le savon pour bébé sur l'étagère, répondit-elle.

Elle ouvrit le mitigeur et fit couler l'eau pour obtenir la bonne température. Puis elle remplit la petite baignoire.

— J'adore te regarder opérer avec une seule main.

— J'ai l'habitude.

— Je n'y arriverai jamais.

— Mais si ! Si tu allongeais Lily dans sa baignoire ? Vérifie toujours la température de l'eau. Beaucoup de bébés se font ébouillanter dans leur bain.

— A vos ordres, infirmière Marcum.

Elle lui tendit Lily, frôlant involontairement son torse. Elle recula vivement. Cette proximité la faisait trop fantasmer pour sa tranquillité d'esprit.

A genoux, il installa délicatement Lily dans sa baignoire.

— Verse une goutte de savon liquide sur le gant et savonne-la. Commence par son visage et descends.

Il lava Lily avec la même passion qu'il mettait dans toutes ses entreprises. Elle n'osait imaginer ce que ça donnait dans un lit…

Tandis qu'il s'affairait, elle savoura le spectacle des muscles de ses épaules jouant sous sa peau. Elle avait envie de le toucher, de promener ses doigts dans son dos…

— J'ai fini, dit-il, l'arrachant à sa rêverie. Qu'est-ce que je fais, maintenant ?

— Je t'apporte une serviette.

Elle prit le peignoir de bain.

Il l'avait déjà sortie de l'eau. Elle couvrit la tête de Lily de la capuche pendant qu'il enveloppait son petit corps potelé dans le tissu-éponge. Il regardait l'enfant avec une tendresse nouvelle. Il ferait un père merveilleux s'il consentait à lâcher prise et à oublier ses blessures. Il s'impliquerait. Il ne fuirait pas, comme elle.

— Je vais lui sortir des vêtements et ranger la salle de bains pendant que tu l'habilles.

Revenant après quelques minutes, elle vit que Lily était déjà habillée. Elle sourit en remarquant qu'il lui avait mis son pyjama à l'envers mais ne dit rien, consciente qu'il avait essuyé assez de critiques pour toute une vie.

— Je te laisse la mettre au lit. J'ai des choses à faire. Papa se couche tard, tu peux aller lui parler. Bonne nuit, Grant.

— Sara, je pensais…

Voulait-il reprendre leur baiser où ils l'avaient laissé ?

Elle aurait bien aimé, mais ce n'était pas sage.

— Ça se passera très bien, affirma-t-elle.

L'entretien avec Harold s'était plutôt bien passé. Déconcerté par la rapidité avec laquelle ce mariage avait été décidé, le père de Sara ne voulait pas qu'elle souffre, et Grant avait trouvé les mots pour le rassurer, promettant de ne pas lui briser le cœur.

A présent, il devait s'occuper du bébé.

Il avait connu un moment d'affolement quand Sara et son père lui avaient laissé Lily ce matin.

— Tu es sûr que ça ira ? avait demandé Sara.

— Très bien. Profite de cette journée avec ton père.

Un dernier regard, un vague sourire, et elle avait refermé la porte derrière elle.

Il avait pris de l'assurance avec Lily, mais il appréhendait encore de passer une journée entière seul avec elle. Il craignait d'être inapte, comme n'avait cessé de le répéter son père. Sara lui avait prouvé qu'elle le croyait capable de s'occuper de Lily, mais ses vieilles insécurités avaient la vie dure. Le seul domaine où il se sentait parfaitement compétent était la chirurgie, son père n'ayant jamais pu contester ses aptitudes en la matière car il n'y connaissait rien. Il n'était plus là pour le critiquer, alors pourquoi continuait-il à lui empoisonner l'existence en le faisant douter de lui ?

Il ne savait pas très bien ce qui se passait entre sa petite sœur et lui, et il ne comprenait rien à sa relation avec Sara. Il n'avait pas prévu de danser avec Lily, ni d'inviter Sara à se joindre à eux. Il avait été surpris qu'elle accepte, et encore plus qu'elle lui rende son baiser.

Hanté par le souvenir de ce baiser, il avait mal dormi, et le fait de la savoir endormie dans la chambre voisine n'avait rien arrangé. Il aspirait à l'embrasser encore. Le laisserait-elle faire ?

Tout lui échappait. Il avait besoin de passer du temps avec Lily. Il voulait être seul pour réfléchir à ses sentiments pour sa sœur. Pour Sara. Il considérait de plus en plus Lily comme son enfant. Son père s'en serait-il réjoui ?

Il était peut-être temps de ne plus s'en soucier. Il était seul responsable de Lily, maintenant.

Il ignorait que ce minuscule bout de chou allait lui mener la vie dure toute la journée. A peine Sara eut-elle quitté la maison que Lily se mit à hurler. Il la monta dans la chambre pour la changer, mais elle continua à pleurer.

Il l'emmitoufla dans une couverture et alla s'asseoir dans le rocking-chair avec elle, espérant que le balancement la calmerait. Il y resta une bonne demi-heure. En vain. Lily se taisait assez longtemps pour qu'il la croie endormie et, dès qu'il la couchait dans son lit, elle recommençait à hurler.

Il devait trouver ce qui n'allait pas. Pas question de laisser la cruauté de son père saper sa confiance en ce qui concernait Lily !

En désespoir de cause, il lui donna un bain tiède. A son grand soulagement, elle poussa un soupir et s'endormit dès qu'il la mit au lit. Prenant le *babyphone*, il quitta la chambre sur la pointe des pieds, épuisé.

Dans la cuisine, il se prépara un café et s'assit pour mettre ses papiers à jour. Au bout d'une demi-heure, il s'aperçut qu'il avait laissé un dossier dans sa voiture. Il se leva pour aller le chercher puis rebroussa chemin pour prendre le *babyphone*.

Lily semblait avoir pris la première place dans son existence. C'était sans doute ça, être père.

Lily se réveilla deux heures plus tard, sans lui laisser le temps de finir sa paperasserie. Il monta dans sa chambre, la prit dans ses bras et la regarda. Elle souriait.

Il fondit.

— Salut, petite.

« Petite ». Cétait ainsi que Harold appelait Sara. Lui-même commençait-il à considérer Lily comme son enfant ?

— Je vais te changer et te donner à manger.

Lily gazouilla. Elle faisait de lui ce qu'elle voulait.

Il parvint à la nourrir sans trop d'histoires. Mais la vaisselle s'empilait dans l'évier, du lait en poudre était répandu sur le comptoir jusque par terre, et ses papiers étaient éparpillés sur la table où trônait le siège de bébé. A présent, elle était changée et gazouillait gaiement, couchée à ses pieds sur une couverture dans le bureau de son père.

La pièce lui devenait plus supportable, il se l'appropriait. L'emprise de son père sur lui s'estompait graduellement. Les mauvais jours, les mots méchants resteraient à jamais gravés dans sa mémoire. Mais, assis dans le fauteuil paternel, c'était lui qui détenait l'autorité désormais. Et, pour Lily, il se montrerait digne de la responsabilité qui lui incombait.

— Je te jure que tu te sentiras toujours aimée et soutenue.

Pourquoi son père ne s'était-il pas comporté dignement avec lui ? Que lui était-il arrivé pour qu'il soit aussi dur ? Pour la première fois, il se demanda ce que cachaient les espoirs déçus de son père.

A la mi-journée, Sara téléphona pour savoir si tout se passait bien.

— Tout va bien, répondit-il à voix basse.

— Pourquoi chuchotes-tu ? Il y a un problème ?

Le croyait-elle incompétent ? Non. Elle s'inquiétait juste

pour eux. Elle ne lui aurait jamais laissé Lily si elle l'avait cru incapable de prendre soin d'elle.

— On va bien. Ne te tourmente pas.

— Bon… tu veux que j'apporte le dîner ?

Le *dîner* ? Il n'avait même pas pensé à déjeuner !

— Bien sûr, dit-il, conscient qu'il ne pourrait pas le préparer. Prends ce que tu veux.

— Très bien. On se revoit dans quelques heures.

Pour une raison inconnue, Lily fut encore grognon l'après-midi. Il souffrait d'entendre ses cris malheureux et déploya des trésors d'imagination pour la distraire.

— Calme-toi, trésor, murmurait-il en arpentant le grand vestibule, la berçant doucement contre lui.

Rien n'y fit.

Epuisé, il finit par s'asseoir sur le canapé du salon et, calant Lily sur son ventre, lui frotta le dos. Elle poussa un dernier gémissement et s'endormit. Il ne tarda pas à en faire autant.

Ils étaient encore dans cette position quand Sara rentra.

— Alors, demanda-t-elle avec un sourire malicieux, comment ça s'est passé ?

— Elle n'a pas cessé de pleurer après son biberon, j'ignore pourquoi.

— Elle a peut-être un peu mal au ventre.

— A entendre ses hurlements, ça semblait plus qu'un peu.

— Ça arrive parfois, dit-elle avec un haussement d'épaules.

— Je dois avouer que je t'admire de la garder tout le temps, remarqua-t-il en caressant le dos de Lily.

— Les bébés prennent beaucoup de place.

— Je ne te le fais pas dire, répondit-il, soulevant l'enfant endormie dans ses bras pour l'embrasser sur le crâne. Mais j'ai apprécié notre tête-à-tête. Comment s'est passée cette recherche de maison ?

— Plutôt bien. Il y en a une qui nous plaît beaucoup.

— Quand vous serez décidés, prévenez-moi, et je chargerai Léon de l'achat.

— Merci d'avoir parlé à papa, Grant. Il semble accepter ce mariage imprévu et il a gobé l'histoire du coup de foudre. Mais je n'aime pas lui mentir.

— C'est un homme intelligent. Il comprendra.

— Tu as assez joué les nounous pour la journée, si tu me passais Lily pour que je la mette au lit ?

Il prit la main de Sara et lui caressa l'intérieur du poignet.

— Tu nous as manqué, aujourd'hui.

Elle fixa leurs mains jointes en fronçant les sourcils.

— Grant, nous ne devons pas…

Interrompue par la sonnerie du portable de Grant, elle prit Lily pendant qu'il sortait son téléphone.

— Smythe. Oui… J'arrive tout de suite, dit-il en se levant.

— On t'attend à l'hôpital ?

— Oui. On a trouvé un foie pour un patient qui attend depuis longtemps. Je serai absent cette nuit et une grande partie de demain.

— Je comprends. Je veillerai sur Lily.

— Si tu demandais à ton père de dormir dans la petite chambre du rez-de-chaussée pour ne pas rester seule ?

— Je commence à m'habituer aux bruits de la maison.

Il lui caressa la joue.

— Je ne veux pas que tu aies peur quand je suis absent.

— Je n'aurai pas peur si je suis au courant de tes allées et venues. Merci de t'en soucier.

En démarrant quelques minutes plus tard, il remarqua que la lumière était déjà allumée au-dessus de la porte de la cuisine.

Elle le serait encore à son retour. Il aimait que Sara l'attende. Ils se comportaient déjà comme un couple marié, et cela ne l'ennuyait pas du tout.

Grant avait travaillé plus de trente-six heures et il n'avait qu'une envie : savourer un sommeil bien mérité. Il décida de ne pas réveiller Sara pour la prévenir qu'il était rentré.

Il se déshabilla et se glissa entre les draps en espérant dormir quelques heures avant de retourner à l'hôpital. Quand le réveil sonna, il eut l'impression qu'il venait de s'assoupir.

Groggy, il se leva, attrapa un slip propre dans la commode et gagna la salle de bains. Il ouvrit la porte et cligna des yeux.

Enveloppée dans un drap de bain, Sara peignait ses cheveux mouillés.

— Que fais-tu là ? cria-t-elle d'une voix stridente.

— Pardon… Je n'ai pas entendu la douche.

— Pourquoi es-tu dans ma salle de bains ?

— C'est aussi la mienne.

Pétrifiée, elle baissa les yeux, et son regard s'agrandit.

— Grant, tu es nu, observa-t-elle calmement.

— Je ne porte généralement pas de vêtements quand je me douche. Tu te joins à moi ?

— Je ne pense pas que ce soit une bonne idée.

— Tu devrais moins penser et profiter davantage.

— J'ai fini, tu peux disposer de la salle de bains, dit-elle, sortant par l'autre porte.

Il la regarda disparaître, déçu. Il brûlait de lui arracher sa serviette et de la prendre dans ses bras.

Son caleçon à la main, il ouvrit le robinet de la douche et sourit, amusé, au souvenir de Sara rougissante quand elle avait posé les yeux sur son érection matinale.

Quelques jours plus tard, Sara était en train de coucher Lily quand les phares d'une voiture illuminèrent la fenêtre.

Grant avait encore eu une longue journée.

Rentrait-il chaque soir parce qu'elle était là ?

Elle avait envie de le croire. Mais, selon toute vraisemblance, il s'efforçait plutôt de se prouver qu'il pouvait à la fois être un bon chirurgien et un père pour Lily. Et il y arrivait. Elle avait été impressionnée par ses efforts samedi. Lily et lui s'en étaient bien sortis, ils s'étaient même rapprochés.

Son père s'était décidé pour la maison qui leur avait plu, dans un quartier tranquille entre Highland Park et Chicago. Bien située, elle était proche d'un club du troisième âge, d'un parc public et d'un centre commercial, avec facilité d'accès au centre-ville. Elle était rassurée que son père ne risque plus d'être expulsé. Il voulait emménager le plus tôt possible.

Quand elle descendit une demi-heure plus tard, Grant ne s'était toujours pas montré, contrairement à son habitude. Après l'incident de la salle de bains, redoutait-il qu'elle lui saute dessus ? Elle y avait songé, il était si beau dans tout l'éclat de sa nudité ! Mais ces pensées ne menaient nulle part.

Grant n'était pas dans la cuisine et, en regardant par la fenêtre, elle ne vit pas âme qui vive. Elle jeta un coup d'œil sous l'auvent derrière la maison, mais tout était éteint.

Elle commençait à s'inquiéter. Avait-elle entendu un intrus ? Elle fit le tour de la maison pour en avoir le cœur net et termina ses recherches par le bureau honni de Grant.

La pièce était plongée dans le noir.

— Tu me cherches ?

Son ton dur la fit sursauter.

— Pourquoi es-tu dans le noir ? demanda-t-elle, tendant la main vers l'interrupteur.

— N'allume pas.

— Pourquoi ?

— N'allume pas, c'est tout.

— Qu'est-ce qui se passe, Grant ?

Elle s'approcha et, laissant ses yeux s'accoutumer à l'obscurité, elle distingua sa silhouette dans le fauteuil.

Grant frotta ses mains sur les accoudoirs en cuir usés.

— Sais-tu que, avant la semaine dernière, je ne m'étais pas assis à cette place depuis mes sept ans ? Mon père ne m'autorisait pas à m'asseoir dans son fauteuil, il prétendait que je devais gagner ce privilège… Je n'en ai jamais été digne, ajouta-t-il après un silence.

— Qu'est-il arrivé, Grant ? murmura-t-elle.

— Rien, sinon que j'ai laissé mourir un patient.

— Je suis désolée, dit-elle, posant la main sur son bras. Et je ne crois pas une seconde que tu l'aies « laissé mourir ».

Il s'écarta.

— Comment peux-tu le savoir ?

— Je te connais. Tu es trop proche de tes patients.

— Alors, maintenant, tu connais tout de moi ?

— Non. Mais je sais comment tu nous traites, Lily et moi, et je t'ai observé avec mon père. Jamais tu ne laisserais mourir un malade par négligence. Il arrive parfois des choses que nous ne pouvons pas contrôler.

— Mon père s'asseyait à cette place et disait que je ne serais jamais un bon médecin.

Elle refoula la colère qui l'étouffait contre ce père indigne.

— Mais tu l'es, Grant. Tu sais que tu l'es.

— Qu'est-ce qui te fait croire que je serai un bon père ? Comment ai-je l'audace de penser que je suis assez bien pour élever un enfant ? Que je ne suis pas comme lui ?

— Oublie ton père, Grant. Dis-moi plutôt ce qui est arrivé aujourd'hui.

— L'opération se passait bien, et puis tout a dérapé. Comme si le patient rejetait immédiatement le foie du donneur. J'avais promis à la famille que leur maman irait bien. Ils me faisaient confiance, et je les ai trahis.

— Tu as fait tout ce que tu pouvais. On ne peut pas toujours tout maîtriser.

Il la foudroya du regard.

— Dans mon bloc opératoire, si !

Elle tressaillit comme s'il l'avait giflée.

— Ai-je besoin de te dire combien de personnes tu as sauvées ? D'énumérer tes qualités ? A l'étage dort une petite fille qui, sans toi, n'aurait pas de foyer. Mon père et moi avons un toit grâce à toi. Ton père s'est lourdement trompé sur ton compte. Tu es le seul à ne pas le voir.

Comme elle se détournait, Grant l'attrapa par la taille, la prit sur ses genoux et enfouit son visage au creux de son cou.

Grant sentit Sara se détendre. Elle glissa un bras autour de ses épaules tandis qu'il la serrait contre lui.

Elle avait trouvé les mots pour le réprimander avec une juste indignation, mais il avait fallu qu'elle l'enlace pour qu'il ouvre son cœur et accepte ses paroles.

Pendant un long moment, il ne bougea pas, la gardant contre lui. Elle lui caressait les cheveux, comme s'il était un enfant avide d'être rassuré. Et, durant quelques instants, il l'avait été. Son père n'avait pas eu foi en lui et, dans cette pièce où il lui avait si souvent refusé sa confiance, Sara lui faisait ce cadeau : elle croyait en lui.

Il inhala son parfum floral subtil, apaisant. Même son nom le calmait. Il renifla sa peau et y promena ses lèvres.

Elle était si douce dans ses bras, tellement à sa place.

Il relâcha légèrement son étreinte, et elle ne s'écarta pas. Il lui déposa un baiser derrière l'oreille.

— Exquise, délicieuse Sara, murmura-t-il.

Il sentait son cœur battre la chamade contre sa poitrine. Apparemment elle n'était pas aussi indifférente qu'elle voulait le laisser croire.

Ses lèvres glissèrent au creux de son cou, le long de sa joue, et quand elle tourna la tête leurs bouches se trouvèrent.

Instantanément, son corps s'embrasa. Il mordilla ses lèvres, goûtant sa bouche tandis qu'elle agrippait sa nuque pour l'attirer plus près, lui rendant son baiser avec une ferveur dont il n'aurait pas osé rêver.

— J'ai envie de toi. Maintenant. Ici.

Sara battit des cils comme si elle avait oublié où elle se trouvait. Elle s'arracha doucement à ses bras, mais il la retint. Elle plongea son regard dans le sien.

— Grant, ne te sers pas de moi pour chasser tes fantômes.

Faire l'amour est un partage, pas un moyen d'effacer des pensées nuisibles.

Il la lâcha, un peu honteux.

— Ce n'est pas ça, tu le sais bien…

Elle frôla son intimité en se levant, et il étouffa un grognement.

— Malgré le plaisir que j'aurais à faire l'amour avec toi dans le fauteuil de ton père, sur son bureau ou même par terre, je ne veux pas que tu te serves de moi pour régler tes comptes avec lui, dit-elle en se dirigeant vers la porte. Je suis sincèrement navrée pour ton patient, mais je sais que tu as fait l'impossible. Tu es un homme bien et un grand chirurgien, Grant.

Il la regarda sortir, le cœur douloureux.

Personne n'aime être percé à jour.

6.

Sara s'éloigna, les jambes flageolantes.

Elle n'avait jamais connu de baisers plus brûlants, plus addictifs que ceux de Grant. Elle s'était arrachée à ses bras au prix d'un effort surhumain. Elle se serait volontiers abandonnée, mais elle ne voulait pas que Grant se reproche ensuite de l'avoir prise de cette façon.

Elle regagna sa chambre et se doucha. Elle était couchée quand elle entendit la porte d'entrée se refermer.

Grant. Où allait-il ? Après ce qui venait de se passer, il valait mieux qu'elle ne se lance pas à sa poursuite. Elle resta éveillée une bonne partie de la nuit à guetter son retour.

Le matin, elle fut réveillée par une Lily affamée. En passant devant le salon avec la fillette pour gagner la cuisine, elle comprit où Grant avait dormi en voyant un oreiller et une couverture pliée sur le canapé.

Pourquoi n'avait-il pas couché dans son lit ? Pour ne pas être trop près d'elle ?

Elle trouva un message sur le comptoir :

« Je suis parti. »

Elle sourit en voyant Lily se balancer joyeusement dans son transat. Elle aimait faire partie de ce doux cocon familial.

Ce soir-là, Grant rentra plus tard que d'habitude. Lily dormait, et Sara était dans la cuisine. Il semblait fatigué, mais il sourit en la voyant.

— Bonsoir, Grant. Je te prépare quelque chose à manger ?

— Je prendrai juste de la glace. Tu n'es pas ma bonne.

Elle avait découvert qu'il avait un faible pour les glaces et avait pris l'habitude d'en commander chaque semaine.

— Ça ne me gêne pas. Que dirais-tu d'une omelette ?

— Génial. Je vais me laver et j'arrive.

Elle battait les œufs quand il revint.

— Assieds-toi. Ce sera bientôt prêt.

Il tira une chaise, s'assit et étendit ses longues jambes devant lui, les bras croisés sur la poitrine, sans la quitter des yeux.

Troublée, elle lui servit son omelette le cœur battant.

Grant Smythe était un très bel homme, et elle appréciait ses qualités humaines, son humour. Elle aimerait passer sa vie avec un tel homme… Mais elle devait à tout prix éviter d'y penser.

— Merci.

— Avec plaisir. Tu permets que je reste avec toi pendant que tu dînes ?

— Bien sûr.

Elle s'assit et le regarda enfourner la nourriture dans cette bouche qui l'avait embrassée. Elle s'agita nerveusement.

— Qu'est-ce qui se passe, Sara ?

— Cette histoire de mariage me met à cran. Je ne supporte pas de mentir à nos proches, avoua-t-elle. Es-tu sûr que nous devons en passer par là ? Ça prendrait du temps de te rembourser, mais je le pourrais. J'honorerais ma part du marché que nous avons conclu.

La remarque de Sara blessa Grant. Certes, ils avaient passé un accord, mais il regrettait que leur relation se limite à ça. Elle se comportait comme s'ils étaient deux étrangers, alors que leurs baisers l'avaient consumé jusqu'à l'âme.

Il posa la main sur la sienne.

— Nous nous rachèterons quand j'aurai la garde définitive. Je dirai à ton père que j'ai insisté pour te faire accepter ce mariage. Ma mère s'occupe de tout. Sois patiente.

Sara retira sa main et se leva.

— Repose-toi, Grant. Je m'inquiète de te voir travailler si tard. Bonne nuit.

Sara s'inquiétait pour lui ? Il y avait longtemps que personne ne se souciait plus de lui.

Une heure plus tard, il finissait de ranger ses papiers dans le bureau de son père — le sien, maintenant.

Cette pensée ne le faisait plus souffrir. Il était juste déçu de ne pas avoir eu une relation normale avec son père. Il voulait construire une vraie relation père-fille avec Lily. Il espérait en être capable. Au moins, il savait ce qu'il ne fallait pas faire. Il était plus perplexe en ce qui concernait son rapport avec Sara. S'il se rapprochait d'elle, ne risquait-elle pas d'attendre plus qu'il n'était disposé à donner ? Leurs baisers, trop brefs à son goût, indiquaient que quelque chose de fort couvait entre eux. Il avait l'impression qu'elle était faite pour ses bras, qu'elle leur appartenait, à Lily et à lui. Du moins pour le moment. Ils avaient besoin d'elle.

Sa paperasserie terminée, il se dirigea vers la cuisine pour se servir un bol de crème glacée. Il s'asseyait à la table, quand un mouvement du côté de la piscine attira son attention.

Sara était en train de nager. Dans la nuit fraîche, la piscine chauffée dégageait un nuage de vapeur qui l'auréolait d'un charme presque surnaturel.

Il dégusta sa glace en la regardant aller et venir puis la rejoignit.

Elle sortait juste de l'eau.

— Oh ! tu m'as fait peur…

Plus adorable que jamais, elle portait un simple maillot une-pièce qui mettait en valeur ses formes parfaites.

— Ce n'était pas mon intention, dit-il, la dévorant du regard. Je mangeais de la glace dans la cuisine quand j'ai vu un mouvement du côté de la piscine.

— Je n'arrivais pas à dormir. J'espère que ça ne te dérange pas que je sois venue faire quelques longueurs.

— Tu peux disposer de tout ce qu'il y a ici.

Y compris moi.

Ramassant sa serviette, elle s'en enveloppa, et il éprouva un sentiment de frustration. Pourquoi cette femme le fascinait-elle autant ?

Elle s'assit dans un fauteuil, prit une tasse où pendait l'étiquette d'un sachet de thé et la porta à ses lèvres.

— Je peux me joindre à toi ? demanda-t-il.

— Pourquoi pas ?

L'accueil aurait pu être plus chaleureux, mais il s'en contenta. Il prit place dans un transat et s'étira. C'était agréable. Il ne prenait jamais le temps de se poser.

Le coassement d'une grenouille et le bourdonnement d'un insecte se mêlaient aux bruits de la vie nocturne.

— Je suis désolée que ton père t'ait tant fait souffrir. Je sais que tu en gardes de la rancœur.

— Ce n'était pas évident hier soir, mais je vais mieux depuis que je suis responsable de Lily. Peut-être parce que je pense à quelqu'un d'autre que moi : j'ai moins de temps et d'énergie pour la colère.

Quelques secondes s'écoulèrent.

— Je t'admire, avoua Sara. C'est difficile de prendre un virage aussi radical.

— Je ne suis pas sûr de mériter cette admiration.

— Tu te sous-estimes. Regarde ce que tu fais pour Lily.

— Ne me vois pas comme un héros, protesta-t-il avec un rire gêné. Tu risquerais d'être déçue.

— J'en doute. Ce qui t'attend n'est pas facile.

— J'en suis conscient. Je vais devoir faire d'importants changements dans ma vie. Tu crois que je ne devrais pas me battre pour garder Lily ?

— Bien sûr que si ! Je dis juste que ce ne sera pas évident. Demande à mon père.

— Je ferai ce que j'ai à faire. Tu ne te demandes pas pourquoi je crois devoir élever Lily ?

— Il me suffit de savoir que tu le veux assez pour te battre pour elle. Son bien-être compte plus pour toi que tes sentiments envers ses parents. C'est ça, être un père.

— Merci pour ces paroles. Tu es une femme sensible et généreuse, Sara Marcum.

Sara avait apprécié le compliment de Grant. Elle n'était pas sûre de le mériter car elle avait abandonné Emily, même si le bébé avait toujours été à ses amis et ne lui avait jamais vraiment appartenu. Mais elle se reprochait de s'être attachée à elle. De s'être autorisée à la croire sienne. Cela n'arriverait pas avec Lily. Ni avec Grant.

Elle prenait plaisir à l'écouter. Il avait besoin de parler, de se confier. Chaque jour, de nouveaux liens les unissaient.

Même si elle désirait que cette relation dure, elle savait que c'était impossible. Elle ne voulait pas les faire souffrir quand elle partirait. Elle avait connu le tourment de l'abandon et aurait encore du chagrin le moment venu, mais tant pis. Elle avait pris sa décision. Son père aurait un toit pour le prix de sa peine. Elle s'en remettrait avec le temps.

— Merci de m'écouter. Tu es un vrai soutien pour moi.

— Ça m'attire parfois des ennuis, comme me marier pour une maison, répliqua-t-elle avec malice. Quelle est ta principale qualité, Grant ?

— Il paraît que je ne lâche rien tant que je n'ai pas obtenu satisfaction. C'est pour ça que je n'ai jamais compris pourquoi je n'arrivais pas à contenter mon père.

Et s'il se mettait en tête de la mettre dans son lit ? Pourrait-elle lui résister ? Le souhaitait-elle ?

Elle frissonna.

— J'ai froid, je vais rentrer, dit-elle. A demain matin.

Grant prit sa main quand elle passa devant lui.

— Merci aussi pour ton aide avec Lily. Nous avons besoin de toi, tous les deux.

— Nous nous aidons mutuellement, répondit-elle en dégageant doucement sa main.

Elle s'éloigna avec une sensation d'inachevé.

Quelques jours plus tard, le père de Sara emménageait. Tôt le matin, elle se rendit avec lui dans la nouvelle maison pour recevoir les meubles. Elle passa la matinée dans la cuisine à ouvrir les cartons apportés par les déménageurs tandis que son père leur indiquait où placer le mobilier.

Elle rangeait des moules à pâtisserie quand Grant entra avec Lily, brandissant plusieurs sacs d'un fast-food local.

— J'ai apporté le déjeuner. Les boissons sont dans la voiture. Prends Lil, je vais les chercher.

Il posa les sacs sur la table et lui fourra Lily dans les bras avant de sortir.

Elle sourit au diminutif dont il avait affublé la fillette. Il était tombé sous le charme de Lily, et elle n'avait aucun mal à deviner pourquoi.

— Papa ! cria-t-elle, viens déjeuner.

Son père la rejoignit et s'assit sur une chaise de cuisine. Elle lui passa la petite fille et commença à sortir les hamburgers des poches en papier.

— Je vais voir si Grant a besoin d'aide, dit-elle.

Dans l'entrée, elle le vit qui revenait avec les boissons. Le camion de déménagement était toujours garé dans l'allée.

Il arrivait au bas des marches quand quelqu'un cria un avertissement.

Elle vit qu'on déchargeait une commode qui penchait dangereusement. Un déménageur tenta de la retenir, mais le diable auquel elle était sanglée passa par-dessus le plan incliné. Le meuble tomba sur son collègue, dont le bas du corps se retrouva coincé dessous.

Grant et elle se précipitèrent en même temps.

— Il faut le dégager ! s'écria le déménageur, paniqué.

— Je suis médecin, dit calmement Grant. On doit y aller doucement pour ne pas causer de lésions supplémentaires.

Il sortit son portable et le tendit à Sara.

— Appelle le 911.

Elle s'en chargea pendant que Grant et Jake, l'autre déménageur, détachaient les sangles arrimant la commode au diable. Son père venait d'arriver avec Lily, et elle lui confia le téléphone.

— Le 911 est en ligne. Va dans la rue guetter les secours. Je dois aider Grant.

Fonçant dans la maison, elle alla chercher des couvertures et prit sa trousse médicale. Elle attendit que Jake et Grant aient dégagé le blessé et étendit une couverture sur lui.

— J'ai ma trousse.

— Bien. Il va être en état de choc, commenta Grant en examinant les pupilles de l'homme. Comment s'appelle-t-il ?

— Rick, répondit Jake.

— Ne bougez pas, Rick. Vous avez peut-être des lésions internes.

Sara lui tendit le stéthoscope.

— Je vais prendre sa tension, dit-elle.

Elle enroula le brassard autour du bras de Rick et le gonfla. Après avoir écouté le cœur, Grant lui rendit le stéthoscope, et elle le plaça au creux du bras de Rick pour trouver un pouls. Il était lent.

— Sa tension est basse, observa-t-elle.

— Je vais ausculter votre ventre, Rick. Dites-moi si ça fait mal.

Grant souleva la couverture et palpa l'abdomen du patient qui hurla quand il toucha son côté gauche.

— C'est sa rate ? demanda Sara.

— Bon diagnostic. Reprends sa tension. Il faut qu'il tienne jusqu'à l'arrivée des secours, chuchota-t-il.

Elle gonfla le brassard du tensiomètre.

— Je vais voir s'il n'a pas de fracture, dit Grant.

Il promena doucement ses mains sur la jambe droite de Rick qui ne réagit pas. Mais le blessé poussa un cri quand il effleura sa jambe gauche au niveau de la cheville.

— D'accord. Il va falloir immobiliser cette jambe.

— Sa tension chute, déclara-t-elle en prenant une couverture. Je vais rouler cette couverture pour soutenir sa jambe.

La sirène de l'ambulance lui arracha un soupir de soulagement. La tension de Rick était dangereusement basse. Il fallait le conduire au plus vite à l'hôpital pour procéder à l'ablation de sa rate.

Grant examina de nouveau ses pupilles d'un air sombre.

— Je vais me remettre ? balbutia Rick.

Grant posa une main rassurante sur son bras.

— On va vous rafistoler, et vous pourrez reprendre vos déménagements.

Après l'arrivée de l'ambulance, tout alla très vite. Sara reprit Lily, qui commençait à s'impatienter, pendant que Grant faisait un rapport téléphonique au médecin des urgences. Les brancardiers installèrent le blessé sur une civière qu'ils montèrent dans l'ambulance, et le véhicule repartit dans le clignotement de son gyrophare.

Grant rejoignit Sara.

— Tu crois que ça va aller ? demanda-t-elle.

— S'il n'y a pas de complications, oui. Une fois encore, tu as été formidable comme infirmière urgentiste.

Elle se sentit rougir de plaisir.

— Tu n'étais pas mal non plus. Je n'ai jamais eu à affronter autant d'urgences que depuis que je te connais !

— Je me réjouis d'apporter de l'excitation dans ta vie.

Elle se demanda si ce serait excitant d'être mariée avec lui. Elle soupçonnait fort que oui.

La semaine suivant l'emménagement de Harold, Grant avait été très pris à l'hôpital, ne rentrant à la maison que pour dormir. Il s'était aperçu avec surprise que Sara et Lily lui manquaient et qu'il avait hâte de les voir. La nouvelle de son mariage avait vite fait le tour de l'hôpital, et ses collègues et amis avaient été effarés d'apprendre qu'il allait convoler.

Il avait dû parlementer avec sa mère pour lui faire admettre sa décision de garder Lily, mais elle avait accepté d'emblée son mariage. Il ignorait les détails de ses plans, mais il était sûr qu'elle serait là pour veiller à tout. Elle avait pensé au siège pour bébé pour la limousine qui les conduisait maintenant à l'aéroport.

Sara était assise à côté de lui, raide comme la justice, les mains tellement crispées qu'elle avait les jointures blanches.

Il sentait que les semaines suivantes n'allaient pas être faciles sur le plan émotionnel et se désolait qu'elle se sente contrainte de participer à cette parodie de noces. Toute femme rêve d'un mariage d'amour. Il devait trouver comment lui rendre la situation supportable.

Il entrelaça ses doigts aux siens.

Elle se raidit d'abord puis se laissa faire sous le regard souriant de son père, qui amusait Lily avec un jouet.

Grant se pencha vers elle.

— A voir ton expression, chuchota-t-il, on jurerait que m'épouser est un sort pire que la mort.

— Pas tout à fait, répliqua-t-elle avec un sourire ironique.

— Quel compliment !

— J'essaierai de faire mieux la prochaine fois.

— J'ai hâte de voir ça.

Elle n'était pas plus détendue lorsqu'ils patientèrent dans la salle d'attente de l'aéroport O'Hare, avant d'embarquer dans l'avion qui devait les conduire en Caroline du Nord.

— Il faut que je change Lily, déclara Sara, ramassant le sac de couches d'une main et coinçant Lily sur son autre bras.

Il la regarda s'éloigner en direction des toilettes.

— Ne vous inquiétez pas, dit Harold. Toute future mariée se sent un peu nerveuse avant le grand saut.

— Je ne l'ai jamais vue aussi songeuse.

— Moi, si. Quand elle a dû remettre à ses parents le bébé qu'elle avait porté pour eux. Elle s'en remettra.

A leur descente d'avion à Raleigh, une autre limousine les attendait.

Sara regarda des collines verdoyantes défiler le long de la route. De temps en temps, une petite ferme pittoresque surgissait au détour d'un virage. Ce paysage paisible contrastait avec l'anxiété qui la minait.

N'était-elle pas en train de commettre une erreur ? Elle aidait une petite fille à vivre avec quelqu'un qui voulait d'elle, ce n'était pas si différent de ce qu'elle avait fait pour Emily et ses parents. Grant donnerait à Lily tout ce qu'elle-même n'avait jamais reçu de sa mère, elle se sentirait désirée, aimée. Mais qu'éprouverait-elle à son départ ?

Heureusement, elle était trop jeune pour se demander si elle n'était pas la cause de sa désertion, et Grant trouverait vite quelqu'un pour la remplacer. Dans leur accord, il n'avait jamais été convenu qu'elle reste.

Elle lui jeta un regard à la dérobée.

Ne commençait-elle pas à avoir envie de rester ?

Peu importe. Elle voulait être désirée pour elle-même, pas pour les services qu'elle rendait. Grant tenait à ce que ce mariage ait l'air réel uniquement pour Lily. Il n'avait jamais prétendu aspirer à autre chose.

La limousine franchit une grille en fer forgé, et ils pénétrèrent dans un parc magnifique au gazon parfaitement entretenu d'où jaillissaient de jolis massifs de fleurs.

— Comme c'est beau murmura-t-elle, le cœur serré.

— Content que ça te plaise, dit Grant en souriant.

Le chauffeur s'arrêta devant la porte d'un bâtiment de plain-pied. Lâchant la main de Sara, Grant descendit de voiture pour saluer l'homme qui venait les accueillir.

— Nous logeons dans des cottages du domaine et nous nous y rendrons en voiturettes de golf déjà réservées par ma mère, expliqua-t-il à Sara en ouvrant sa portière.

Elle était presque aussi nerveuse de rencontrer la mère de Grant que de se marier.

— Ta mère est là ?

— Elle est repartie. Elle avait des choses à faire en ville. Nous la verrons ce soir. Tu occupes un cottage avec ton père.

— Et Lily ?

— Elle sera dans un bungalow voisin. Ma mère a engagé une nurse qui s'occupera d'elle. Tu pourras la voir quand tu voudras, ne t'inquiète pas.

— Très bien, répondit Sara, que la décision n'emballait pas.

Grant l'aida à monter dans la voiturette.

— On se voit ce soir au dîner.

Elle hocha la tête.

Le dîner où ils joueraient les futurs mariés amoureux. Sauf que c'était de la comédie. Elle serait une fausse épouse. Une mère d'opérette.

Elle eut envie de s'enfuir en courant.

Le conducteur de la voiturette où elle avait pris place avec son père suivit un étroit chemin bitumé jusqu'à un ravissant petit cottage ressemblant à une maisonnette de conte de fées. Une plante grimpante à fleurs roses s'enroulait autour d'un pilier de la véranda jusqu'au toit. C'était magique.

L'intérieur était tout aussi charmant, avec un petit séjour confortable décoré de chintz champêtre, un coin cuisine et deux chambres avec leurs salles de bains.

— Je crois que ta chambre est celle-ci, petite, dit son père.

Elle s'avança.

A la porte du placard était suspendue la robe de mariée la plus belle qu'elle ait jamais vue. La coupe était simple, avec de fines bretelles, un bustier de mousseline délicatement plissée et une jupe composée de multiples couches de tulle superposées.

Elle souleva avec douceur le tissu qui retomba, chatoyant,

dans la lumière. Le voile court était orné de perles de culture. Sur le sol, une paire d'escarpins blancs attendait d'être enfilés.

Son père lui glissa un bras autour des épaules.

— Tu seras une mariée magnifique.

Les heures suivantes passèrent dans un brouillard. Elle alla voir Lily puis revint s'habiller pour le dîner, tout le monde devant se retrouver dans le pavillon principal.

Elle avait apporté sa plus belle tenue pour l'occasion mais, quand elle ouvrit sa penderie, elle y trouva trois robes et des accessoires, avec un message :

« Elles sont pour vous. Choisissez celle que vous voulez. »

Sa future belle-mère avait pensé à tout.

Sara opta pour un modèle bleu classique et chaussa des escarpins bleu et blanc. Elle ramena ses cheveux sur le côté avec la pince qu'elle avait apportée et, satisfaite de son apparence, monta dans la voiturette avec son père.

Grant les attendait devant le pavillon principal, ce dont elle lui fut reconnaissante. Harold les précéda à l'intérieur.

— Tu es superbe, ce soir, dit Grant.

— Merci. Toi aussi.

Il portait un costume bleu marine avec une chemise blanche et une cravate en soie rayée, et elle le trouva d'une beauté à couper le souffle. En d'autres circonstances, elle se serait sentie la plus chanceuse des femmes.

— On entre ? demanda-t-il en lui offrant son bras.

Ils furent accueillis par un petit groupe composé de son père, la nurse de Lily, Léon, Kim, et une dame en tailleur haute couture d'une rare élégance.

La mère de Grant. Elle avait la même couleur d'yeux que lui, le même port de tête.

— Bonjour, la salua la dame en souriant. Je suis Clarisse Smythe. Je suis ravie de vous connaître.

Sara se força à lui rendre son sourire.

— Bonjour, madame. Le plaisir est partagé. Je vous remercie pour tout. Ma robe de mariée est parfaite !

Clarisse lui effleura la joue d'un baiser.

— Je me réjouis qu'elle vous plaise. J'ai tenu compte des suggestions de Grant.

Sara jeta à Grant un regard ébahi, surprise qu'il la connaisse aussi bien.

Sans doute avait-il une grande expérience des femmes. Que savait-elle de lui ? Leur union n'était qu'un simulacre…

— Pardon ? fit-elle, prenant conscience qu'il lui parlait.

— On va servir le dîner, répondit-il en lui tendant sa main, à laquelle elle s'accrocha comme à une bouée de sauvetage.

Elle passa les heures qui suivirent à sourire dans un état second. Toute la soirée, Grant se comporta en parfait amoureux, comme s'il ne pouvait pas s'empêcher de la toucher. Et cela semblait presque… normal.

— Je voudrais porter un toast à la femme qui a su conquérir le cœur de mon fils, dit la mère de Grant.

Sara bénit la lumière tamisée qui dissimulait sa rougeur.

Tout le monde leva son verre, et Grant se pencha vers elle.

— Tiens bon, chuchota-t-il en lui baisant la tempe.

Après le dîner, il l'accompagna à la voiturette qui allait la ramener à son cottage pour sa dernière nuit de célibataire.

— Dors bien, Sara. A demain matin.

Avant de se coucher, elle alla rendre visite à Lily, qui dormait profondément, et la nurse promit de l'appeler en cas de problème. Elle se demandait comment elle allait pouvoir la quitter. Mais c'était prévu ainsi. Impossible de reculer. Malgré son angoisse, elle dormit comme une bûche.

Sara fut réveillée par son père qui lança gaiement :

— C'est le grand jour, petite !

La cérémonie était prévue pour 10 heures, « pour avoir la meilleure lumière », avait dit la mère de Grant.

Elle grignota à peine au petit déjeuner. Elle venait de se doucher quand on frappa à la porte du bungalow.

Une femme de chambre envoyée par Clarisse venait l'aider à enfiler sa robe. Peu après arriva Kim, ravissante dans une robe jaune pâle.

— Comme tu es jolie ! s'écria Sara, la tenant à bout de bras pour l'admirer.

— On ne me remarquera même pas quand on te verra. Le Dr Smythe n'avait d'yeux que pour toi, hier soir.

Etait-ce vrai ?

— Je n'arrive pas à croire que tu te maries sans même m'avoir dit que tu sortais avec *Dr Délice* ! Il n'a pas un ami ?

— Je le lui demanderai, répondit-elle avec un sourire. Je crois que Léon est libre.

Une demi-heure plus tard, plantée devant le miroir en pied, elle n'en croyait pas ses yeux. Jamais elle ne s'était vue aussi belle. Grant serait-il de cet avis ?

Dehors, une voiturette spacieuse attendait la mariée, son père et sa demoiselle d'honneur.

La chapelle se trouvait dans un édifice tout en verre entouré d'immenses sapins. Elle resta sans voix en découvrant les lieux. La lumière matinale qui éclairait la cime des sapins donnait à l'espace un aspect céleste. On ne pouvait rêver endroit plus magique pour un mariage.

Sautant de la voiture, Kim entra la première. Sara prit le bras de son père. Quelqu'un lui tendit un charmant bouquet de roses blanches dont le parfum monta jusqu'à elle. Son père et elle s'avancèrent vers l'autel au doux son d'une harpe.

Les invités se tenaient de part et d'autre de l'allée. D'une élégance nonchalante dans son smoking sombre et sa chemise blanche, Grant l'attendait, avec une expression qui aurait pu passer pour de l'amour aux regards non avertis.

Il s'avança et lui offrit sa main.

C'était trop beau pour être vrai.

7.

Grant retint son souffle en voyant Sara s'avancer au bras de Harold.

Elle ressemblait à un ange dans ce blanc vaporeux qui l'enveloppait comme une aura, le visage dissimulé sous un voile arachnéen. Qui aurait cru que son père serait indirectement responsable de ce moment ? Si Lily n'avait pas eu besoin d'une nurse, il n'aurait pas connu Sara.

Battant des paupières, elle lui tendit une main tremblante, et ils s'approchèrent de l'autel.

Comme elle lui jetait un regard incertain, il lui sourit. Puis ils échangèrent leurs vœux. Elle parla à voix basse, sans le quitter des yeux. Quand vint son tour, il avait la bouche sèche et dut s'éclaircir la gorge.

— L'échange des alliances, maintenant, dit le pasteur.

Le regard atterré de Sara chercha le sien, et il lui sourit de nouveau, encourageant.

Léon lui remit l'alliance, et il la glissa à l'annulaire de Sara qui la contempla, les yeux un peu trop brillants.

Comment pourrait-il tenir si elle pleurait ?

Kim toucha le coude de Sara et lui tendit un anneau. Avec un sourire tremblant, elle le prit et le glissa au doigt de Grant.

— Vous pouvez embrasser la mariée, déclara le pasteur.

Il prit le menton de Sara, et leurs regards se soudèrent. Ses lèvres se posèrent sur les siennes. Elle lui rendit son baiser. Puis il releva la tête, et elle soupira. Il sentit son cœur se serrer. Ils étaient mari et femme.

Ils furent soudain entourés d'un brouhaha indescriptible.

Clarisse les serra dans ses bras avant de filer pour veiller à l'organisation de la réception. Harold embrassa sa fille et échangea une poignée de main avec son gendre. Lily était là aussi, qui gazouillait dans les bras de la nurse, et Sara la prit contre elle. Léon et Kim les félicitèrent, tandis qu'un photographe immortalisait ces instants.

Au bout de quelques minutes, Grant reprit Lily à Sara et la tendit à la nounou.

— Je peux m'occuper d'elle, maintenant, protesta Sara.

— Je sais, mais j'aimerais avoir quelques instants seul avec ma femme, dit-il, assez fort pour que les autres entendent.

Tout le monde, y compris le pasteur, saisit le message et s'en alla, les laissant devant l'autel.

Il prit la main de Sara et l'entraîna vers le banc le plus proche.

— J'ai besoin de m'asseoir, fit-il, joignant le geste à la parole. Je n'ai pas eu aussi peur depuis que j'ai ouvert mon premier patient…

Elle gloussa, et le son cristallin résonna comme une musique dans la petite chapelle. Son visage se détendit.

Il s'éclaircit la gorge.

— Je sais que tu ne t'attendais pas à ça quand tu as accepté ce poste de nurse, Sara. Mais sache que tu es une superbe mariée. Merci pour ton sacrifice.

— C'en est un pour toi aussi, dit-elle avec un pâle sourire.

— L'instant est mal choisi pour en discuter.

— C'est vrai, acquiesça-t-elle, tendant son cou gracieux pour regarder autour d'elle. C'est un lieu magnifique pour célébrer un mariage.

— Je n'y suis pour rien. Ma mère s'est occupée de tout.

— Même des alliances ?

Il lui jeta un regard penaud.

— Heu, pas vraiment de tout.

— Tu as parfaitement choisi, déclara-t-elle en regardant son annulaire. Bien sûr, je te la rendrai quand tout sera fini.

« Fini » ?

Il eut l'impression de recevoir un uppercut à l'estomac.

— Tu peux la garder. C'est un cadeau.

— Je ne…

— Assez parlé. Nous devons nous rendre au brunch.

Il l'aida à se lever, et ils sortirent de la chapelle main dans la main. Une voiturette les attendait, décorée de clochettes et de rubans blancs, et ils retournèrent au pavillon central où tout le monde s'était rassemblé pour les accueillir et où un appétissant buffet était dressé pour les convives.

Il remarqua que Sara mangeait peu, mais elle semblait plus gaie que la veille. Au moins, elle n'était pas malheureuse.

Sa mère vint bavarder avec eux.

— Je sais que vous n'avez pas le temps de partir en voyage de noces à cause de l'emploi du temps de Grant, mais je me suis arrangée pour que vous disposiez du cottage réservé aux lunes de miel cet après-midi et cette nuit, leur annonça-t-elle avant de les laisser pour aller papillonner ailleurs.

— Ce n'était pas prévu, murmura Sara.

Ils n'en avaient pas parlé, mais l'idée plut à Grant : s'il avait Sara pour lui tout seul, sans Lily ni Harold, ils pourraient apprendre à mieux se connaître…

Il refusa de laisser ses pensées s'aventurer plus loin.

— Je ne sais pas toi, mais un peu de paix et de tranquillité me plairait bien, ainsi qu'une bonne sieste.

— Tu sais parler aux femmes, répondit-elle en souriant.

Il aimait retrouver la vraie Sara, vive et drôle.

Kim s'approcha.

— Je viens vous dire au revoir, dit-elle. Léon m'emmène à l'aéroport. Son avion décolle peu après le mien. A bientôt, madame Smythe, ajouta-t-elle, serrant Sara dans ses bras.

— « Madame Smythe », murmura Sara.

— Ça te plaît ?

— J'ai l'impression d'être quelqu'un d'important.

— Tu es très importante pour Lily et pour moi, chuchota-t-il dans ses cheveux.

— J'espère ne pas vous décevoir.

— Impossible, dit-il, prenant sa main. Partons d'ici et allons faire cette sieste.

Le cottage réservé aux lunes de miel était situé à l'écart des autres bungalows, près d'un étang entouré de roseaux. Devant, une balancelle invitait à la rêverie, et de grands arbres se dressaient sur trois côtés, le protégeant des ardeurs du soleil et offrant une certaine intimité à ses occupants.

Sara fut séduite, mais elle se sentait nerveuse à la perspective de passer un après-midi et une nuit seule avec Grant.

Qu'attendait-il d'elle ? Ils n'avaient pas parlé de leur nuit de noces. Après tout, ce mariage n'était qu'une comédie.

Grant l'aida à descendre du véhicule, et le chauffeur leur recommanda de téléphoner à l'accueil s'ils avaient besoin de quoi que ce soit.

Elle le regarda s'éloigner, le cœur battant.

Elle était vraiment seule avec Grant, maintenant !

— Avant tout, j'aimerais enfiler des vêtements plus confortables, dit-il en enlevant sa veste de smoking.

— Nous n'avons même pas de tenue de rechange…

— Ma mère les a fait porter ici, répondit-il, s'attaquant à son nœud papillon.

— Je n'ai pas l'habitude de ce genre de service.

— Elle pense à tout.

Il commença à déboutonner sa chemise, dévoilant de somptueux pectoraux.

— Il faut que je pense à la remercier.

— Allons voir ce qu'elle nous a réservé à l'intérieur.

— Nous n'avons jamais discuté de… De cet aspect de notre accord, remarqua-t-elle, hésitante.

Il la regarda.

— Sara, je ne vais pas te sauter dessus, si c'est ce que tu crains. Allons juste nous changer et nous détendre.

— Tu n'as pas peur que *je* te saute dessus ? rétorqua-t-elle, éprouvant le besoin de le déstabiliser.

— Je ne m'en plaindrais pas si ça arrivait, dit-il, radieux.

Le visage en feu, elle gravit les marches de la véranda.

L'intérieur du cottage était aussi charmant que l'extérieur, avec un salon, un petit coin cuisine, et une seule grande chambre.

— Ne fais pas cette tête. Je dormirai sur le canapé, dit-il.

— Je pourrais…

— Laisse-moi me montrer galant le jour de mes noces.

Elle se détendit.

— Merci, sire chevalier !

Grant reprit son sérieux.

— Ne commets pas l'erreur de me considérer comme un gentleman, Sara. Je ne le suis pas. Les règles chevaleresques, ce n'est pas mon truc, alors méfie-toi tout de même. Je me changerai dans la salle de bains, tu peux prendre la chambre.

Il se trompait. Elle avait eu maintes preuves de sa noblesse d'âme envers elle, son père et Lily !

Il prit son sac de voyage et gagna la salle de bains.

Pour qu'il ne se sente pas obligé d'y rester plus que nécessaire, elle décida d'attendre qu'il ait fini. Ouvrant les portes vitrées de la chambre, elle découvrit une terrasse avec un jacuzzi.

Elle étouffa un gémissement, au supplice.

Cet appartement était fait pour un couple d'amoureux. Or, elle s'y trouvait avec un homme qui l'attirait et avec lequel elle venait de se marier, mais qui n'était pas pour elle !

— Que regardes-tu ?

Elle se retourna d'un bond.

Grant s'approcha, vêtu d'un jean et d'un T-shirt qui mettait en valeur son torse athlétique.

— Waouh, un jacuzzi, dit-il avec un sifflement. Il va falloir que je l'essaie. Peut-être aimerais-tu te joindre à moi ?

— Je n'ai pas apporté de maillot de bain.

— Ce n'est pas indispensable. Après tout, c'est le cottage des lunes de miel.

Elle leva les yeux vers lui.

— Tu te moques de moi ?

— Non. Je me disais juste que, puisque nous sommes ici, nous pourrions aussi bien nous amuser. Je ne te toucherai pas, sauf si tu me le demandes. Ça te va ?

Il s'éloigna vers la cuisine, et, pour une raison inconnue, elle eut froid tout à coup.

Elle commençait à s'attacher à cet homme. Beaucoup trop.

Elle entreprit de déboutonner sa robe, mais la fermeture dans le dos rendait la tâche ardue.

— Grant ? Je vais avoir besoin de toi pour ôter cette robe.

Il passa la tête dans la chambre.

— On m'appelle pour remplir un devoir conjugal ?

— Amical, plutôt.

— Tourne-toi, ordonna-t-il en s'approchant. Doux Seigneur, je comprends que tu aies besoin d'un coup de main, il y a bien une centaine de boutons !

— Cinquante-trois, d'après Kim.

Il se mit au travail, et elle sentit son souffle s'accélérer au rythme de ses doigts qui s'affairaient. Elle était au bord de la syncope. Enfin, le dos de la robe s'ouvrit, et elle dut tenir le bustier contre elle pour couvrir ses seins.

— C'est fait, dit Grant d'une voix rauque, son souffle caressant son dos nu.

Figée, elle sentait la chaleur de son corps derrière elle. Puis un doigt glissa au creux de ses reins.

Elle cessa de respirer. Le temps s'arrêta. Puis un courant d'air frais lui effleura la peau.

Quelques secondes plus tard, elle entendit la porte du cottage s'ouvrir et se refermer.

Grant sentit plus qu'il n'entendit Sara le rejoindre sous la véranda où il s'efforçait de contenir sa libido, allongé sur un transat.

Il avait dû faire appel à toute sa volonté pour ne pas refermer ses mains sur ses seins blancs. La tentation avait été trop forte, et il n'avait pas pu s'empêcher de la toucher. Juste un peu, mais le contact de sa peau douce avait suffi à déchaîner le désir qui couvait en lui depuis le baiser dans le bureau de son père.

Il était dans un beau pétrin, coincé dans ce cottage romantique sans rien d'autre à faire que soupirer après Sara. Il s'était engagé à ne pas exercer ses droits d'époux si elle ne le voulait pas. Leur union n'avait de mariage que le nom. Elle ne lui avait donné aucune indication qu'elle aspirait à plus.

Il garda les yeux clos quand elle s'assit dans le transat voisin.

— Pourquoi me regardes-tu ?

— Je ne te regarde pas, dit-elle, manquant s'étrangler.

— Je sens tes yeux sur moi.

— Comment sent-on les yeux de quelqu'un sur soi ?

— Je sais maintenant que tu m'observes, tu n'aurais pas posé une question dont tu connaissais déjà la réponse !

— J'essayais de voir si tu dormais. A l'évidence, non.

— J'allais m'assoupir, mentit-il. Si on faisait une sieste avant d'aller voir Lily et de marcher au bord de l'étang ?

Elle ne répondit pas, mais il sentit qu'elle l'observait.

Il ouvrit un œil.

— Pourquoi souris-tu ?

— Tu as proposé d'aller voir Lily, alors que j'aurais dû être la première à le faire.

— Cette petite me plaît de plus en plus, répliqua-t-il.

— Je suis fière de toi, Grant.

Il sentit son cœur se gonfler d'une émotion nouvelle.

Il avait rarement entendu ces mots, et jamais de la bouche de son père. Celui-ci serait-il fier de ce qu'il faisait pour Lily ? Il avait envie de le croire.

Il prit la main de Sara et la baisa.

— Merci pour ces paroles.

Elle ne s'écarta pas. Se calant dans son transat, elle ferma les yeux, et il la contempla avec un étonnement émerveillé.

Contrairement aux femmes qu'il avait fréquentées, elle n'avait rien de tapageur. C'était le genre de femme avec qui il aimerait partager sa vie. Pouvait-il lui confier son cœur ?

Il finit par sombrer dans le sommeil, les doigts de Sara entremêlés aux siens.

Un léger grincement réveilla Sara, et elle regarda vers l'étang.

Assis dans la balancelle, Grant oscillait doucement. Ses chaussures étaient abandonnées près des marches. Pour une fois, il semblait en paix, débarrassé du stress de son travail et de son anxiété pour Lily.

Elle se déchaussa et le rejoignit.

Quand elle s'assit à côté de lui, il glissa son bras sur le dossier de la balancelle, sans la toucher.

— Salut, belle endormie.

— Bonjour. Tu es là depuis longtemps ?

— Quelques minutes.

Le soleil commençait sa descente derrière les arbres, et sa grosse boule orange se reflétait sur le lac. Le moment n'aurait pas pu être plus romantique.

— Il va bientôt faire nuit.

— Oui, acquiesça-t-il. Tu as faim ? Il y a tout ce qu'il faut dans la cuisine, ou nous pouvons nous faire livrer quelque chose.

— Ça va pour le moment.

Ils continuèrent à se balancer doucement tandis que le crépuscule les enveloppait peu à peu. La forêt bruissait autour d'eux, et de temps en temps un poisson sautait dans l'étang avec un clapotis.

Elle mit le pied à terre pour stopper la balancelle.

— Je ferais mieux de rentrer.

— Reste. Je suis là, il ne t'arrivera rien.

Elle savait qu'elle était en sécurité avec lui.

— Juste quelques minutes, alors.

— Quel âge avais-tu quand ta mère est partie ?

— Quatre ans.

Avec un sifflement, il l'attira à lui et l'étreignit.

— Je suis désolé que tu aies dû subir ça. Que tu aies eu si peur.

Elle se blottit contre lui, appréciant sa chaleur, sa compassion. Sa présence chassait les ombres menaçantes.

— Comment une mère peut-elle faire une chose aussi traumatisante à un enfant ?

— Comment un homme peut-il fourrer un bébé dans les bras d'une inconnue et tourner les talons ? rétorqua-t-elle avec malice.

Grant lui donna une bourrade.

— Tu n'arrives pas à me le pardonner, hein ?

— Oh ! je t'ai pardonné ! Mais je ne te laisserai pas l'oublier de sitôt.

— Génial… Oh ! regarde, une étoile filante ! dit-il en désignant la cime des arbres.

— Où ? s'enquit-elle, scrutant le ciel. Je n'en ai jamais vu.

— Vraiment ?

— Je vis à Chicago, je te rappelle. Il y a trop de pollution lumineuse pour qu'on puisse voir les étoiles.

— Alors, nous en verrons ce soir, décréta-t-il en se levant d'un bond, manquant la renverser.

Il fonça vers le cottage sous son regard ébahi.

— Grant, qu'est-ce que tu fais ? cria-t-elle, déconcertée.

— Je reviens tout de suite.

Elle le crut. Elle avait toute confiance en lui.

Il revint quelques instants plus tard avec le dessus-de-lit.

— Il ne fait pas froid à ce point-là, protesta-t-elle.

— On ne va pas s'en envelopper mais nous allonger dessus. Viens, dit-il en se dirigeant vers une clairière.

Elle le suivit lentement.

A peine visible dans l'obscurité ambiante, il étendit soigneusement le couvre-lit sur le sol. Il se laissa choir sur la couverture, qu'il tapota, l'invitant à le rejoindre.

Il ne lui laissait guère le choix. Elle s'assit à côté de lui.

Il faisait si noir maintenant qu'elle n'arrivait pas à distinguer la cime des arbres.

— J'ignorais que la contemplation des étoiles exigeait tant de préparation, remarqua-t-elle, railleuse.

— Juste si on veut le faire bien.

— Où as-tu appris à observer les étoiles ?

— Mon père nous réveillait, mon frère et moi, pour qu'on assiste à des événements célestes particuliers. Nous allions dans un endroit où il n'y avait pas d'habitations pour ne pas être gênés par la lumière. Je n'y avais pas pensé depuis longtemps…

Son père n'était donc pas aussi mauvais qu'il le décrivait.

— Allonge-toi. On ne voit pas aussi bien assis.

Grant était couché sur le dos, les bras croisés sous la tête.

Elle s'étendit près de lui, réchauffée et rassurée par sa présence.

— Détends-toi. Je suis là. Je ne te quitterai pas.

A présent, il n'était plus qu'une voix dans la nuit.

— Je suis détendue.

— Non. Je sens la tension de ta voix.

— Tu es bon médecin, mais à ce point-là !

Il pouffa.

— Je ne peux pas le prouver scientifiquement, mais tu es moins nerveuse qu'il y a quelques secondes.

Elle sourit. Il avait raison.

— D'accord, tu as gagné. Que dois-je faire ?

— Regarder en l'air.

Elle obéit.

Il y avait quelques étoiles dans le ciel. Les minutes passèrent, et d'autres apparurent. Le spectacle céleste était fascinant.

— Je n'ai jamais rien vu de tel !

— Je savais que ça te plairait. Regarde, une autre étoile filante !

— Où ?

Il se rapprocha.

— Il faut regarder très vite ou on la manque.

Elle scruta le ciel.

— Il y en aura d'autres ?

— Peut-être.

Sa main frôla sa jambe, et elle sentit une soudaine chaleur l'envahir. Leurs doigts s'enlacèrent. Le silence régnait.

Soudain, une traînée lumineuse traversa l'horizon.

— J'en ai vu une, dit-elle, se redressant. C'est magnifique.

— Il y en aura peut-être encore. Allonge-toi.

Cette fois, quand elle s'étendit, il y avait un bras musclé sous sa tête. Après un instant d'hésitation, elle se rapprocha de Grant, et il l'attira contre sa poitrine.

— As-tu l'habitude de contempler les étoiles quand tu sors avec une femme ?

— Non, je réserve ça à mes épouses.

— Tu en as eu plusieurs ?

— Grands dieux, non ! Si tu veux le savoir, tu es la seule.

— J'en apprends tous les jours sur toi.

— Je sais deux ou trois choses à ton sujet, chuchota-t-il. Tu as un cœur énorme, tu dis ce que tu penses et tu adores ton père. Et toi, que sais-tu de moi ?

— Que tu aimes plus les gens et ta famille que tu ne veux l'admettre, que tu n'as aucune envie d'élever un enfant mais que tu projettes de le faire du mieux possible, et que tu adores la glace au chocolat.

— Comment connais-tu mon parfum préféré ?

— Crois-tu que tu puises dans le même pot de glace depuis trois semaines ? J'en achète au moins un par semaine !

Grant la serra contre lui en riant.

— J'ai remarqué. Je trouve ça adorable. Merci.

Pourquoi fallait-il qu'il soit aussi gentil ? Elle ne devait pas se laisser surprendre. Mais ce serait si merveilleux de faire semblant d'avoir un mari et un enfant, une famille à elle, juste un moment. Nul n'en souffrirait à part elle. Il ne l'avait épousée que pour obtenir la garde de Lily, mais il semblait la trouver attirante. Lily était si petite qu'elle ne saurait jamais que Sara lui avait tenu lieu de mère durant quelques semaines. Et si elle prenait du plaisir à être mariée à Grant le temps que durait leur union ? Chacun repartirait ensuite de son côté, et elle panserait ses blessures dans son coin. Elle l'avait déjà fait, non ?

Elle se pencha pour l'embrasser, rencontra la commissure de ses lèvres puis couvrit sa bouche de la sienne.

Immédiatement, les bras de Grant l'enlacèrent, l'écrasant contre lui. La sensation de son membre dur contre son ventre attisa son désir.

Elle lui mordilla la lèvre inférieure, lui arrachant un grognement. Sa langue glissa sur la chair meurtrie, excitant encore plus Grant, qui la plaqua contre lui pour mieux lui faire sentir la force de son désir.

Elle se sentit toute-puissante. Elle avait été la fille de son père, la mère porteuse d'un couple, la nurse d'un bébé. Mais à cet instant, Grant Smythe la voulait pour elle-même, et il n'y avait rien de plus exaltant au monde.

Prenant son visage dans ses mains, il lui taquina voluptueusement les lèvres du bout de la langue. Jamais elle n'avait été embrassée ainsi — et peut-être ne le serait-elle plus jamais. Elle entrouvrit la bouche pour l'accueillir, et la langue de Grant s'y engouffra pour se livrer à des caresses d'un érotisme insoutenable.

Elle s'entendit gémir de désir.

Grant ignorait ce qui avait poussé Sara à l'embrasser mais, s'il avait su que la contemplation du ciel nocturne aurait cet effet sur elle, il l'aurait emmenée au planétarium depuis longtemps. A ce train-là, ils allaient se consumer. Mais il voulait la savourer, profiter de cette nuit. Sans qu'elle ait de regrets. Il s'écarta légèrement pour déposer de doux baisers sur ses lèvres et, la ramenant sous lui, embrassa ses yeux, ses joues, son menton.

— A ce rythme-là, je vais bientôt perdre tout contrôle, mon cœur, grogna-t-il d'un ton rauque. Je veux que cette nuit soit mémorable, mais pour les bonnes raisons. Allons à l'intérieur, que je puisse te voir…

Sara se figea.

Il baisa son cou et, reprenant son visage entre ses mains, l'embrassa sur les lèvres.

S'il ne se ressaisissait pas, il allait la prendre ici, par terre. Mais d'abord, il voulait la voir, la savourer. Il s'arracha à ses bras et se leva. A la pâle clarté de la lune, il vit son visage tourné vers lui, plein d'espoir, craintif.

Il lui tendit la main, et elle hésita une seconde avant de la saisir. Il l'attira dans ses bras. Il l'embrassa avec fougue, puis il l'entraîna, se maudissant de s'être aventuré aussi loin du cottage.

— Et la couverture ? demanda-t-elle, toujours pratique.

— Nous reviendrons la chercher demain matin…

Il s'arrêta, la prit contre lui, baisa doucement sa joue.

— Je ne me lasse pas de t'embrasser, dit-il, fou de désir, et il repartit vers le bungalow, l'entraînant avec lui.

Une fois dans l'entrée, il actionna l'interrupteur, et ils se regardèrent en silence.

Elle avait les cheveux en bataille, les yeux brillants.

Malgré son désir, il ne voulait pas la brusquer pour ne pas gâcher leurs premiers ébats.

— Tu as faim ? demanda-t-il.

8.

Sara faillit éclater de rire.

Comment Grant pouvait-il penser à manger à un moment pareil ! Avait-il des doutes ? L'homme fort et sûr de lui avait-il soudain perdu son assurance ?

— Oui, répondit-elle en le regardant dans les yeux. Faim de toi.

Le regard de prédateur qu'il lui décocha la fit trembler.

Elle n'avait jamais été hardie avec les hommes. Elle avait eu des amants, mais aucun n'avait eu cet effet sur elle. Avec lui, elle se sentait audacieuse, sexy. Désirée pour elle-même. Et elle n'aspirait plus qu'à se donner à lui. Elle s'inquiéterait des conséquences plus tard.

Elle prit sa main et l'entraîna dans la grande chambre.

— J'aime ce nouvel aspect de toi, remarqua Grant.

— Tu n'as pas tout vu.

Etouffant un grognement, il l'attira sur le lit.

— Où en étions-nous ?

Promenant ses lèvres sur son cou, il titilla la zone sensible derrière son oreille. Ses mains se posèrent sur sa taille et remontèrent lentement le long de sa cage thoracique, s'arrêtant juste sous ses seins.

Leur pointe se durcit sous la dentelle de son soutien-gorge. Elle était au supplice. Quand allait-il la toucher ?

Il continuait sa délicieuse exploration de son visage, mais ses mains ne bougeaient pas.

Soulevant sa chemise, elle toucha la peau chaude de son torse.

Avec un gémissement, il chercha sa bouche et l'embrassa avidement. Son corps se frottait au sien avec volupté, ne lui laissant rien ignorer de la puissance de son désir.

Du pouce, il taquina le bout d'un sein, et elle sursauta, sentant le désir pulser dans son ventre. Il la titilla encore, lui arrachant une plainte.

— Il faut que je te touche.

Il roula sur le côté, lui enleva son chemisier et posa les mains sur sa peau nue. Elle frémit en sentant ses doigts triturer la fermeture frontale de son soutien-gorge qui s'ouvrit comme une fleur.

Penché sur elle, le souffle court, il la contempla tout en lui caressant les seins.

— Tu es encore plus belle que dans mon imagination…

Il l'avait imaginée, *elle* ?

— Il faut que je te goûte.

Il prit un sein dans sa main et referma sa bouche sur sa pointe dure.

Les doigts dans ses cheveux, elle sentit son corps s'embraser pendant que sa langue la titillait, portant son excitation à son comble.

L'autre sein eut droit à la même délicieuse torture, jusqu'à ce qu'elle crie grâce. Alors, il promena ses lèvres sur son ventre, s'immobilisant à la ceinture de son jean. Il défit le bouton, descendit lentement la fermeture Eclair.

Il reprit sa bouche pour un long baiser voluptueux tandis que sa main s'insinuait dans son pantalon et que ses doigts poursuivaient leur lent cheminement entre ses cuisses et se glissaient dans son intimité palpitante.

Elle retint un cri. Le sang battait à ses tempes.

Comme elle se tordait, haletante, il reprit avidement ses lèvres.

Ivre de plaisir, elle eut l'impression de traverser les cieux dans une explosion de lumière, comme une étoile filante.

Grant s'écarta doucement.

— Tu es fantastique.

— C'est moi qui devrais dire ça…

— Il est temps d'enlever nos vêtements.

— Toi d'abord, tu en as plus que moi.

Il se leva. Prenant son portefeuille dans sa poche, il sortit un petit paquet carré qu'il posa sur la table de chevet avant de se déshabiller devant elle sans la moindre gêne.

A la lumière diffuse venant du salon, elle admira la beauté de son corps athlétique, ses épaules larges, son torse musclé, sa taille étroite, ses cuisses puissantes. Son regard s'attarda sur son membre viril fièrement dressé.

Pour elle.

— A toi, dit-il, lui prenant les mains pour la relever.

— Grant, je…

— Je t'en prie, murmura-t-il en lui effleurant un sein.

Elle prit une inspiration et enleva son jean qui glissa à terre.

— Je veux te voir tout entière.

Les mains tremblantes, elle baissa son slip en dentelle.

— Comment as-tu pu imaginer que je ne te trouverais pas magnifique ? grogna Grant d'une voix rauque.

Il l'attira à lui, la pressant contre son corps dur, et l'embrassa lentement, langoureusement.

Avec lui, elle se sentait belle. Sous ses caresses, sous ses doigts, sous ses lèvres, elle vibrait et ronronnait de plaisir.

Il rabattit le drap de lit et s'allongea sur le flanc, la regardant avec intensité.

Il était encore temps de lui dire qu'elle avait changé d'avis. Il ne la forcerait pas. Il serait déçu, mais il ne la prendrait pas contre son gré.

Elle se coucha près de lui sur le drap frais et lui fit face.

Elle explora son torse du bout des doigts, en mémorisant chaque détail, puis elle se concentra sur les mamelons et taquina de l'ongle une pointe dressée par le désir.

Descendant vers son ventre plat, sa main joua avec la

toison qui moussait plus bas, et elle commença à le caresser intimement, grisée par le pouvoir qu'elle avait sur lui.

Avec un grognement, il attrapa le sachet sur la table de nuit et enfila le préservatif. Puis il la poussa sur le dos et se pencha vers elle pour l'embrasser à pleine bouche.

Elle l'attira à elle, suppliante.

Il la regarda dans les yeux.

— Dis-moi ce que tu veux.

— Toi.

Reprenant sa bouche, il entra en elle d'un coup de reins.

Ils commencèrent alors la lente et fougueuse ascension vers le plaisir. Elle jouit la première, et un cri guttural jaillit de la gorge de Grant quand l'extase le saisit.

Il se laissa aller sur elle de tout son poids, puis il roula sur le côté et, la prenant ses bras, lui baisa la tempe.

Ils restèrent enlacés pendant que leur respiration reprenait un rythme normal.

Poussant un long soupir, elle se rendit à l'évidence : sa vie venait de prendre un virage irréversible. Jamais elle ne pourrait se lasser de Grant. Puis elle sombra dans le sommeil.

Au milieu de la nuit, Grant sentit Sara se presser contre lui et il s'empressa de répondre à ses avances. Cette fois, ils prirent tout leur temps pour s'aimer, avec une douceur et une tendresse nouvelles.

En écoutant ensuite son souffle doux et régulier, il éprouva un sentiment de plénitude qu'il n'avait jamais ressenti. Il n'avait pas l'habitude de passer la nuit avec ses conquêtes, pourtant il lui semblait tout naturel de sentir le corps de Sara blotti contre le sien.

Elle avait fait preuve de générosité dans leurs ébats, comme elle le faisait dans toutes les choses de la vie. Il regrettait de ne pas l'avoir connue quand il était plus jeune. Elle l'aurait soutenu, encouragé. Avec elle, il se sentait à la hauteur, valorisé. Ça ne lui était jamais arrivé, et il aimait ce sentiment de puissance.

Quand la pâle lueur d'un petit matin brumeux filtra à travers les rideaux, il se leva en veillant à ne pas déranger Sara. Prenant son téléphone, il ouvrit la porte de la terrasse et sortit sur la pointe des pieds. Après avoir appelé la nurse pour prendre des nouvelles de Lily, il alluma l'interrupteur fixé au mur, se glissa dans le jacuzzi et ferma les yeux.

C'était délicieux de sentir l'eau tiède bouillonner autour de lui… Mais pas autant que d'avoir Sara dans ses bras.

En moins d'un mois, sa vie avait radicalement changé. Aujourd'hui, il était père et époux. Cela n'avait jamais été dans ses projets, mais curieusement il n'avait aucune envie de fuir. Pourtant, il ne pouvait se permettre de s'attacher à Sara. Il ne voulait pas perdre son cœur dans l'histoire. Cela lui était déjà arrivé, et il en gardait encore les cicatrices.

Mais Sara n'était pas Evelyn. Elle ne le traiterait pas comme Evelyn l'avait fait…

Il ouvrit les yeux en entendant la porte-fenêtre s'ouvrir.

— Salut, lança Sara, refermant derrière elle.

Elle portait sa chemise, trop grande pour elle, mais jamais il n'avait vu femme plus adorable et il la désirait déjà.

Elle s'approcha, hésitante.

— On n'a pas pris de nouvelles de Lily…

— J'ai appelé la nurse. Tout va bien, dit-il en se levant et en prenant sa main pour l'attirer vers lui.

Les yeux de Sara s'agrandirent.

Il sourit.

— J'avais autre chose en tête.

Elle rougit, et cette vision l'enchanta.

— Ta chemise va être fichue…

— J'en prendrai une autre.

Elle céda et le rejoignit dans le bain bouillonnant.

Il s'assit sur le banc et la cala sur ses genoux, l'enveloppant de ses bras.

Une heure plus tard, Grant regardait Sara fourrer hâtivement ses affaires dans sa valise.

Ils avaient passé un moment mémorable à faire l'amour, avant de se détendre devant un excellent petit déjeuner. Mais maintenant, elle semblait inquiète.

Il la força à s'asseoir près de lui sur le grand lit.

— Qu'est-ce qui se passe ?

— Je me prépare juste à partir, dit-elle sans le regarder.

— Allons, Sara, parle-moi. Quelque chose ne va pas ?

— Je ne sais pas. Tout semble si… surréaliste.

— Cette nuit était aussi réelle qu'elle pouvait l'être.

— Tu vois ce que je veux dire, répliqua-t-elle, fixant la coiffeuse.

— Oui, mon cœur. C'est nouveau pour moi aussi.

— Ne m'appelle pas comme ça. Notre mariage n'est qu'un contrat d'affaires. Et moi, je suis la nounou qui en tire profit.

— Tu es dure, remarqua-t-il, blessé.

Elle le regarda bien en face.

— Comment qualifies-tu notre relation ?

— Je ne sais pas, mais à qui devons-nous des explications ? Ça ne concerne que nous.

Les mains sur les genoux, Sara fixa le tapis.

— Je regrette, je ne suis pas sûre d'être douée pour ça, murmura-t-elle.

Que voulait-elle ? Qu'il lui avoue son amour ? Il l'avait fait une fois, et Evelyn l'avait jeté pour épouser son père. Il ne s'y risquerait plus, même pour garder Sara dans son lit. Il se leva, un peu nerveux.

— Pour ton information, j'ai passé une nuit formidable. Et j'adorerai recommencer si tu en as envie. Mais je ne t'oblige à rien. Quand tu sauras comment tu veux que les choses se passent, tiens-moi au courant, dit-il en ramassant son sac de voyage. Je t'attends dehors.

Sara réfléchissait à toute vitesse tout en rassemblant ses affaires.

Elle ne voulait pas blesser Grant ni rendre plus stressante une situation déjà tendue. Il avait été souvent rejeté dans sa vie, et elle tenait à ménager son amour-propre. Mais elle devait se protéger. Si elle lui ouvrait son cœur, elle avait peur de ne pas s'en remettre quand ils se sépareraient. Malgré ses bonnes résolutions, Grant avait réussi à abattre ses défenses. Elle avait cru se satisfaire d'une nuit avec lui, mais elle se surprenait à souhaiter que cette relation dure toujours. Or, cela n'arriverait pas.

Sa valise terminée, elle le rejoignit sous la véranda. Elle le regarda à la dérobée, et son air déçu lui fit mal. Le chauffeur les attendait, et elle fut soulagée de ne pas se retrouver seule avec Grant. Du moins, pas avant qu'ils soient rentrés à la maison.

« La maison ». La demeure de Grant n'était pas la sienne, quand bien même, en théorie, elle en serait la maîtresse pendant quelque temps.

Quand le chauffeur emporta sa valise vers la voiturette, Grant lui emboîta le pas.

Elle le retint un instant.

— Grant… Pardonne-moi, je suis fatiguée.

Il lui pressa la main en souriant.

— Nous n'avons pas beaucoup dormi. Ne t'inquiète pas, on surmontera ça ensemble.

Il ne lâcha pas sa main quand ils montèrent dans la voiturette.

C'était la première fois qu'il parlait d'eux comme d'un vrai couple. Avant de partir, elle jeta un dernier regard au cottage qui avait abrité leur nuit d'amour.

Devant le pavillon principal, son père, la mère de Grant et la nurse les attendaient près de deux limousines. Elle plaqua un sourire sur ses lèvres tandis que Grant l'aidait à descendre de la voiture. Clarisse les étreignit tous les deux, et Harold serra la main de Grant.

— Je me réjouis que vous soyez de la famille.

Sara tressaillit.

Il faudrait bientôt tout lui expliquer, et ça lui semblait plus difficile de jour en jour.

— J'aurais aimé rester davantage, maman, dit Grant, mais notre avion décolle à 11 heures, nous devons y aller.

— Je sais, mon fils. On se reverra bientôt.

— Merci, madame Smythe, déclara Sara. Vous avez fait un travail remarquable.

— C'était un beau mariage, n'est-ce pas ?

— En effet, acquiesça Sara, pensant que tout aurait été encore plus parfait si Grant et elle s'étaient aimés.

Grant la poussa vers la première voiture pendant que son père et la nurse montaient dans la seconde.

— Pourquoi mon père et Lily ne sont-ils pas avec nous ? demanda-t-elle comme la limousine démarrait lentement.

— Ma mère a dû penser que nous avions besoin d'intimité. Essaie de dormir jusqu'à l'aéroport, il va falloir de nouveau nous occuper de Lily.

Grant mit un bras autour de ses épaules, et elle y posa la tête.

— Sara… Nous sommes arrivés.

Elle ouvrit les yeux.

Elle avait dormi dans les bras de Grant pendant tout le trajet. Elle aurait tant aimé le faire toujours ! Mais ce genre de pensée était malsain.

Quand ils arrivèrent à la maison, c'était presque l'heure de coucher Lily. Sur la route, ils avaient déposé son père chez lui et s'étaient arrêtés pour acheter de quoi dîner.

Tout en donnant à Lily son biberon du soir, elle grignota avec Grant.

Elle aimait cet homme. Comment cela avait-il pu se produire ? Il ne lui avait pas laissé le choix.

Elle prétexta devoir coucher Lily pour quitter la table.

— Je monterai t'aider quand j'aurai rangé, dit-il.

— Je peux me débrouiller. Il faut que tu appelles l'hôpital.

Il la considéra un moment puis hocha la tête.

Comprenait-il qu'elle avait besoin d'être seule ?

Grant savait depuis le début que cette idée de mariage de convenance serait difficile pour tous les deux, mais il n'avait pas eu le choix. Il avait entraîné Sara plus loin qu'il n'aurait voulu et maintenant il avait du mal à garder une distance affective avec elle. Il ne voulait pas qu'elle lui échappe.

Il n'avait pas l'intention de passer une seule nuit sous le même toit qu'elle sans partager son lit. Il n'était plus question de dormir sur le canapé ou dans son appartement de célibataire. Elle avait été très réceptive durant leurs ébats, et il refusait de la voir reprendre ses distances.

Pour ne pas la brusquer, il monta dans sa chambre et prit une douche. Puis il enfila un boxer-short et frappa à la porte de sa chambre.

Pas de réponse.

Il frappa de nouveau et entra.

— Il y a un problème ?

Elle était assise sur le lit face à la porte, comme si elle l'attendait. Elle portait la nuisette à fines bretelles qu'il avait si souvent rêvé de lui arracher.

— Je venais voir comment tu allais.

— Ça va. Qu'est-ce que tu fais ? demanda-t-elle, le voyant passer de l'autre côté du lit.

— Je me couche avec ma femme, dit-il en baissant son short. Après tout, nous sommes mariés, et c'est ma chambre.

— Non !

Il se glissa sous les draps d'un air malicieux.

— Si. Tu dors dans ma chambre d'enfant depuis le début.

— Pourquoi n'as-tu rien dit ? protesta-t-elle, interloquée.

— Ça m'amusait que tu dormes dans mon lit.

Elle ramassa un oreiller et le lui lança au visage.

Il répliqua en lui en jetant un.

Elle gloussa et prit un autre projectile. Il le lui arracha des mains et l'attira à lui.

Un plaisir brûlant l'inonda quand elle s'abandonna contre lui. Il avait de nouveau Sara dans ses bras. C'était ainsi que les choses devaient toujours se passer entre eux.

9.

La semaine suivante, la maisonnée s'installa dans une routine rassurante et à la fois irréelle pour Sara.

Chaque matin, Grant buvait rapidement un café avec elle et Lily avant d'aller travailler, et ils décidaient de ce qu'ils feraient au dîner — une scène familiale apparemment normale, sauf qu'il ne l'embrassait pas avant de partir, comme si ce geste d'affection était associé pour lui à un vrai mariage, ce que n'était pas leur union.

Elle passait ses journées à s'occuper de Lily, attendant impatiemment le soir qui le lui ramenait. Elle avait toujours le même plaisir à le retrouver. Si elle faisait la cuisine, Grant jouait avec Lily en bon père qu'il était devenu. S'il s'occupait du dîner, il voulait qu'elle s'asseye dans la cuisine avec le bébé et qu'elle lui fasse la conversation pendant qu'il posait tout sur la table.

Outre leurs étreintes, ces soirées lui manqueraient quand elle partirait…

Elle essayait de ne pas y penser.

Quand il n'avait pas de travail à faire, Grant l'aidait à coucher Lily. Ensuite, ils regardaient la télévision dans le bureau, enlacés sur le canapé. Puis venait son moment préféré, celui de se retrouver au lit.

Grant se consacrait à son plaisir comme si c'était le point culminant de la journée. Durant leurs ébats amoureux, elle était l'objet de toutes ses attentions. Après quoi, elle s'endormait dans la sécurité rassurante de ses bras.

Un jour, Grant téléphona pour la prévenir qu'il devait opérer tard le soir. Pour la première fois, elle se coucha sans lui. Elle prit conscience qu'elle commençait à dépendre de lui, même pour s'endormir, et cela l'effraya.

Au petit matin, il se glissa dans le lit et l'attira contre lui.

— Comment ça s'est passé ? demanda-t-elle.

— Très bien. Tu devrais être en train de dormir.

— Je vais le faire, maintenant.

Elle crut l'entendre murmurer : « Tu m'as manqué aussi », puis il l'embrassa dans le cou et sombra dans le sommeil.

Un matin au petit déjeuner, il lui déclara qu'il aimerait sortir avec elle ce soir-là.

— Et Lily ? demanda-t-elle.

— Ton père la gardera. Elle peut dormir dans le moïse jusqu'à notre retour. Du moment que Harold n'a pas à monter l'escalier, il m'a affirmé qu'il pouvait se débrouiller.

— Alors, tu as tout planifié ?

— Oui. Bien que mariés, nous ne sommes pas sortis une seule fois, et j'aimerais y remédier.

— Où irons-nous ?

— C'est une surprise, répondit-il en se dirigeant vers la porte. Mets une des robes que maman t'a offertes. Sois prête à 7 heures.

— Ce sera l'heure du bain de Lily…

— Arrête de chercher des excuses, Sara. Elle peut se passer de bain, pour une fois.

— Mais je suis sa nurse !

Il revint se planter devant elle.

— Ce soir, tu es ma femme, dit-il d'un ton sans réplique.

Sara regardait Grant se faufiler adroitement dans la circulation dense du soir à Chicago. Comme ils longeaient Shore line Drive, elle lui demanda encore où ils allaient.

— On est presque arrivés, annonça-t-il en lui prenant la main.

Il était particulièrement élégant avec sa chemise bleu pâle, son pantalon bronze et son blazer bleu marine. Il s'était même fait couper les cheveux. Avant de partir, il l'avait complimentée sur sa robe trapèze et son châle rose, et elle avait rougi de plaisir. La dévorant des yeux, il s'était contenté de l'embrasser sur le front.

— Tu es superbe, madame Smythe.

La petite voiture de sport se dirigeait maintenant vers l'entrée du planétarium Adler, au bord du lac Michigan.

— Ma dernière visite ici remonte à mes dix ans, et c'était avec mon école.

— Ce sera un peu différent ce soir.

Main dans la main, ils pénétrèrent dans le planétarium. A l'accueil, Grant donna son nom, et on leur indiqua une direction. Leurs pas résonnèrent dans le vaste hall. Il poussa une porte vitrée, s'effaça pour la laisser passer, et ils débouchèrent sur une terrasse triangulaire dominant le lac. Au milieu, une table nappée de blanc était dressée pour deux, éclairée par des chandelles et gardée par un serveur stylé.

— C'est merveilleux, souffla-t-elle.

Grant l'observait en souriant.

— J'ai pensé que ça te plairait. Après le dîner, nous admirerons les étoiles, sans être par terre cette fois.

— J'aimais bien les contempler ainsi.

— Moi aussi, dit-il en l'attirant à lui pour l'étreindre brièvement. J'ai aussi aimé ce qui a suivi…

Si seulement cela pouvait continuer toujours ainsi ! Chaque jour, elle aimait davantage Lily et Grant. Mais elle vivait dans un monde imaginaire où tout n'était qu'apparence. Grant ne lui avait pas dit une seule fois qu'il ressentait pour elle autre chose que de l'amitié. Il aimait jouir de son corps, mais ça n'allait pas plus loin. Il lui confiait Lily et son plaisir, pas son cœur. Comme elle détestait Evelyn et son père d'avoir tué en lui tout sentiment amoureux…

Mais ce n'était pas le moment de penser à ça. La nuit était

magnifique, elle était avec un homme superbe et elle allait profiter de chaque instant de bonheur qui lui était offert.

Grant avança sa chaise pour qu'elle s'asseye et prit place en face d'elle. Pendant qu'ils admiraient les lumières de Chicago reflétées par les eaux du lac, le serveur déboucha une bouteille de champagne et remplit leurs flûtes, puis il s'éclipsa discrètement.

— Si c'est ce que tu proposes à un premier rendez-vous, je n'ose imaginer à quoi ressemble le second…

— Je n'ai jamais amené personne ici, Sara. Ni pour un premier ni pour un second rendez-vous.

— C'est vrai ?

— C'est vrai.

Grant avait organisé une soirée spéciale pour elle ! Pour eux seuls ! Cette nuit n'en était que plus magique.

— A Sara, la femme la plus fantastique que je connaisse, dit-il en levant sa flûte.

Elle ne put s'empêcher de rougir en trinquant avec lui.

On leur servit du filet mignon de veau accompagné de pommes rissolées et de haricots verts en fagots enveloppés de lard fumé. Tout était divin, cuit à la perfection. Ils parlèrent de tout et de rien, puis Grant posa sa fourchette et se pencha vers elle.

— Je n'ai pas pris le temps de te dire combien j'apprécie ce que tu as fait. Je n'aurais jamais pu m'occuper de Lily sans toi.

— Tu me l'as déjà dit, mais c'est agréable à entendre. Toi aussi tu as été formidable avec mon père. Et avec Lily.

— J'ignore comment je réagirais si je la perdais, murmura-t-il.

Cela, elle l'avait éprouvé quand elle avait dû renoncer à Emily. Elle se mit à trembler.

— Tu aurais envie de mourir, dit-elle d'une voix blanche.

— Est-ce ce que tu as ressenti quand tu as dû abandonner le bébé que tu avais porté ?

Pourquoi parlait-il de ça maintenant ?

— Oui. Et plus encore. J'avais commis l'erreur fatale de

m'attacher à Emily, de croire qu'elle m'appartenait. J'ai failli mourir de la perdre.

Grant se leva. Prenant sa main, il l'attira à lui et la serra dans ses bras.

— Je suis tellement désolé.

Elle enfouit son visage contre sa poitrine et l'entoura de ses bras. Il la connaissait si bien. C'était l'étreinte de deux êtres meurtris qui se comprenaient.

— Nous ferions mieux de finir notre délicieux repas, dit-elle au bout d'un moment.

Il attendit qu'elle soit assise pour regagner sa chaise.

— Je ne veux pas remuer le fer dans la plaie, mais j'aimerais savoir… As-tu eu des nouvelles du couple ?

— Non, je l'ai voulu ainsi. Le seul moyen de tenir, c'était de couper les ponts avec Emily et mes amis. Et j'ai commencé à culpabiliser.

— Tu n'as donc plus entendu parler d'eux depuis la naissance d'Emily ?

— Ils m'ont laissé des messages, mais j'étais incapable de leur répondre. Ils ont fini par renoncer.

— Ça s'est passé quand ?

— Il y a cinq ans.

— Ça doit être très dur.

— Oui. J'aimerais les appeler, mais qu'est-ce qui se passera si je craque ?

— Et si tu ne craques pas ? rétorqua calmement Grant.

— La culpabilité me ronge. Mais plus le temps passe, plus il m'est difficile de les contacter. Si je revois Emily, j'ai peur de revivre les mêmes tourments.

— Tu es trop sensible. Et moi qui t'ai demandé de m'épouser pour pouvoir garder Lily…

Elle laissa son regard glisser sur le lac qui scintillait comme un miroir, avant de le reposer sur Grant.

Oui, mais j'ai eu ces précieux moments avec toi.

— Assez parlé de mes malheurs. Qu'est-ce qu'il y a comme dessert ?

— Je présume qu'il est temps de changer de sujet.

— J'adore le sucre, répondit-elle en inclinant la tête.

Il fit signe au serveur, et elle fut soulagée qu'il n'insiste pas. Elle voulait garder un souvenir heureux de cette soirée. Ils dégustèrent leur soufflé au chocolat à la lueur des chandelles. Elle n'aurait pas pu rêver dîner plus romantique.

— C'était délicieux, dit-elle en posant sa fourchette dans son assiette vide. Merci.

— Ce n'est pas fini, annonça Grant en souriant. Nous allons assister au spectacle, maintenant.

— Quel spectacle ?

— Nous allons contempler les étoiles avec le télescope. Ce sera inoubliable, tu vas voir.

Elle lui sourit, ravie. Elle adorait être l'objet de tant d'attentions.

Il l'aida à se lever, et ils rentrèrent à l'intérieur. Main dans la main, ils pénétrèrent dans une grande salle où trônait un énorme télescope.

— Tout le monde peut venir ici ? demanda-t-elle.

— Non. Je suis membre et soutien actif de l'association qui gère le planétarium, ça me donne quelques privilèges.

Sur un signe de lui, un employé appuya sur un bouton, et le plafond s'ouvrit lentement.

— Viens voir, dit Grant, lui désignant un tabouret à côté du télescope. Regarde là-dedans.

Elle colla son œil à l'oculaire.

Le ciel était criblé de points lumineux. Elle n'en avait jamais vu autant.

— Sers-toi de ça, fit-il, plaçant sa main sur un bouton. Règle-le pour avoir une image nette.

Elle avait sa main sur la sienne, son corps chaud contre le sien. Elle se sentait en sécurité et elle était sous le charme.

— Sara, tu m'écoutes ?

Elle tourna le bouton, et le ciel se remplit de centaines de milliers de lumières étincelantes.

Elle retint son souffle.

— C'est irréel…

Grant passa l'heure qui suivit à lui désigner les étoiles qu'il appelait par leur nom.

— J'en ai encore une à te montrer.

Elle lui céda la place devant la lunette. Il effectua quelques réglages puis recula.

— Regarde l'étoile juste à droite de la plus brillante.

Elle obéit.

— Je la vois. Qu'est-ce que c'est ?

— Mon étoile favorite. Sara.

— Quoi ? dit-elle en s'écartant, le cœur battant.

— Je lui ai donné ton nom. C'est même officiel. J'ai un certificat qui l'atteste.

Elle se jeta à son cou.

— Quel beau cadeau ! Merci.

— J'ai pensé que, quand tu auras peur du noir, ça t'aidera peut-être de savoir qu'une étoile brille pour toi dans le ciel.

— C'est le présent le plus gentil qu'on m'ait jamais fait.

Elle l'embrassa en y mettant tout son amour.

— Il est temps de rentrer à la maison, grogna-t-il.

— Ça ne me pose pas de problème, dit-elle en souriant.

Elle passa le trajet de retour à Highland Park à se remémorer cette merveilleuse soirée. Elle aurait aimé qu'il y en ait d'autres. Son étoile n'était pas visible à cause des lumières de la ville, mais elle savait qu'elle était là. Elle serait là quand elle en aurait le plus besoin. Quand elle devrait quitter Grant et Lily.

Le mercredi suivant, Grant alla travailler tôt pour rentrer avant midi et se préparer pour l'audience qui déciderait de la garde de Lily. Léon lui avait assuré que tout irait bien, mais il était inquiet. Et s'il perdait Lily ? Alors il perdrait aussi Sara. Or, il ne concevait pas la vie sans elles.

Son existence avait été bouleversée, et à son tour il avait chamboulé celle de Sara. Malgré le plaisir qu'il prenait à être avec elle, leur mariage restait un marché. Grassement dédommagée, elle avait obtenu ce qu'elle voulait dans la transaction, et leur satisfaction était mutuelle. Du moins se le répétait-il. C'était plus facile que d'admettre qu'il était peut-être amoureux d'elle. Car il tenait beaucoup plus à elle qu'il n'avait jamais tenu à Evelyn.

Envisagerait-elle de rester ? Pour toujours peut-être ? Comme nounou ?

Montant au premier pour se changer, il trouva Sara dans la chambre de Lily. Elle fredonnait doucement en la berçant.

— Que se passe-t-il ? demanda-t-il en s'approchant.

— Elle est un peu énervée, et j'essaie de la calmer. Elle doit deviner qu'il se passe quelque chose d'important aujourd'hui. Les bébés sentent les choses.

— Tu es inquiète ?

— Un peu. Et toi ?

— Moi aussi, mais je suis confiant. Léon dit que la balance devrait pencher en notre faveur. Je vais m'habiller et je la prendrai pendant que tu te changes.

Une heure plus tard, ils roulaient vers le palais de justice de Chicago. Lily dormait. Sara lui avait mis une jolie combinaison avec un bandeau assorti orné d'un nœud. S'il n'avait tenu qu'à lui, elle serait restée en pyjama, mais les femmes aiment habiller les bébés. Pour le juge, Lily aurait l'air de la petite fille choyée et heureuse qu'elle était.

Ils garèrent la voiture au parking et sortirent la poussette du coffre. Ils pénétrèrent dans le palais de justice comme une vraie famille.

Grant s'aperçut qu'il les considérait ainsi.

Léon les attendait.

— Allons au cabinet du juge. Les Armstead sont déjà là

avec leur avocat. Pour tout vous dire, je suis surpris de les voir. Je ne m'attendais pas à ce qu'ils maintiennent leur requête après avoir appris que vous étiez mariés. Ce ne sera peut-être pas aussi facile que je le pensais.

— Que dois-je faire ? demanda Grant, le cœur serré.

— Contentez-vous tous deux de répondre aux questions du juge avec sincérité.

Le greffier les introduisit dans le cabinet du juge. Grant tint la porte pendant que Sara entrait avec la poussette. Les Armstead et leur avocat étaient assis devant un grand bureau, à côté de trois chaises vides. Sara en prit une et cala la poussette à côté d'elle, Grant s'assit près d'elle, et Léon prit place sur la troisième.

— Nous sommes réunis pour décider qui doit avoir la garde de l'enfant Lily Evelyn Smythe, déclara le juge après les introductions d'usage.

Posant la main sur les doigts de Grant crispés sur son accoudoir, Sara lui adressa un sourire rassurant.

Le juge se leva et se pencha pour voir Lily.

— Voici donc l'enfant.

Léon acquiesça et commença à parler au nom de son client, mais le juge lui imposa silence d'un geste.

— Si vous le permettez, j'aimerais d'abord entendre les… Armstead, dit-il, jetant un coup d'œil au dossier.

Grant se raidit, et Sara pressa sa main. Il s'y agrippa.

Durant plusieurs minutes, l'avocat des Armstead énuméra les raisons pour lesquelles ils demandaient la garde.

— C'est bon, commenta le juge. Madame, monsieur, j'aimerais que vous me disiez pourquoi vous croyez être les mieux à même d'élever cette enfant.

M. Armstead souligna tous les avantages que Lily aurait à vivre avec eux.

— Madame Armstead, avez-vous quelque chose à ajouter ? demanda le magistrat.

La femme regarda son mari, puis secoua la tête.

Le juge se tourna vers Grant.

— Docteur Smythe, j'aimerais vous entendre à présent.

Sara pressa de nouveau sa main, et il s'éclaircit la gorge.

— Ce qui compte avant tout, monsieur le juge, c'est l'intérêt de Lily. Elle est ma sœur, mais aussi ma fille, maintenant. Je pense qu'elle devrait vivre avec ma femme et moi, qui sommes sa plus proche famille.

Il poursuivit son argumentation en précisant ce qu'il pouvait offrir à Lily.

Comme pour exprimer son opinion, Lily commença à renâcler dans sa poussette. Grant se tut pendant que Sara la prenait dans ses bras pour lui tapoter le dos.

— Elle a besoin d'être changée ? demanda-t-il.

Sara acquiesça.

— Voulez-vous nous excuser une minute, pendant que nous nous occupons d'elle ? demanda-t-il au juge.

Le magistrat inclina la tête.

Grant contourna les chaises pour attraper le sac de couches sous la poussette et sortit un change. Couchant Lily sur sa chaise, Sara ôta la couche humide et la remplaça en un temps record. Prenant la couche sale, Grant la mit dans un sac qu'il rangea sous le siège de la poussette. Sara eut tôt fait de rajuster Lily, et il put se rasseoir.

— Merci, monsieur le juge. Comme je vous le disais…

Lily protesta vivement. Il la prit des bras de Sara, et elle se calma sur-le-champ.

— Madame Smythe, dit le magistrat à Sara, voudriez-vous ajouter quelque chose ?

— Oui, monsieur le juge, répondit-elle, à la surprise de Grant. Lily n'avait plus personne quand Grant l'a recueillie. Il n'avait aucune expérience des bébés, mais il a vite appris. Comme vous le voyez, il a beaucoup progressé en peu de temps, déclara-t-elle, sortant un bavoir et un biberon. C'est un des hommes les plus généreux, les plus doux que je connaisse. Je suis sûre que M. et Mme Armstead sont très gentils et qu'ils feraient tout pour être de bons parents, mais Grant et moi aimons Lily, et nous la considérons comme notre enfant. Nous ne faisons pas semblant, nous nous impliquons vraiment pour son bien-être. Alors, je vous en supplie, laissez-nous continuer à l'aimer et à nous occuper d'elle.

A en juger par le regard empreint de sympathie du juge, Sara avait fait avancer leur cause en parlant avec son cœur. Grant se demanda comment aurait été sa vie s'il avait senti chez son père le dixième de la confiance qu'elle mettait en lui. Mais ça n'avait plus d'importance.

— Si vous n'y voyez pas d'inconvénient, je vais sortir pour donner son biberon à Lily, reprit Sara.

— Je vous en prie, dit le juge.

Elle se leva, écarta la poussette, mit prestement le bavoir à Lily et la prit dans ses bras. La fillette protesta, mais elle lui présenta le biberon et quitta la pièce en souriant.

Il en resta muet d'admiration. Sans elle, il n'aurait pas eu la moindre chance de garder Lily.

M. Armstead se pencha vers le bureau.

— Monsieur le juge, je crois comprendre que M. et Mme Smythe ne sont mariés que depuis quelques semaines.

— C'est vrai ? demanda le juge à Grant.

— Oui, monsieur le juge.

— Cette affaire de garde aurait-elle hâté ce mariage ?

— Monsieur le juge, je considère le mariage comme une institution sacrée. Jamais je ne me marierais sans réfléchir. J'ai vu en Sara une mère merveilleuse. Nous voulions tous deux être les parents de Lily et nous le sommes devenus.

Au soulagement de Grant, le juge hocha la tête, satisfait.

— J'en ai entendu assez. Je vous ferai part de ma décision d'ici une ou deux semaines.

Prenant la poussette, Grant sortit et retrouva Sara et Lily dans l'antichambre. Il prit le biberon vide des mains de Sara et le rangea sous le siège de la poussette. Il bavarda quelques minutes avec Léon, puis ils regagnèrent le parking ensemble.

Dans la voiture, il se tourna vers Sara.

— Tu as été sensationnelle ! Merci pour les gentillesses que tu as dites. Je crois vraiment que ça a été déterminant.

— Je l'espère bien, répliqua-t-elle en souriant. Je pensais chaque mot. Tu es devenu un merveilleux papa, Grant.

— Souhaitons que le juge voie les choses ainsi.

L'attente commença. L'arrêt du juge était suspendu au-dessus de leurs têtes comme une épée de Damoclès. Ils n'en parlaient pas, mais Sara savait que Grant ne pensait qu'à ça. Pourtant, ces journées furent parmi les plus heureuses qu'elle avait vécues. Très attentionné, Grant l'emmena dîner plusieurs fois au restaurant. Mais il ne l'embrassait toujours pas quand il partait travailler ou rentrait de l'hôpital. Pas même quand ils sortaient, à l'exception du jour où il lui avait présenté l'étoile portant son nom. Comme si ces marques d'affection étaient réservées à un vrai mariage. Et c'était un rappel constant de la véritable nature de leur relation.

Ils se racontaient leurs vies, mais il n'évoquait jamais ses sentiments pour elle et ne l'interrogeait pas davantage sur les siens. Ils continuaient de jouer à la famille modèle comme si ça devait durer éternellement et partageaient de tendres moments, mais elle se demandait souvent au petit matin quand arriveraient les mauvais jours.

Car ils viendraient, elle le savait.

Si Grant gagnait la partie, lui demanderait-il de partir sur-le-champ ? Après tout, c'étaient les termes de leur accord.

Le nourrisson qui se contentait de manger et de dormir était en train de devenir une adorable fillette, qui souriait et gazouillait pour s'exprimer. Les craintes de Sara se réalisaient : elle aimait Grant et Lily, et elle souffrirait atrocement quand viendrait la séparation.

Dix jours après l'audience chez le juge, Sara reçut un appel de son ancien patron.

— Sara, je cherche quelqu'un pour lancer et superviser un projet à Wilmett, et j'ai pensé à vous. Je connais votre compassion pour les patients et leurs familles, et je sais votre désir de ne pas vous impliquer pour le moment. Ce serait un poste parfait pour vous. Et le salaire serait substantiel…

— Je dois réfléchir. J'ai un emploi actuellement, j'ignore encore pour combien de temps.

— Vous êtes une des meilleures infirmières de soins palliatifs que je connaisse. Vous apporteriez à ce projet une expérience précieuse. J'espère que vous nous donnerez rapidement une réponse favorable, car nous aimerions que vous commenciez le plus tôt possible.

Ils discutèrent des détails de l'offre, puis elle raccrocha, le cœur lourd.

En d'autres circonstances, cette proposition l'aurait enchantée, mais maintenant… Elle avait toujours su que ce jour viendrait, mais elle n'y était pas préparée pour autant. Cependant il faudrait qu'elle parte tôt ou tard, et autant le faire avant d'être congédiée par Grant.

Elle lui parlerait le soir même.

Il rentra moins d'une heure après. Dans la cuisine, elle se retourna en entendant la porte s'ouvrir. Un grand sourire aux lèvres, il s'avança pour la serrer dans ses bras.

— On dirait que ta journée a été bonne, remarqua-t-elle, le cœur lourd.

— En effet. Léon vient d'appeler, nous avons gagné ! Il faut fêter ça.

« Nous ». Il n'y avait pas de vrai « nous ». Encore moins quand elle lui aurait appris ses projets.

— C'est merveilleux. Je suis heureuse pour toi. Tu seras un père formidable pour Lily.

— Je n'y serais pas parvenu sans toi.

— Je me réjouis d'avoir pu t'aider, dit-elle en reculant.

Il la regarda fixement.

— Ça ne va pas ? Je croyais que tu serais contente.

— C'est le cas. Je suis sincèrement heureuse pour toi.

— On ne le dirait pas.

Elle s'écarta de lui.

— Je trouve juste le timing intéressant.

— Comment ça ? demanda-t-il, la mine grave.

— J'ai reçu un appel de mon ancien patron. Il veut que je dirige un nouveau programme de soins palliatifs.

— Quand ? lâcha-t-il sombrement.

— Tout de suite, si possible.

— Et tu en as envie ? interrogea-t-il douloureusement.

— C'est un poste de direction. Ça se présente rarement.

— Et Lily ? Elle a besoin de toi. J'ai besoin de toi, murmura-t-il.

— Nous savions que ça finirait bientôt.

Il lui jeta un regard accablé.

— Il faudra du temps pour te trouver une remplaçante…

— Appelle dès demain. Pour que la nouvelle nounou et Lily aient quelques jours pour faire connaissance.

— Ça te serait vraiment si pénible de rester ? Je pourrais augmenter ton salaire.

Elle sursauta comme s'il l'avait giflée.

— Ce n'est pas une question d'argent ! Nous avons conclu un accord, il est temps de nous séparer. Cette situation devait être temporaire. Tu n'as même pas cherché une autre nurse.

— Mais je croyais que tu étais heureuse ici…

Elle l'avait été. Follement. C'était justement le problème.

— Ça a été très agréable tant que ça a duré, mais tu savais que je m'en irais dès que la question de la garde serait réglée. C'est fait, maintenant.

— Je ne comprends pas pourquoi tu ne veux pas rester.

— On m'a offert un poste, Grant. C'est le moment idéal pour partir.

Rien n'était idéal. Ni le moment ni la situation. Mais elle

était seule responsable. Comme quand elle avait voulu être mère porteuse.

— C'est ce que tu veux ?

— C'est comme ça que ça doit être. Il est temps pour moi de reprendre le cours de mon existence. Et pour Lily et toi de construire votre vie ensemble.

— Nous pourrions le faire avec toi.

Allait-il lui faire part de ses sentiments ? Lui faisait-il assez confiance pour partager sa vie avec elle ? Elle le souhaitait de tout son être.

— Que veux-tu dire exactement ?

— Je veux que tu restes.

— Pourquoi ?

Grant se balança d'un pied sur l'autre sans la regarder.

— Parce que nous sommes bien ensemble.

— Vraiment ? Pourquoi ?

Il resta planté sans rien dire.

— Oh ! je vois ! railla-t-elle. Tu as une nounou et une femme qui réchauffe ton lit pour le prix d'une. Non, merci !

Il fit un pas vers elle.

— Ne parle pas à ma place.

— Alors que veux-tu dire ?

— Que tu es géniale avec Lily. Qu'on s'entend bien.

— En somme, je devrais rester parce que Lily est bien soignée et que tu es heureux ?

— Je sais que tu as été heureuse ici…

Elle l'avait été, oui. Elle n'avait jamais été plus comblée que dans les bras de Grant. Le problème, c'était qu'elle avait commencé à croire que c'était réel. Et elle souffrirait encore plus si elle ne partait pas maintenant.

— Si je restais, ce serait pour combien de temps ? Deux mois ? Un an ? Deux ? Jusqu'à ce que Lily quitte la maison ?

— Je ne sais pas…

— Admettons que j'accepte de rester un an de plus.

Qu'est-ce qui se passera quand tu rencontreras quelqu'un qui t'intéresse ? Ou si ça m'arrive à moi ?

— Ça n'arrivera pas, gronda-t-il.

— Qui m'en empêchera ?

— Moi.

— Tu es juste mon employeur, Grant. Nous sommes liés par un accord, pas par le mariage. Je ne suis pas ton épouse au vrai sens du terme, ni la mère de Lily.

Il tressaillit.

— Que désires-tu ? Un vrai mariage ?

— Nous savons tous les deux que tu ne baisseras jamais assez ta garde pour ça. Tu te retranches derrière ce que ton père et Evelyn t'ont fait subir pour éviter une vraie relation. La confiance est la base du mariage. Tu n'es pas prêt à franchir le pas, à t'engager totalement. Je le comprends, mais ça ne veut pas dire que je l'accepte. Je souhaite ce qu'il y a de mieux pour toi et Lily, mais je dois aussi penser à moi.

— Et nous abandonner ?

— Oui, répondit-elle en reculant. C'est maintenant ou plus tard. Nous le savons tous les deux.

— Alors, tu fuis, comme ta mère. Comme tu l'as fait après avoir eu le bébé. Maintenant que tu as mis ton père à l'abri, Lily et moi, on peut aller au diable ! Tu nous trahis.

— Ce n'est pas vrai, répliqua-t-elle, les yeux pleins de larmes devant ce coup bas.

— Si ! Tu fuis. J'ai peut-être besoin d'apprendre à faire confiance, mais comment puis-je dépendre de quelqu'un qui passe son temps à fuir ?

— Que proposes-tu, Grant ? Qu'on joue au papa et à la maman jusqu'à ce que tu n'aies plus besoin de moi et que tu me demandes de partir ?

— Ce n'est pas ça du tout.

— Tu crois sincèrement qu'on peut avoir un vrai mariage et vivre heureux jusqu'à la fin des temps ?

Pris de panique, Grant sentit sa mâchoire se crisper.

Sara le quittait. Tout ce qu'il avait dit pour la faire changer d'avis lui semblait dérisoire, égoïste. Qu'attendait-elle de lui ? Elle voulait son amour. Il tenait à elle. Il se demandait même s'il n'était pas amoureux d'elle. Mais pouvait-il l'admettre, au risque de se faire jeter ? Elle semblait bien décidée à partir.

— Je l'ignore. Je sais juste que je ne veux pas que tu t'en ailles. Lily et moi avons besoin de toi.

— Tu as surtout besoin d'affronter ton passé. D'accepter que les gens soient imparfaits, décevants. Tu ne t'es jamais dit qu'Evelyn et ton père pouvaient juste être égocentriques et ne penser qu'à eux ? Ou qu'Evelyn était peut-être une aventurière et s'était servie de toi pour atteindre ton père ? Ne te laisse pas définir par ce qu'ils t'ont fait, Grant. Tu es un homme fantastique qui doit apprendre à faire confiance, à affronter ses démons pour les laisser derrière lui.

— Judicieux conseil de la part de celle qui m'abandonne.

— Je ne t'abandonne pas. Nous avions un accord. Tu as obtenu ce que tu voulais. Moi aussi. C'est simple. Il est temps que je parte. Que je vive pour moi.

— Je doute que tu y arrives. Tu es si généreuse que tu trouveras vite quelqu'un à qui sacrifier ton existence. Puis tu t'enfuiras encore. Tu as eu un bébé et connu le mariage, pour d'autres. Tu mérites d'avoir ta propre vie. Arrête de fuir une fois pour toutes, Sara.

— Cette conversation est terminée. Au revoir, Grant.

Il vit rouge, se rua sur la porte et la claqua derrière lui.

Comment pouvait-elle le quitter au moment où il commençait à tenir à elle ? En fait elle ne valait pas mieux qu'Evelyn… Mais ils s'étaient bien amusés, et il était probablement temps pour elle de poursuivre sa route.

Alors, pourquoi souffrait-il le martyre ?

10.

Tout en roulant vers la maison de son père, Sara essuya ses larmes d'une main tremblante.

Sa discussion avec Grant — ou plutôt sa dispute — avait été pire qu'elle ne le craignait. Elle avait dit des choses affreuses. Lui aussi. Mais cela devait être dit.

Elle n'avait pas mis longtemps à faire ses bagages. Elle avait caressé la belle robe de mariage pendue dans l'armoire et l'avait laissée, prenant les robes que la mère de Grant lui avait offertes. Avant de quitter leur chambre, elle avait enlevé son alliance et l'avait posée sur la table de chevet en se mordant la lèvre pour ne pas pleurer.

Sa valise à la main, elle s'était glissée dans la chambre de Lily, et les larmes avaient coulé sur sa joue.

C'était une petite fille parfaite, aussi merveilleuse qu'Emily.

Quand cette dernière était venue au monde, ses amis Sally et Charles avaient été là pour l'accueillir, elle-même n'avait été que spectatrice. Le médecin leur avait tendu Emily sans laisser Sara la tenir. Vaincue par l'émotion, elle avait prétendu pleurer de joie pour ses amis. Mais en réalité, elle avait été submergée de chagrin d'abandonner l'enfant qu'elle avait portée durant ces longs mois.

Sa peine n'avait pourtant rien de comparable avec le désespoir qui l'étreignait maintenant à la pensée de quitter Lily. *Et Grant.* Mais elle semblait destinée à perdre ceux qu'elle aimait. En serait-il toujours ainsi ? Serait-elle un jour digne d'eux ?

Elle avait trouvé Grant assis dans le bureau de son père.

— Je m'en vais.

Il avait levé les yeux.

— Tu sais que je veux que tu restes.

— Et tu sais pourquoi c'est impossible.

— Merci pour tout ce que tu as fait pour Lily.

— De rien. Tu as trouvé une nurse ?

— On m'envoie quelqu'un demain matin.

— Préviens-moi quand il faudra signer les papiers de divorce.

— Sara…

Il n'avait pas fini sa phrase. Ils s'étaient regardés en silence. Puis elle avait ramassé sa valise et était partie.

Son père fut stupéfait de la voir débarquer.

— Que fais-tu ici, petite ? Et avec ta valise ?

— Papa, il faut que je te dise quelque chose.

— Entre.

Cela faisait bizarre d'être invitée chez lui, car ils avaient toujours partagé la même demeure avant qu'elle commence à considérer la maison de Grant comme son foyer. A présent, elle n'était plus chez elle nulle part.

Laissant sa valise dans l'entrée, elle suivit son père dans le salon.

— Qu'est-ce qui s'est passé, petite ? demanda-t-il en s'asseyant dans son fauteuil.

Elle s'installa près de lui.

— Je regrette de ne pas avoir pu te le dire plus tôt, mais notre mariage était un arrangement. Nous nous sommes mariés pour que Grant puisse obtenir la garde de Lily.

— Je m'en doutais un peu.

— On lui a légalement accordé la garde aujourd'hui.

— Et tu es partie, remarqua-t-il avec désapprobation.

Elle acquiesça.

— J'espérais que ça marcherait, dit-il. Dès le début, j'ai vu qu'il y avait quelque chose de spécial entre vous. C'est un homme bien. Il n'y a pas moyen d'arranger les choses ?

— C'est impossible, papa.

Les jours qui suivirent, elle vaqua à ses occupations dans une sorte de brouillard. Elle prit ses nouvelles fonctions, mais le cœur n'y était pas.

Elle se demandait comment allait Grant, si la nurse qui la remplaçait prenait bien soin de Lily. Malheureuse, elle avait du mal à trouver le sommeil et elle peinait à se concentrer sur son travail. Chaque bébé qu'elle voyait lui faisait penser à Lily. Pire, son corps aspirait aux caresses de Grant. Pour couronner le tout, son père la regardait d'un air pitoyable, impuissant à lui venir en aide.

Elle voyait souvent Kim depuis sa rupture avec Grant. Elle lui avait expliqué que ça n'avait pas marché entre eux.

— Vous aviez pourtant l'air de bien vous entendre au mariage, avait répliqué son amie.

Sara avait répondu par une remarque évasive, et Kim n'avait pas insisté.

Avec le recul, Sara admettait que Grant avait raison : elle avait fui. Mais que serait-il arrivé si elle était restée ? Avec le temps, peut-être aurait-il pu lui avouer ses sentiments. Il commençait juste à s'adapter à sa nouvelle vie de père célibataire. Serait-elle restée s'il lui avait dit qu'il l'aimait ? Les amis à qui elle avait confié Emily avaient de l'affection pour elle, et ils auraient été ravis de la considérer comme la tante préférée de la fillette, mais elle avait coupé les ponts avec eux. Aujourd'hui, elle ne voulait plus fuir mais profiter des belles choses de la vie.

Trois semaines après avoir quitté Grant, elle dînait avec son père quand elle demanda brusquement :

— Papa, pourquoi maman est-elle partie ?

— Nous en avons déjà parlé.

— Non. Je t'ai posé la question, et tu n'as jamais répondu. J'aimerais savoir. Etait-ce à cause de moi ?

— D'où te vient cette idée ? interrogea-t-il, peiné.

— Tu n'as jamais voulu me le dire. Est-ce parce que je ressemble trop à maman ?

Il lui prit la main.

— Oh ! ma petite fille ! Ça n'a rien à voir avec toi. Elle avait une personnalité fragile. Quand elle est partie, ce n'était pas la première fois. Tu ne t'en souviens pas car tu étais trop jeune, mais j'ai souvent dû prétendre qu'elle était allée rendre visite à une amie. Ta mère n'était pas douée pour le bonheur. Elle a commencé à prendre des hallucinogènes pour se sentir mieux. Comme je ne voulais pas que tu aies une piètre opinion d'elle, j'ai jugé préférable de te tenir dans l'ignorance. Et en grandissant, tu as cessé de poser des questions.

— Sais-tu où elle est ?

— Aux dernières nouvelles, elle était dans un centre de réadaptation pour toxicomanes et n'allait pas bien. Je crois qu'elle nous a quittés parce qu'elle nous aimait, et non le contraire. Elle n'arrivait simplement pas à maîtriser sa vie. Je ne lui pardonne pas la façon dont elle s'y est prise, mais je sais qu'elle t'aimait tendrement.

Ils se regardèrent, les yeux embués.

— Mon plus grand regret est de ne pas avoir pu l'aider, dit-il, pressant sa main. Toi, Sara, tu es ma joie. Tu as pris soin de moi et de bien d'autres encore. Je ne crains pas que tu ressembles à ta mère, mais plutôt que tu ne te préoccupes pas assez de toi. En tant que père, je pense qu'il est temps que tu vives ta vie sans plus te soucier de moi ni de quiconque. Tu dois penser à toi, pour changer. Arrête de fuir l'existence et commence à vivre. Ou ton grand cœur te perdra.

N'était-ce pas ce que Grant lui avait dit ?

Debout à la fenêtre, ce soir-là, elle contempla le ciel nocturne.

Quelques semaines plus tôt, elle n'aurait pas supporté l'obscurité. Seules quelques étoiles étaient visibles, mais la pensée qu'un astre portait son nom lui réchauffait le cœur. Grant lui avait tant donné ! Il avait chassé sa peur du noir, lui avait offert un foyer, un enfant à aimer, une maison pour son père, et le goût du bonheur. Son existence allait changer. Pour commencer, elle allait renouer avec ses amis pour prendre des nouvelles d'eux et de leur fille.

Tiens, c'était la première fois qu'elle pensait à Emily comme *leur* enfant…

Il était temps de savoir ce qu'elle attendait de l'existence et de se préparer à mordre la vie à pleines dents.

Sara avait pris grand soin de Lily et de lui, Grant en eut une conscience aiguë durant les semaines qui suivirent son départ.

Il n'y avait pas de mots pour décrire le vide qu'elle avait laissé derrière elle. Il aimait le sexe comme tout homme normalement constitué, mais ce qui lui manquait le plus, c'était de l'avoir contre lui dans son grand lit. Souvent, la nuit, incapable de trouver le sommeil, il errait dans la maison et finissait par s'endormir sur le canapé du salon.

Il avait décroché le portrait d'Evelyn et l'avait remisé au grenier au cas où Lily voudrait le récupérer un jour. Il l'adopterait dès qu'il pourrait et, plus tard, il lui parlerait de ses parents en se gardant d'évoquer sa propre implication.

Son regard fit le tour du bureau qu'il considérait désormais comme le sien.

Avant de partir, Sara avait mis en bonne place sur la bibliothèque une photo encadrée qu'elle avait prise de Lily et lui.

Tout lui rappelait Sara. Ce bureau, la cuisine, la chambre de Lily, la leur. Ça ne lui était jamais arrivé. Elle avait envahi son existence, trouvé le chemin de son cœur.

Mais pouvait-il vraiment lui faire confiance ? Il avait déjà offert son amour, et on le lui avait jeté au visage. Etait-il prêt à risquer un nouvel échec ? Cependant, ça ne pouvait pas être pire que le malheur et la solitude auxquels il était confronté maintenant.

Il regarda le ciel nocturne par la fenêtre.

Cela aussi lui rappelait Sara. Elle était la personne la plus forte, la plus généreuse qu'il ait connue. Qui d'autre aurait pu porter le bébé d'une autre et épouser un inconnu pour sauver un nourrisson ? N'était-elle pas le genre de personne à qui on pouvait se fier ?

La sonnerie du téléphone l'arracha à ses pensées.

— J'ai eu ton message m'annonçant que tu avais obtenu la garde de Lily, dit sa mère sans préambule. Puisque c'est ce que tu voulais, je m'en réjouis pour toi.

Sa mère mettrait le temps, mais elle finirait par accepter Lily. Lui-même y était arrivé avec l'aide de Sara, elle en ferait autant avec son aide à lui.

— Effectivement.

— Tu sembles moins excité que je ne pensais.

— Je suis content. Mais maintenant, Sara est partie.

— Comment ça, pour quelle raison ?

— Elle avait accepté de m'épouser uniquement dans l'intérêt de Lily et pour aider son père.

— Je ne le crois pas un seul instant ! As-tu seulement remarqué la façon dont elle te regardait pendant la cérémonie ? Sara tient à toi, Grant. Tu ne dois plus permettre à la trahison de ton père de contrôler ta vie.

— Pourquoi il a fait ça, maman ?

— Parce que c'était un vieil égoïste, et il a blessé une personne qui lui était très chère par pure vanité.

— Tu te trompes, il ne m'aimait pas.

— Si. Mais il ne savait pas le montrer. Tu incarnais tout ce qu'il avait voulu et ne pouvait plus être. C'était un homme faible, jaloux de ta jeunesse, de tes capacités, de tes petites amies, de ton intelligence. Mais ça ne veut pas dire qu'il ne t'aimait pas. Tu ne t'en souviens pas car les événements ultérieurs ont oblitéré tout ça, mais à une époque il a été un bon père. J'ai peut-être aussi ma part de responsabilité dans ta méfiance vis-à-vis de l'amour. Et j'en suis navrée.

— Voyons, maman, tu n'as pas…

— Ne commence pas à me mentir maintenant. Sache juste

qu'il existe des gens bien qui ne te décevront pas. Prends le risque. Cherche un moyen de faire la paix avec la trahison de ton père et trouve le bonheur. Je dois te laisser maintenant. Je te rappelle bientôt, dit-elle avant de raccrocher.

C'était typique de sa mère de lâcher une bombe et de continuer comme si de rien n'était. Comment était-il censé trouver la paix ?

Les semaines qui suivirent, il n'arrêta pas de se poser cette question sans trouver de réponse.

Sara saurait sûrement quoi faire.

Pour la énième fois, il décrocha son téléphone pour l'appeler et finit par raccrocher.

Elle avait été claire : il devait respecter sa décision. Mais entre sa quête de paix, la douloureuse absence de Sara et les exigences de la nouvelle nounou, il était affreusement stressé. Ses collègues l'évitaient. Il était devenu difficile à vivre. Il avait pourtant aimé l'homme qu'il était avec Sara.

Deux jours plus tard, en rentrant de l'hôpital, il passa devant le terrain où son père l'emmenait contempler les étoiles quand il était enfant. Un immeuble de bureaux s'y dressait maintenant, mais il se gara sur le parking et coupa le moteur. Descendant de voiture, il leva les yeux vers le ciel.

Les étoiles étaient moins visibles que dans son souvenir.

Son père lui avait appris à contempler les étoiles, et il l'apprendrait à Lily un jour. Comment les choses avaient-elles pu aussi mal tourner entre son père et lui ?

— Qu'est-ce que j'ai fait, papa ? Pourquoi me méprisais-tu ?

Il n'y eut pas de réponse, juste le ronronnement distant d'une voiture qui passait sur la route. L'émotion lui comprimait la poitrine.

— Pourquoi avoir traité ainsi quelqu'un que tu aimais ? demanda-t-il en agitant le poing vers le ciel.

Avait-il trop attendu de son père ? Lui-même n'avait-il pas repoussé quelqu'un qu'il aimait ? Son père avait-il été blessé par lui ? Par sa mère ? Par son frère ? Il était humain, il avait des sentiments, comme tout le monde. Mais Grant n'avait jamais pensé qu'il pouvait connaître la peur, faire des erreurs, avoir des manies.

Il ne devait pas commettre les mêmes fautes. Il veillerait à ce que Lily grandisse dans un environnement rassurant, sécurisant. A ce qu'elle se sache aimée et appréciée.

Elle l'avait été avec Sara et lui. Mais Sara ne faisait plus partie de leur vie. Il n'avait pas eu assez confiance en elle pour lui demander de rester. Pourquoi l'avait-il traitée ainsi ? Pourquoi n'avait-il pas pu lui dire qu'il l'aimait ?

Parce qu'il avait eu peur de se sentir de nouveau rejeté. Mais il souffrait quand même. Et ce serait encore pire s'il ignorait ses sentiments et tentait de continuer sa vie sans elle.

Il gronda sourdement.

Il allait tirer les leçons du passé, changer le présent et se battre pour avoir un avenir heureux. Et la première étape était de parler à Sara, de la supplier, de l'implorer et de lui promettre tout l'amour qu'il pouvait lui donner.

Sara s'habillait après une nouvelle nuit agitée quand son portable sonna.

C'était Kim.

Cet appel matinal l'alarma. Il y avait sûrement un problème. S'agissait-il de Grant ?

— J'ai pensé que tu aimerais savoir que Lily a été admise à l'hôpital, dit son amie.

Sara se laissa choir sur son lit, vidée de ses forces.

— Que s'est-il passé ?

— Je l'ignore. Je sais juste que Grant a annulé toutes ses opérations des jours prochains.

— J'arrive. Merci de m'avoir prévenue.

Il n'était pas encore 8 heures quand elle se gara sur le parking de l'hôpital, le cœur battant. Grant ne l'avait pas appelée, mais pourquoi l'aurait-il fait ? Elle lui avait donné l'impression de ne plus vouloir entendre parler de lui ni de Lily, alors qu'elle les aimait tendrement et n'aspirait qu'à faire partie de leur vie. Mais, même si sa relation avec Grant était impossible, elle pouvait peut-être aider Lily.

Tant de maladies peuvent toucher un enfant ! Certaines peuvent laisser des séquelles irréversibles.

S'efforçant de ne pas penser au pire, elle s'engouffra dans le hall et, s'arrêtant à la réception, donna le nom de Lily.

— Seule la famille proche est autorisée auprès d'elle.

— Je suis Mme Smythe, dit-elle, utilisant pour la première fois ce titre en public.

L'employée lui indiqua l'étage et le numéro de la chambre.

Elle prit l'ascenseur et hésita un instant avant de s'engager dans le long couloir carrelé.

Grant serait-il content de la voir ? Que ferait-elle s'il la renvoyait ?

Elle ne devait pas y penser. Il avait besoin d'elle, même s'il l'ignorait.

Le silence régnait dans la pièce. Elle frappa doucement à la porte de la chambre pour ne pas réveiller Lily et la poussa.

Ce qu'elle vit lui brisa le cœur : Grant était assis sur une banquette, la tête dans les mains.

Elle l'avait connu en colère, déçu, triste, mais jamais elle ne l'avait vu aussi abattu. Elle regarda autour d'elle. Aucun signe de Lily.

Oh non !

— Grant ? murmura-t-elle.

Il leva les yeux, se redressa. Ses bras s'ouvrirent, et elle s'y jeta. Elle s'assit sur ses genoux et noua ses bras autour de son cou. Il posa la tête contre sa poitrine, et ils restèrent ainsi pendant plusieurs minutes.

— Lily ? demanda-t-elle dans un souffle.

Il leva sur elle ses yeux rougis.

— Le médecin pense qu'elle a une méningite. On ignore si c'est viral ou bactérien. Elle est très malade. Elle a beaucoup de fièvre et n'arrête pas de pleurer. Je n'arrivais pas à la calmer… On est en train de lui faire une ponction lombaire.

A ces mots, la douleur submergea Sara, mais elle se maîtrisa.

— Il faut garder confiance, elle va se rétablir, murmura-t-elle en caressant le dos de Grant.

— Quand je suis rentré de l'hôpital tôt ce matin, la nurse m'attendait, complètement affolée. Dès que j'ai vu Lily, j'ai su qu'il fallait la conduire immédiatement à l'hôpital. Je me sentais si impuissant… Sais-tu ce que c'est de devoir confier à quelqu'un d'autre la vie d'un être cher ?

— Je sais ce que c'est, répondit-elle, la gorge serrée.

— Bien sûr, pardon… Tu le sais mieux que personne.

— Il y a longtemps que Lily est partie ?

— A peu près une demi-heure. Ils ont dit que ça prendrait environ une heure.

Sara s'arracha à son étreinte.

— Tu as besoin de repos. Si j'ai bien compris, tu es debout depuis vingt-quatre heures. Va dormir un peu pour avoir l'esprit clair.

— Pas avant que Lily soit revenue.

Hochant la tête, elle se leva et s'assit au bout de la banquette.

— Je reste. Je te réveillerai dès qu'elle sera là.

Il lui prit la main.

— Tu m'as manqué.

— Pose la tête sur mes genoux et ferme les yeux.

Grant fit ce qu'elle demandait.

— C'est ce qui m'a le plus manqué après ton départ. Quelqu'un pour prendre soin de moi, murmura-t-il, les paupières lourdes.

Son grand corps semblait immense, recroquevillé contre elle. Elle lui caressa les cheveux, et bientôt sa respiration se fit régulière.

Elle resterait aussi longtemps qu'il aurait besoin d'elle. Jusqu'à ce qu'il lui dise de partir. Elle ne fuirait plus.

Grant fut réveillé par la voix de Sara. Elle était là, avec lui. Il n'avait jamais été aussi heureux de voir quelqu'un.

Lily. Et Lily ?

Il se redressa. Une infirmière et un garçon de salle étaient en train de pousser le petit lit de l'enfant contre le mur opposé. Sara se leva, et il la rejoignit devant le berceau où Lily dormait.

— Qu'est-ce qu'ils ont trouvé ? demanda Sara en caressant délicatement la joue du bébé.

— Le médecin va venir vous parler dans quelques minutes, répondit l'infirmière.

Elle arrangea la tubulure de la perfusion, les salua et sortit avec le garçon de salle.

— Je n'ai jamais eu aussi peur que durant ces dernières heures, remarqua Grant, les mains crispées sur le petit lit. Quand je pense que j'en voulais à Lily, comme si elle était responsable de mes problèmes avec mon père…

Sara lui caressa l'épaule.

— Ça n'a pas duré. Ce petit bout de chou sait vous séduire mieux que personne.

— Oui, mais je n'ai pas fait aussi bien que toi, rétorqua-t-il en glissant un bras autour de sa taille.

Elle se raidit imperceptiblement.

Redoutait-elle ce qu'il allait dire ?

— Je t'aime, Sara. Depuis que je t'ai vue à la porte de la chapelle, je crois. Quoi qu'il arrive, je veux te garder près de moi. Nous sommes faits l'un pour l'autre.

Elle se retourna dans ses bras et, sans lui laisser le temps de répondre, il l'embrassa sur la bouche.

Un toussotement les fit sursauter. Levant les yeux, il vit le médecin de Lily.

Lâchant Sara, il s'avança vers le petit homme dégarni en tenue opératoire sous sa blouse.

— Qu'avez-vous trouvé, docteur Rodgers ?

— Les examens préliminaires montrent que ce n'est pas une méningite bactérienne, répondit le médecin en souriant.

— Quel soulagement ! souffla Grant.

Il se retourna et étreignit brièvement Sara au bord des larmes. Une main sur sa taille, il fit les présentations.

— Voici ma femme, Sara.

Le Dr Rodgers la salua courtoisement.

— Que va-t-il se passer, maintenant ? demanda Grant.

— Lily va passer au moins une nuit ici en observation, nous commencerons les antibiotiques et la maintiendrons sous perfusion de fluides par mesure de sécurité. Elle devrait pouvoir partir demain s'il n'y a pas de changement.

Grant lui serra la main.

— Merci infiniment, docteur.

— Je vous en prie, dit le médecin. Je vous suggère de vous reposer, maintenant. Vous semblez en avoir besoin.

Et il quitta la chambre en souriant.

Reprenant Sara dans ses bras, Grant l'étreignit farouchement. Puis il plongea son regard dans le sien, le cœur battant.

— Dis-moi que tu ne me quitteras plus jamais.

Elle sourit.

— Moi aussi je t'aime, et je ne vous abandonnerai plus, Lily et toi. C'est promis.

— C'est tout ce que je voulais entendre, murmura-t-il.

Un grognement de Lily les arracha l'un à l'autre. Sara se pencha et, prenant le bébé dans ses bras, alla s'asseoir dans le rocking-chair pendant qu'il suivait avec le pied à perfusion.

Sara contempla la frimousse de Lily.

— Tu m'as manqué, mon petit amour.

Il soupira de soulagement.

Son monde tournait de nouveau rond.

Sara n'arrivait pas à croire que Grant lui avait avoué son amour. Il l'avait même embrassée dans la chambre d'hôpital, au vu et au su de tous. Et il recommençait, encore et encore !

Elle réussit à le convaincre de rentrer se reposer en lui promettant de ne pas quitter Lily une seule minute.

Elle ne fut pas vraiment surprise de le voir revenir quelques heures après avec de quoi manger. Ils passèrent la nuit dans la chambre de Lily, dormant à tour de rôle sur la banquette. Lily put quitter l'hôpital le lendemain matin. Sara prévint son employeur qu'elle ne viendrait pas travailler, puis elle rentra à la maison avec Grant et Lily.

En remontant l'allée, elle se remémora sa première rencontre avec Grant et étouffa un petit rire.

Ils avaient fait beaucoup de chemin depuis !

Contournant la maison, elle alla garer la voiture sous l'auvent. Quand elle rejoignit Grant, il avait déjà sorti Lily de son siège auto. Ces moments lui avaient terriblement manqué, et elle avait bien cru ne jamais les revivre.

Une heure plus tard, Lily avait bu son biberon et dormait dans son berceau, non sans avoir reçu les câlins rituels du coucher.

— Moi aussi, j'adorerais faire une sieste crapuleuse avec toi. Mais je crois que nous avons à parler avant, dit Grant.

Il lui attrapa la main et l'entraîna dans la cuisine.

— Je te fais du café et je mets l'eau à chauffer pour le thé, annonça-t-elle.

Il prit place à la table et la regarda s'affairer.

— Après ton départ, je détestais venir ici, presque autant que j'avais détesté aller dans le bureau de mon père. Ce n'est qu'une cuisine sans toi. Mais, quand tu es là, c'est chez moi.

— C'est le plus joli compliment qu'on m'ait jamais fait !

— Je pense chaque mot, Sara, et je regrette de ne pas avoir su voir ce que j'avais sous les yeux. J'avais si peur d'accorder de nouveau ma confiance que j'ai failli te perdre.

— Qu'est-ce qui t'a fait changer d'avis ?

— Ton départ et le désespoir dans lequel il m'a plongé m'ont forcé à affronter mes démons. J'ai compris que mon père était humain. Il a commis des erreurs, mais je ne suis pas obligé de faire les mêmes. J'avais le choix entre perdre la meilleure chose qui me soit jamais arrivée et décider de changer. J'ai choisi de devenir différent.

Elle lui apporta son café et posa sa tasse de thé sur la table.

— Tu as changé dès que tu as décidé de garder Lily.

— Je veux que tu m'aides à l'élever, Sara.

Il glissa la main dans sa poche pour en sortir l'alliance qu'il avait récupérée et, s'agenouillant, il prit sa main gauche.

— Acceptes-tu de rester ma femme ?

Ivre de joie, elle le regarda passer l'anneau à son doigt.

Le temps du bonheur était enfin là pour elle, et elle comptait en savourer chaque seconde.

Après avoir échangé avec Grant un baiser plein d'amour, elle s'écarta, haletante.

— J'aimerais te dire quelque chose.

Grant se rassit sans lui lâcher la main.

— Tout ce que tu veux, murmura-t-il en baisant ses doigts.

— J'ai appelé les parents d'Emily.

Il la regarda fixement.

— Comment ça s'est passé ?

— Mieux que je ne le craignais. J'ai pleuré, eux aussi. Et ils m'ont pardonné. Je dîne avec eux la semaine prochaine. Tu veux m'accompagner ?

Grant sourit.

— Essaie de m'en empêcher pour voir !

— J'ai encore une requête.

— Accordée d'avance.

Elle contempla le beau visage qu'elle aimait tant.

— Tu veux bien m'appeler « mon cœur » ?

Il lui adressa un sourire radieux.

— Je t'appellerai ainsi le reste de nos jours, *mon cœur.*

ANNE FRASER

Seconde chance pour un amour

Traduction française de
CÉCILE LOMBARD

BLANCHE

HARLEQUIN

Titre original :
THE WIFE HE NEVER FORGOT

Ce roman a déjà été publié en 2013

Prologue

Adossé à la paroi du Sangar, leur abri provisoire, Nick, concentré, vérifiait son fusil lorsque l'enfer se déchaîna.

Tandis que la partie de la troupe restée en arrière plongeait dans l'action, il ôta son casque Kevlar et jeta un coup d'œil au-dessus du mur de sacs de sable.

— Baissez la tête, major ! cria l'un des hommes en le dépassant, pour se mettre en position de tir juste devant lui.

Il obéit à temps : une balle siffla au-dessus de sa tête, pénétrant la paroi derrière lui dans une explosion de poussière.

Nick prit une longue inspiration. En principe, c'était une patrouille de routine où son peloton devait rejoindre les Américains pour décider jusqu'où ils pousseraient vers le nord avant d'établir une base…

— Un homme touché ! hurla une voix angoissée dans la radio.

Il regarda autour de lui : ils n'étaient là que depuis une demi-heure, et avaient à peine eu le temps d'installer un coin d'accueil exigu sur le surplomb du rocher qu'ils utilisaient comme base d'opération provisoire.

Il sentit soudain l'adrénaline monter dans ses veines. Il n'avait pas été entraîné à ça. S'il voulait être efficace, il devait oublier ce qui se passait en bas.

Bon Dieu, si jamais il fallait effectuer une évacuation d'urgence, ce serait difficile ! Mais il s'en soucierait plus tard. Pour l'instant, il devait se concentrer sur les blessés.

Le premier qu'on amena jusqu'à la relative sécurité du Sangar était le secouriste. Par chance, il n'avait qu'une éraflure de balle sur le bras, et on lui avait déjà fait un pansement provisoire.

— Il faut que j'y retourne, monsieur ! affirma-t-il d'une voix forte. Ce n'est qu'une égratignure !

— Peut-être, il n'empêche que vous allez devoir vous tenir à l'écart des combats pendant quelques jours.

Nick examina rapidement la blessure. La balle avait creusé un sillon dans la chair. Il n'y pouvait pas grand-chose, hormis refaire un pansement propre. Quand ils seraient rentrés au camp, il ferait du meilleur travail. Peut-être, avec un peu de chance, cet homme serait-il le seul blessé à déplorer.

Mais cet espoir fut rapidement déçu. Le crépitement des mitrailleuses s'intensifia, ainsi que le crachotement de la radio.

— Cinq hommes coincés, dont des Américains ! annonça le capitaine Forsythe. Terrés dans l'une des habitations. Mes hommes ne peuvent pas les atteindre.

— Des blessés ?

Le capitaine secoua la tête.

— Au moins un. Je n'en sais pas plus.

Nick risqua un second coup d'œil par-dessus la fortification de fortune. Sous lui, à environ cinquante mètres, s'étalait le village déserté que les soldats avaient fouillé.

Il ramassa son sac et se dirigea vers le mur.

— Où allez-vous, bon Dieu ?

— Il y a un homme là-bas, qui, s'il n'est pas mort, est grièvement blessé. Je suis à la fois médecin et soldat. Où croyez-vous que j'aille ?

Finalement escorté de plusieurs hommes, Nick descendit en zigzaguant vers le village, son fusil en bandoulière. En patrouille, il était obligé de porter une arme, mais seulement pour se défendre. Il ne s'était même pas posé la question de savoir s'il l'utiliserait en cas d'attaque…

Sous les balles qui frappaient le sol, il ne pensait qu'à une chose : rejoindre le blessé en espérant qu'il soit entier.

Il sauta un muret et pénétra dans une maison, conscient que deux soldats le suivaient de près, alors que les autres, allongés au sol, continuaient à le couvrir.

Il s'agissait d'un Américain. Mais cela ne revêtait pas d'importance particulière à ses yeux, car son métier consistait à soigner tout le monde, y compris les ennemis.

Il s'approcha du blessé. Le jeune homme était conscient, mais souffrait d'une vilaine blessure à l'épaule qui saignait beaucoup. Tout en posant une perfusion, Nick demanda à l'un des hommes d'appeler l'hélicoptère pour une évacuation d'urgence.

— Ça m'étonnerait qu'ils y arrivent, major, répondit le soldat Johnston en grimaçant. Je doute que l'hélico puisse atterrir au milieu de ce chaos.

— Prévenez-les qu'on va avoir besoin d'eux dès que ce sera possible. Et tenez cette perfusion pour moi pendant que je fais le pansement.

Soudain, une ombre obscurcit l'entrée et un second Américain surgit sur le seuil.

— Vous vous occupez de Brad ? Il va bien ?

— Bon sang, couchez-vous ! Vous êtes fou ?

Aussitôt après, une déflagration coupa le souffle de Nick, qui fut projeté sur le dos, poussé par un poids qui s'abattit sur lui. Il cracha de la poussière.

— Johnston !

— Je suis là, major. Tout va bien.

— Notre patient ?

— Aussi, mais je crois qu'on ne peut pas en dire autant de son copain.

Nick, couvert de sang, comprit que la chose qui l'écrasait était le jeune Américain apparu quelques secondes plus tôt à la porte. Son corps avait dû leur faire un rempart à tous… Ce malheureux n'avait pas eu une chance de s'en tirer.

— Johnston, vite, venez m'aider !

Pour se dégager, il fit rouler le corps doucement au sol et, en s'asseyant, constata que le blessé était conscient.

— Ma jambe !

La fumée emplissait la pièce, et Nick dut utiliser une torche pour l'examiner. Le sang jaillissait de son aine sans discontinuer.

— Votre nom ?

— Luke.

— D'accord, Luke. Ne bougez pas, je regarde.

Aucun doute : vu la force de l'hémorragie, l'éclat de shrapnel lui avait sectionné l'artère fémorale, et le garçon, car il était encore très jeune, saignait à mort.

— C'est grave ?

Il secoua la tête. Il aurait fallu le transporter à l'hôpital. Il lui restait probablement vingt minutes à vivre, au mieux. Perdu d'avance, donc.

Bon Dieu !

Une autre explosion déchira l'air, et le bruit des mitrailleuses sembla se rapprocher.

— Il faut qu'on se tire d'ici ! dit Johnston, le souffle court.

Nick enfonça le poing dans le trou qui creusait la jambe du jeune soldat.

— Impossible de le déplacer.

— Fichez le camp ! articula le blessé avec peine. Laissez-moi, je ne m'en sortirai pas.

Nick le regarda, désolé. Pas question de l'abandonner ici, même s'il n'y avait pratiquement aucune chance de le sauver. Il serait certainement mort quand ils atteindraient leur refuge.

— Johnston, allez chercher deux hommes pour transporter le premier blessé jusqu'au Sangar. Dites-leur de faire savoir au capitaine Forsythe que j'ai besoin d'un hélico, tout de suite.

— Je reste.

— Non. Tirez-vous d'ici. Nous nous débrouillons tous les deux.

— Mais monsieur !

— Bon Dieu, Johnston, c'est un ordre !

— D'accord, je reviens dès que je peux.

Nick, qui ne quittait pas des yeux le blessé, s'aperçut à peine que les deux soldats sortaient en portant Brad.

— Sauvez votre peau, monsieur ! dit encore Luke. Je ne veux pas que quelqu'un meure à cause de moi.

— Je ne vais nulle part, fiston.

Il coupa son pantalon et le lui arracha dans le but d'examiner la blessure. Il fit de même pour son blouson et sa chemise, pour s'assurer qu'il ne saignait pas ailleurs. « Ne vous limitez jamais à l'évidence » était le mantra des médecins urgentistes. Ce qui tuait, c'était souvent ce qu'on avait ignoré, qui était passé inaperçu…

Il remarqua que Luke avait un aigle tatoué sur le biceps droit. Rien d'extraordinaire, les soldats avaient presque tous des tatouages, mais il avait également une cicatrice qui traversait son torse en diagonale, et qui n'était pas une séquelle d'intervention chirurgicale.

Quoi qu'il en soit, ce n'était pas le moment de s'inquiéter des blessures anciennes. Dès que Nick eut enfoncé le Venflon dans une veine, Luke perdit connaissance, ce qui était un soulagement. A présent, il pouvait lui injecter des fluides, mais il devait à tout prix stopper l'hémorragie, et presser ne servait à rien : il allait falloir trouver l'artère et la clamper. Une procédure déjà difficile dans le luxe d'une salle d'opération bien équipée et avec l'assistance d'une équipe bien entraînée. Alors, ici ? Pratiquement aucune chance.

Il n'empêche, il devait la tenter. Même si Luke en réchappait, il était probable qu'il perdrait sa jambe, mais mieux valait un membre que la vie…

L'impact du shrapnel avait enfoncé des bouts de tissu de son pantalon dans la blessure, empêchant Nick de voir le fond. Il tira un clamp de sa trousse d'urgence, prit une profonde inspiration et se mit à chercher, dans la quasi-obscurité de la pièce, la source de l'hémorragie.

Travaillant surtout à l'instinct, il pinça l'endroit qu'il supposa être le bon et, à son grand soulagement, le sang cessa de jaillir. Il s'assit sur ses talons, essuyant la sueur de son visage d'un revers de manche.

Il avait réussi, mais s'il voulait sauver la vie de Luke il fallait maintenant le transporter à l'hôpital du camp.

Il lui sembla que les coups de feu étaient devenus plus sporadiques et, dans le lointain, il entendait le bruit puissant des pales d'un Chinook qui approchait.

Peut-être avait-il une chance.

1.

Un an plus tard.

Tiggy soupira. Il faisait chaud. Quarante-cinq degrés, et il était à peine 5 heures du matin. La poussière tourbillonnait autour d'elle, tel du talc gris qui se collait à sa bouche et sur toutes les parties exposées de sa peau.

Elle avala une gorgée d'eau de sa bouteille, déjà tiède, avant d'écarter une mèche humide de son front. Elle émit un nouveau soupir. Pourquoi avait-elle pris une douche dix minutes plus tôt ? C'était peine perdue.

Elle pencha la tête pour se protéger d'une bourrasque soudaine. Tout était de la même couleur : les tentes, son uniforme, les Jeep, et même les chars stationnés le long des hauts murs qui entouraient la base. Ces engins, qui auraient dû la rassurer, l'effrayaient plus qu'autre chose.

Elle était folle d'être venue. Bien qu'avant son départ du Royaume-Uni on lui ait bien expliqué qu'elle se retrouverait dans les mêmes conditions qu'aux urgences, avec cette fois des soldats pour blessés, rien ne l'avait vraiment préparée à la réalité d'une zone de guerre, ni à la terreur pure qu'elle éprouvait depuis son arrivée.

Avant l'atterrissage, hier soir, dans les Hercule, le pilote avait éteint les lumières, pour, d'après lui, « ne pas fournir de cible aux tirs ennemis » ; elle n'était alors pas passée loin de la crise de nerfs.

Les tirs ennemis ? Mais elle n'avait pas signé pour ça ! Elle s'était engagée à venir s'occuper des soldats à des kilomètres de la ligne de feu, dans un camp protégé par des militaires !

Elle avait fermé les yeux, et n'avait pas bougé en sentant que quelqu'un s'asseyait à côté d'elle, un homme manifestement, dont émanait un léger effluve de citron…

— Vous pouvez regarder autour de vous, vous savez !

Sa voix moqueuse l'avait aussitôt piquée au vif.

Elle avait entrouvert les paupières, mais dans la faible lumière de la cabine n'avait aperçu qu'une silhouette puissante en uniforme, ainsi que l'éclat de dents blanches et régulières.

Elle avait secoué la tête, agacée. Visiblement, l'inconnu l'avait observée.

— Je faisais un petit somme, c'est tout, avait-elle marmonné entre ses dents.

— Je n'ai jamais vu quelqu'un faire la sieste en se cramponnant si fortement à son siège ! !

Elle s'était sentie rougir. Décidément, rien ne lui échappait ! Autant cesser de feindre.

— Et s'il l'avion est atteint ? Je suis morte de peur.

— Hé ! Détendez-vous ! Tout ira bien. Les pilotes sont passés des milliers de fois, et personne ne les a encore descendus. Ils disent ça pour fiche la trouille aux bleus… Pardon, madame, je voulais dire, pour les effrayer.

Tout en se demandant si elle devait le croire, elle s'était sentie rassurée.

— Nous atterrissons dans combien de temps ?

— Une vingtaine de minutes. Pourquoi ne pas me dire qui vous êtes ? Cela vous distraira.

Il lui avait tendu la main.

— Je m'appelle Nick, et je suis l'un des majors. Et vous ?

— Tiggy. Infirmière d'urgence.

— Alors nous allons travailler ensemble, avait-il dit avec un sourire en coin. Célibataire ? Mariée ? Fiancée ?

Tiggy n'avait pas eu particulièrement envie d'aborder ce sujet. Les hommes ne faisaient pas la queue à sa porte.

Peut-être parce que ses frères semblaient penser, d'une façon pour le moins rétrograde, qu'il était de leur devoir de garder son honneur, ou alors, et c'était le plus probable, parce qu'elle n'était ni très jolie ni très vive…

— Non. Et vous ?

— Mon Dieu, non !

Il avait ri.

Un ricanement leur était parvenu du siège situé derrière eux, et un soldat s'était penché vers eux.

— Le major Casey, marié ? Vous plaisantez, il ne reste jamais assez longtemps avec une femme pour…

— Ça suffit, caporal.

Il avait parlé d'un ton calme, mais le soldat s'était arrêté net.

Tiggy lui avait jeté un bref coup d'œil. « Assez longtemps pour quoi ? » L'avion avait alors penché à droite et elle avait hurlé.

— Vous avez de la poigne, pour une si petite chose !

Confuse, elle s'était aperçue qu'elle lui avait agrippé la main, mais quand elle avait voulu la retirer, il avait entrelacé ses doigts aux siens.

Après tout, c'était plus facile de la laisser où elle était. Et plus rassurant. Ou alors, c'était à cause du frisson qui la parcourait étrangement en cet instant. L'adrénaline, sans doute.

— Alors dites-moi, Tiggy, qu'est-ce qui vous amène ici ?

Elle avait levé les yeux au ciel. Il avait employé le même ton badin que s'ils étaient en route pour une excursion au bord de la mer…

— Mes frères. L'un est ingénieur, et l'autre pilote d'Apache. J'ai pensé que j'avais intérêt à venir les surveiller un peu.

— Ça m'étonne qu'ils vous aient laissée faire le voyage.

— « Laissée » ? Vous voulez dire que j'aurais dû leur demander la permission ?

En fait, s'ils avaient su qu'elle projetait de venir leur rendre visite, elle ne doutait pas qu'ils auraient tout fait pour l'en empêcher.

Bien qu'ils soient tous trois adultes, ses deux frères continuaient à la protéger comme ils l'avaient fait toute leur enfance. Et cet amour inconditionnel, pour gratifiant qu'il fût, présentait certains inconvénients.

— Si j'avais une sœur, je ne lui permettrais jamais de venir. Les femmes n'ont pas leur place dans la guerre.

Elle eut un petit soupir. C'était exactement ce que pensait sa famille, mais elle ne laisserait pas passer.

— Oh ! Je vous en prie ! On est au XXIe siècle !

— Peu importe. Elles devraient rester à l'abri.

— Pieds nus, enceintes et dans la cuisine ? Pas question !

A ce moment-là, l'avion avait penché de nouveau, lui arrachant un autre cri.

Il lui avait lancé un tel regard de triomphe qu'elle avait décidé que même si l'avion descendait en vrille, elle préférait mourir plutôt que de lui faire le plaisir de l'entendre encore crier.

Mourir ? Oh ! Non, elle ne pouvait pas penser des choses pareilles !

Elle avait pris une profonde inspiration, redressé le menton et l'avait regardé dans les yeux.

— Juste parce que j'ai un peu peur en avion, ça ne signifie pas que je n'aurais pas dû venir. Une fois à terre, j'irai très bien.

Elle s'était rengorgée, satisfaite de sa voix assurée.

Il avait répondu en riant.

— Tant mieux. Bon, et si vous me racontiez l'histoire de vos frères ?

Quand l'appareil avait touché le sol avec un petit rebond, elle en avait été surprise. En dépit de sa terreur, la fin du vol était passée en un éclair. Elle avait tout dit à Nick de sa famille, des différents postes occupés par son père, et même de leur chien, Hannibal.

Bizarre, en y repensant. Elle avait tellement bavardé qu'il savait presque tout de sa vie, alors qu'elle n'avait rien appris sur lui. Sans doute parce qu'elle ne lui avait pas laissé le temps de parler…

Il lui avait rendu sa main, restée agréablement enlacée à la sienne, s'était levé de son siège, puis avait touché le bord de son képi pour la saluer d'un sourire railleur.

— A un de ces jours, lieutenant.

Epuisée et désorientée, elle n'avait qu'un vague souvenir d'avoir été accueillie par une infirmière en uniforme de l'armée, qui l'avait conduite jusqu'à sa tente en bâillant avant de s'excuser d'un « A demain matin. »

Le lit était confortable, mais même sur un matelas de plume, elle n'aurait pas fermé l'œil. L'adrénaline accélérait toujours les battements de son cœur, et la chaleur était intolérable. De plus, elle était sûre d'avoir été piquée au pied par un horrible insecte.

Comment allait-elle supporter de rester ici six semaines ? Il le faudrait bien, car elle doutait que l'armée britannique affrète un avion spécial pour la ramener…

Elle arrangea le col de son uniforme, et soupira une fois de plus.

Allez. Un peu de courage. Elle allait y arriver.

A l'heure du petit déjeuner, la tente du mess était une ruche bourdonnante d'activité et de bruits de conversations. Tiggy regarda autour d'elle, peu au fait du protocole. Elle ne tenait pas à se rendre encore plus ridicule que dans l'avion. Se sentant seule, si loin de tout ce qu'elle connaissait, elle inspira lentement, tentant d'évacuer le nœud qui lui serrait la gorge.

L'arôme du café flottait dans l'air, et elle en fut un peu revigorée. Elle n'aurait jamais pu avaler quoi que ce soit de solide, mais elle mourait d'envie d'une bonne tasse de café. Encore ce verbe… Sa tension se relâcha un peu, alors que le rire montait en elle.

Elle sursauta en sentant une main se poser sur son épaule.

— Tu as l'air perdue !

C'était l'infirmière d'hier soir.

— Et absolument terrifiée, poursuivit Sue. Ne t'en fais pas, on est tous passés par là, mais, dans un jour ou deux, tout ça te paraîtra aussi familier que ce bon vieux Service de Santé.

Tiggy esquissa un sourire.

— J'en doute !

Sue lui tendit un mug de café.

— Si, si, je t'assure ! Bois ça, ça te fera du bien.

Elle eut un mouvement de tête en direction du comptoir.

— Si tu veux des œufs brouillés, va te servir. Mieux vaut t'avertir, ce sont des œufs en poudre.

— Merci, je n'ai pas faim, de toute façon.

— Je comprends, mais tu t'habitueras aussi à la nourriture. Finis ton café, et ensuite je te ferai les honneurs de l'hôpital. Il nous reste un quart d'heure avant la visite.

Tiggy prit une gorgée de café, et faillit le recracher. Il était imbuvable. Elle se secoua. Où était son optimisme habituel ? Autant en profiter pour se mettre au régime, ce qu'elle remettait toujours à plus tard. Et en buvant le café bouillant, on ne sentait pas le goût.

Son enthousiasme réapparut quand elle vit l'hôpital. Divisé en deux sections, il possédait deux salles d'opération, une salle de réanimation, deux salles communes et trois lits de soins intensifs. Elle se sentit rassurée au point d'oublier momentanément qu'elle se trouvait au milieu du désert à la limite d'une zone de combats, jusqu'à ce que le sourd grondement d'une explosion fasse trembler le bâtiment. Personne ne broncha, et elle s'efforça de se concentrer sur ce que lui disait Sue.

— Tu as fait un stage avant de venir, mais une fois ici c'est différent. Je suis infirmière militaire et c'est mon troisième séjour. Nous sommes totalement en sécurité dans le camp. L'hôpital n'a jamais été attaqué, et si jamais il l'était, nous sommes protégés. Nous partageons nos services entre la réa, les soins intensifs et les salles. Tu es spécialiste en trauma, c'est bien ça ?

— J'ai passé huit ans dans un service d'urgence du centre-ville. J'ai vu de tout.

Sue eut un sourire amer.

— Je crains que ce que tu verras ici ne soit pire. Nous n'avons pas que des soldats, mais aussi des civils. Nous nous contentons de les stabiliser, après quoi les militaires partent pour un hôpital britannique, allemand ou américain, et les civils sont transférés localement.

Tiggy hocha lentement la tête, saisie de vertige : s'en sortirait-elle ? Et si jamais on amenait un de ses frères ? Après tout, elle était là pour ça. Et même si, grâce à Dieu, cela ne se produisait pas, elle pourrait aider le frère de quelqu'un d'autre.

Sue s'arrêta devant une porte ouverte donnant sur une pièce où des hommes et des femmes étaient assis, plaisantant et buvant du café ou du thé.

— Voici l'équipe, un mélange de professionnels et de volontaires.

Le regard de Tiggy fut aussitôt attiré par un homme assis au centre du groupe. Nick. Il rit d'une plaisanterie, puis leva les yeux et la vit. Il émit un sifflement silencieux, et la toisa avant de lui adresser un clin d'œil. Aussitôt, elle sentit en elle une intense chaleur : dans la faible lumière de la cabine de l'avion, hier soir, elle n'avait pas remarqué qu'il était aussi beau, avec ses yeux noisette, son visage buriné, ses dents blanches régulières et ses pommettes hautes.

Quelque chose, cependant, lui soufflait de rester sur ses gardes. Il irradiait le danger et l'excitation autant que l'assurance, comme s'il était habitué à avoir toutes les femmes à ses genoux.

Elle détourna le regard. Elle n'était pas à la hauteur et, de toute façon, il n'était pas son genre. Quand elle tomberait amoureuse, ce serait d'un homme correct, stable, et cent pour cent monogame. Bien qu'à la réflexion elle n'en ait encore jamais rencontré…

Sue lui tapota le bras et se pencha pour lui parler à l'oreille.

— Le major Nick Casey, notre médecin play-boy privé. Les femmes comme toi, il les avale au petit déjeuner. Si tu veux survivre, tiens-toi à bonne distance. Crois-moi. Je le connais depuis assez longtemps, et j'ai déjà recueilli pas mal de cœurs brisés. Par chance, comme je suis mariée, je suis moi-même immunisée contre ses charmes.

Nick se leva, tira une chaise et fit signe à Tiggy de s'asseoir. Elle s'exécuta, consciente de son regard sur elle.

— Voici notre dernière infirmière volontaire, le lieutenant Tiggy Williams, annonça sa collègue.

Tiggy sut qu'elle ne s'habituerait pas plus à être appelée « lieutenant » qu'au revolver qu'on lui avait remis. Elle n'avait aucune idée de ce qu'elle pourrait bien en faire, à part se tirer une balle dans le pied à l'occasion…

— Content de vous avoir avec nous, énonça Nick avec un large sourire et un accent irlandais bizarrement mâtiné d'écossais.

Le cœur de Tiggy bondit dans sa poitrine. Elle réussit à lui rendre un sourire froid — à moins que ce ne fût qu'une grimace —, avant de se tourner pour écouter Sue qui lui présentait ses nouveaux collègues. Ils étaient chirurgiens, infirmières, radiologues, physiothérapeutes et autres professionnels, réunis ici pour offrir les meilleurs soins aux blessés. Les noms étaient trop nombreux pour qu'elle s'en souvienne, mais elle fut réconfortée par leur chaleureux accueil.

Nick s'écarta du bureau contre lequel il s'appuyait, et s'avança vers elle. Personne, apparemment, ne remarqua qu'il l'approchait d'aussi près.

— Alors, remise de votre voyage en enfer ? lui murmura-t-il.

Son souffle chaud lui donna la chair de poule, et son cœur déjà survolté s'emballa. Mais pourquoi lui faisait-il un tel effet ?

Il lui ébouriffa les cheveux d'un geste paternel.

— Venez, suivez-moi.

Elle n'en revenait pas : avait-il vraiment fait ça ? Comme si elle était sa petite sœur ?

Elle porta la main à ses boucles pour tenter d'y remettre de l'ordre. Elle s'était fait couper les cheveux à la garçonne en espérant qu'ils soient plus faciles à coiffer, mais la chaleur humide du désert d'Asie centrale ne l'aidait pas, et elle savait que sa frange frisait abondamment, comme le reste de sa chevelure.

Elle fit la moue. Pourquoi ce soudain intérêt pour sa propre apparence ? Parce qu'elle allait travailler avec un séducteur, qui de toute façon pensait que toutes les femmes étaient à ses pieds et tentait sans doute sa chance avec chaque nouvelle venue ? Après tout, pourquoi s'en faire ? Il devait être plus attiré par les grandes blondes à la silhouette de sylphe, que par les courbes généreuses et les taches de rousseur.

Pourtant, quand il s'écarta d'elle, elle n'en éprouva aucun soulagement.

Il y avait quatre patients en tout, dans les deux salles. Dans la première, trois soldats qui, expliqua Sue, étaient en observation et en réhydratation après une vilaine attaque de gastro-entérite.

— Nous ne gardons pas les blessés longtemps. Nous les préparons pour leur transfert au « Queen Elizabeth » de Birmingham, dès qu'ils seront stables. Tu verras, le travail ici est un mélange d'activité frénétique et d'ennui.

Sa collègue la présenta ensuite aux patients, tandis que Nick consultait leur dossier. Après avoir demandé de nouvelles analyses, il bavarda et plaisanta un instant avec eux, puis ils passèrent dans l'autre salle.

Son seul occupant était une petite Afghane aux épaisses boucles brunes, aux yeux noirs ronds comme des billes et à la mine effrayée. Son corps, du front à la taille, était couvert de zébrures enflammées, et son bras droit était bandé.

— Voici Hadiya. Elle s'est cognée au poêle à paraffine chez elle il y a quelques jours et a été brûlée au visage, au cou, à la poitrine et au bras. Nous avons réussi à sauver son bras, mais elle va avoir besoin d'une chirurgie reconstructrice lourde si elle veut en recouvrer l'usage.

Nick lui dit quelque chose en pachto, et la petite fille rit. La peur quitta ses yeux, et elle lui jeta un regard d'adoration.

— Les chirurgiens ont dû ôter une bonne partie des tissus de sa main et de son bras, et elle a besoin de greffes.

— Le problème, intervint Nick, c'est que nous n'avons pas le droit de nous en charger. Maintenant qu'elle est stabilisée, elle doit partir pour l'hôpital local où il est hautement improbable qu'elle subisse l'intervention nécessaire.

— Pourquoi est-il impossible de le faire ici ?

— C'est un hôpital militaire, et si nous faisions une exception pour un seul civil, que dirions-nous aux autres ? Nos ressources seraient vite épuisées.

— Mais ce n'est pas juste !

— Que proposez-vous ? demanda-t-il abruptement.

— Je ne sais pas…

Il lui lança un regard songeur.

— Je n'ai pas encore renoncé, si c'est ce que vous croyez. Venez, nous avons d'autres patients à voir.

2.

Tiggy haletait sous l'effort, effarée : comment pouvait-on exiger qu'elle fasse le tour du camp en courant sous cette chaleur, avec un sac à dos qui devait peser plus que son propre poids ? De toute façon, elle ne partirait jamais en patrouille, c'était réservé aux médecins militaires et aux secouristes !

Il était à peine 6 heures, mais le soleil tapait dur sur sa peau qui la brûlait déjà. Elle tenta de reprendre son souffle. Si on ne la laissait pas s'arrêter bientôt, elle allait faire une crise cardiaque.

— Au sol, et faites-moi vingt pompes ! hurla le sergent.

Elle le regarda, ahurie. C'était probablement un sadique.

Vingt pompes ? Elle se sentait à peine capable d'en faire cinq. Et encore…

Elle tomba à genoux. Elle finissait la quatrième, écroulée face contre terre, quand elle se sentit saisie par la ceinture de son pantalon et soulevée à cinquante centimètres du sol.

— Je crois qu'il vous en reste quelques-unes, lui souffla une voix familière.

Elle se mordit la lèvre. Elle n'avait pas besoin de tourner la tête pour savoir que c'était Nick.

Elle tenta de se dégager, sans succès. Sa prise était si ferme qu'elle ne pouvait même pas se retourner pour voir son visage.

— Lâchez-moi ! s'exclama-t-elle d'un ton sec.

— Le sergent, lui, ne vous lâchera pas avant que vous ayez terminé.

Tout en se sentant reposée à terre, puis soulevée de nouveau, elle regarda de côté. Bien entendu, tous les autres avaient fait leur série, y compris Sue, la traîtresse, assise sur ses talons, et tous buvaient de grandes lampées d'eau de leur bouteille en profitant du spectacle.

— Seize, dix-sept ! cria Nick.

Et au grand dam de Tiggy d'autres voix se joignirent à la sienne.

— Dix-huit !

Elle serra les dents, exaspérée. Ce cauchemar allait-il se terminer ? Pour tenter de se calmer, elle se mit à penser à ce qu'elle ferait à ce goujat dès qu'elle en aurait l'occasion. Des diurétiques dans son café ? Non, quelque chose de pire. Oh oui ! On allait voir ce qu'on allait voir…

— Dix-neuf, vingt !

Il la lâcha si brusquement qu'elle s'étala lamentablement dans la poussière ; elle se remit aussitôt sur ses pieds, furieuse, et s'épousseta.

Nick lui tendit sa bouteille d'eau.

— Tenez, vous devez avoir soif.

Elle se redressa de toute sa hauteur, avant de repousser la bouteille. Elle ne lui ferait certainement pas ce plaisir.

— Si jamais… Si jamais vous me refaites un coup pareil, je…

Il croisa les bras et haussa un sourcil.

— Vous quoi ?

— Essayez, et vous verrez !

Elle se sentit stupidement rougir. Bon sang… Etait-ce la seule riposte dont elle était capable ?

Consciente de tous les regards braqués sur elle, elle s'éloigna avec toute la dignité qui lui restait.

Plus tard, après avoir rincé le sable de ses cheveux sous le filet d'eau qui faisait office de douche, elle alla au rapport, en s'arrêtant sur le chemin pour prendre une banane au mess.

Elle était furieuse contre Nick. Ce n'était pas parce qu'elle lui avait raconté sa vie — ou du moins la première partie —, dans l'avion, qu'il avait le droit de la traiter comme une petite sœur casse-pieds. Elle avait vingt-six ans, bon sang !

Soudain, il lui vint à l'esprit que si elle n'était pas mieux lotie que ses autres admiratrices, elle avait un atout dans la manche : elle n'était pas dupe de son numéro. Son frère Charlie, qui était exactement du même genre, pensait aussi que toutes les femmes lui couraient après, et avait eu une longue succession de conquêtes jusqu'à ce qu'il épouse Alice. Quant à Alan, il cherchait toujours l'âme sœur.

A son grand désespoir, quand elle arriva à la tente principale, Nick se tenait devant l'entrée, une tasse de café à la main, comme s'il l'attendait.

— Alors, vous avez récupéré ?

— Très amusant. Maintenant que vous vous êtes bien moqué de moi, pourquoi ne pas aller soulever quelques poids, un truc de ce genre ?

Ses yeux noisette l'étudièrent et un petit sourire joua sur ses lèvres.

— Ne vous fâchez pas.

— Je ne me fâche jamais, je me venge.

Elle se morigéna intérieurement. Décidément, son sens de la repartie laissait à désirer. Mais, en fin de compte, mieux valait encore cela que de rougir.

— Ecoutez, je sais que vous êtes major et que je ne suis que lieutenant, mais je ne supporterai pas qu'on se paie ma tête.

Ah, c'était mieux ! Enfin, elle montrait son courage.

Il en perdit son sourire, même si une petite étincelle de raillerie subsistait dans son regard. La main au képi, il lui fit un salut moqueur.

— Je vous demande pardon. Sans réserve.

Elle consulta sa montre pour se donner une contenance. Il était 7 h 30.

— Vous n'avez rien à faire ?

Il versa le fond de sa tasse dans le sable.

— En fait, non, j'ai terminé mes visites, et tout est calme. Je suppose que vous ne jouez pas au poker ?

— Il se trouve que si. En revanche, moi, j'ai du travail.

Elle lui passa devant, consciente qu'il la suivait.

— Et demain ? Quand vous aurez terminé ? Venez au bar, le NCO's, il s'appelle. L'ambiance y est plus détendue qu'ici.

Elle s'immobilisa. Pourquoi s'intéressait-il tant à ce qu'elle faisait pendant son temps libre ? Ne pouvait-il pas la laisser tranquille ? S'il avait besoin de distractions, il y avait des dizaines d'autres filles qui seraient heureuses qu'il les drague. Pourtant, un plan se dessinait dans sa tête. Elle se retourna et sourit.

— D'accord, pourquoi pas ? Disons 18 heures ?

Le lendemain, avant le petit déjeuner, Tiggy faisait le tour du camp en courant. Elle serra les dents et persista, malgré les centaines d'hommes qui sifflaient ou criaient des encouragements sur son passage. Tout plutôt que de réitérer ce qu'elle avait subi la veille. Refusant de se donner en spectacle, elle avait décidé de s'entraîner tous les matins.

Mais, une fois de plus, Nick surgit derrière elle tel un diable de sa boîte, et raccourcit ses foulées pour courir à sa hauteur.

— Salut, petite ! Vous avez tourné une page, on dirait ?

— Si vous m'appelez encore une fois « petite », je ne réponds plus de mes actes.

Avec un sourire en coin, il leva ses mains, et croisa les doigts.

— Je promets de ne plus le faire. Et, si ça m'arrivait, je promets aussi de vous donner toutes mes allumettes de poker.

Elle réprima un sourire. Jamais elle n'aurait cru pouvoir courir et sourire à la fois. Il se retourna et se mit à courir à reculons. Il était torse nu, et son pantalon de treillis était si bas sur ses hanches que son regard fut attiré par la peau de son ventre. Elle détourna les yeux pour les fixer sur une Jeep qui passait.

— Combien de tours ?

— C'est mon dernier.

Elle n'avouerait pas que c'était également le premier. Un seul était une torture suffisante, et elle n'aspirait plus qu'à se retrouver dans l'intimité de sa chambre pour s'effondrer.

Les coins de ses yeux noisette se plissèrent.

— Je suis impressionné.

— Vous n'auriez pas des vies à sauver, un truc comme ça ?

— Pas pour l'instant.

Même en courant à reculons, il parvint à la toiser.

— Quand je vous ai vue sortir, j'ai pensé que je pourrais bien avoir à sauver la vôtre. J'ai l'impression que vous n'avez pas fait beaucoup d'exercice ces derniers temps.

Elle lui lança un regard noir. Qu'insinuait-il par là ? Qu'elle ressemblait à un légume ?

— Bien que je reconnaisse que vous faites tout pour être en forme.

Elle sentit aussitôt le rouge lui monter aux joues. Bon sang ! En dépit de la raillerie, son regard admiratif faisait battre son cœur plus vite. Mais que lui arrivait-il ? ! Il fallait qu'elle se reprenne. Cet homme n'était pas pour elle et, de toute façon, il n'était même pas son genre.

Pourtant, elle poursuivit malgré elle.

— Vous me surveillez, hein ?

Elle souffla péniblement. Elle commençait à avoir un point de côté, et son dernier mot ressemblait plutôt à un halètement angoissé. Encore un kilomètre ! Le bout du monde…

Elle chercha de nouveau sa respiration, s'efforçant d'ignorer la douleur de plus en plus vive.

Il lui jeta un regard inquiet.

— Quelque chose qui ne va pas ?

— Je vais très bien, et j'irais encore mieux si vous me laissiez tranquille.

Elle parcourut encore quelques mètres, mais dut s'arrêter.

Elle se pencha en avant, les mains sur les genoux, tandis qu'une onde de douleur la traversait. Bon Dieu, était-ce un infarctus ?

Avant qu'elle ait pu s'en apercevoir, il l'avait soulevée et prise tel un paquet par-dessus son épaule.

— Laissez-moi descendre ! hurla-t-elle dans son dos.

— Dès que je trouve un endroit à l'ombre. Vous êtes folle de courir par cette chaleur alors que vous n'êtes pas habituée à l'exercice physique ! Vous auriez dû partir plus tôt ! Et je vous signale qu'il y a un gymnase climatisé dans le camp.

Elle en oublia brusquement sa douleur. Ah ? Et personne ne le lui avait dit ? Mais aussi, pourquoi n'avait-elle pas posé la question ?

Il la porta dans sa tente et l'allongea sur le lit. Sue se précipita, le front soucieux.

— Que se passe-t-il ? Elle va bien ? Tiggy, parle-moi !

— Pas de problème. J'ai soif, surtout.

Elle but avidement à la bouteille que lui tendait sa collègue.

— Qu'as-tu encore fait à cette pauvre fille, Nick ?

— Hé ! Ce n'est pas ma faute, je passais par là… Je ne suis qu'un badaud innocent.

— Fermez-la ! Vous n'êtes ni innocent ni badaud !

Il rit, et se tourna vers Sue :

— Essaie de la calmer avant qu'elle prenne son service.

Il se pencha pour lui ébouriffer les cheveux.

— Allez plutôt au gymnase, à l'avenir.

Plus tard dans l'après-midi, elle réprima un sourire, en étudiant les cartes qu'elle avait en main. Malgré ses courbatures, son moral remontait.

Elle posa une allumette sur le tas déjà sur la table.

— Dix de plus.

Nick haussa un sourcil. Il compta des allumettes et les ajouta aux siennes.

Il n'y avait pas eu un seul blessé aujourd'hui, et elle avait passé tout son temps avec Hadiya, à refaire ses pansements et à apprendre quelques mots de pachto avec la fillette et sa mère. Ensuite, à la suggestion de Nick, ils s'étaient assis à une table de poker improvisée dans un box vide. Quelques autres membres du personnel s'étaient joints à eux, mais au bout de deux heures, ils étaient les deux seuls à continuer à jouer.

Certains les regardaient, d'autres feuilletaient des magazines ou répondaient aux rares appels des patients.

Tiggy s'efforçait de conserver une expression impénétrable, malgré sa bonne humeur retrouvée. Nick ne pouvait pas savoir qu'elle pratiquait le poker presque tous les soirs avec son père et ses frères quand ils étaient à la maison.

— Vingt pour voir.

Avec un sourire de triomphe, il abattit ses cartes.

— Quinte flush !

Elle prit cette fois un air désespéré, étudiant son jeu comme si elle ne pouvait croire à sa malchance, puis le découvrit enfin avec une esquisse de sourire.

— Carré d'as. Je vous bats.

Il rit de nouveau.

— Battu par une fille ! Qui l'eût cru ! Vous êtes une redoutable bluffeuse, petite.

Elle le fixa, mais, avant qu'elle ait pu rétorquer quoi que ce soit, il se corrigea.

— Pardon, pas « petite ». Tiggy.

Elle rougit aussitôt, et se maudit intérieurement. Si seulement elle savait bluffer aussi bien dans la vie qu'au poker…

A ce moment-là, la sirène retentit et la radio crachota.

— Deux hommes blessés, et probablement des civils aussi, à quarante bornes. Une équipe d'urgence pour les ramener !

Nick était déjà debout et enfilait son gilet pare-balles.

— Il me faut un infirmier. Un volontaire ?

— Moi ! s'exclama Tiggy.

— Pas question. Quelqu'un d'autre ?

Aussi soulagée qu'irritée, elle le regarda droit dans les yeux, mais il sembla ne pas la remarquer.

Des mains se levèrent, et il choisit un homme d'âge mûr.

— O.K., Scotty. Tu m'accompagnes. Les autres, préparez-vous à recevoir les blessés. Je vous dirai à quoi vous attendre dès que je les aurai examinés. Ceux qui n'ont rien à faire ou qui n'ont pas participé récemment, je vous prie de donner votre sang au cas où. Sue, fais sortir de la salle tous ceux qui n'ont pas absolument besoin d'y rester.

Sur ces mots, il prit son casque et quitta la pièce.

Aussitôt, tout le monde se mit en mouvement. Sue emmena Tiggy en salle de réa.

— Il faut nous assurer que tout est prêt. Pour l'instant, nous n'avons aucune idée de l'état des blessés, ni de leur groupe sanguin. Quel est le tien ?

— O positif.

— Parfait. Un secouriste va venir te prélever du sang.

— Je ne peux pas aider à la préparation ?

— Euh... Nous avons surtout besoin de ton sang. Ne t'en fais pas, ton tour viendra. Commence par observer et par écouter.

Tiggy acquiesça, s'efforçant de masquer sa contrariété, et, prenant place sur une chaise, tendit son bras.

Après être partie pour faire son travail, l'infirmière revint voir comment elle allait et regarda la poche de sang.

— Encore dix minutes.

Pendant ce temps, Tiggy avait pensé à la petite Afghane, espérant que Nick ne l'ait pas fait déménager de la salle.

— Et Hadiya ? Nous n'allons pas la mettre dehors ?

— Non, Nick veut la garder encore un peu.

— Mais nous ne l'opérerons pas ?

— Non.

— Nick ne peut pas faire une exception ?

— Crois-moi, si c'était possible, il le ferait. Et je n'ai pas perdu espoir. Si quelqu'un peut réaliser un miracle, c'est lui. Bon, j'y retourne. Détends-toi.

Quand ce fut terminé, Sue l'obligea à rester allongée. Elle dut donc se contenter de regarder les autres s'agiter autour d'elle. La radio crachota de nouveau, et tout le monde s'arrêta pour écouter.

— Deux soldats blessés par éclats de shrapnel. Un au bras gauche, l'autre à l'abdomen. Arrivée prévue dans cinq minutes.

La voix de Nick, calme, couvrait le bruit des moteurs de l'hélico.

Tiggy se souleva de son brancard, et attrapa un biscuit d'un paquet posé sur la table. Non qu'elle ait faim, mais elle devait manger quelque chose. Elle n'avait pas l'intention de rester inactive, et ça n'arrangerait personne si elle s'évanouissait. Elle se glissa ensuite dans le vestiaire et passa une tenue de bloc. Elle avait la gorge sèche, ce qui n'était pas dû à la poussière, cette fois.

Avant qu'elle puisse trouver Sue, les portes s'ouvrirent brusquement et Nick entra, agenouillé sur un chariot que poussaient des soldats, en train de pratiquer un massage cardiaque.

— Il a cessé de respirer durant le transport, mais on lui a fait des compressions thoraciques tout le temps. Il a déjà eu plusieurs transfusions en route. Il faut l'emmener tout de suite en salle d'op !

Des volontaires s'avancèrent aussitôt pour faire rouler le chariot jusqu'en salle de réa. Un instant plus tard, les soldats faisaient irruption dans la salle avec le second blessé.

— Blessures au bras ! cria Scotty. J'ai fait un pansement provisoire et posé une perfusion. Constantes stables.

Après être restée un instant pétrifiée, au vu de l'état de la main du soldat, Tiggy s'activa très vite : son côté professionnel reprenait le dessus. Elle saisit une paire de ciseaux et se mit à découper l'uniforme, sans se soucier du reste de l'équipe agglutiné autour de l'autre blessé.

Sue approcha la radio portable de son patient, et tous les autres partirent quand le premier blessé fut transféré en salle d'opération.

Nick la rejoignit en se débarrassant de ses gants souillés. Tiggy lui en tendit aussitôt des neufs. Les constantes du soldat étaient de moins en moins stables : la tension baissait et son pouls faiblissait.

— Il faut l'amputer, c'est le seul moyen de stopper l'hémorragie, dit le chirurgien orthopédiste en examinant la blessure.

— Et si nous essayions de stopper l'hémorragie d'abord ? suggéra Nick. On ne peut sans doute pas sauver la main, mais au moins le bras.

— Je vous donne cinq minutes. Après, il part pour le bloc.

Ils s'efforcèrent d'épargner le bras du blessé, firent plusieurs transfusions, mais lorsque Nick vit les radios, il poussa un soupir en se tournant vers son confrère.

— Tu as raison, Simon, il y a trop de dégâts. Il faut l'amputer.

Malgré elle, Tiggy émit un petit cri.

— Vous êtes sûrs qu'il n'y a rien d'autre à tenter ?

— Oui, sinon nous le tenterions, répliqua Nick sèchement.

Elle sentit sa gorge se serrer. Ce soldat était si jeune ! Mais les radios étaient éloquentes, et Nick avait déjà fait le maximum pour lui éviter l'amputation.

Quand il la regarda, elle lut une telle angoisse dans ses yeux que tous ses doutes s'évanouirent.

— J'ai promis à ces garçons qu'ils seraient bientôt rentrés chez eux, et je vais respecter ma promesse. Je viens, Simon !

Un instant plus tard, la salle de réa était vide. Beaucoup plus tard, quand Dave, qui venait d'être amputé, fut installé dans la salle, elle sortit en s'efforçant de contrôler les tremblements de son corps.

— Vous allez bien ?

— Ah, Nick ! Non… Enfin oui, ça ira. Il est si jeune pour perdre un bras…

— Il apprendra à vivre sans.

Elle se retourna d'un coup.

— Comment pouvez-vous dire ça ? Vous n'avez pas la moindre idée de l'épreuve que ce sera pour lui !

— Vous avez raison. S'il me manquait un bras ou une jambe, j'ignore comment je réagirais. Mais au moins, il est vivant. Il ne rentrera pas chez lui dans un linceul. Au contraire de son collègue.

Ils n'avaient en effet pas pu sauver l'autre blessé, et tous ressentaient la même peine que s'ils avaient perdu un frère ou un mari. Lorsque Nick l'annonça, le visage imperturbable, elle se demanda si elle ne s'était pas trompée en percevant de l'angoisse dans son regard.

— Comment faites-vous pour être si… si peu affecté ? ne put-elle s'empêcher de demander.

— L'équipe a besoin que je reste professionnel. Que nous restions tous professionnels.

Elle s'affala contre le mur, et se passa la main sur le front. Bien entendu, il avait encore raison. S'il avait pu éviter l'amputation, il l'aurait fait. Penser le contraire n'aiderait personne, et surtout pas Dave.

Elle songea à ses frères, priant très fort pour qu'ils ne subissent pas le même sort. Elle refusait d'envisager la réaction de sa mère, qui couvait ses enfants avec une férocité de tigresse. Soudain, les larmes jaillirent, et elle cligna des yeux. Elle ne pouvait pas s'empêcher de pleurer. C'était trop affreux.

— Hé, Tiggy ! Pas de ça. Dave se remettra.

Elle leva timidement la tête. C'était la première fois qu'elle le voyait sérieux.

— Nous faisons notre boulot, et bien, la plupart du temps. Bon sang, vous ne croyez pas que j'aurais préféré le renvoyer chez lui entier ?

— Ce n'est pas qu'à cause de ces deux là… Mais ils sont tous si jeunes ! Et mes frères sont là-bas, aussi.

— Une autre équipe s'occupera d'eux s'ils ont besoin d'aide.

Elle se tamponna les yeux.

— Je ne peux pas supporter l'idée qu'ils soient blessés.

Il lui posa une main sur l'épaule.

— La plupart des soldats rentrent chez eux, Tiggy. Il faut que vous vous accrochiez à ça.

Elle hocha lentement la tête, incapable de parler.

Il la prit par le bras et la guida pour traverser la bande de terre qui entourait l'hôpital.

— Venez, marchons un peu.

— Je ne suis pas sûre d'en avoir la force.

Pourtant, elle se laissa conduire de l'autre côté du camp. Une douce brise soulevait la poussière, rafraîchissant l'air lourd de la nuit. Au-dessus d'eux, des milliers d'étoiles parsemaient le ciel clair. Comment être malheureux dans un endroit aussi beau ? Quand ils atteignirent un surplomb rocheux, Nick lui proposa de s'asseoir d'un signe de tête. Ils restèrent un moment silencieux. Enfin, il se tourna vers elle en souriant.

— Donc, nous en étions restés à quand vous aviez treize ans. Pourquoi ne pas me raconter la suite ?

Plus tard dans la semaine, elle était assise devant sa tente et buvait un café avec Sue. De l'autre côté du camp, des hommes, la plupart en pantalon de treillis, jouaient au football ou travaillaient leur musculation. Heureusement, il n'y avait plus eu de blessures graves à traiter. Et Dave avait été transféré à Birmingham.

Un soldat, torse nu, passa près d'elles. Sue eut un sourire espiègle.

— Tu vois ? On n'est pas si mal, ici. Où aurions-nous autant d'occasions de lorgner de beaux hommes ?

— Tu n'as pas tort.

Tiggy observa Nick, qui s'exerçait, accroché à une barre tendue entre deux murs. Il était aussi torse nu et les muscles de son dos se tendaient à chaque effort. D'autres soldats, assis en cercle, comptaient pour lui.

Sue suivit son regard.

— Je te le répète, n'y pense plus. C'est peut-être un héros, mais pour nous, c'est le cauchemar. Dès qu'il a obtenu ce qu'il voulait, il perd tout intérêt pour toi. La plupart des femmes qui sont ici y sont passées.

— Ne t'en fais pas. C'est un bon médecin, mais il n'est pas du tout mon genre.

Sue fit la moue ;

— Ne lui dis jamais ça ! S'il voit qu'il ne t'intéresse pas, ce sera encore pire.

— Je pense que je ne suis pas son genre non plus, tu peux être tranquille.

— Je ne suis pas de ton avis.

Elle la regarda, étonnée. Soudain, un mot que Sue avait prononcé plus tôt lui revint à l'esprit.

— Au fait, pourquoi as-tu dis que c'était un héros ?

— Eh bien… Je suppose que je ferais mieux de t'expliquer, d'ailleurs je suis surprise que tu n'aies pas déjà entendu l'histoire. C'était l'année dernière. Il était en patrouille avec des hommes pour s'assurer qu'un village abandonné ne servait pas de base aux insurgés. C'était une opération commune avec des Américains.

Elle lança un regard à Nick.

— Bref, quand ils sont arrivés là-bas, ils ont monté un refuge provisoire, ils appellent ça un « Sangar », avec l'intention de s'y installer pour la quinzaine de jours que durerait leur mission, et ils ont été attaqués. Pour faire court, Nick est sorti de l'abri sous le feu ennemi, et a couru porter secours à un blessé qu'on avait traîné dans l'une des maisons.

— Mon Dieu !

Tiggy observa Nick avec un respect nouveau. Ainsi, ce n'était pas un simple play-boy ?

— Attends, ce n'est pas fini ! Pendant qu'il soignait l'Américain, un autre qui le cherchait est entré et a pris un éclat de shrapnel dans la cuisse, en plein dans l'artère fémorale.

— Je vois. Donc, il n'avait aucune chance.

— Voilà. Et Nick l'a sauvé. Il s'est débrouillé, alors que

l'ennemi était pratiquement à la porte, pour clamper l'artère. Heureusement, il avait fait appeler l'hélico, et je me demande comment ils ont pu atterrir assez près pour les ramasser tous les deux, et aussi, comment Nick a fait pour le maintenir en vie jusqu'à leur arrivée au camp. Au final, non seulement il a sauvé l'Américain, mais il a réussi à lui éviter l'amputation. Depuis, il est devenu parmi les hommes une sorte de héros, de talisman. On dirait presque qu'ils l'ont investi de pouvoirs surnaturels.

Tiggy acquiesça, songeuse. Une façon d'expliquer son arrogance, peut-être.

— Je n'imaginais pas…

— Il ne s'en vante pas.

Sue consulta sa montre.

— Au lit ! Tu sais, Tiggy, c'est peut-être un héros pour les hommes, mais à mon avis cette réputation est aussi un fardeau pour lui. Ce n'est pas un faiseur de miracles. Il est humain, et parfois je me demande s'il n'a pas commencé à croire en sa propre légende.

— C'est-à-dire ?

— A se persuader, comme les autres le disent, qu'il est infaillible, et qu'aussi longtemps qu'il sera là, il pourra sauver tout le monde.

Tiggy regarda Nick une fois de plus. Il avait fini de se donner en spectacle, et s'essuyait le front avec une serviette-éponge. Quels abdos, ne put-elle s'empêcher de penser, et à ce moment précis, s'apercevant qu'elle le regardait, il lui fit un clin d'œil.

Elle rougit.

— Oh, mon Dieu ! dit Sue en ramassant son mug vide. Ne me dis pas que je ne t'ai pas prévenue. Je vais me coucher. A demain matin, 6 heures !

3.

Neuf ans plus tard

Le cœur battant, Tiggy se rua dans le couloir de l'hôpital. Une femme qui poussait un fauteuil roulant se rangea vivement contre le mur pour lui laisser le passage tandis qu'un médecin, qui parlait au téléphone, la regardait avec compassion.

Jamais un couloir ne lui avait paru si long. Arriverait-elle à temps ? Et si l'état de Nick s'était aggravé pendant qu'elle tentait de le rejoindre ? Et s'il mourait sans qu'elle puisse le voir ? Elle laissa échapper un sanglot.

Elle s'arrêta devant le comptoir de triage, fort encombré, en se demandant si elle pouvait oser entrer en salle de réanimation sans y être invitée, quand un médecin la remarqua et s'approcha.

— Madame Casey ? Je suis Luke Blackman. C'est moi qui vous ai appelée.

Elle l'avait deviné, ayant reconnu sa voix et son accent américain.

La journée avait débuté comme un jour normal, et elle n'était pas de service lorsque le téléphone avait sonné. L'accent, justement, l'avait surprise, puis, quand son interlocuteur s'était présenté comme un médecin du Royal London Hospital, elle avait senti la panique la gagner, craignant qu'il ne soit arrivé quelque chose à son frère Alan, qui était toujours pilote d'Apache en Afghanistan. Mais il s'agissait de Nick, qui avait été amené avec un traumatisme crânien, et la réclamait.

Sans écouter davantage, elle avait raccroché et s'était précipitée dans sa voiture.

Elle scruta le visage du médecin, à la recherche d'indices, mais son expression était indéchiffrable.

— Venez, allons dans le salon des parents, nous y serons plus tranquilles.

Elle sentit monter la nausée. Ce genre d'invitation était en général faite aux gens à qui on allait annoncer une mauvaise nouvelle.

— Dites-moi. Il est mort ?

— Mort ?

Le visage du Dr Blackman s'éclaira d'un gentil sourire.

— Non, le lieutenant-colonel Casey est bien vivant. Il a eu des périodes d'inconscience, mais il va se remettre.

Elle ressentit un intense soulagement. Mais elle devait voir Nick tout de suite.

— Amenez-moi jusqu'à lui.

— Je préférerais vous parler d'abord.

Tiggy secoua la tête.

— S'il vous plaît, docteur, il faut que je le voie. Tout de suite.

— Très bien, alors suivez-moi.

Nick était allongé dans son lit, aussi pâle et immobile qu'un mort. Sa tête était bandée, et il avait un hématome sur la pommette gauche, dissimulé en partie sous sa barbe de quelques jours.

Elle essuya ses larmes du revers de la main. Mais c'était lui. Son mari, qu'elle n'avait pas vu depuis six ans.

La tête de Nick était pleine d'images et de bruit. Des bombes explosaient, des pales d'hélico tournaient en faisant tourbillonner la poussière. Il y avait du sang, beaucoup de sang, et des soldats et des civils qui couraient, affolés. Puis quelqu'un enfonçait quelque chose dans son bras.

Peu à peu les scènes de cauchemar s'évanouirent, et une

étrange sensation de calme l'envahit lorsque le visage de Tiggy apparut devant lui ; ses yeux bleus étaient grands ouverts, ses cheveux cuivrés formant un étonnant contraste avec la pâleur de son visage. La vision changea, il la tenait à présent dans ses bras et l'embrassait, elle était dans son lit, riant à une plaisanterie qu'il venait de faire.

Il aimait rêver d'elle…

— Je suis là, Nick ! l'entendit-il dire.

Il essaya, mais en vain, d'ouvrir les yeux. Elle avait cette voix calme et décidée qu'il adorait. Elle était là. Tout allait bien se passer.

Même dans ses rêves, le souvenir de cette voix le rassurait. C'était quand il était éveillé que ce souvenir le torturait. Car Tiggy était perdue pour lui.

— Nick, tu m'entends ? Ouvre les yeux.

Encore elle… Il préférait cette voix à celle de l'Américain. Mais il ne s'éveillerait pas, non ! Son rêve était si beau…

— Nick, s'il te plaît, dis quelque chose !

Il remua un peu, s'efforçant péniblement de faire bouger ses membres. Bon sang, tout lui faisait mal, comme s'il était passé sous un Humvee. L'avait-on transféré en Angleterre ? Des bribes de souvenirs lui revenaient. Il marchait dans une rue… il ne se rappelait pas laquelle. Un homme était à terre, à qui on assenait des coups de pied. Il avait tenté de stopper la bagarre, pris un coup à l'estomac, qu'il avait rendu à l'un des voyous. Et après ? Plus rien. Juste cette violente douleur à la tête.

Avec toute la volonté dont il était capable, il se força à soulever une paupière. Et cette fois, y parvint.

Il rêvait encore… Tiggy était penchée au-dessus de lui, ses beaux yeux emplis de larmes. Impossible, après ce qu'il lui avait fait. Il referma sa paupière, essaya de retrouver son rêve, où elle riait dans ses bras. Il n'aimait pas la voir triste.

Mais non, il était éveillé. Il ouvrit encore un œil, et l'image de Tiggy était toujours là. Ce n'était pas une hallucination. C'était elle, en chair et en os.

— Qu'est-ce que tu fais ici ? articula-t-il avec raideur.

Elle eut l'impression qu'il l'avait giflée. Mais à quoi s'attendait-elle ? A ce qu'il soit heureux de la voir ? Vu la façon dont ils s'étaient séparés, la chose eût été surprenante. Pourtant, elle avait cru lire dans son unique œil ouvert le désir et le plaisir. Elle s'était trompée, manifestement.

Elle inspira doucement. Au moins, il était vivant. Et bien vivant, le Dr Blackman avait raison.

Elle se tourna vers le médecin.

— Nick, c'est votre femme. Vous l'avez demandée, j'ai trouvé ses coordonnées dans votre dossier et je l'ai appelée.

— Impossible. Je ne suis pas marié.

La gorge de Tiggy se serra. Maintenant qu'elle savait qu'il était entier, elle sentit son ancienne colère remonter à la surface.

— Docteur, il faut que je vous dise que nous sommes séparés depuis six ans.

Six longues années, qui n'avaient pas été faciles à vivre, surtout au début. Et juste quand elle pensait qu'il était sorti de son esprit et de son cœur, il était là, avec ses joues mal rasées et son bleu à la pommette. Et son cœur battait plus vite.

Nick sortit une main de sous le drap, pour saisir le bras du médecin.

— Qui vous a donné le droit de prévenir mon ex-femme ?

Elle faillit répliquer qu'elle n'était pas son ex-femme, puisqu'elle n'avait jamais signé les papiers du divorce, pas plus que lui, mais se retint pour écouter le Dr Blackman.

— Vous la réclamiez quand on vous a amené. Et dans votre dossier, c'est la personne à prévenir en cas d'accident. Il est normal que je l'aie contactée.

— Peu importe. Faites-la sortir d'ici.

Tiggy sentit les larmes lui monter aux yeux.

— Ne t'en fais pas, Nick, je m'en vais !

Elle tourna les talons et quitta la chambre. Le médecin lui emboîta le pas après avoir assuré à Nick qu'il reviendrait.

— Madame Casey, ne prenez pas sa réaction trop à cœur. C'est très certainement dû à sa blessure à la tête, qui le rend confus et irritable. A votre place, je n'attacherais pas une importance démesurée à ses paroles.

Elle eut un sourire amer.

— Croyez-moi, il est très conscient. Je n'aurais pas dû venir, c'est tout.

— Ecoutez, je vous vois bouleversée… Venez dans la salle du personnel, nous pourrons parler un peu.

— Vraiment, je ne pense pas que ce soit une bonne idée. Je suis certaine que Nick a une autre femme dans sa vie, pourquoi ne la cherchez-vous pas ? Vous pouvez le lui demander…

— S'il vous plaît, madame Casey, ce ne sera pas long.

Après une hésitation, elle accepta. Mieux valait qu'elle s'assure que Nick était hors de danger.

A cette pensée, elle faillit éclater d'un rire nerveux. Pendant des années, elle avait été terrifiée de ce qui pouvait lui arriver en Afghanistan, et à présent qu'il était rentré en Angleterre, ses craintes se vérifiaient…

— Que s'est-il passé ?

— On l'a amené aux urgences il y a quelques heures. Après une… une rixe. Pour l'instant, je suis surtout inquiet pour son crâne. J'ai demandé une IRM, nous en saurons davantage quand nous aurons tous les résultats d'analyse.

— Que faisait-il dans cette bagarre ?

Elle secoua la tête. Il avait toujours été impulsif, et à la fin de leur mariage, il était devenu assez irascible ; de là à se battre dans la rue… Cela ne correspondait pas au Nick qu'elle connaissait. Avait-il bu ? Par le passé, il touchait à peine à l'alcool. Mais il pouvait avoir changé en six ans… Elle en voulait pour preuve le spectaculaire changement qui s'était effectué du début à la fin de leurs trois ans de mariage.

Le Dr Blackman sourit.

— D'après ce que j'ai compris, il tentait d'intervenir. Des voyous étaient en train de frapper un homme à terre, et il s'est interposé. Il a toujours été un héros.

— Vous le connaissez, docteur Blackman ?

— Appelez-moi Luke. Je l'ai rencontré il y a dix ans, quand j'étais dans l'armée. Je m'en souviendrai toute ma vie.

Elle eut un demi-sourire. Nick n'était pas quelqu'un qu'on pouvait oublier facilement.

Le bipeur de Luke sonna, et il consulta l'écran.

— Désolé, je dois y aller. Je vous recontacterai quand nous aurons les résultats de l'IRM.

Elle se leva en même temps que lui, et s'efforça de reprendre son calme.

— Merci de m'avoir prévenue, docteur. Prenez bien soin de lui.

Nick serra les dents et, comme on le lui demandait, pressa la main du Dr Blackman de toutes ses forces.

Cet imbécile de médecin avait contacté Tiggy ! Mais comment l'en blâmer, puisqu'il avait omis de changer le nom de la personne à prévenir dans ses papiers. Le problème, c'est qu'il n'avait personne d'autre. Mais était-ce bien la seule raison ? Où n'était-ce pas plutôt parce qu'il n'était pas parvenu à se détacher d'elle, même en sachant que c'était la seule chose à faire ? Et pourquoi était-elle venue ? Elle aurait pu refuser. Le sens du devoir, sans doute. Mais il n'avait nul besoin de sa compassion.

Le médecin sortit son ophtalmoscope.

— Je vais examiner vos yeux. Vous ne me reconnaissez pas, n'est-ce pas ?

— Je devrais ?

— Nous avons fait connaissance il y a dix ans, en

Afghanistan. J'étais dans l'armée américaine, à l'époque. Vous m'avez sauvé la vie.

Aussitôt, Nick revit le sang qui jaillissait de l'artère fémorale. Ce gars lui disait quelque chose, pourtant il n'aurait jamais imaginé que ce soit Luke.

— Bon Dieu ! Que faites-vous ici ?

Luke se redressa, et consulta le dossier en souriant.

— Vous n'auriez pas pensé que je finirais médecin ? Eh bien, moi non plus. C'est à vous que je le dois. Je suis entré à la fac de médecine en sortant de l'armée.

— Comment va votre jambe ?

— Bien. Je boite un peu quand je suis fatigué, mais sinon…

Il étudia Nick attentivement.

— Je suis sûr que vous êtes conscient de la faiblesse de votre côté gauche. Je vois que vous avez été blessé à la colonne vertébrale il y a quelques années, et que les médecins ont préféré ne pas toucher à certains éclats de shrapnel. Nous allons faire une IRM.

Nick retint un soupir. Cette déficience se remarquait à peine et ne le gênait en rien dans son métier. Mais si on commençait à fouiner, qui sait ce qui pourrait arriver ?

— Je ne crois pas, non !

Luke croisa les bras et le regarda dans les yeux.

— Mon colonel, je veux vous remercier d'avoir sauvé ma vie et ma jambe. J'ai toujours regretté de ne pas avoir pu le faire sur le moment. Maintenant, j'en ai le moyen, et je vais m'occuper de vous du mieux possible.

Nick se souleva sur les coudes.

— Si vous voulez me remercier, Luke, faites-moi sortir d'ici au plus vite.

4.

Cette nuit-là, Tiggy dormit très peu. Quel choc de revoir Nick après six ans dans un lit d'hôpital, si faible… Il avait toujours été plein d'énergie. Comment avait-il pu risquer sa vie bêtement ? En fait, cela lui ressemblait bien. Il avait la vocation de sauver des vies, sans souci des conséquences. Et c'était aussi une des raisons pour lesquelles elle était tombée amoureuse de lui…

A cette époque-là, après l'épisode des deux soldats grièvement blessés dont l'un était mort, il y avait eu une sorte de trêve, et le temps s'était écoulé paisiblement. Dans les semaines qui avaient suivi, ils n'avaient soigné pratiquement que des civils qui se présentaient avec le genre de blessures qu'elle avait déjà rencontré aux urgences de l'hôpital, brûlures, fractures, accidents de voiture, et le lot habituel d'infections et de virus. Ils avaient donc beaucoup de temps libre.

A sa grande surprise, Nick n'avait cessé de la poursuivre de ses assiduités, bien qu'elle ait tout fait pour l'éviter. Puis, un jour, l'équipe avait été appelée pour un sauvetage.

Nick était déjà en train de passer son gilet pare-balles quand elle était arrivée dans le service, un peu en avance.

— Ah, Tiggy ! Où est Sue ?

— Encore sous la douche, pourquoi ?

— Bon sang ! L'équipe de nuit est au bloc et j'ai besoin d'une infirmière pour une évacuation d'urgence. Il y a eu de la casse dans l'un des villages. Il y a pas mal de blessés.

— Je t'accompagne.

— Pas question, tu es volontaire.

— Je suis infirmière. Le personnel de nuit va partir se reposer, celui de jour n'est pas encore de service, et je suis là.

— Ce genre de mission n'est pas dans ton contrat. Je n'ai pas le temps de me disputer avec toi, Tiggy.

— Alors ne le fais pas.

Elle avait attrapé son sac d'infirmière et son gilet pare-balles.

Il avait froncé les sourcils et regardé autour de lui, comme s'il pouvait faire surgir une infirmière par miracle.

— D'accord. Mais n'envisage même pas de sortir de l'hélico, O.K. ?

— Compris, major, avait-elle répliqué en lui faisant le salut militaire.

Mais une fois confrontée à la réalité — voler dans un hélicoptère au-dessus d'une zone de combats —, son excitation s'était muée en panique et elle avait senti monter la nausée. Par chance, avant que la terreur ne la paralyse complètement, elle s'était retrouvée dans le Chinook à côté de Nick. Il avait pris une paire d'écouteurs et les lui avait placés sur les oreilles.

— Nous allons communiquer comme ça. Ne parle que si tu as quelque chose à dire.

Elle était déjà montée dans un appareil semblable lors de son entraînement, et savait qu'il comportait une mini-salle de soin équipée pour pouvoir maintenir un homme en vie pendant son transport. Mais lors de l'entraînement, il n'y avait pas de soldats armés de pistolets-mitrailleurs aux portes. Elle en avait tremblé.

Au moment du décollage, le nez de l'hélico avait plongé en avant, et elle avait craint qu'il ne s'écrase au sol. Elle avait fermé les yeux

— Ça va ? avait demandé la voix désincarnée de Nick dans ses écouteurs.

Elle avait réussi à hocher la tête.

— Pourquoi t'es-tu portée volontaire ? Avec la peur que tu as de l'avion…

— Je dois la surmonter, avait-elle murmuré.

Il lui avait fait un salut moqueur, et couvert le micro de sa main avant de se pencher vers elle.

— Tu es spéciale, tu le sais ? Tu n'as pas froid aux yeux.

— Je suis terrifiée ! avait-elle répliqué d'une voix angoissée.

— Tu sais que faire quelque chose quand on a peur, c'est la vraie définition du courage ?

Il avait raison, personne ne l'avait obligée à venir. Cette pensée l'avait calmée et elle avait commencé à s'habituer au vol. Dix minutes plus tard, ils atterrissaient.

— Ne bouge pas de là ! avait ordonné Nick avant de sauter à terre.

Il avait suivi les soldats, qui se dirigeaient en position accroupie vers les restes d'une maison maintenant en ruine.

Après ce qui lui avait semblé une éternité, les hommes étaient revenus avec le blessé. Dès que le brancard avait été à bord, Nick avait sauté à l'intérieur et l'hélico s'était élevé à la verticale avant de reprendre la direction du camp.

Le blessé n'était pas un soldat, mais un jeune Afghan, qui saignait d'une plaie à la tête.

Elle l'avait relié au moniteur, avant de regarder Nick.

— Echelle de Glasgow, sept. Ce n'est pas bon.

— Où allons-nous, major ? avait demandé le pilote. L'hôpital local ?

— Non, à la base.

— Est-ce un ordre, monsieur ? Vous êtes conscient que c'est contre les instructions ?

Tiggy n'ignorait plus que les civils devaient être dirigés sur l'hôpital du lieu, sous-équipé et manquant de personnel. Ce garçon avait besoin de soins et d'un équipement qu'ils ne possédaient qu'au camp.

— Je connais le règlement, avait rétorqué Nick sèchement. Ce gars va mourir si nous ne le prenons pas en charge. Tant que je suis à bord, c'est moi qui prends la décision.

Tiggy avait retenu son souffle. Il pouvait avoir de graves ennuis s'il contrevenait aux ordres.

En levant la tête, il avait croisé son regard et, à sa grande surprise, lui avait fait un clin d'œil.

— Je n'ai pas l'habitude de respecter le règlement à tout prix. Et maintenant, infirmière, faisons notre possible pour garder ce gars en vie.

Et ce fut à ce moment précis qu'elle avait su : elle était en train de tomber amoureuse du major Nick Casey.

5.

Tiggy poussa un soupir, inquiète après sa visite à Nick. Par chance, les urgences pédiatriques étaient calmes, à peine occupées par quelques rhumes et le lot habituel de jambes et de bras cassés. Pour une fois, elle travailla en automate, et parvint à terminer son service. Elle allait partir quand l'une des infirmières lui tendit le téléphone.

— C'est pour toi. Un certain Dr Blackman, du Royal London.

Tiggy sentit aussitôt son sang se glacer. Nick allait-il plus mal ? Avec un trauma crânien, on n'était jamais sûr de rien. Ses mains tremblaient tant, qu'elle avait de la peine à tenir le combiné.

— Ne vous inquiétez pas, madame Casey, il n'y a pas danger immédiat, mais je pense que nous devrions en discuter. Il réclamerait probablement ma tête s'il savait que je vous en ai parlé, mais à mon avis, il va avoir besoin de toute l'aide possible.

Elle ferma les yeux, décidée à envoyer promener le Dr Blackman en lui conseillant d'emmener Nick avec lui. Mais elle parvint à se ressaisir à temps. Comment aurait-elle pu faire une chose pareille…

— J'arrive.

Une demi-heure plus tard, elle était assise en face de Luke et l'écoutait avec attention. Il était question d'une intervention chirurgicale…

— Mais Nick va bien ?

— Oui et non. Il a été transféré en chirurgie quand nous avons découvert les traces d'une blessure ancienne à l'IRM.

— De quel genre ?

— Il y a deux ans, dans un convoi, un engin explosif improvisé a explosé sous le camion qui les précédait, lui et ses hommes. Ils ont pu sortir du leur, et Nick se dirigeait vers les blessés quand les insurgés, qui guettaient dans un fossé au bord de la route, ont ouvert le feu.

Tiggy écoutait, le regard sombre, la bouche sèche et la langue collée au palais. Nick était-il déterminé à perdre la vie d'une façon ou d'une autre ?

— Et que lui est-il arrivé ?

— Il a été atteint par des éclats de shrapnel. S'il n'avait pas porté son gilet pare-balles, il y serait resté.

Elle sentit son cœur battre la chamade à l'idée qu'elle n'avait même pas été mise au courant…

— Il est resté deux semaines aux soins intensifs. Mais il est solide, et en apparence, il s'est totalement remis.

— Pourquoi dites-vous « en apparence » ?

— Un morceau de métal a pénétré très près de la colonne vertébrale et, mes médecins n'ont pas voulu prendre le risque de l'ôter, de peur de le laisser paralysé si cela se passait mal.

— Mais alors, pourquoi suis-je ici ? Je pense que Nick a clairement exprimé son refus de me voir mêlée à son traitement !

— Malheureusement, l'éclat a bougé. J'ai fait procéder à la batterie habituelle d'examens neurologiques, et, bien qu'il l'ait caché, il a une déficience du côté gauche. Après une légère pression verbale… — je l'ai menacé de prévenir le Conseil de l'Ordre s'il ne le faisait pas —, il a admis qu'il avait des migraines et se ressentait de cette faiblesse depuis au moins deux mois. Malgré sa réticence, il a fini par accepter de passer cette IRM.

Elle faillit sourire. Rien de changé. Nick avait toujours été rebelle.

— Vous vous demandez si vous devez l'opérer ?

— Je le recommande, mais il ne m'écoutera pas.

Il soupira.

— Je pensais que vous pourriez le convaincre. Je sais que ça ne vous plaît pas, mais je lui dois beaucoup. Il m'a sauvé la vie, vous savez.

— Racontez-moi.

— Il y a dix ans, j'étais dans l'armée américaine et nous étions en manœuvre avec les Britanniques. L'un de mes copains, blessé, s'était réfugié dans une maison vide, et je suis allé le chercher, pour découvrir que le major Casey était déjà avec lui.

Toute l'histoire revint aussitôt à la mémoire de Tiggy.

— Et vous avez eu l'artère fémorale sectionnée.

— Ah, vous êtes au courant ?

— Oui, mais ce n'est pas Nick qui me l'a raconté. Et tout cela ne me dit pas comment je peux vous aider. Il ne m'a jamais écoutée par le passé, je doute qu'il commence maintenant. Il ne m'a pas contactée une seule fois depuis six ans.

Luke se pencha en avant, les coudes sur les genoux.

— Je l'ai entendu vous appeler alors qu'il était à peine conscient, et je vous assure que ce n'était pas un nom lancé au hasard. Vous devez au moins essayer. Si jamais l'éclat touchait la colonne vertébrale, il serait totalement paralysé. Au pire, il pourrait même y laisser sa peau.

Tiggy se leva et se mit à arpenter la salle.

— Sait-il que vous m'avez recontactée ?

— Non. En fait, il m'a menacé de me faire virer de l'hôpital si je le faisais. Un truc dans ce genre.

— Alors je ne vois pas ce que je peux faire.

— Je vous en prie, madame Casey, essayez une dernière fois.

Elle laissa échapper un soupir. Luke avait raison, elle ne pouvait rester sans rien tenter.

Elle le regarda.

— Eh bien, qu'attendons-nous ?

Elle le repéra immédiatement : il jouait aux cartes avec un groupe d'hommes au milieu de la salle. Bien qu'assis, il dépassait les autres d'une bonne tête. Une partie de poker ? Elle ne put s'empêcher de sourire. Dans ce cas, il trichait sûrement. Comme s'il avait senti sa présence, il leva les yeux. On lui avait ôté son pansement à la tête, et elle put l'observer mieux.

Ses cheveux étaient plus longs que par le passé, et il avait davantage de rides. Deux lignes profondes en arc de cercle entouraient sa bouche.

Elle sentit l'angoisse l'étreindre quand il la regarda : ses yeux étaient vides, dépourvus de toute émotion. Luke avait beau dire, Nick n'éprouvait plus rien pour elle. Son cœur se glaça.

Il murmura quelques mots à l'un de ses compagnons de jeu, puis s'avança vers elle. En dépit de ses efforts, il ne parvenait pas à dissimuler sa claudication.

— Encore toi ?

Elle secoua légèrement la tête, s'efforçant de maîtriser l'émotion qui montait en elle. D'accord, elle ne s'était pas trompée hier. Il ne voulait vraiment pas la voir.

Elle s'enjoignit intérieurement à la patience, et réussit à résister à l'impulsion de tourner les talons.

— Bonjour, Nick, dit-elle d'une voix calme.

Il se tourna vers Luke.

— C'est toi qui l'as contactée ? Il me semblait te l'avoir interdit. Je pourrais te traîner devant le Conseil de l'Ordre pour ça !

— Je vois que ce coup sur la tête ne t'a pas changé, intervint Tiggy d'une voix douce.

— Je te demande de t'en aller. Au cas où tu l'aurais oublié, nous ne sommes plus mariés.

— En fait, Nick, au cas où tu l'aurais oublié, nous sommes toujours mariés, et je suis la personne à prévenir sur ton dossier.

Il pinça la bouche, l'air têtu. Elle esquissa un sourire. Elle connaissait si bien cette expression !

— Peu importe ce qui est écrit sur un bout de papier. Je prends mes décisions tout seul.

— Pourquoi ne pas nous asseoir ? proposa Luke.

L'air furieux, Nick se dirigea vers son lit, et lorsque Tiggy voulut l'aider à s'installer, il la repoussa.

— Mon colonel, je crains que nous ne soyons pas convaincus que vous puissiez prendre les bonnes décisions. Sinon, vous accepteriez d'être opéré.

Nick lui jeta un regard irrité.

— J'aimerais dire un mot en privé à « ma femme », dit-il sur un ton sarcastique en accentuant les deux derniers mots.

Luke les regarda alternativement, puis hocha la tête.

— D'accord. J'ai d'autres patients à voir, je repasserai dans un moment.

Dès qu'il se fut éloigné, Nick la regarda.

— Je t'ai dit que je ne voulais pas que tu reviennes ! Ma santé ne te concerne pas.

Elle croisa les bras.

— Je ne partirai pas. Pourquoi ne m'as-tu pas prévenue que tu avais été grièvement blessé ?

— Qu'est-ce que ça aurait changé ? Nous étions séparés, et nous le sommes toujours.

— Ne t'en fais pas, je ne l'oublie pas. Mais puisque je suis là, pourrions-nous au moins nous montrer courtois l'un envers l'autre ?

Elle ne détourna pas le regard. Soudain elle vit la ligne dure de sa bouche s'adoucir, et son sourire lui rappela le Nick d'autrefois. Elle se sentit aussitôt fondre.

— Désolé. Bien sûr. Je te demande pardon.

Il se tourna pour prendre quelque chose dans son placard, et elle l'observa. Il était toujours beau à couper le souffle. Elle se souvenait de chaque parcelle de son corps, de ses abdominaux durs, de ses longues jambes et de ses cuisses puissantes, du contact de ses doigts sur sa peau… Elle ferma les yeux.

Son pouls battait toujours aussi fort après tant d'années… Un coup d'œil avait suffi pour savoir qu'elle ne se délivrerait jamais de lui. Que faisait-elle ici ? Mon Dieu ! Elle ferait mieux de s'éloigner au plus vite, de s'enfuir en courant, même.

— D'accord, alors merci pour la visite.

Elle croisa son regard. Il changea de position. Sa jambe le gênait, et il devait souffrir atrocement d'être diminué…

— Ça a commencé, n'est-ce pas ? La paralysie dont parlait Luke. Oh ! Nick !

— Ma jambe est un peu raide, c'est tout. Je suppose que c'est parce que je me suis battu.

— Certainement. D'ailleurs, qu'est-ce qui t'a pris ? Tu aurais pu te faire poignarder. Tu aurais mieux fait d'appeler la police.

— Et d'attendre dix minutes qu'ils arrivent ? Ces salauds étaient en train de battre ce pauvre type à mort. Je ne pouvais pas faire autrement.

— Toujours un héros, à ce que je vois ?

Elle fut parcourue d'un petit frisson. N'était-ce pas aussi ce qui le rendait si attirant ? Elle se remémora le jour où elle avait compris qu'elle l'aimait, et qu'il éprouvait aussi un sentiment pour elle…

Son séjour au camp avait passé rapidement. Elle jouait au poker avec lui pendant son temps libre sur un lit de la salle de réa qui faisait office de table. Le soir, l'équipe qui n'était pas de service allait au « pub » du camp, un bar où l'on ne servait pas d'alcool. Parfois, ils avaient droit à une pièce de théâtre ou à un concert. Un groupe de musique formé de secouristes avait apporté ses instruments, et souvent, ils les écoutaient jouer.

Nick était toujours présent. Il en savait plus que tout le monde sur elle, et donnait l'impression de l'avoir adoptée comme sa petite sœur. Il lui arrivait de le surprendre en train de la regarder intensément, et dans ces moments-là son cœur s'emballait. Elle en avait même la respiration coupée. En dépit de tout ce qu'elle s'était promis, ses réactions n'étaient pas celles d'une petite sœur…

S'il avait été réprimandé pour avoir désobéi aux ordres le jour de l'évacuation d'urgence, elle ne l'avait jamais su. Leur jeune patient afghan, âgé de dix-sept ans, s'était totalement remis, ce qui ne se serait sans doute pas produit s'il avait été transféré à l'hôpital local.

Peu après, elle avait découvert que Nick avait réussi à faire transférer Hadiya au Royaume-Uni, avec ses parents, pour y être soignée.

Et tout ce qu'elle apprenait la rendait chaque fois un peu plus amoureuse…

Après une soirée passée à écouter le groupe, elle avait levé les yeux et l'avait trouvé debout derrière elle. Il lui avait tendu la main.

— Viens avec moi, Tiggy.

Une violente émotion s'était emparée d'elle. Comme en transe, elle avait pris sa main et il l'avait guidée dans l'obscurité.

— Où allons-nous ?

— Loin des curieux.

Le cœur battant à se rompre, elle l'avait suivi jusqu'à un endroit tranquille. Puis, soudain, il l'avait attirée à lui, et l'avait embrassée.

Ce baiser avait été pour elle encore plus extraordinaire qu'elle n'en avait rêvé. Mais sa bouche dure et experte lui avait rappelé tout à coup qu'il avait dû embrasser des centaines de femmes avant elle…

Il avait posé une main sur ses hanches pour l'attirer plus près tandis que l'autre errait dans ses cheveux. La sensation de son corps mince et musclé contre elle était aussi agréable qu'elle l'avait espéré, et elle avait fondu jusqu'aux os.

Quand il l'avait lâchée, elle était haletante.

— Tu sais que j'en ai envie depuis la première fois que je t'ai vue ?

— Ah ?

Il avait rivé son regard au sien.

— Je me demande comment j'ai réussi à ne pas te toucher avant.

Mais au moment où il s'était penché pour l'embrasser de

nouveau, elle avait enfin repris ses esprits. Il ne se contenterait pas de baisers, et elle ne deviendrait pas son jouet. Elle l'avait repoussé des deux mains plaquées contre son torse.

— S'il te plaît, Nick.

— Pourquoi ? Je sais que ça t'a plu !

Elle avait fait deux pas en arrière.

— Je refuse de figurer dans la liste de tes conquêtes. J'ai ma fierté.

Il avait éclaté de rire.

— Si tu représentais ça pour moi, crois-tu que j'aurais attendu si longtemps ? Si je ne l'ai pas fait, c'est parce que j'étais mort de trouille à l'idée de t'effrayer.

Elle l'avait regardé, émue. Ainsi, il avait pensé à elle comme elle pensait à lui ? Elle avait senti la chaleur envahir son ventre. Et si tout le monde se trompait à son sujet, même Sue ?

Elle avait soupiré. Non. Son amie ne l'aurait pas prévenue si elle n'avait pas été sûre de ce qu'elle avançait.

— Ne me prends pas pour une idiote. Je n'aime pas ce genre de jeu.

Son sourire avait disparu.

— Qu'est-ce que tu racontes ? Tu n'as aucune idée de l'effet que tu me fais. Je me suis tenu loin aussi à cause de ça. Personne ne m'avait encore jamais mis dans cet état.

Elle aurait tant aimé le croire… Mais elle n'était pas naïve à ce point.

— Dans ce cas, il va te falloir faire des efforts pour me convaincre que tu ne mens pas. En attendant, je vais me coucher. Bonne nuit, Nick.

— Vos médicaments, Nick !

L'infirmière qui entrait ramena Tiggy à la réalité.

Il tendit la main pour saisir le gobelet en plastique, et fourra les comprimés dans sa bouche.

L'infirmière les regarda l'un après l'autre.

— Je vois que vous avez de la visite, émit-elle sur un ton plein de sous-entendus.

— Voici Tiggy. Elle s'en allait, justement.

Elle ignora la remarque, bien que chaque cellule de son corps lui enjoigne de lui obéir. Elle ne partirait pas tant qu'il n'aurait pas promis de réfléchir à cette intervention. Après, ils reprendraient chacun leur vie, et se comporteraient en étrangers.

Elle se tourna vers l'infirmière en souriant.

— J'espère que le Dr Casey n'a pas été trop pénible. Il peut être grognon quand il veut.

— Non, pas du tout…, répondit l'infirmière en rougissant.

Tiggy sentit l'aiguillon de la jalousie la piquer. Avec combien de femmes avait-il couché depuis leur séparation ? Plusieurs, sans doute, mais cela ne la concernait plus.

Soudain, elle en eut assez. Son crâne allait exploser, il fallait qu'elle quitte cette salle. Elle se pencha vers Nick, lui reprit le gobelet des mains, songea à l'embrasser sur la joue, mais y renonça : il ressentirait ça comme un signe de possession.

— Je reviendrai ce soir, nous discuterons un peu plus longuement.

Dès que l'infirmière fut sortie, il la regarda en secouant la tête.

— Ne reviens pas, Tiggy. Tu ne peux pas te mettre ça dans la tête ? Nous ne sommes plus rien l'un pour l'autre, depuis des années. En fait, j'ai l'intention d'appeler mon avocat demain pour demander le divorce.

Elle soupira.

— Très bien, vas-y. Mais en attendant, tant que je suis la première sur la liste, j'ai décidé de revenir ce soir. Tu peux m'ignorer si tu veux, quoi qu'il en soit, je serai là.

Il la suivit du regard.

Elle était toujours aussi belle. Un peu plus mince, peut-être, et ses cheveux étaient plus longs, mais il éprouvait toujours le même trouble en la voyant.

Il serra les dents. Il se détestait de l'avoir fait souffrir. Pourquoi l'avait-il épousée, d'ailleurs ? Il aurait dû savoir que le dénouement serait forcément tragique…

Mais, bon Dieu, il l'aimait. Tellement qu'il avait cru que ça pourrait marcher, qu'elle était la seule à pouvoir sauver son âme.

Eh bien, il s'était trompé, c'était impossible. Il s'était efforcé de la rendre heureuse et, la première année, il avait même eu l'impression d'y parvenir. Il aurait souffert d'être loin d'elle, mais ensuite… c'était de rester avec elle qui l'avait déchiré. Alors, même s'il l'avait fait trop tard, il s'était résolu à la séparation. Mieux valait la laisser libre de découvrir un homme digne d'elle. Et elle avait poursuivi sa vie sans chercher à le revoir.

Si elle insistait tant à présent, c'était peut-être par pitié… Et il n'en voulait pas. Il voulait qu'elle le regarde comme autrefois.

Pourquoi ? Il savait que c'était pour elle comme pour lui le retour en enfer. Il fallait qu'il parvienne à la convaincre de l'oublier une bonne fois pour toutes.

Une infirmière s'arrêta devant son lit et tira les rideaux.

— L'heure de votre sieste, Nick.

Il eut un soupir exaspéré. Quoi ? Celle-ci aussi le traitait comme un enfant ? Bon sang, il devait sortir d'ici à tout prix.

6.

Une fois chez elle, Tiggy passa ses vêtements de jogging et, malgré la pluie qui trempait le sol, décida d'aller courir une quinzaine de kilomètres. Elle avait besoin de se dépenser pour ne plus penser à Nick.

Une fois de plus, elle se demanda ce qui se serait passé si elle avait écouté les conseils de Sue. Bien entendu, tout aurait été différent…

Après leur premier baiser, il avait continué à la poursuivre de ses assiduités. Et, bien que tous les matins elle décide de couper court, elle lui cédait. Tout le camp était au courant.

Un soir, alors qu'elle s'apprêtait à se coucher, Sue était venue s'asseoir sur le bord de son lit.

— Tu sais où tu vas, Tiggy ?

Comme le soleil et la poussière abîmaient sa peau claire, et aussi parce qu'elle n'avait pas envie de cette discussion, elle avait fini d'appliquer sa crème hydratante avant de se décider à répondre.

— C'est-à-dire ?

— Allons. Je vois bien comment vous vous regardez, Nick et toi. Je ne l'ai jamais vu aussi mordu, mais rien n'assure que ça va durer. Ton tour viendra, hélas. Bientôt, tu rentreras chez toi et il restera ici.

Elle lui avait pris la main.

— Je ne veux pas que tu souffres. Nick te trompera forcément. Peut-être pas tout de suite, mais un jour… Il est comme ça.

Tiggy s'était assise près de son amie.

— Je ne peux pas m'en empêcher, Sue. Je sais que je

devrais me tenir loin, mais c'est impossible. Je l'aime, et je ne pourrai jamais cesser de l'aimer.

— Oh ! Je ne dis pas qu'il ne t'aime pas, mais simplement qu'avec lui, ça ne dure jamais. J'aimerais tant pouvoir croire qu'avec toi ce sera différent…

— Tu te trompes peut-être, cette fois.

— Peut-être, oui. Je l'espère pour toi. Il faut bien qu'il se calme un jour ou l'autre, alors pourquoi pas avec toi ? Mais, je t'assure, préserve-toi, Tiggy.

Elle avait acquiescé, le regard sombre. Elle savait que Sue avait raison. Nick se lasserait d'elle tôt ou tard, c'était inévitable. Si elle l'attirait autant, c'était parce qu'elle n'avait pas cédé immédiatement, et qu'il était conscient qu'elle n'était pas là pour longtemps. Dès qu'elle partirait, il en trouverait une autre qui l'intéresserait. Elle avait donc décidé d'en finir le soir même. Elle lui avait envoyé un message le prévenant qu'elle n'irait pas à leur rendez-vous, et n'avait pas été vraiment surprise lorsqu'il était venu la chercher jusque sous sa tente.

— Que se passe-t-il, Tiggy ? Tu n'es pas bien ?

Il lui avait posé une main sur le front et, de l'autre, pris le pouls. Elle en avait souri. Typique : si elle ne venait pas le voir, c'était qu'elle était malade. Et, en un sens, elle l'était, de savoir que c'était la dernière fois qu'il la touchait.

Elle avait sauté sur ses pieds et s'était éloignée de lui. Facile de se dire qu'elle pouvait vivre sans lui quand il n'était pas près d'elle…

Elle avait gardé le dos tourné, sachant que si elle croisait son regard elle était perdue.

— C'est fini, Nick.

Il avait eu un rire incrédule, et était venu lui enlacer la taille par-derrière.

— Comment, fini ? Tu plaisantes ?

— Je n'ai jamais été aussi sérieuse.

Il l'avait obligée à se retourner, et du pouce avait caressé la courbe de sa bouche. Frissonnante, elle avait fermé les yeux.

— Navrée, Nick, mais je ne peux pas faire semblant.

— De quoi ?

— De me moquer du fait que notre temps est compté. Tu sais que je vais partir bientôt. Et ne me fais pas croire que tu resteras célibataire quand je ne serai plus là.

Il l'avait observée un long moment.

— Je ne comprends pas.

— Eh bien, c'est fini. Il faut que chacun de nous poursuivre sa route.

— Tiggy, que veux-tu de moi ?

Elle avait levé les yeux vers lui.

— Pas grand-chose : tout. Que tu m'aimes autant que je t'aime, et pour toujours. Je n'accepterai aucun compromis.

Et, au lieu de la regarder avec horreur, il lui avait souri.

— C'est tout toi, ça : ne jamais tourner autour du pot. Je crois que c'est pour ça que je t'aime.

Il avait soudain eu une expression étonnée.

— Hein ? Qu'est-ce que je viens de dire ? Que je t'aimais ? Bon sang !

Son sourire s'était alors élargi.

— Je ne sais pas comment tu fais, il se trouve que je ne pense qu'à toi. J'en suis le premier surpris, mais je t'aime, bien que tu sois la femme la plus horripilante que j'aie jamais connue.

— Tu te crois mieux ? Moi, je n'ai jamais rencontré quelqu'un d'aussi arrogant, imbu de lui-même, qui pense que tout le monde doit être à ses pieds, que l'univers tourne autour de lui et que toutes les femmes doivent lui tomber dans les bras. Je dois être complètement idiote de m'être laissée avoir.

Ils s'étaient regardés un moment, puis elle lui était tombée dans les bras.

A18 heures, elle était de nouveau à l'hôpital. Elle s'arrêta sur le seuil de la salle. Nick avait repris son jeu de cartes, et quand il la vit, elle crut voir passer une lueur de plaisir dans ses yeux noisette, comme une ébauche de sourire sur ses lèvres pleines. Mais presque aussitôt son expression se durcit et elle sut qu'elle s'était trompée.

Il jeta ses cartes sur la table et se leva pour s'approcher. Elle comprit qu'il faisait encore des efforts pour ne pas boiter.

— Je croyais t'avoir dit de ne pas revenir !

— Et moi, je t'ai dit que je reviendrai quand même. Vois-tu, même si tu étais en position de me donner des ordres, et ce n'est pas le cas, je ne suis pas plus douée que toi pour obéir.

— D'accord, si tu es si décidée à jouer le rôle de mon épouse fidèle, je vais dire à cette harpie d'infirmière que je rentre à la maison avec toi.

A la maison… Elle sentit son cœur se briser. Il n'y avait plus remis les pieds depuis six ans. Elle aurait dû mettre la demeure en vente, mais n'avait pu s'y résoudre, même quand elle avait compris qu'il ne reviendrait jamais.

Ce qui ne signifiait pas qu'elle avait envie qu'il y revienne. Il plaisantait, certainement. Ce n'était pas parce qu'elle venait lui rendre visite à l'hôpital qu'il devait s'installer chez elle. Non, il en était hors de question.

— Je ne vois pas pourquoi je suis ici, poursuivit-il. Même si je décide de me faire opérer, rien ne m'oblige à rester à l'hôpital jusqu'à l'intervention. Et entre-temps, ils ne me laisseront pas sortir, si je n'ai nulle part où aller et personne pour m'accueillir. Je cite : « quelqu'un qui soit désireux et capable de s'occuper de vous et de s'assurer que vous ne ferez rien de contraire à ce qui est souhaitable pour votre santé ».

Elle hocha doucement la tête. Ainsi, elle avait vu juste en arrivant : il y avait bien eu une lueur d'espoir dans ses yeux…

— Tu ne cesses de me rappeler que nous sommes toujours mariés ; par conséquent, la maison est aussi encore à nos deux noms.

Bien entendu, mais il avait depuis longtemps renoncé au droit d'y vivre…

Il baissa la voix.

— En réalité, je n'irai pas chez toi, évidemment, mais j'ai besoin que tu leur dises que j'y vais.

— Tu me demandes de mentir ?

— Ne m'oblige pas à te supplier, Tiggy. Mais si je ne sors pas d'ici très vite, je ne réponds plus de mes actes. Tu sais que j'ai horreur d'être traité comme un gamin.

Elle poussa un soupir. Elle ne doutait pas qu'il sortirait de l'hôpital, avec ou sans son aide.

— J'irai à l'hôtel, et je te promets même de faire attention à moi. Dis-leur que tu me ramènes chez nous.

Elle passa une main sur son front. La migraine menaçait. Elle ne le voulait pas chez elle, elle voulait qu'il disparaisse de sa vie… Mais savait-elle seulement ce qu'elle voulait ? Elle avait envie de le battre, de le laisser dans cet hôpital où elle espérait qu'il serait très malheureux.

— Je ne mentirai pas. Si je leur affirme que je te ramène à la maison, il faut que tu viennes.

Il la regarda, perplexe.

— Et ton compagnon ? Qu'en pensera-t-il ?

— Qu'est-ce que tu racontes ?

— Je t'ai vue, avec deux petites filles. Tu les faisais sortir de la voiture.

Elle se figea.

— Tu étais à Londres ?

— J'étais venu pour te rendre visite, mais après avoir assisté à cette scène…

— Ah ? Et pourquoi voulais-tu me voir ?

— Pour m'assurer que tout allait bien. Mais j'ai supposé que le père de tes filles ne serait pas ravi, alors je suis reparti.

— Le père de mes filles ?

Elle éclata de rire. S'il savait qu'elle était restée seule tout ce temps…

— Nick, il s'agissait de mes nièces, Chrissie et Melody, les jumelles d'Alice et de Charlie. Je les garde de temps en temps.

— Les filles de ton frère ?

Elle observa sa réaction. Une lueur passa dans ses yeux avant que son regard ne reprenne cette expression blasée qu'elle connaissait bien.

— J'ai cru que c'étaient les tiennes. Je sais que tu as toujours voulu des enfants.

Elle secoua lentement la tête, envahie par un sentiment de tristesse. Oui, c'était vrai… Mais il n'avait jamais compris qu'elle voulait des enfants de lui, et de personne d'autre.

La première fois qu'elle avait abordé le sujet, ils étaient mariés depuis un an. Ils étaient allongés, jambes mêlées, dans leur lit après l'amour. Elle avait la tête posée sur son torse, tandis qu'il lui caressait les cheveux. Il devait repartir le lendemain matin pour l'Afghanistan, et cette pensée la déchirait.

— Nick… je crois que je vais arrêter de prendre la pilule.

Sa main s'était brusquement immobilisée.

— Pourquoi se précipiter ? Nous avons tout le temps…

Elle s'était retournée pour voir son visage.

— Je ne suis pas pressée, Nick, mais je pense à l'avenir. Mieux vaut que je me prépare à la grossesse. Arrêter la pilule six mois à l'avance, prendre de l'acide folique, tout ça.

Il avait rejeté la couverture et s'était levé. Même après toutes ces années, elle se souvenait de ce qu'elle avait pensé, ou plutôt éprouvé : un désir intense de le sentir de nouveau à côté d'elle. Elle ne s'attendait pas à ce qui avait suivi.

— Tiggy… Je ne veux pas d'enfants.

Il lui tournait le dos, et elle avait perçu le tremblement de son propre rire.

— Je ne parle pas pour tout de suite…

Il s'était tourné vers elle en souriant.

— Alors, c'est parfait.

— Mais j'en voudrais un jour ou l'autre, Nick. Nous n'en

avons jamais parlé, seulement je pensais que tu en voulais aussi.

Elle l'avait regardé dans les yeux. Il s'était rassis sur le lit et l'avait entourée de ses bras, enfouissant son visage dans ses cheveux.

— Je ne veux que toi, Tiggy.

A genoux, elle lui avait pris le visage entre ses mains. Elle ne se lassait pas d'admirer ses traits. Elle ne se lassait pas de lui. C'était pourquoi elle désirait un enfant : pour que leur amour soit complet.

— Toi aussi, tu es tout ce que je veux. Mais un bébé, c'est autre chose, un lien supplémentaire, un accomplissement de notre couple…

Il l'avait embrassée, et elle l'avait désiré aussitôt.

— Tu n'as pas déjà arrêté la pilule, n'est-ce pas ?

— Bien sûr que non !

— Alors, attends que je sois rentré, et nous en reparlerons. Nous n'avons plus qu'un petit moment avant mon départ, et je sais comment j'ai envie de le passer.

Il avait enfoui son visage dans ses cheveux, elle avait soupiré en fermant les yeux, et le sujet avait été oublié. Si elle avait pu comprendre alors…

Elle chassa ces souvenirs. Nick la regardait intensément, attendant sa réaction.

— Je te le redis, ce jour-là, tu t'es trompé. Je n'ai pas d'enfants.

Elle laissa échapper un soupir.

— Tu pourras t'installer dans la chambre d'amis. Il faudra que j'ôte les affaires des jumelles, et que j'en fasse sortir les chats. Ils ne seront pas contents, mais ça ne sera pas pour longtemps.

— Tu as des chats ?

— Deux.

— Et pas d'homme dans ta vie ?

— Non. Du moins, pas qui vive avec moi.

Elle baissa les yeux. Inutile de lui dévoiler l'ampleur de sa solitude affective…

Une fois de plus, elle vit passer une lueur fugace dans ses yeux.

— Ne t'en fais pas, Tiggy. Je te débarrasserai le plancher dans une semaine maximum.

Il eut un bref sourire qui lui donna aussitôt le frisson.

— Bon, maintenant que c'est décidé, tu peux aller prévenir les infirmières pendant que je m'habille ?

7.

— Ça a changé ! s'exclama-t-il en jetant un regard circulaire dans le salon.

— Normal, depuis six ans. J'ai refait la décoration. Et sans tes affaires au milieu…

Elle s'interrompit. Inutile de terminer sa phrase.

— Assieds-toi !

Cela allait être plus difficile que prévu, de le traiter comme un étranger dans la maison dans laquelle ils avaient vécu ensemble.

Elle fronça les sourcils en voyant son minuscule sac de voyage. Il ne se chargeait jamais, mais tout de même…

— Où est le reste de tes affaires ?

— Au garde-meubles. Je n'ai pas besoin de grand-chose.

— Mais où habites-tu, en principe ?

— Je loue un appartement près de l'hôpital de Birmingham. J'ai pensé à acheter quelque chose, mais…

Il haussa les épaules.

Elle n'était pas surprise. Il n'avait jamais pu s'installer nulle part. Sa réticence à avoir des enfants était le signe qu'il ne pouvait se résoudre à une vie de famille sédentaire, du moins pas avec elle.

— Je porte ton sac dans la chambre d'amis, et je prépare à manger. Poulet grillé, ça te va ?

— Super ! Je vais t'aider.

Elle faillit sourire. Il était vraiment incapable de cuisiner, mais ça ne l'avait jamais empêché de venir lui tourner autour dans la cuisine, de lui mordiller l'oreille, de la distraire… Elle se revit en train de remuer une sauce, avec lui derrière elle, les mains posées sur ses hanches, et l'embrassant dans la nuque. Elle se retournait immanquablement pour lui rendre son baiser, et ce qui était sur le feu brûlait sans qu'ils s'en soucient. Il l'asseyait sur le comptoir, après avoir balayé d'un revers de la main tous les objets faisant obstacle, soulevait sa jupe, posait les mains sous ses fesses, les pouces sur ses cuisses… Pas étonnant que la plupart des repas qu'elle préparait n'aient jamais été mangés.

Le sexe n'avait jamais été un problème entre eux. Chaque fois qu'il venait en permission, ils arrivaient rarement jusqu'à la chambre, du moins pas à son arrivée. Dès l'entrée, il jetait son sac, lui ôtait son T-shirt, et la collant contre le mur, l'embrassait d'une bouche avide, qui descendait de ses lèvres à sa poitrine, puis, plus lentement, jusqu'à son ventre.

Et toujours, elle était en harmonie avec lui, glissant les mains sur son torse, débouclant sa ceinture, les doigts tremblants de désir. Elle ne se serait jamais crue capable d'être aussi sauvage, mais il la mettait dans un état incroyable…

Elle secoua la tête pour s'éclaircir les idées. Bon sang, qu'il faisait chaud dans cette cuisine ! Avec de tels souvenirs, comment allait-elle traverser l'épreuve de ces quelques jours avec lui ?

Il le faudrait bien. Elle s'efforça de chasser les images qui lui revenaient en rafale. Elle devait se concentrer sur leur rupture, sur les mésententes qui avaient fini par les séparer.

— M'aider à cuisiner ? Pas question ! Ne bouge pas, je m'en occupe.

Sa bouche se pinça.

— Je t'en prie, Tiggy, je ne suis pas un invalide. Je suis tout à fait capable de te donner un coup de main.

— Je ne parlais pas de ta santé, Nick. Je voulais simplement te rappeler que tu n'es vraiment pas doué pour la cuisine. Tu n'as jamais réussi à faire griller un toast.

Il eut un sourire nonchalant, et elle se sentit fondre.

— Si tu te souviens bien, je peux quand même faire une méchante dissection sur un poulet ou une carotte.

Elle se mordit la lèvre pour ne pas éclater de rire. Mon Dieu, que cela allait être difficile de lui résister ! Plus vite il sortirait de sa vie, mieux elle se porterait.

Si ses souvenirs étaient plutôt chauds, le dîner fut étrange, un rien guindé, évoquant davantage la fin de leur mariage que le début.

— Nick… Parle-moi de cette opération qu'ils te proposent. Selon Luke, tu n'as pas vraiment le choix.

Il se rencogna dans son siège, et rabattit les jambes dessous comme il l'avait toujours fait.

— J'ai reçu des éclats de shrapnel il y a deux ans.

— Oui, Luke m'a raconté.

— Bon. Le morceau logé près de mon cou, qu'ils ne m'ont pas retiré, a bougé, et ils préféreraient l'enlever.

— Et toi ? Qu'en penses-tu ? C'est risqué ?

— Eh bien, malheureusement, ils vont devoir sectionner des tissus qui ont poussé autour du corps étranger, et il est difficile de prévoir ce qui se produira à ce moment-là. Il est probable que l'éclat soit très proche des nerfs émergeant de la colonne vertébrale, et qu'ils les lèsent en tentant de l'ôter. D'autre part, si on n'opère pas, l'éclat peut ne plus se déplacer pendant des années. De toute façon, il va sans doute falloir que je quitte l'armée.

Elle le regarda, peinée. Il semblait désespéré. L'armée était tout pour lui.

Même s'il l'avait fait souffrir d'une façon intolérable, elle eut envie de le consoler. Elle se redressa aussitôt. Mieux valait changer de sujet.

— Luke m'a dit que tu lui avais sauvé la vie ?

Il secoua la tête.

— C'est mon métier, Tiggy. On dirait que tu ne le comprendras jamais.

— Parce que tu as cessé d'en parler.

Le silence s'installa. Il se pencha en avant et posa les coudes sur la table.

— Bon, assez parlé de moi. Et toi, que deviens-tu ? Tu es heureuse ?

Elle se mit à débarrasser les assiettes. Elle menait une vie agréable, bien remplie, et elle en était assez contente… Mais il existait malgré tout un vide obscur et persistant que rien ne pouvait combler.

— Ne parlons pas de ça, Nick.

— Tu allais mieux avant de me connaître, murmura-t-il.

Elle se retourna.

— Tu sais très bien que tu m'as quittée bien avant de passer la porte de cette maison.

— Oh ? Je crois me souvenir que c'est toi qui m'as quitté.

— Parce que je ne savais pas comment agir pour te faire…

— Me faire quoi ?

— Je suis revenue dès le lendemain matin, et tu étais parti. C'est toi qui as abandonné la partie.

— C'était la meilleure solution, Tiggy.

— Tu n'avais pas à en décider tout seul.

Sentant l'émotion l'envahir, elle tenta de maîtriser sa respiration.

— De toute façon, pourquoi remuer tout ça ? Mon existence est agréable, je suis surveillante aux urgences, j'ai des amis, ma famille, mes nièces…

— Et tes chats.

Il prit Spike dans ses bras, et lui caressa la tête.

— Je vois que tu as la vie que tu souhaitais.

Elle serra les dents. C'était archifaux, et il le savait. Elle avait envie de hurler, de lui jeter les assiettes à la figure. Mais à quoi bon ?

— Tu veux un dessert ?

Le lendemain matin, il était déjà assis à la table quand elle entra dans la cuisine.

— Café ? dit-il en lui tendant le pot.

Elle s'installa en face de lui et remarqua qu'ils avaient chacun retrouvé d'instinct leurs anciennes places. Pourtant, ils n'étaient plus les mêmes. C'était ce genre de détails du quotidien qui menaçait de la démolir…

— Tu ne vas pas courir ?

Elle regretta aussitôt ces paroles.

Une lueur d'amusement passa dans ses yeux.

— Sauf si j'ai envie de faire rire les voisins en leur donnant le spectacle d'un boiteux qui se déhanche.

— Navrée, Nick. Ce n'était pas malin de ma part.

— Malgré tout, j'ai bien l'intention d'aller me promener.

— Veux-tu que je t'accompagne ? Juste au cas où…

Il eut un sourire sardonique.

— Où tu doives me ramasser ? Combien de fois faut-il que je te répète que j'ai horreur d'être materné ?

Elle se raidit. Il n'aurait pu choisir pire expression.

La seconde fois qu'elle avait parlé d'enfant, au restaurant, il avait été encore plus clair.

— Je ne crois pas avoir la fibre paternelle.

— Pourquoi ? Tu es aimant, gentil, patient… Tu ferais un père merveilleux.

Ils fêtaient l'un de ses retours et leur anniversaire de mariage, et il était là pour trois longues semaines.

Il avait attendu que le serveur leur ait versé du vin pour lui prendre la main.

— Tu ne peux vraiment pas te contenter de ce que nous avons, Tiggy ?

— Je suis heureuse, mais si j'avais un bébé, ce serait parfait.

Et son regard s'était voilé. Elle avait remarqué que chaque

fois qu'il rentrait d'Afghanistan, il lui fallait de plus en plus de temps pour recouvrer sa bonne humeur.

— Je ne veux pas que mon enfant grandisse sans son père.

Elle avait accusé le coup. Ces mots l'avaient glacée jusqu'au sang. Ces derniers temps, il refusait de raconter ce qui se passait là-bas, arguant qu'il voulait oublier quand il était en permission, et elle le comprenait. Mais elle savait par les nouvelles que les combats s'intensifiaient, ce qui la terrifiait.

— Comme toi, c'est ça ?

Il lui avait raconté que son père était mort quand il avait dix ans, mais quand elle avait demandé des détails, il l'avait embrassée, à l'évidence, pour ne pas avoir à répondre. Elle avait posé plusieurs fois des questions sur sa famille, et avait eu droit au même silence.

— Ça n'a rien à voir avec mon enfance.

— Alors, pourquoi ? Explique-moi, Nick, s'il te plaît.

Si elle arrivait à le faire au moins un peu parler de lui, elle était sûre que les choses iraient mieux entre eux.

— Qu'est-ce qui se passe en ce moment ?

— Rien dont je veuille parler. Crois-moi, mieux vaut que tu ne saches pas.

— Ne me traite pas comme une enfant. Je lis les journaux et je regarde la télévision. J'ai besoin de savoir.

Il avait souri tristement.

— Je ne risque rien, puisque je ne pars plus en patrouille.

Elle avait soupiré. Parce que, d'après lui, on ne voulait plus qu'il mette sa vie en danger, étant donné qu'il était le médecin le plus expérimenté du camp. Et il avait protesté qu'il devait accompagner ses hommes, en vain. Impossible de passer outre. C'était après ça qu'elle avait remarqué qu'il ne lui racontait plus rien.

— Tu vas bientôt quitter l'armée, et tous les services d'urgence du pays seront contents que tu travailles pour eux.

Il avait effectué deux séjours au Royal London pour communiquer son expérience aux médecins urgentistes. Les meilleurs moments de sa vie de femme mariée, mais elle avait perçu son impatience à rejoindre son régiment… Et même si elle tentait d'en comprendre les raisons, elle en avait souffert.

— Quand tu seras revenu, nous pourrons avoir un bébé ? Il, ou elle, te ressemblera…

Il avait froncé les sourcils.

— Ne pourrions-nous pas en reparler plus tard ?

— Mais quand ? Il y a près de trois ans que nous sommes mariés. A moins que tu ne veuilles pas d'enfant du tout…

Il avait soupiré et regardé dans le vague.

— Un jour, peut-être. Allons, Tiggy, ne nous disputons pas, s'il te plaît. Pas ce soir.

Il avait passé le pouce à l'intérieur de son bras, et elle l'avait désiré aussitôt. Même après trois ans, un seul regard, le contact de ses doigts sur elle suffisait. Elle avait acquiescé. Une fois de plus. Ils en reparleraient quand il reviendrait définitivement.

— D'accord. Et si on rentrait ? avait-elle dit en souriant.

Tandis que Nick tapotait sur son clavier, elle donna à manger aux chats, débarrassa la table du petit déjeuner, lava le sol de la cuisine et mit du linge à laver. Mais cette activité frénétique ne la distrayait pas pour autant de ses sombres pensées. Elle ne pouvait s'en prendre qu'à elle-même. Elle aurait mieux fait de le laisser moisir à l'hôpital. Elle était sur le point de l'oublier, et maintenant elle avait accepté qu'il revienne dans sa vie. Pleine, satisfaisante, et… grise et ennuyeuse à mourir.

Avec lui, l'existence avait été excitante… Pourtant, elle en avait tant souffert ! Il lui avait fallu six longues années pour se remettre. Et après tout ce temps, elle s'apercevait qu'elle le désirait toujours… Elle donna un coup sur le lave-linge pour le mettre en route en songeant qu'il fallait vraiment qu'elle appelle le réparateur, puis monta dans sa chambre.

Avec Nick, elle se sentait toujours adolescente. Elle troqua son pyjama contre un jean et un T-shirt à manches longues, et attacha ses cheveux rebelles en queue de cheval. A présent, elle se sentait davantage capable de l'affronter.

Au moins, ainsi vêtue, elle ressemblait plus à une adulte mûre et responsable. Elle ajouta encore une touche de rouge à lèvres et un peu de fond de teint pour faire bonne mesure, et redescendit.

Un peu après le déjeuner, Nick sortit se promener. Incapable de s'installer devant son ordinateur, elle fit encore un peu de ménage et se décida finalement à réparer seule le lave-linge. Ne le voyant pas revenir à la nuit, elle commença à s'inquiéter. Il avait pu avoir des convulsions, ou faire une chute…

Le rôti qui était au four menaçait d'être trop sec, et elle sentait son angoisse s'accroître de minute en minute. Et puis, zut ! Elle préférait risquer sa colère, et partir à sa recherche que de rester assise à se ronger les sangs. Au moment où elle passait sa veste, elle entendit frapper.

Son cœur fit un bond dans sa poitrine. Quelqu'un qui venait la prévenir qu'elle devait se rendre à l'hôpital ? Mais quand elle alla ouvrir, elle trouva Nick, un bouquet de fleurs à la main, lui adressant un sourire piteux.

— Je n'ai pas la clé. Je t'ai acheté ces tulipes pour me faire pardonner. Ce sont tes fleurs préférées, n'est-ce pas ? J'ai mis un moment pour en dénicher.

Elle le regarda, et son sourire la fit fondre. C'était le problème avec lui, elle ne pouvait jamais rester fâchée très longtemps. Pourtant, ce n'était qu'un égocentrique, qui lui avait brisé le cœur.

Elle lui prit le bouquet des mains, s'effaça pour le laisser passer, et lorsqu'il la frôla elle sentit son haleine chargée d'alcool.

— Tu as bu !

— Oui, et je me sens beaucoup mieux !

— Tu es devenu fou ?

— Peut-être.

Il fit quelques pas en avant, en boitant, et s'affala dans un fauteuil.

Elle posa les fleurs dans un vase et se tourna vers lui.

— Tu pense que c'est intelligent de boire, dans ton état ?

— Je suis certain que ça ne l'est pas, mais je n'ai jamais suivi la voix de la raison.

— Tu ferais mieux d'aller t'allonger.

Il sourit de nouveau.

— Super idée !

Il se leva avec peine et tangua. Elle se précipita aussitôt pour l'empêcher de tomber. Il passa le bras autour de ses épaules, tandis qu'elle s'efforçait de ne pas le lâcher. C'était un géant, et bien bâti…

— Alors, tu viens ?

Sans crier gare, il retomba dans le fauteuil en l'entraînant avec lui. Elle atterrit sur ses genoux, et il lui enlaça la taille.

— Bon Dieu, tu es si belle ! Et ça fait si longtemps…

Une brève seconde, elle eut la tentation de se laisser aller. Elle se sentait si bien dans ses bras…

Mais elle reprit bien vite ses esprits et, le repoussant, bondit sur ses pieds.

— Si tu as envie d'une femme, je suis sûre qu'il y en des tonnes qui seront ravies de te faire plaisir. Et si jamais tu me refais ça, je te ramène à l'hôpital !

— Tu refuserais de satisfaire la dernière volonté d'un mourant ?

Il tendit les bras vers elle, mais elle l'évita, et, les mains sur les hanches, se mit à hurler :

— Tu n'as pas trouvé mieux ? Tu essaies de me faire de la peine ? Eh bien, ça ne marche pas, si tu veux le savoir !

Elle ramassa un plaid sur le canapé et le lui lança.

— Va te coucher, Nick. A demain matin.

Et sans lui laisser une chance de répliquer, elle éteignit les lumières du salon, avant de monter dans sa chambre.

8.

Le lendemain matin au petit déjeuner, elle le trouva la mine désolée, assis à la table la tête dans les mains, une tasse de café vide devant lui.

— Bon Dieu, je me souviens maintenant de la raison pour laquelle je ne bois jamais !

Sans le regarder, elle tira les persiennes et le soleil entra à flots dans la cuisine.

Il ouvrit un œil, puis le referma.

— Tu es obligée de me braquer une torche dans les yeux ? Tu n'as donc aucune pitié ?

— Pas trop, non.

Elle prépara un mug de café et s'assit à l'autre bout de la table.

— Tu as bu beaucoup ?

— Je ne sais pas, j'ai arrêté de compter après la troisième… ou la quatrième pinte.

Elle servit un verre de jus d'orange et prit quelques comprimés d'analgésique qu'elle posa sur la table.

Il sursauta.

— Tu ne pourrais pas avoir des gestes plus doux ?

Il avala les médicaments avec le jus d'orange, puis ouvrit les yeux.

— Je ne me suis pas bien comporté, hein ?

— Tu t'es conduit comme un imbécile, mais je pense qu'on ne peut pas reprocher ça à un mourant !

Il broncha de nouveau.

— J'ai vraiment dit ça ? Pourrais-tu l'oublier ? Comme je

me suis réveillé sur cette chaise, je devine que ça ne m'a pas valu une place dans ton lit ?

Elle ne put s'empêcher de rire.

— Tu n'étais pas dans un soir de grande forme, non.

— Et quel a été le meilleur soir, Tiggy ? Tu te souviens ?

— Trop bien, hélas.

Il la dévisagea d'un air songeur.

— Ce n'était pas une bonne idée, de venir ici. Je vais chercher un hôtel.

Elle déglutit. Impossible de le mettre dehors, même si c'était difficile de le garder.

— Tu n'es pas obligé. Tout ça, c'est du passé. Tu peux rester, à condition de me promettre que tu ne boiras plus.

Les coins de ses lèvres se relevèrent et son visage s'éclaira.

— Je te le promets. Et maintenant, si j'essayais de préparer des œufs brouillés ?

Le reste de la journée se passa comme s'ils étaient un vieux couple, même si elle le surprenait souvent en train de l'observer d'un air perplexe. Il lut les journaux pendant qu'elle finissait un rapport pour son travail…

Ne voulant pas rompre cette harmonie précaire, elle attendit d'avoir terminé le dîner pour lui reparler de son opération.

— Tu as pris une décision ?

— Oh ! Oui.

— Et tu ne veux pas m'en faire part ?

— Si… Je vais me faire opérer, bien sûr. C'est la seule solution logique. Si je ne fais rien, l'éclat risque de continuer à se déplacer. Au moins, je n'aurai plus cette épée de Damoclès au-dessus de la tête.

Elle le regarda, soudain découragée. Comment pouvait-il rester si calme, comme s'il parlait d'un étranger ? Mais avait-elle déjà oublié ? C'était lui, exactement lui, du moins la dernière année de leur mariage : fermé, refusant de discuter de quoi que ce soit, même quand il était devenu évident que leur mariage était un échec. Malgré tous ses efforts pour sauver leur amour, elle n'avait pas réussi à l'atteindre.

Après leur dîner d'anniversaire, tout était allé de mal en pis. A chaque permission, il avait tourné dans la maison comme un lion en cage ou couru avec elle des heures durant. Puis il s'était mis à sortir seul des journées entières. Pour faire de l'escalade, soi-disant…

Elle avait tout essayé, invité des amis à dîner, cessé de les inviter, réservé des week-ends romantiques à la campagne, organisé des marches, des fêtes, tout pour rendre leur vie plus intéressante, en espérant qu'il oublie un peu l'Afghanistan.

Mais tout avait échoué. Elle avait même eu l'impression que plus elle se démenait, plus il avait envie de repartir. A la fin elle avait renoncé, espérant le retrouver une fois qu'il aurait quitté l'armée, et que tout pourrait redevenir comme au début.

En le voyant de plus en plus fermé et tendu, elle avait fini par se demander s'il avait une liaison. Cela aurait pu expliquer son silence, son peu d'envie de s'engager avec elle, ou encore son refus d'avoir des enfants.

Pourtant, elle ne le croyait pas capable de la tromper. Il était impatient, difficile, mais pas hypocrite. Jamais. Elle aurait parié sur sa vie qu'il était loyal. L'aimait-il encore ? Elle en était convaincue quelquefois, et à d'autres moments, quand elle se retrouvait seule dans son lit trop grand, elle se demandait s'il ne restait pas avec elle par devoir.

Ils faisaient encore l'amour. Leur mutuel désir n'avait pas disparu, mais sa part d'ombre lui échappait de plus en plus.

S'il ne l'aimait plus, elle ne s'accrocherait pas. Elle préférait cent fois le perdre plutôt que de maintenir cette situation pour de mauvaises raisons, même si cette idée lui déchirait le cœur. Elle devait savoir s'il l'aimait encore. Impossible de continuer comme ça.

Quand elle était allée le chercher à l'aéroport ce jour-là, il l'avait prise dans ses bras et l'avait serrée à l'étouffer.

— Bon sang, que c'est bon de te voir ! lui avait-il murmuré à l'oreille. Parfois, je pense que si je te perdais…

Il n'avait pas terminé sa phrase et, sur le trajet du retour, elle l'avait senti préoccupé et distrait.

Toutefois, elle s'y était habituée, s'était efforcée au calme. Peut-être que, quand il aurait quitté l'armée pour de bon, il lui reviendrait, qu'il lui suffisait d'être patiente ?

C'était l'hiver, et la nuit tombait tôt. Il avait allumé un feu dans la cheminée après avoir fait l'amour, et ils étaient allongés, enlacés, à regarder danser les flammes qui envoyaient des ombres au plafond.

— Alors, comment c'était, là-bas ?

— Comme d'habitude.

Elle s'était assise entourant ses genoux de ses bras.

— Allons, Nick, raconte-moi.

— Triste. C'est ce que tu veux entendre ? Nous avons deux hommes de moins, et une demi-douzaine ont perdu un membre.

Elle avait eu soudain le souffle court.

— Oui, j'ai entendu les informations. C'est affreux. Mais tu as bien dû en sauver quelques-uns ?

— Ça ne suffit pas, de les sauver.

— Tu n'es pas Dieu, Nick. Heureusement que tu quitteras tout ça bientôt.

Il avait regardé dans le vague.

— Il faut que je t'avoue quelque chose tout de suite. J'ai signé un nouveau contrat.

— Pardon ?

— Je sais que j'avais dit que je m'arrêtais à la fin de celui-ci, Tiggy, et je te promets qu'après celui que je viens de signer je reviendrai. J'irai partout avec toi, je ferai tout ce que tu voudras. Nous pourrons même avoir les enfants que tu désires.

— Quoi ? On dirait que tu me fais une faveur, que c'est une sorte de compensation pour n'avoir pas tenu ta promesse.

— Tiggy…

Il avait tendu la main vers elle, mais elle s'était brusquement reculée. Il avait existé un temps où tout s'arrangeait quand ils faisaient l'amour, mais plus maintenant. Ne voyait-il pas que leur mariage courait à la catastrophe ?

— Les hommes ont besoin de moi, avait-il murmuré.

— N'essaie pas de me culpabiliser parce que je veux que mon mari rentre à la maison. Il y a longtemps que tu es parti, Nick. Je suis ta femme, et je ne sais même pas pourquoi tu m'as épousée.

— Parce que je t'aime. Mais je n'aurais jamais cru que ce soit si dur.

— Dur de vivre avec moi ? Oh ! Nick !

Le cœur serré, elle était montée dans la chambre pour s'habiller, avait fourré quelques vêtements dans une valise… Quand elle était redescendue, il fixait le feu, ignorant ostensiblement qu'elle tenait un bagage à la main.

— Nick, je vais dormir chez ma mère. Pendant mon absence, j'aimerais que tu réfléchisses à ce que tu veux : l'armée ou moi. A toi de choisir.

Elle n'avait même pas pleuré. S'il l'avait prise dans ses bras, s'il avait tenté quelque chose pour la convaincre, elle serait restée. Mais il n'avait pas bougé.

— Bonsoir.

Et elle était sortie dans l'air froid de la nuit… Ensuite, elle ne l'avait pas revu jusqu'au jour où Luke Blackman l'avait appelée de l'hôpital.

Elle s'arracha à ses souvenirs moroses. Il la regardait fixement, et elle s'aperçut qu'il attendait une réponse.

— Je pense que tu as pris la bonne décision.

— J'en suis content.

Il se tourna vers son écran.

Elle faillit lui demander s'il avait peur, mais à quoi bon, puisqu'elle connaissait déjà la réponse. Elle soupira. La seule chose qui l'effrayait dans la vie, c'était l'engagement, l'idée d'être attaché…

Il la regarda de nouveau.

— Tiggy… Si jamais je meurs, en tant qu'épouse, tu hérites de tout.

Elle leva les yeux au ciel. Mais pour qui la prenait-il ?

— Je n'ai besoin de rien. Je me suis très bien débrouillée ces six dernières années.

— Si tu n'en veux pas, je mettrai tout sur un compte d'épargne. L'argent sera là quand tu le voudras.

Elle serra les dents.

— Je n'ai pas l'intention d'utiliser ton argent, Nick. Et de toute façon, tout va bien se passer. Tu ne vas pas mourir. C'est la dernière fois que nous en parlons, d'accord ? Maintenant, je vais me coucher.

Le lendemain matin, Nick se prépara du café, encore plus mal à l'aise que la veille. Que faisait-il ici ? Il avait à peine fermé l'œil, revoyant en boucle le regard douloureux de Tiggy lors de leur conversation. Etait-il possible qu'elle l'aime encore ? Dans ce cas, le fait de revenir habiter la maison qu'ils avaient partagée autrefois était de la folie.

Lui-même était trop perturbé par sa présence. Même après toutes ces années, elle lui faisait toujours de l'effet. Pourquoi n'avait-il pas signé les papiers du divorce ? Elle méritait d'être heureuse avec un autre homme que lui, qui était incapable de lui donner ce qu'elle attendait.

La stabilité, une famille, un avenir.

Il n'aurait jamais dû l'épouser, mais il n'avait pu s'en empêcher. Il était tombé amoureux très vite, et avait cru de bonne foi qu'elle remplirait le vide de son cœur, qu'elle sauverait son âme.

Plus tard, il s'était aperçu qu'il n'y avait malheureusement rien à sauver chez lui.

Où était-elle en ce moment ? Le temps de leur bref mariage,

elle se levait très tôt et venait courir avec lui. Au fil des mois, elle avait pris sa revanche et parvenait presque à rester à sa hauteur. Il aimait par-dessus tout sa détermination, autant que sa gentillesse.

L'un des chats — ce devait être Spike — sauta sur ses genoux et se mit à ronronner, étirant les pattes, en extase. Il n'aurait jamais cru qu'elle vive toujours ici, entourée de chats.

La porte s'ouvrit, et il entendit sa respiration haletante. Quand il la vit entrer dans la cuisine, il se troubla : elle était splendide dans ce petit haut qui exposait son ventre plat et un short minuscule qui mettait en valeur ses longues jambes minces.

— Il y a du café ?

— Je t'en sers un ?

Elle fit un signe de dénégation, et se versa un verre de jus d'orange. Puis elle le regarda d'un air interrogateur, la bouteille à la main, et sur son signe de tête remplit un grand verre pour lui.

— Tu cours toujours ?

Il vit un petit sourire jouer sur ses lèvres, puis disparaître aussitôt.

— Quelle question idiote… On ne tond pas la pelouse dans cette tenue, bien sûr !

Elle regarda Spike tout en s'asseyant à la table.

— S'il t'ennuie, tu peux le poser par terre.

— Non, pas du tout. Je n'aurais jamais cru que tu aimes les chats.

— En fait, nous ne nous connaissions pas bien… Pardon, je me suis juré de ne plus parler du passé.

— Je ne t'en voudrai pas.

Il s'agita sur sa chaise. Il fallait qu'il sache.

— Tu n'as jamais rencontré quelqu'un d'autre ?

— Qu'est-ce qui te fait penser ça ? Tu crois que je reste assise tous les soirs avec un chat sur les genoux ?

Même s'il s'était toujours dit qu'il lui souhaitait de rencontrer un autre homme, sa gorge se serra.

— D'ailleurs, je sors ce soir. Je suis certaine que tu peux te débrouiller seul un moment.

Aussitôt, la jalousie lui tordit les entrailles.

— Evidemment.

Que dire d'autre ? Impossible de condamner la porte…

— Maintenant, excuse-moi, j'ai des trucs à faire. Tu sais où sont les choses, tu peux te débrouiller.

Quand elle quitta la pièce, il sut que même si elle ne l'aimait plus, ses sentiments pour elle n'étaient pas éteints. Il poussa un long soupir. Il n'aurait jamais dû remettre les pieds ici, mais il n'avait pu faire autrement que de lui voler un peu de son temps. Il était toujours le sale égoïste d'autrefois. Et ne méritait en rien son amour.

Tiggy secoua la tête, navrée par elle-même. Pourquoi lui avait-elle raconté qu'elle sortait ce soir ? Pour se venger de l'avoir entendu dire qu'elle était restée seule ? Ces dernières années, ses amis avaient tenté de lui faire rencontrer un homme, mais même si le banquier, ou le professeur, ou autre, qui lui faisait face à table était gentil, beau et de bonne compagnie, aucun n'avait pu lui faire oublier Nick une seule seconde.

Elle avait fini par prier ses amis de ne plus lui infliger cette perte de temps.

Mais avec qui pourrait-elle dîner ce soir ? Sally n'était pas à Londres, Lucy venait d'avoir un bébé, et il était trop tard pour appeler les autres. D'ailleurs, quelle serait leur réaction quand ils apprendraient que Nick était chez elle ?

Elle haussa les épaules. Ils lui diraient qu'elle avait perdu l'esprit, et ils auraient raison.

Après s'être douchée, elle essaya de s'installer à son bureau pour travailler. Elle n'avait pas menti en disant qu'elle avait du travail, mais sa conscience aiguë de la présence de Nick, le bruit de ses pas, l'empêchaient de se concentrer.

Au bout d'un moment, il passa la tête dans l'encadrement de la porte.

— Je sors me dégourdir les jambes. Tu veux que je te rapporte quelque chose ?

— Non, merci, je n'ai besoin de rien. Prévois ton dîner de ce soir, en revanche. Souviens-toi que je ne serai pas là.

— Pour le dîner ?

— Oui. Même si ça ne te regarde pas, je suis invitée.

Elle crut voir un éclair passer dans ses yeux, mais son visage resta inexpressif.

— Une bonne chose pour toi.

Elle avait décidément tout bon. Voilà le genre de réponse qu'elle obtenait…

Elle choisit une robe de soie couleur jade qu'elle avait toujours jugée trop courte, mais qu'elle n'était jamais retournée échanger, ébouriffa ses cheveux longs en bouclettes avant de les laisser retomber dans son dos, puis enfila des escarpins à talons hauts.

Elle se maquilla plus que de coutume, passant sur ses paupières une ombre gris métallique dont l'esthéticienne lui avait assuré qu'elle mettrait en valeur la couleur de ses yeux. Elle choisit également un rouge à lèvres très vif qui, loin de jurer avec la couleur de ses cheveux, s'harmonisait plutôt très bien avec son teint, et lui donnait de l'assurance.

Cependant, tout en se préparant, elle se demandait où aller. Pour être convaincante, il faudrait qu'elle reste absente au moins trois heures… Difficile de faire marche-arrière : elle devrait soit admettre qu'elle avait menti, soit prétendre que son rendez-vous avait été annulé à la dernière minute, et aucun des termes de l'alternative ne lui convenait. Elle ne souhaitait ni répondre à des questions sur ses motivations, ni donner l'impression que l'homme qu'elle allait rencontrer s'était dédit. Trop humiliant.

Elle faillit changer d'avis. Après tout, où était le problème ? Nick ne faisait plus partie de sa vie. Après son opération, il se remettrait et repartirait. Elle ne le reverrait plus jamais.

Cette perspective aurait dû l'apaiser. Pourtant, elle n'en ressentait absolument aucun soulagement.

Elle ajouta du mascara, puis passa un bracelet de diamant et de jade. Si elle devait jouer les Mata Hari, autant aller jusqu'au bout !

Elle prit une profonde inspiration, se plaqua un sourire sur le visage et descendit l'escalier en ondulant des hanches.

A son grand dam, Nick dormait à poings fermés sur le canapé. Elle se tint devant lui. Même dans la quasi-obscurité, elle le voyait froncer les sourcils dans son sommeil. Quels démons le tourmentaient ?

Son cœur chavira. Qu'était-il arrivé à l'homme qu'elle aimait ? Où était-il passé ?

Une boucle était tombée sur son front. C'était nouveau pour elle, qui l'avait toujours connu avec les cheveux coupés en brosse. Incapable de résister, elle se pencha et écarta doucement une mèche de son visage.

Il sursauta, ouvrit les yeux brusquement et sa main se referma sur son poignet avec force. La froideur de son regard l'effraya.

— A quoi tu joues, bon sang ?

Sans lui lâcher le poignet, il s'assit.

— Tu n'as rien de mieux à faire que de tripoter un homme endormi ?

— Allons, Nick, dit-elle en tentant de se dégager de sa poigne. Tu ne crois pas que tu en fais un peu trop ?

— Tu ne dirais pas ça si tu passais tes nuits à dormir avec ton fusil à côté de toi, à attendre la prochaine attaque sans savoir ce qui te tombera dessus quand elle se produira.

— Navrée, je n'y avais pas pensé.

Il soupira et la lâcha. Il l'avait serré si fort qu'il lui avait fait mal, et elle frotta distraitement son poignet.

— Je t'ai fait mal ? Laisse-moi voir.

Il lui prit la main et la retourna. On voyait une marque rouge, comme si elle avait été menottée.

— Ce n'est rien, vraiment.

Le contact de ses doigts la brûlait davantage que son étreinte, et son cœur se mit à battre un peu trop vite.

Quand il commença à décrire de petits cercles avec ses pouces sur ses avant-bras, sa tension monta d'un cran. Impossible qu'il ne le sente pas. Elle retira de nouveau sa main et la cacha derrière son dos.

Puis elle prit place sur le canapé à côté de lui.

— Raconte-moi, s'il te plaît. Pour m'aider à comprendre.

Il eut un rire dur.

— Il y a des choses dont il vaut mieux ne pas parler.

Elle hocha la tête, exaspérée. Bien entendu, et c'était tout le problème, déjà avant qu'ils se séparent. Même lorsqu'il criait dans son sommeil, et qu'elle le trouvait en sueur, emmêlé entre les draps, il refusait de lui expliquer de quoi il rêvait. Pourquoi espérer qu'il le ferait maintenant ?

— Dis-moi, je croyais que tu avais rendez-vous ?

Elle avait oublié… Quand elle fut debout, il émit un sifflement admiratif.

— Il a de la chance, ton copain. Mais tu ne crois pas que cette robe est un peu courte ?

— Non. Et de toute façon, tu n'es pas mon père.

— Oh ! Merci. Inutile de me le rappeler.

Elle ramassa son sac.

— J'ai mon portable, si jamais tu as besoin de moi.

Elle regretta aussitôt ces paroles, espérant qu'il n'en ait pas perçu l'ironie.

— Ça m'étonnerait. Je vais regarder le match de rugby et me faire un sandwich, et ensuite j'irai sans doute me coucher.

Elle ravala sa déception. Ainsi, il ne pouvait même pas

faire semblant d'être contrarié qu'elle aille dîner au restaurant avec un autre ? Peut-être, justement, feignait-il le contraire…

Un peu angoissée, elle se souvint qu'elle ne savait toujours pas où elle allait se rendre. A la bibliothèque ? Elle fermait à 8 heures. Au café, un restaurant ? Trop triste. Le cinéma, alors. C'était tout ce qu'elle avait comme choix.

Sur un sourire glacial, elle sortit.

Impossible de se concentrer sur le film, elle ne pensait qu'à Nick. Pourquoi était-il revenu dans sa vie maintenant, et de cette façon ? C'était une torture de l'avoir à la maison.

Mais elle s'en arrangerait bien quelques jours de plus… Elle serait à l'hôpital dans la journée, et pourrait sans doute trouver des excuses pour ne pas être là le soir.

Non, elle devenait ridicule. Il lui suffirait d'être polie et distante, de ne pas lui laisser voir à quel point il l'avait fait souffrir.

Elle prit une autre poignée d'un pop-corn insipide qu'elle mâcha, morose. Sur l'écran, le couple s'embrassait, enlacé, les mains de la femme se glissaient autour du cou de l'homme qui semblait vouloir la dévorer… Elle aurait pu mieux choisir son film, mais en existait-il sans histoire d'amour ?

Elle regarda autour d'elle. Tous les autres spectateurs étaient en couple et se tenaient la main en regardant l'écran. Certains avaient amené leurs enfants.

Elle poussa un nouveau soupir. Partout où elle passait, elle était entourée d'enfants…

Elle repensa à Nick. Et si l'opération échouait ? S'il restait paralysé, ou pire, si son cerveau était endommagé… Pour un homme si actif, aussi plein d'énergie, mieux valait la mort. Elle prit son portable, et l'alluma discrètement. S'il avait une crise de convulsions, et qu'il soit allongé par terre, appelant à l'aide ? Et s'il était mort ?

Bien sûr que non. On ne l'aurait jamais laissé quitter l'hôpital si sa vie était menacée. Mais il avait un peu forcé les choses, et on ne l'avait laissé sortir que parce que Luke avait confirmé qu'elle était infirmière d'urgence.

Elle devrait l'appeler, juste pour vérifier qu'il allait bien. S'il répondait, elle pouvait raccrocher sans rien dire, mais au moins elle saurait.

Accroupie, elle se glissa dans la rangée en murmurant des excuses à l'intention des autres spectateurs et atteignit le foyer.

Quand il répondrait, elle ne lui raccrocherait pas au nez, ce serait puéril et lâche. De toute façon, il aurait le numéro et pouvait rappeler, et elle devrait s'expliquer.

Elle ferma les yeux. Pourquoi se comportait-elle en petite fille ? Elle se trouvait ridicule d'être sortie juste pour voir sa réaction.

Ce n'était pas pour autant qu'elle admettrait la vérité, bien trop humiliante. Il n'avait pas besoin de savoir qu'elle n'avait eu aucun homme dans sa vie, ni même dans son lit, depuis leur séparation. Elle lui dirait donc qu'elle lui passait un petit coup de fil pendant que son compagnon était aux toilettes. C'était tout à fait raisonnable.

Comme il ne répondait pas sur le fixe, elle composa le numéro de son portable, le laissant sonner jusqu'à ce que le répondeur se mette en route. Elle renonça alors à laisser un message.

De trois en trois minutes, elle renouvela plusieurs fois son appel, et attendit plusieurs sonneries avant de raccrocher.

La tête pleine d'images de Nick, gisant inconscient sur le sol, elle se décida. Même s'il était en train de regarder son match sans s'apercevoir que le téléphone sonnait, il pouvait être mort dans quelques jours, et elle était assise dans un cinéma à moitié vide, devant un film inintéressant, juste pour rassurer son orgueil ?

Elle se précipita dehors, attendit en sautant d'un pied sur l'autre qu'un taxi veuille bien répondre à son signe.

Enfin, elle réussit à en faire arrêter un, sauta dedans et bouillit d'impatience à chaque feu rouge.

Quand le taxi stoppa enfin devant sa porte, elle jeta l'argent dans la main du chauffeur et se rua dehors. Ses doigts tremblaient tant qu'elle eut du mal à sortir sa clé et à l'enfoncer dans la serrure. Finalement, elle poussa la porte et entra.

Tout était noir. Oh ! Mon Dieu, il lui était arrivé quelque chose ! Le cœur battant, elle ouvrit la porte du salon.

Il était installé sur le canapé, torse nu, ses longues jambes allongées, les pieds sur un tabouret, une bière à la main. Il avait dû se doucher, parce ce que ses cheveux étaient encore humides. Elle détourna le regard de ses pectoraux imposants.

Quand il se tourna et la vit, il manifesta une légère surprise puis son regard revint à l'écran.

— Tu t'es bien amusée ?

Au moins, il s'était aperçu qu'elle était partie… mais pas qu'elle revenait bien tôt pour quelqu'un qui était supposé dîner au restaurant avec un homme.

Et soudain, sans savoir pourquoi, elle se sentit furieuse. Impossible qu'elle ait pu l'imaginer incapable de se relever et appelant à l'aide !

Elle lui arracha sa bière de la main.

— Je pensais que tu avais décidé de ne plus boire.

— C'est de la bière sans alcool. Tu es devenue bien autoritaire ! Tu ne l'étais pas, avant.

Il la regarda. Ses yeux brillèrent.

— Je me souviens que tu savais ce que tu voulais — surtout quand on faisait l'amour — mais pas que tu aies fait preuve d'autorité.

Elle faillit s'étrangler de rage.

— C'était avant. Il y a très longtemps !

Il se leva et éteignit la télévision. Elle le suivit distraitement des yeux. Il avait maigri, son jean lui tombait sur les hanches.

Son regard glissa sur la ligne de poils noirs qui soulignait la ceinture de son pantalon, et elle se força à détourner le regard.

Il consulta sa montre.

— Ce n'est pas un peu tôt pour quelqu'un qui est allé dîner au restaurant ? Il t'a laissée tomber ?

— Bien sûr que non ! Je suis rentrée parce que je m'inquiétais pour toi. Tu n'as pas entendu sonner le téléphone ? Pourquoi n'as-tu pas répondu ?

— Je pensais que c'était mieux de ne pas répondre aux appels sur ton fixe.

— J'ai appelé plusieurs fois sur ton portable.

— Tu m'as appelé ? Au beau milieu d'un dîner en amoureux ? Il tâta ses poches et haussa les épaules.

— Zut, j'ai dû l'oublier dans ma chambre.

Elle se sentit totalement idiote. Il plissa les yeux en comprenant ce que cela signifiait.

— Tu as abandonné le type avec qui tu dînais parce que tu t'inquiétais pour moi ?

— Tu es sous ma responsabilité. Je n'aurais pas dû te laisser seul.

— Je ne suis pas sous ta responsabilité, ni sous celle de personne. Un éclat de shrapnel ne suffit pas pour infantiliser quelqu'un.

Sur ces mots, il tourna les talons et quitta la pièce, avant de revenir avec son téléphone.

— Tu m'as appelé huit fois ? Bon sang, ton copain a une patience d'ange !

Ses yeux brillèrent encore un peu plus, et il sourit.

— Tu lui as dit que tu téléphonais à ton mari ? Que ton mari était chez toi ? Dans la maison où tu vivais avec lui autrefois ?

Elle se mordit la lèvre. C'était le problème avec les mensonges : quand on avait commencé, on s'y emmêlait comme dans une pelote de ficelle.

— C'est un grand garçon. Il sait que c'est terminé depuis des années avec toi.

Son visage prit une expression qu'elle ne parvint pas à déchiffrer : incrédulité, possessivité, amusement ? Son cœur battait à se rompre. Soudain, son visage s'adoucit.

— Je suis content que tu sois rentrée. Tu m'as manqué.

Il attrapa une mèche de ses cheveux, l'enroulant autour de son doigt.

Elle se troubla. Parlait-il de maintenant, ou de ces six dernières années ? Elle se sentit avancer vers lui malgré elle, lever le visage, paupières closes, attendant le contact de sa bouche sur la sienne.

Mais quand elle ouvrit les yeux, ce fut pour s'apercevoir qu'il s'était détourné.

— Va te coucher, Tiggy, dit-il d'une voix dure, avant que je ne fasse quelque chose que nous regretterions tous les deux.

9.

Le lendemain, elle profita de sa pause-déjeuner pour se rendre dans la salle pédiatrique, et aller prendre des nouvelles de Jo Green, une adolescente admise aux urgences quinze jours plus tôt pour une méningococcie. Malheureusement, ses parents n'avaient pas compris la gravité de son état, avant que des plaques rouges n'apparaissent sur ses bras et sur ses jambes. Elle était arrivée à l'hôpital, déjà inconsciente, et son état avait nécessité une perfusion immédiate d'antibiotiques et de fluides, mais on avait réussi à la sauver.

Malgré tout, deux jours plus tard, la gangrène s'était déclarée aux deux jambes, et on avait dû l'amputer au-dessous du genou. Tiggy était déjà allée la voir plusieurs fois. Quand elle entra dans la chambre, M. et Mme Green étaient à son chevet, comme d'habitude. Jo, quant à elle, regardait le plafond, ce qu'elle faisait en permanence, depuis qu'elle avait découvert qu'elle n'avait plus de jambes.

— Comment vas-tu, aujourd'hui, Jo ?

La jeune fille tourna les yeux vers elle.

— Je veux qu'ils partent.

— Qui ?

— Ces deux là, qui se prétendent mes parents, mais qui ont laissé faire cette chose.

Sa mère, Colleen, tiqua. Son visage était pâle et épuisé.

— Nous n'avions pas le choix, ma chérie. Tu ne crois pas que j'aurais donné ma vie pour sauver la tienne ?

— N'importe quoi !

— Ecoute, Jo, dit le père, Jim, qui semblait en meilleure forme que sa femme. Ta maman dit la vérité.

Colleen regarda Tiggy, les yeux emplis d'angoisse.

— Si seulement nous nous en étions aperçus plus tôt…

— Si vous ne les aviez pas autorisés à me couper les jambes ! hurla Jo.

— Ma chérie, tu serais morte, sinon.

— Eh bien, ce serait mieux. Quelle vie vous pensez que je vais avoir maintenant ? Qui voudra sortir avec moi ? A quoi je peux bien servir ? Je ne peux même pas aller aux toilettes sans aide !

— Pourriez-vous lui parler ? murmura Colleen.

Tiggy s'assit sur le lit.

— Jo, je sais que ta situation est horrible, mais je te promets que tu auras une vie normale. Bientôt, tu réapprendras à marcher, et tu pourras faire pratiquement tout ce que tu faisais avant.

— Sur des jambes de bois ? Vous plaisantez !

— Pas de bois, ma chérie. Tu as vu à quoi elles ressembleraient, la dame est venue te les montrer.

— Oh ! Maman ! Tu es tellement…

Elle se mordit la lèvre et cligna des yeux frénétiquement. Tiggy lui prit la main.

— Je reviendrai te voir demain.

— Pas la peine. Comment pourriez-vous savoir ce que je ressens ? Vous n'en avez aucune idée.

Colleen accompagna Tiggy à la porte.

— Qu'allons-nous faire ? Elle ne bouge plus. Le physiothérapeute ne peut lui faire pratiquer que des exercices passifs. Il paraît qu'il faut qu'elle se lève et qu'elle bouge, mais elle ne veut même pas essayer de s'asseoir. Elle refuse de manger. Comme si elle nous détestait.

— C'est normal qu'elle vous en veuille, laissez-lui du temps, Colleen.

— Elle courait bien. Elle avait été sélectionnée dans l'équipe nationale pour les prochains Jeux olympiques. C'était sa vie.

— Eh bien, cette volonté lui servira quand elle aura accepté ce qui lui est arrivé.

— Et je crains que cette même force de caractère ne l'empêche de l'accepter facilement. Je la connais. Rien de ce que nous pourrons dire ne la fera changer d'avis. A moins qu'elle finisse par comprendre qu'elle pourra avoir une vie digne d'être vécue, je ne sais pas du tout ce qu'elle fera.

Quand Tiggy arriva chez elle, elle pensait toujours à l'adolescente.

Nick était dans la cuisine, étudiant un livre de recettes en surveillant un poulet comme s'il allait sauter du comptoir pour l'attaquer. Il tenait son couteau de la même manière qu'il aurait tenu un scalpel.

— Je voulais préparer le dîner, mais j'ai un petit problème. Comment je découpe les filets ?

Elle ne put articuler un mot. Il dut voir que quelque chose n'allait pas, car il posa le couteau et tira une chaise pour elle.

— Assieds-toi.

Elle ouvrit la bouche, mais il secoua la tête pour la faire taire, lui versa un verre de vin et attendit qu'elle en ait bu une gorgée.

— Alors, qu'est-ce qui ne va pas ? J'ai vu assez d'infirmiers et de secouristes choqués dans ma vie. Un cas grave ?

Elle prit une longue inspiration. C'était un tel soulagement d'avoir quelqu'un à qui parler…

— Jo a quinze ans, elle attendait les résultats de son brevet, elle court, a été sélectionnée dans l'équipe nationale pour les Jeux olympiques, bref, elle semblait bien partie dans la vie.

Il resta silencieux, et elle poursuivit.

— Méningite bactérienne. Nous n'avons pas dû attendre les résultats de sa ponction de moelle pour en être sûrs, elle avait déjà des plaques rouges. Ses parents ont cru qu'elle avait la grippe, et que ses entraînements l'avaient fatiguée. Quand ils ont enfin appelé une ambulance, elle a perdu conscience durant le trajet, et nous avons fait le maximum pour la sauver. Après son transfert aux soins intensifs, je suis allée la voir souvent. J'étais chargée des relations avec ses parents. Tu sais ce que c'est, ils se raccrochent à toi comme si tu étais leur seul lien entre eux et leur épreuve, comme si tu pouvais les aider à combattre.

— Oui, je sais.

— Bref, deux jours plus tard, elle a développé une septicémie. On a été obligé de l'amputer des deux jambes.

Il contourna sa chaise, et posa ses mains sur les épaules. Elle appuya sa tête contre lui.

— On fait des miracles maintenant. Nous avons tant d'expérience avec les amputés !

— Elle n'a que quinze ans, Nick. Elle juge que sa vie est finie, refuse de sortir de son lit et de commencer sa physiothérapie. Elle en veut terriblement à ses parents qui ne savent plus quoi faire. Personne ne parvient à la raisonner.

Il resta si longtemps sans répondre qu'elle se demanda s'il n'était pas reparti en esprit en Afghanistan. Elle se reprocha aussitôt de lui avoir raconté ça. Sans nul doute, cela l'avait replongé dans d'affreux souvenirs…

— J'ai peut-être une solution.

Il se pencha pour prendre son portable sur la table.

— Fais-moi confiance, je m'en occupe.

Il la regarda en souriant.

— En attendant, tu veux voir ce que tu peux faire de ce satané poulet ?

Le lendemain matin, il insista pour l'accompagner, et elle lui trouva l'air particulièrement content de lui-même. En fait, elle ne l'avait pas vu aussi décontracté depuis très longtemps. Il lui rappelait l'homme dont elle était tombée amoureuse…

Elle se reprocha aussitôt l'espoir qu'elle sentait poindre en elle. N'avait-elle pas déjà été assez échaudée ?

— Si tu as la brillante idée d'entrer dans la chambre de Jo pour l'exhorter à être courageuse, oublie.

— Tu me crois bête à ce point ?

— Alors dis-moi ce que tu as l'intention de faire.

— Pas question, tu attendras.

Il lui pinça le nez.

— Tu as toujours été trop curieuse.

— J'ai rêvé, ou tu viens de me pincer ?

Il rit.

— Dieu que tu m'as manqué !

Interdite, elle ne répliqua pas, mais elle ne put arrêter la chaleur qui l'envahit de la tête aux pieds.

Elle se secoua de nouveau intérieurement. Non ! Ne pas céder, surtout ! Dès qu'il serait remis, elle le mettrait à la porte, et retournerait à sa vie.

Il bondit de la voiture dès qu'elle l'eut garée, et laissa errer son regard jusqu'à ce qu'il avise une magnifique blonde debout devant l'entrée. Il eut un large sourire, et Tiggy éprouva une sensation désagréable dans le ventre. Pas de la jalousie, évidemment, juste une sensation désagréable.

La blonde sourit en retour et lui fit signe, puis se précipita en courant vers eux, avant de lui entourer le cou de ses bras.

Tiggy eut envie de les gifler tous les deux.

— Hazel ! Heureux de te voir.

— Moi aussi, patron, depuis si longtemps !

— Hazel, voici Tiggy. Tiggy, le caporal Hazel Gray, l'un des meilleurs médecins militaires avec qui j'aie eu le plaisir de travailler.

Pour Tiggy, cela ne changeait rien, mais elle se força à sourire et tendit la main, perplexe. Pourquoi Nick lui avait-il donné rendez-vous ici ?

— Comment va ton mari ? demanda-t-il en prenant le coude de Hazel pour s'avancer vers l'entrée.

Le soulagement submergea Tiggy. Elle avait un mari ! Ils marchaient devant elle, et Hazel riait d'une plaisanterie de Nick. Cette fois, elle admit qu'elle était jalouse : ils avaient l'air de si bien s'entendre ! La vie avec lui avait été excitante, amusante, du moins au début, mais quand s'était-elle sentie aussi à l'aise que cette femme ? Jamais.

Se faisant l'effet de l'intruse dans une fête où elle n'était pas invitée, elle leur emboîta le pas. Hazel était grande et mince, mais il lui semblait qu'elle était atteinte d'une légère claudication, presque indiscernable. Elle tanguait légèrement en marchant…

— Où est la chambre de Jo ?

— Nick, je pense qu'il est temps de me dire ce que tu complotes.

Hazel fronça le sourcil.

— Tu ne l'as pas mise au courant ?

— Non. Je voulais voir si elle remarquait quelque chose. Et alors, Tiggy ?

Peu à peu, la lumière se faisait dans son esprit, mais elle n'avait pas envie d'en parler.

— Hazel est amputée des deux jambes.

Quoi ! Elle avait du mal à le croire…

Les yeux de la jeune femme s'assombrirent un instant.

— J'étais secouriste à l'époque, et l'homme qui me précédait a sauté sur un engin explosif. Lui y a laissé sa peau, quant à moi, j'étais au bord de la mort aussi. C'est Nick qui est venu me sauver.

Il protesta de la tête.

— C'est vrai, et tu le sais, dit la jeune femme avec un sourire. Bref, il m'a parlé de cette ado qu'on a amputée des deux jambes. Il pense que ce serait bien que je lui parle. Je m'occupe de gens comme elle depuis que j'ai quitté l'armée.

Ils s'arrêtèrent.

— Après avoir perdu mes jambes, poursuivit Hazel, j'ai pensé que ma vie était finie. J'étais fiancée à l'époque, mais j'ai refusé de voir Davie. Il était hors de question que je l'épouse, je n'avais envie que d'une chose, de mourir. Quand on m'a transférée à Birmingham, j'étais toujours dans le même état d'esprit, mais les autres patients ont tout fait pour me redonner le moral. Ils m'ont poussée jusqu'à ce que j'aie vraiment envie de montrer que je pouvais remarcher. C'est Nick qui m'a convaincue : il a suggéré que si je ne faisais pas mes adieux à Davie, si je ne me retrouvais pas face à lui, je le regretterai jusqu'à mon dernier jour.

Tiggy sentit une grosse boule se former dans sa gorge. Avait-il aussi pensé qu'ils ne s'étaient jamais dit adieu, tous les deux ? Avait-il regretté la façon dont leur union s'était terminée ?

— J'ai cédé. Et dès que j'ai vu Davie, j'ai su que, s'il me voulait toujours, je ne refuserais pas de l'épouser. Je lui ai dit que ce serait dur, que j'étais incapable de promettre de ne pas me sentir déprimée ou furieuse, mais que, s'il était prêt à affronter les difficultés, je m'efforcerais de le rendre heureux.

Tiggy avait le cœur si serré qu'elle pouvait à peine respirer.

— Et alors ?

— Il a dit qu'il m'aimait, et qu'il m'aimerait toujours, et que la vie sans moi ne valait pas d'être vécue. Ensuite... nous avons pleuré.

Elle sourit.

— Nous avons une petite fille de deux ans, et je m'entraîne pour les Jeux paralympiques. Je rêve quelquefois que j'ai retrouvé mes jambes, mais franchement, je suis très heureuse. Et maintenant, je parcours le pays pour parler aux amputés, surtout aux jeunes.

Tiggy cligna des yeux pour chasser ses larmes. Quel courage ! Elle sourit.

— A mon avis, il n'y a que vous qui puissiez parler à Jo. Venez, trouvons ses parents, je vais vous présenter.

Une demi-heure plus tard, Hazel était assise à côté du lit de Jo, penchée sur elle. La jeune fille regardait toujours le plafond, et pourtant, à sa façon de pencher la tête, Tiggy savait qu'elle écoutait. Elle esquissa un sourire. Il faudrait du temps, mais elle était sûre que Jo était hors de danger.

Ses parents attendaient à la porte avec Nick. Ils tendirent la main à Tiggy.

— Comment vous remercier ?

Tiggy regarda Nick.

— Remerciez plutôt le Dr Casey.

Elle dut les quitter pour se rendre aux urgences et prendre son service, mais avant, elle raccompagna Nick jusqu'à l'entrée principale, et lui tendit ses clés de voiture sans un mot.

Il ignora sa main tendue. Son regard était sombre.

— Merci, je vais marcher.

Elle ne protesta pas et ne posa aucune des questions qu'elle avait envie de poser.

Peu à peu, elle comprenait qu'il était adulte et autorisé à prendre ses propres décisions, même si elle n'était pas d'accord ou si elle ne les comprenait pas.

Elle se contenta de hocher la tête et, avant d'avoir compris ce qu'elle faisait, se mit sur la pointe des pieds et l'embrassa sur la bouche.

10.

Plus tard cette nuit-là, elle se retournait dans son lit en se demandant si elle n'était pas en train de devenir folle.

Elle avait passé six ans à tenter de l'oublier, six ans de chagrin, d'efforts. Mais aujourd'hui, il était là, et elle avait envie de lui comme au premier jour. Quelle faiblesse !

Le vent bruissait dans les arbres dehors, et elle frissonna. Elle se leva pour fermer la fenêtre, lorsqu'au même instant, elle entendit… des pleurs, un cri ?

Cela venait de la chambre de Nick.

Elle se précipita et resta tétanisée devant ce qu'elle vit.

Ses membres nus émergeaient du drap entortillé autour de son corps et il se débattait furieusement, la sueur coulant sur son front. Elle avait déjà assisté à ses cauchemars, mais elle n'en avait jamais vu d'aussi violent. Etait-ce un signe que l'éclat de shrapnel se déplaçait ? Et si ses mouvements désordonnés faisaient empirer son état ?

Elle posa une main sur son front et dégagea ses cheveux de ses yeux.

— Chut, Nick. C'est moi, Tiggy. Tout va bien.

Elle tenta de le faire allonger, mais il la repoussa.

— Va-t'en ! Va-t'en !

Elle sentit sa gorge se serrer. C'était insupportable. Elle s'étendit près de lui et l'entoura de ses bras.

— Réveille-toi, Nick, il n'y a pas de danger.

Ses paupières battirent.

— Tiggy ? Tu es là ?

— Oui. Tu as fais un cauchemar.

Quand il ouvrit les yeux, elle vit ses pupilles dilatées ; son regard errait dans le vague. Le cœur de Tiggy cogna contre sa poitrine. N'était-ce vraiment qu'un cauchemar ?

— Nick, parle-moi. Tu vas bien ?

Il la fixa, parut la reconnaître enfin.

— Tiggy ! Ma Tiggy !

Soulagée, elle posa la tête contre son torse. La chaleur de son corps la pénétrait à travers sa fine chemise de nuit, et elle sentait tous ses muscles durs.

— Je rêvais… que tu étais blessée, et que j'essayais de te sauver, mais je n'arrivais pas à t'atteindre.

— Eh bien, je suis là. C'était un cauchemar. Rendors-toi, maintenant.

Il posa les mains sur sa taille, d'abord sans bouger, puis les glissa sur ses hanches comme s'il avait besoin de s'assurer qu'elle était vraie.

Aussitôt, elle fut parcourue de frissons et éprouva un désir si violent qu'elle dut réprimer son impulsion de presser son corps contre le sien.

Il passa timidement une main sous sa chemise et, comme elle ne faisait rien pour l'en empêcher, remonta jusqu'à ses seins. Sous la caresse de ses doigts, ses mamelons durcirent et elle gémit. Ils haletaient tous les deux quand il l'attira à lui.

— Bon Dieu, Tiggy, tu es si belle !

Son corps la trahit : malgré elle, il s'imbriqua, se fondit dans celui de Nick. Elle savait qu'elle aurait dû se lever et sortir de la chambre, mais cela lui était impossible. Chaque fibre de sa chair avait envie de lui, du contact de sa peau contre la sienne… Et plus encore, elle voulait le consoler, le délivrer de son angoisse. Il était possible que d'ici quelques jours il soit paralysé, ou peut-être même qu'il meure…

Elle chassa aussitôt cette pensée. Mais après tout, elle pouvait passer une nuit avec lui, quelle importance ?

— Tu es sûre que tu veux, Tiggy ? Parce que si tu ne m'arrêtes pas tout de suite…

Elle se cambra pour être plus proche encore du corps de Nick, et leva les yeux.

— Oui, je suis sûre.

Elle ferma les yeux. S'il la repoussait maintenant, elle n'était pas certaine de pouvoir le supporter…

Il l'embrassa avec fièvre, et elle lui rendit son baiser, respirant son odeur familière de savon et d'épices, savourant la fermeté de ses lèvres chaudes et exigeantes…

Ses mains glissèrent dans son dos, et il plaqua ses paumes sur ses fesses. Fébrilement, il la débarrassa de son léger shorty, tandis qu'elle se contorsionnait pour l'aider de son mieux.

Il se tourna pour venir sur elle, et elle entrevit l'éclat blanc de ses cicatrices que le clair de lune éclairait. Elle lui posa une main sur le torse.

— Attends, Nick !

Avec un grognement de détresse, il retomba sur le dos et posa un bras sur ses yeux. Elle se pencha sur lui, ôta son bras.

— Nous devons être prudents.

Elle se souleva et s'allongea sur lui.

— Ne bouge pas. Laisse-moi faire.

Et, tandis qu'ils ondulaient ensemble au rythme d'une danse lente, elle reconnut toutes les sensations éblouissantes habituelles et en éprouva même de plus intenses. Chaque fois qu'il tentait de prendre le contrôle, elle l'arrêtait d'un baiser, jusqu'à ce qu'enfin ils crient ensemble leur plaisir. Puis elle se laissa tomber sur lui, et il lui caressa les cheveux jusqu'à ce qu'elle s'endorme.

Le lendemain matin, elle sortit du lit avec précaution pour ne pas l'éveiller. Elle devait l'emmener plus tard à l'hôpital pour ses examens préopératoires, et voulait qu'il se repose le plus possible.

Elle fredonnait en préparant le café, se sentant rougir chaque fois que leur nuit lui revenait à la mémoire… C'était comme s'ils n'avaient jamais été séparés. Ou plutôt, comme les premières fois où ils avaient fait l'amour. Ce désir désespéré, cette compréhension instinctive de tout ce que désirait l'autre… et ce plaisir intense.

Peut-être pourraient-ils oublier le passé et, une fois que Nick serait remis de son opération, recommencer leur vie ensemble ? Cette fois, elle le ferait parler. Peut-être que, dans quelques mois, elle évoquerait le bébé qu'elle voulait avoir.

Elle allait sans doute un peu vite… Rien n'avait changé, sauf une chose : elle l'aimait toujours.

Elle posa deux mugs sur un plateau en attendant que le café passe.

Elle eut un petit soupir. Ce ne serait pas facile. En fait, elle n'avait jamais cessé de l'aimer, même quand elle était furieuse contre lui.

C'était l'homme de sa vie, enfant ou pas, vie menacée ou pas, il était la moitié de son âme. Existait-il un chemin pour qu'ils se retrouvent ?

Elle prit le plateau et se rendit dans la chambre. Le lit était vide. Nick, qui avait passé son jean, se tenait debout, à la fenêtre. Elle éprouva aussitôt un frisson de désir et eut envie de l'embrasser au bas du dos, comme elle l'avait fait cette nuit.

— Zut, je voulais t'apporter le café au lit !

Il se retourna, une expression lointaine sur le visage.

— Que se passe-t-il ? Pourquoi me regardes-tu ainsi ?

— Tiggy… cette nuit, c'était une erreur. Je te demande pardon, j'en ai profité, mais ça ne se reproduira pas.

Elle sentit son pouls battre dans ses tempes, tandis qu'elle posait le plateau sur la table de chevet.

— Tu n'en as pas profité, Nick. J'en avais autant envie que toi.

— Ne dis pas ça. Tu as voulu me consoler.

— Nick ! Comment peux-tu penser une chose pareille ! Tu crois que j'ai fait l'amour avec toi parce que je craignais que tu ne te remettes pas de ton opération ? Tout se passera bien, j'en suis sûre.

— C'est vrai ? Dans ce cas, j'espère que tu n'attends pas que nous revivions ensemble ! Parce qu'il n'y a aucune chance.

Elle accusa le coup. Elle avait l'impression que le monde venait de s'écrouler.

— Pourquoi ? Quand tu seras remis, nous pourrions…

Il eut un rire froid. Ses yeux étaient vides, tels deux puits sans fond.

— Je n'ai pas supporté le mariage il y a six ans, qu'est-ce qui te fait croire que ça a changé ?

Elle tenta de lui dissimuler le tremblement de ses mains.

— Je vois.

— Je t'aime beaucoup, Tiggy, tu le sais. Et tu es toujours la femme la plus sexy que je connaisse, mais c'est comme ça. Je serais un salaud de te laisser espérer quoi que ce soit.

Elle sentit un voile rouge lui tomber sur les yeux. Bien sûr, elle avait été folle de penser qu'il était possible de tout recommencer…

— C'est vrai, tu n'as pas changé. Tu ne penses qu'au sexe, et à l'admiration de tes troupes. Tu es toujours aussi égoïste et égocentrique, tu ne t'intéresses qu'à la satisfaction de tes besoins. Eh bien, moi, j'ai changé. Pour moi, la nuit dernière ne signifie rien. C'était une partie de jambes en l'air, sans plus !

Elle savait qu'elle l'injuriait pour tenter de cacher son chagrin, mais peu importait. Elle chercha autre chose à dire pour le blesser davantage.

Sa gorge était si serrée qu'elle avait de la peine à déglutir.

— Tu n'es pas doué pour les relations, ça n'est pas nouveau ! Ta sympathie et ton amour ne vont qu'à tes hommes. Ce n'est pas leur faute s'il ne reste rien pour d'autres personnes !

Sur ces mots, elle quitta la pièce.

Nick dut s'obliger à ne pas lui courir après. Il l'avait blessée, et elle ne le méritait pas.

Pourquoi avait-il fait l'amour avec elle ? Il n'avait pas réfléchi, voilà tout. Quand il s'était éveillé de ce cauchemar, il l'avait trouvée penchée sur lui, ses boucles soyeuses lui caressant le torse, et il avait senti son effluve de miel et de jasmin… Sa réaction avait été aussi immédiate qu'incontrôlable.

Il avait si souvent rêvé de la tenir dans ses bras qu'il n'avait pas pu la repousser, et avait accepté ce qu'elle lui offrait sans penser aux conséquences.

Mais quand il s'était réveillé seul, le drap encore chaud de sa présence et imprégné de son parfum, son bon sens lui était revenu. Un peu tard, à l'évidence.

Il aurait tout donné pour reprendre leur vie commune, en sachant que ce serait différent d'autrefois, mais c'était impossible. Il n'avait rien à lui offrir. Encore moins qu'avant, puisque, dans quelques jours, il serait peut-être paralysé, sinon mort.

Il se maudit intérieurement. Elle avait raison, il s'était comporté de la pire façon possible. Il n'était qu'un sale égoïste, et pourtant il ne l'était pas assez pour l'attacher à un homme qui pourrait finir dans un fauteuil roulant et dépendre d'elle. Il n'aurait jamais dû accepter de venir chez elle. Eh bien, il pouvait tenter d'arranger au moins ça. Il devait la laisser poursuivre sa route, sans lui.

Même si cette pensée le déchirait.

Tiggy sécha ses pleurs, craignant que ses yeux ne demeurent rouges longtemps. Elle était restée une heure sous la douche, mais chaque fois qu'elle croyait s'être ressaisie, les larmes se remettaient à couler. Presque comme si elle faisait le deuil de Nick…

Elle savait qu'elle avait toujours attendu son retour, et maintenant elle avait la certitude que cela n'arriverait pas.

Elle se tamponna les yeux avec une serviette trempée dans l'eau froide. Elle n'avait pas l'intention de lui laisser voir à quel point il l'avait blessée, mais elle avait promis de le conduire à l'hôpital, et elle le ferait.

Peu importe ce qu'il avait dit, elle était sa femme et serait à ses côtés jusqu'à la fin de l'opération. Après, en supposant qu'il s'en sorte, il ferait ce qu'il voudrait. Et s'il ne se réveillait pas ? Elle refusait d'y penser pour l'instant.

Elle s'habilla pour aller le prévenir qu'il était l'heure de partir, mais ne le trouva nulle part. Enfin, elle avisa un mot sur la table.

« Chère Tiggy,

« J'ai pris un taxi pour l'hôpital. Je pense qu'il vaut mieux ne plus nous revoir. Je te demande pardon pour cette nuit, et pour toute la peine que je t'ai faite. Si je pouvais changer le passé, ou me changer moi, pour te rendre heureuse, je le ferais. Mais c'est impossible.

« Prends soin de toi.

« Nick »

Le cœur brisé, elle fixa le papier avant de le froisser. Ainsi, il croyait pouvoir lui dicter sa conduite ! Sur un bout de papier !

Elle en avait assez qu'il la traite comme si elle n'était pas capable de prendre ses propres décisions.

Une rage froide la submergea. Pour qui se prenait-il ? Qui lui avait donné le droit d'entrer dans sa vie et d'en sortir à sa guise ?

S'il croyait qu'elle allait accepter ce genre d'adieu, il se trompait, et elle allait le lui signifier.

Mais d'abord, il fallait qu'elle parle à quelqu'un.

11.

— Pourquoi ne m'as-tu rien dit ?

Après avoir posé une tasse de thé devant elle, sa mère s'assit à la table. Comme toujours, quand Tiggy avait des ennuis, elle se tournait vers elle pour lui demander conseil.

— Je savais que tu n'approuverais pas, maman. Tu ne le portes pas dans ton cœur.

— Peu importe mes propres sentiments. De toute façon, je te rappelle que, pour briser un mariage, il faut être deux.

Tiggy se redressa, piquée au vif.

— Tu ne peux pas croire que j'y suis pour quelque chose ! C'est lui qui est parti !

Sa mère haussa un sourcil, et elle se sentit rougir.

— Oui, c'est vrai, j'en ai fait autant, mais avec l'intention de rentrer à la maison le lendemain. Et il n'a même pas attendu un jour !

— Tu es quand même partie la première.

Elle se leva d'un bond.

— Assieds-toi, Tiggy. Je ne dis pas que tout est ta faute, mais ce n'est pas uniquement la sienne non plus. Tu es d'un tempérament têtu. Par ailleurs, j'ai toujours pensé que cet homme avait quelque chose à cacher.

— Pourquoi ne m'en as-tu jamais parlé ?

— Ce n'était pas mon rôle. C'était à vous deux de chercher à arranger les choses.

— Qu'entends-tu par « quelque chose à cacher » ? Une liaison ?

Sa mère lui lança un regard incrédule.

— Bien sûr que non ! Il est compliqué, mais je le crois loyal. Il t'adorait.

Tiggy se rassit enfin.

— Il m'adorait ? Vraiment ? Alors comment expliques-tu qu'il ne communique pas avec moi ? Et… qu'il ne soit jamais revenu ? Pourquoi ne s'est-il pas battu pour notre mariage ? Je l'aimais tant…

— Ma chérie, il me semble qu'il n'est pas celui que tu aurais voulu qu'il soit. On ne peut pas changer les gens.

— Je ne voulais pas le changer ! Je l'aimais tel qu'il était.

Elle reprit son souffle. En dépit de ses protestations, une horrible pensée se frayait un chemin dans son esprit. Et si sa mère avait raison ? Et si c'était en partie sa faute ?

— Tu l'aimes encore, Tiggy ?

— Oui. Et je ne cesserai jamais de l'aimer.

— Que vas-tu faire, à présent ?

— Rien. Il ne me veut pas dans sa vie, il me l'a dit ce matin.

Sa mère lui prit la main.

— Tu entends ce qu'il te dit, mais est-ce que ça correspond à ce qu'il ressent ?

— Je n'en sais rien, il ne me parle pas !

— T'a-t-il déjà dit qu'il ne t'aimait plus ? Peut-être est-ce toi qui as renoncé trop vite.

Elle se leva.

— De toute façon, je ne lui permettrai pas de me traiter comme s'il n'éprouvait rien pour moi.

Elle croisa le regard franc de sa mère.

— Et tu ne crois pas qu'il est temps de le lui dire ?

12.

Nick leva les yeux : Tiggy était penchée sur lui tel l'ange de la vengeance. A son regard brillant et au pincement de sa bouche, il comprit qu'elle était déterminée. Il grogna. Il aurait dû savoir qu'elle n'en ferait qu'à sa tête !

Il chercha une issue, mais Tiggy s'interposait entre son lit et la porte de la salle. De plus, on lui avait interdit de se lever depuis qu'il avait pris sa prémédication quelques minutes plus tôt, et il se sentait déjà groggy.

— Au moins, je constate que tu n'essaies pas d'échapper à l'opération.

— Une fois que j'ai pris une décision, je m'y tiens.

— Pourquoi ne m'as-tu pas dit où tu avais passé la nuit ?

— A l'hôtel.

Il secoua légèrement la tête. Cela n'avait pas été facile. Seule la pensée que c'était l'unique solution l'avait retenu de retourner chez elle, et de la prendre dans ses bras.

— Eh bien, je vais te dire une bonne chose. Ne crois pas que tu puisses décider quoi que ce soit à ma place. C'est moi qui prends mes décisions.

Il sourit. Il avait toujours voulu la protéger, mais elle avait raison. Il l'avait sous-estimée. Autrefois, et maintenant. Elle était très forte.

— Tu peux rengainer ton sourire, je n'ai pas terminé. Quand tu sortiras d'ici, tu reviendras à la maison.

Elle leva la main.

— Ne proteste pas, elle t'appartient pour moitié. Nous ne sommes pas des étrangers, Nick. Je suis toujours ta femme, pour le meilleur… ou pour le pire. Ensuite, dès que tu seras sur pied, tu pourras partir.

Rêvait-il, ou y avait-il des larmes dans ses yeux ?

— Je ne cherche pas à te retenir, mais jusqu'à ton complet rétablissement, tu es sous ma responsabilité. D'accord ?

Elle l'embrassa sur la bouche.

— Il faut que tu t'en tires, Nick. Absolument.

Un peu plus tard, on emmena Nick au bloc. Selon le chirurgien, le Pr Wiseman, l'intervention durerait quelques heures. En attendant, Tiggy pouvait rester dans le salon des parents. C'était la pire partie du programme… Des heures à s'inquiéter sans aucun moyen de se rassurer.

Pourtant, étonnamment, elle avait confiance. Quelque chose lui disait que l'intervention serait un succès.

Ensuite, dès qu'on l'y autoriserait, elle le ramènerait à la maison. Et après…

Elle entendit un bruit de pas et leva les yeux : ses parents et ses deux frères apparurent dans l'encadrement.

— Que faites-vous ici ?

Ils lui sourirent en chœur, et ce fut sa mère qui prit la parole.

— Tu as vraiment cru que nous te laisserions affronter ça toute seule ?

Plusieurs heures plus tard, quand Luke vint l'avertir que l'intervention était terminée, sa famille forma un petit cercle autour d'elle, attendant le verdict.

— Ça s'est mieux passé que nous ne l'espérions. Nous avons retiré l'éclat de métal sans trop de difficulté. Il nous faudra attendre un peu pour savoir s'il n'a endommagé aucun nerf, et le lieutenant-colonel restera aux soins intensifs quelques heures. Mais… je pense que nous pouvons déjà affirmer qu'il se rétablira parfaitement.

Le soulagement qui la submergea lui donna le vertige. Il allait bien, c'était tout ce qui comptait.

— Puis-je le voir ?

— Bien sûr, mais seule, pour l'instant.

Après avoir promis à sa mère et à ses frères de leur téléphoner le plus tôt possible, elle se précipita aux soins intensifs.

Comme elle s'y attendait, Nick, affreusement pâle, était relié à des perfusions et à des moniteurs, mais il respirait sans aide.

Elle s'assit à côté du lit pour l'observer. Les rides s'étaient creusées sur son front et autour de ses yeux…

Son cœur se serra. Il détesterait qu'elle le voie dans cet état. C'était l'un des problèmes de leur mariage, il n'avait jamais eu besoin d'elle. Quoi qu'il se soit passé en Afghanistan, il n'avait jamais voulu le lui raconter. Mais elle comprit que sa mère avait raison : elle avait autant de torts que lui.

Serait-ce leur seconde chance ? Les blessures qu'ils s'étaient infligées l'un à l'autre étaient-elles trop profondes pour guérir ? Pourrait-il l'aimer de nouveau ? Elle l'ignorait, mais elle était sûre que, cette fois, elle n'abandonnerait pas sans combattre.

13.

Quand elle revint à l'hôpital dans la soirée, elle fut enchantée de découvrir qu'il avait déjà été transféré dans le service de surveillance continue. Luke était au pied du lit, étudiant la charte.

— Comment va-t-il ?

— Bien mieux que nous le pensions. Il sera sûrement sur pied avant longtemps.

— Je n'en doute pas.

Nick ouvrit les yeux une seconde.

— Salut, Tiggy. Que tu es mignonne !

Il se rendormit aussitôt.

Luke se dirigea vers la sortie.

— Je vous laisse avec lui. Vous pouvez appeler si nécessaire.

Elle resta auprès de lui, incapable de le quitter même le temps d'aller prendre un café, jusqu'à ce que les infirmières la mettent à la porte.

Le lendemain matin, on lui apprit qu'il progressait si vite qu'on l'avait transféré dans la salle de chirurgie. Quand elle y entra, il était toujours sous perfusion saline, mais bien éveillé.

Elle prit une bassine dans le placard et l'emplit d'eau.

— Puisque tu ne peux pas te lever, je vais te donner un bain.

— Dans mon lit ? Tu plaisantes !

— Pas du tout. Tu ne bouges pas, et tu me laisses faire.

Un sourire éclaira son visage.

— J'ai l'impression que tu m'as déjà dit ça…

Elle se mordit la lèvre sans répliquer. Inutile de lui montrer que cette fameuse nuit était gravée dans sa mémoire.

— D'accord, allons-y.

Bizarre, elle ne s'attendait pas à ce qu'il capitule si vite…

Elle défit la veste de son pyjama. Le haut de son torse portait un épais bandage. Elle mouilla la serviette, lui frotta le visage et sentit les poils durs de sa barbe sur ses joues.

— Tu aurais besoin de te raser.

— Je ne sais pas si je peux te faire confiance pour le faire à ma place, dit-il en riant. J'ai un peu peur que tu me coupes la gorge…

— O.K., nous verrons demain.

Elle poursuivit sa tâche sous son regard amusé.

Bientôt, cela devint un jeu, comme s'il attendait de voir jusqu'où elle irait. Elle lui savonna les mollets en les soulevant doucement, et quand il fut question d'aller plus haut, elle ne put s'empêcher de lever la tête vers lui. Ses yeux étincelaient et un petit sourire flottait sur ses lèvres.

Quand elle entreprit de lui ôter son pantalon de pyjama, il lui saisit la main.

— Tu t'arrêtes là, ma chérie.

Elle sourit et remonta le drap sans insister.

— Tu as la trouille ? Je viens de prendre ma revanche pour ce que tu m'as fait au camp. Tu te souviens, les pompes ?

— O.K., nous sommes quittes.

En souriant, il la regarda sortir de la salle. Bon sang, elle lui avait manqué ! Cette énergie, cette façon de relever le menton quand elle était en colère… et le contact de sa peau sous ses doigts.

Et maintenant ?

D'abord, il la laisserait tranquille, elle méritait mieux que la vie avec lui. Mais elle n'avait rencontré personne d'autre et n'avait pas fait les enfants qu'elle désirait. Lui avait-il ôté sa confiance en elle à ce point ? Et il avait récidivé en lui faisant l'amour pour la quitter ensuite. Alors, pourquoi sacrifiait-elle ses journées à rester auprès de lui ? Par pitié ? Par culpabilité, au regard de l'échec de leur mariage ? Ridicule, mais quelle autre explication ? A moins que… l'aimait-elle toujours ?

Un sentiment bizarre l'envahit, fit battre ses tempes et réchauffa son cœur, qui se gonfla de joie. Il finit par reconnaître… le bonheur.

Auraient-ils une seconde chance ?

Il l'aimait toujours. Il n'avait jamais cessé de l'aimer.

Et l'opération semblait avoir pleinement réussi… Oui, c'était cela, la vérité : il ne voulait plus vivre sans elle.

14.

Nick stoppa son fauteuil roulant à l'entrée et fronça les sourcils.

Il avait refusé que Tiggy le pousse, mais le seuil de la porte possédait un petit rebord impossible à franchir.

Il fit marche arrière pour prendre de l'élan, et, utilisant la force de ses bras, poussa les roues de toute sa force.

Sans succès.

— Bon sang, Nick ! Laisse-moi t'aider.

Il la regarda comme s'il allait la mordre.

— Je me débrouille !

Elle se glissa à l'intérieur.

— Comme tu préfères. Je prépare le thé. Quand tu en auras marre de te cogner dans ce truc, tu me préviendras.

Lorsque le thé fut prêt, elle entendit un rire satisfait derrière elle. Il était dans la cuisine, hilare.

— Je te l'avais dit !

— Ce serait plus facile si tu me permettais de t'aider.

— Ne me fais pas répéter quinze fois la même chose. Dans quelques jours je n'en aurai plus besoin, mais d'ici là, je ne veux pas qu'on me traite comme…

— Un enfant ? Pourtant, tu en as fait une assez bonne imitation depuis ta sortie de l'hôpital, tout à l'heure ! Vraiment, ta conduite est inexcusable.

Il lui jeta un regard noir puis, à sa grande surprise, se remit à sourire.

— Tu as sans doute raison. Mais vois-tu, si l'un de mes

hommes était à ma place, je n'aurais pas de pitié, et il n'en attendrait pas non plus de moi.

— Je suis sûre qu'il accepterait de l'aide si on lui en offrait. Bon, fais comme tu veux.

— Au moins, moi, j'ai une chance de remarcher…

— Voyons, Nick ! Tu n'es pas responsable de la guerre, ni des hommes qui y ont perdu leurs jambes. Tu as tout fait pour les sauver.

— Moi, j'étais soutenu.

— Et Luke ? Que lui serait-il arrivé si tu n'avais pas été là ? Tu sais que c'est grâce à toi qu'il est devenu médecin ?

— A mon avis, il n'aurait jamais dû te raconter ça.

Après le thé, elle lui proposa de se reposer un peu.

— Je croyais que nous étions convenus que tu ne me traiterais pas en patient. Je m'allongerai si je veux !

— Ecoute, en ce qui me concerne, tu peux pourrir dans ce fauteuil ! Moi, je vais courir.

Quand elle revint, elle avait évacué son irritation. Lui, regardait un match de foot.

— Alors, c'était bien ?

— Oui. Tu m'accompagneras bientôt ?

— Donne-moi trois semaines.

— Quoi ? Tu es fou ?

— Tu verras bien !

Une sorte de routine s'installa alors entre eux : tous les matins, Nick entrait dans la cuisine pendant qu'elle préparait le petit déjeuner avant de partir pour prendre son service.

D'ailleurs, elle le soupçonnait de mettre un réveil à sonner pour avoir le temps de s'habiller…

Ils mangeaient ensemble, puis il l'envoyait travailler en insistant pour qu'elle lui laisse la vaisselle.

En rentrant, elle trouvait le dîner prêt, et il lui posait des questions sur sa journée. Quand elle lui proposait de faire une promenade, il se mettait en colère.

— Personne ne me fera sortir de cette maison tant que je ne marcherai pas !

— Alors tu aurais intérêt à t'entraîner.

Le premier week-end, elle s'éveilla tard et sentit avec plaisir l'arôme du café en se levant. Il était assis à la table, l'air satisfait.

— Tu n'as rien remarqué ? Ce n'est pas grave… Tiens, goûte-moi ça !

Elle fit la grimace en retrouvant le goût atroce du café du camp. Elle jeta sans plus de manières le contenu de sa tasse dans l'évier et se mit à refaire un vrai café. Il la regarda d'un air choqué.

— Hé ! Tu sais combien de temps il m'a fallu pour le préparer ?

Ce fut à ce moment-là qu'elle s'aperçut… qu'il n'était pas dans son fauteuil roulant !

— Tu as marché jusqu'ici ?

— Trébuché, plutôt. Mais dans pas longtemps j'irai courir avec toi.

— Ne vas pas au-delà de tes forces, Nick.

— J'ignore ce que ça veut dire.

— D'accord. Tu as réfléchi à ce que tu feras quand tu seras rétabli ?

— Dans trois semaines, je retourne à l'hôpital pour des examens, et ils prendront une décision au sujet de mon avenir dans l'armée.

A son ton, elle comprit que quelque chose le tracassait.

— Et s'ils refusent de te garder ?

— Ils ne refuseront pas, je te le garantis.

— Tu as d'autres perspectives, Nick. Avec tes qualifications, tu pourrais obtenir un poste de spécialiste dans n'importe quel hôpital. Ce serait si terrible d'être un médecin civil ?

— Les hommes ont besoin de moi là-bas…

— Tu ne crois pas que tu en as fait assez ?

— Comment savoir ? Ce n'est jamais assez. Toutes les semaines, des nouveautés arrivent, nous permettant de sauver plus de vies. Tu te souviens qu'on parlait de l' « heure dorée » ? Si l'on pouvait soigner un homme dans ce délai, on le sauvait. Eh bien, maintenant, nous en sommes aux « dix minutes de platine ».

— Grâce à des gens comme toi.

Elle le regarda. Les yeux dans le vague, il ne l'écoutait plus.

— Quand j'ai obtenu mon diplôme de spécialiste, le commandement a décidé qu'il ne pouvait plus risquer de me perdre. J'ai pris un sacré coup quand on m'a interdit de partir en patrouille. Ils m'ont demandé de prendre la tête de l'équipe d'urgence… et quand l'ennemi a commencé à utiliser les engins explosifs, les blessures sont devenues plus horribles que tout ce que j'aurais pu imaginer.

— Mais tu as sauvé les blessés.

— Mais non, pas tous, hélas. Nous avions un jeune médecin militaire, l'une des premières femmes à partir en patrouille. Elle avait dix-neuf ans. Quand on est arrivés, je n'avais plus rien d'autre à faire que la tenir dans mes bras et la regarder mourir. Et tout ce temps-là, je pensais à toi… A ici, où tu voulais que je rentre pour avoir une vie normale. Et je savais que c'était impossible. Tant qu'il y aurait des hommes et des femmes là-bas, il me fallait rester.

— Pourquoi ne me l'as-tu pas expliqué ?

— Je n'avais pas envie d'en parler quand je rentrais. Je voulais penser à toi, à nous. Mais j'avais sans cesse les images dans la tête, et je n'arrivais pas à me reposer, sachant que j'aurais dû être là-bas.

— Je supposais que tu regrettais de m'avoir épousée.

Il leva vers elle des yeux pleins d'angoisse.

— Et tu avais raison. Je t'aimais, mais j'étais incapable d'être avec toi. Pourquoi n'as-tu pas signé les papiers que mon avocat t'a envoyés ?

— Parce que, pour moi, le mariage est indissoluble.

Elle baissa les yeux. Mais aussi sans doute parce qu'elle n'avait jamais perdu espoir qu'il revienne un jour… Le week-end où elle était partie chez sa mère, elle était sûre qu'il viendrait la chercher pour lui dire qu'il avait plus besoin d'elle que de l'armée. Et, à son retour, il avait disparu… Elle n'avait pas voulu le supplier. Surtout pas. S'il ne l'aimait plus, autant qu'il parte. Et le signe qu'elle attendait n'était jamais venu…

— C'est toi qui es parti pour de bon.

— J'ai fait ce que je jugeais le mieux.

— Pour qui ?

— Tu désirais un enfant, Tiggy. Je ne pouvais pas… Et peut-être que je ne pourrai jamais.

— Je voulais quelqu'un qui soit une partie de toi et de moi en même temps, que nous soyons une famille normale. Toi, moi et notre, ou nos enfants. C'était mal ?

— Je ne pense pas que je n'en voulais pas, mais… c'était la folie en Afghanistan, à cette époque-là. J'ai vu mourir trop d'hommes jeunes, qui laissaient des enfants en bas âge. Des hommes dont les veuves devraient se débrouiller seules, tout comme ma mère a dû m'élever seule. Je ne pouvais pas te faire ça.

Elle se leva.

— Tu aurais pu me consulter à ce sujet. Tu n'avais pas confiance en nous, en moi. J'étais plus forte que tu ne l'imaginais. S'il t'était arrivé quelque chose, j'aurais été anéantie, mais j'aurais continué à vivre d'une façon ou d'une autre. Et un enfant aurait été au moins une partie de toi…

— Je l'ai compris à présent, Tiggy. Mais à ce moment-là, j'ai pensé que, dans ton intérêt, il valait mieux que je disparaisse de ta vie, que je te rende ta liberté.

— Si tu m'avais vraiment aimée, rien ne t'aurait tenu éloigné.

Elle se détourna.

— Bon, si tu veux bien m'excuser, reprit-elle d'un ton froid, j'ai des trucs à faire.

15.

Lorsqu'elle rentra de l'hôpital, le lundi, elle fut ébahie de voir Nick faire des pirouettes sur son fauteuil roulant, les jumelles sur les genoux.

— Plus vite ! hurlait Chrissie.

— Encore un tour ! renchérissait Melody, la plus calme.

— Mais d'où sortez-vous, toutes les deux ? s'exclama Tiggy.

Au lieu de se précipiter dans ses bras, les fillettes ne bougèrent pas.

— Salut, Tiggy !

Charlie apparut à la porte du salon.

— Nous rentrons de faire des achats en ville, et nous avons eu envie de passer. Maman m'a dit que Nick était là.

Il prit une fillette sous chaque bras et les déposa par terre.

— Assez, vous deux. Laissez oncle Nick se reposer.

« Oncle Nick » ? Elle jeta à son frère un regard surpris.

— Je me suis dit que je l'emmènerais volontiers boire une bière au pub, si tu voulais bien garder un œil sur ces deux démons.

— Je ne crois pas qu'il ait envie d'y aller.

Elle secoua la tête avec énergie dans le dos de Nick.

— Qu'est-ce que tu fais, tante Tiggy ? Pourquoi tu secoues la tête comme ça ? demanda Chrissie.

— Tu nous a jamais dit qu'on avait un oncle Nick, renchérit Melody. Et qu'il avait un fauteuil roulant !

— Tiggy n'a pas confiance en moi, Charlie. J'ai un peu trop bu, une fois…

Elle les regarda tour à tour. Bien qu'ils aient rarement été en permission au même moment, ces deux-là s'entendaient comme larrons en foire. Ils partaient même parfois faire de l'escalade ensemble. Charlie avait été choqué quand elle lui avait annoncé leur séparation, et depuis, ils n'avaient plus jamais abordé le sujet.

Nick, s'aidant de ses béquilles, s'efforçait de se mettre debout.

— J'ai envie d'une bonne bière, mais on risque de mettre un moment à arriver au pub.

— Je vous emmène en voiture ?

— Merci, je préfère marcher.

— Si vous n'êtes pas là dans une heure ou deux, je viens vous chercher ! menaça-t-elle.

Dès qu'ils furent partis, elle distribua des crayons de couleur et du papier à ses nièces, et se mit en devoir de préparer le dîner.

Comme ils n'étaient toujours pas rentrés une heure plus tard, elle fit manger les jumelles, puis téléphona à sa belle-sœur pour lui expliquer la situation.

— Quoi ? Nick est revenu vivre avec toi ?

— C'est une longue histoire, Alice. Je t'en dirai plus la prochaine fois que nous nous verrons. Je dois te laisser.

Elle raccrocha en soupirant ; décidément, cette histoire excitait la curiosité de toute sa famille…

— On peut se déguiser ? demanda Melody, interrompant ses pensées.

— Bien sûr !

Quand ses nièces eurent ouvert la malle contenant les vieux vêtements qu'elle gardait pour elles, elle se versa un verre de vin et alla s'asseoir dans le salon. Ainsi, Charlie l'avait trahie… mais il était vrai qu'elle ne parlait jamais à personne de sa rupture.

Quand son mariage avait commencé à mal tourner, elle était trop gênée et effrayée pour leur dire qu'elle allait perdre Nick. D'autre part, son sentiment de loyauté envers lui l'incitait à régler leurs problèmes privés… en privé. Lors de son départ, elle avait évité les membres de sa famille pendant des semaines avant de se décider enfin à leur annoncer leur séparation…

La porte claqua et des rires retentirent dans l'air de la nuit.

— Où es-tu, Tiggy ?

— Je suppose que vous êtes prêts à dîner ?

— Regarde, tante Tiggy ! s'écria une petite voix.

Elle se retourna et eut le souffle coupé : Melody portait sa robe de mariée, qu'elle avait totalement oubliée au fond de la malle, et Chrissie tenait la traîne telle une demoiselle d'honneur. Les deux fillettes étaient radieuses.

Elle tourna la tête et vit que Nick la regardait.

Leur mariage, discret, avait eu lieu lors d'une permission de Nick. Quand il lui avait demandé sa main, trop heureuse, elle n'avait trouvé aucune raison de refuser. Pourtant, sa mère lui avait fait part de ses doutes, alors qu'elles mettaient au point les derniers détails de la cérémonie.

— Ce n'est pas un peu tôt, ma chérie ? Vous vous connaissez à peine.

— Je connais tout de lui, maman. Je l'aime, il m'aime, nous voulons passer le restant de notre vie ensemble. Quoi de plus simple ?

— Vois-tu, quand on rencontre quelqu'un dans des circonstances extraordinaires, les sentiments sont exacerbés. Mais le mariage n'est pas une mince affaire. Certains hommes ne s'installent pas facilement. Ton père était dans l'armée quand je l'ai connu, et il n'était même pas dans une zone de combats.

— Allons, maman. Charlie est très heureux avec Alice, et il travaille dans une zone de combats !

— Il la connaissait bien avant de l'épouser…

— Tu insinues que Nick ne m'aime pas ?

A vrai dire, quand elle était seule dans son lit, il lui arrivait de se poser la question. Pourquoi était-il tombé amoureux d'elle ? Elle était banale, même pas jolie, bien qu'il lui soutienne le contraire. Mais dès qu'elle le revoyait, les démons de la nuit s'envolaient, en même temps que tous ses doutes.

— Ma chérie, je suis certaine qu'il t'aime. Il suffit de vous regarder pour s'en convaincre.

— Eh bien, c'est tout ce qui compte !

Et le mariage avait été parfait. Ils avaient choisi un hôtel de charme à la campagne, ou plutôt, comme il était en Afghanistan jusqu'au dernier moment, elle avait choisi pour eux. La cérémonie, très simple, avait été suivie d'un dîner, puis ils étaient partis pour un cottage dans le Yorkshire, où ils s'étaient enfermés pour le reste de la semaine, ne quittant pas leur lit, sauf pour se promener ou manger quelque chose. Ce séjour avait sans doute été le moment le plus heureux de sa vie.

Melody regardait toujours Nick avec une expression étrange.

— Veux-tu m'épouser, oncle Nick ? Papa pourra être ton garçon d'honneur !

Il se tourna vers Tiggy en souriant.

— Navré, ma chérie. Je suis déjà marié.

Après le départ de Charlie et de ses filles, elle emporta son verre dans le salon. Nick regardait fixement le feu.

— Comment te sens-tu ?

— Je pensais à notre mariage… Je n'avais jamais vu une aussi belle femme que toi ce jour-là.

— Tu n'étais pas mal non plus.

Elle eut un petit sourire à ce souvenir. Il était sexy en diable dans son uniforme d'apparat…

— Que nous est-il arrivé, Tiggy ?

Elle posa son verre sur la table, et vint s'assoir près de lui.

— Je ne sais pas, Nick. Nous étions si heureux, et soudain… Tu étais devenu tellement distant la dernière année. Je savais que les choses tournaient mal, mais je ne voyais pas pourquoi, ni comment les arranger.

— C'était impossible. Ce n'est pas ta faute, Tiggy. Tu n'as rien fait de mal. C'est moi.

— Alors aide-moi à comprendre. J'ai toujours pensé que des gens qui s'aiment peuvent tout partager. Tu m'as caché des choses, Nick, et j'ai commencé à douter de ton amour et du mien, et senti que tu regrettais ce mariage.

Il s'appuya au dossier et contempla le plafond.

— Je suppose que j'ai cru que je me sauverais en t'épousant. Que tu m'apporterais la paix, et au début, c'était vrai.

— Au début ?

— Les seuls moments où je me sentais vraiment vivant, c'était quand j'étais en Afghanistan. Ici, avec toi, rien ne me semblait réel.

Elle détourna la tête. Une douleur aiguë la traversa.

— Tiggy, je n'ai jamais voulu te blesser, au contraire.

— Mais tu l'as fait.

— Je sais.

— Tu aurais pu essayer de m'en parler. Tu ne m'as jamais donné une chance de comprendre.

Il se leva.

— Je ne suis pas sûr de me comprendre moi-même. Quand la guerre s'est faite plus dure, j'ai eu l'impression de vivre dans une sorte de capsule. Nous étions une unité dont tous les membres comptaient uniquement sur les autres.

— Je sais. Es-tu tombé amoureux d'une autre, Nick ?

— Bien sûr que non ! Il n'y aura jamais personne d'autre que toi. Mais être ici, entouré de ta famille, ne me semblait pas aussi réel que d'être avec mes gars. Au bout de quelques jours, je tournais en rond en me demandant ce qui se passait au camp, et je me sentais coupable : j'étais avec ma femme, en sécurité, alors que des gens avaient besoin de moi.

— Moi aussi, j'avais besoin de toi.

— Pas dans le même sens. Pourtant, j'avais mal là-bas en songeant à toi. Au camp, ta pensée m'obsédait, je t'imaginais ici, un livre à la main, dans notre lit, passant des jours tranquilles. Et quand j'arrivais, j'avais l'impression d'infecter ta vie avec l'horreur de la guerre. J'ai cessé de t'en parler pour te préserver.

— Il n'était pas nécessaire de me protéger. J'étais ta femme. Tu ne comprends pas que me tenir à l'écart était la pire chose que tu puisses faire ? Que ce qui se passait dans ma tête était bien plus affreux ?

— Tu étais heureuse dans ta vie, et je ne pouvais l'être. J'ai essayé, pourtant. Et tu voulais des enfants. Pour moi, c'était impossible, tant qu'il y avait un risque que je ne les voie pas grandir.

— Puis tu as signé un nouveau contrat sans m'en parler, alors que tu m'avais promis de t'arrêter. Tu penses que ça m'a fait plaisir ?

— Je n'aurais jamais cru que la guerre durerait si longtemps. Je m'imaginais qu'après je pourrais avoir une vie normale, et j'avais tort.

Elle se leva.

— Je suppose que je dois te remercier de ta franchise. Mais tu ne m'as pas tout dit, n'est-ce pas ? Je te voyais si impatient de repartir…

Elle lui tourna le dos. Pas question qu'il la voie pleurer.

— Je vais me coucher.

Il lui posa une main sur l'épaule.

— Je donnerais tout pour changer le passé, mais je suis comme ça, Tiggy.

— Tu sais, rien de ce que tu m'as dit ne m'a réconfortée. Tu ne m'aimais pas, pas vraiment. Finalement, je ne te suffisais pas, n'est-ce pas ?

Le lendemain matin, Melody ayant oublié sa poupée préférée, Tiggy s'arrêta chez Charlie en allant à l'hôpital. Mieux valait qu'elle la trouve quand elle la réclamerait.

Charlie était dans la cuisine, en uniforme de pilote de ligne.

Il avait quitté l'armée quand Alice était enceinte pour entrer dans une compagnie d'aviation. Pour sa part, Alan travaillait dans une société d'engineering du Sussex, et il était enfin fiancé à une femme qu'il adorait.

Des trois, elle était la seule à ne pas avoir trouvé l'amour, ou du moins, à ne pas avoir su le garder…

— Salut, Tiggy ! J'ai eu maman au téléphone, qui me demandait des nouvelles de Nick, et Alice est décidée à passer vous voir. Toute la famille est excitée avec cette histoire. Pourquoi ne me l'as-tu pas dit ?

— Parce que nous ne sommes pas ensemble, et que je n'ai pas envie d'en parler.

— Tu sais que nous sommes unis. De toute façon, c'est une bonne nouvelle. J'ai toujours beaucoup aimé Nick, parce qu'il comprend parfaitement la situation en Afghanistan, et aussi parce qu'il t'aimait. Pourtant, s'il n'avait pas été sur des béquilles, hier soir, je lui aurais cassé la figure pour lui apprendre à te faire souffrir.

Elle l'embrassa sur la joue.

— C'est vrai ? Et tu lui aurais ordonné de me demander pardon à genoux ? C'est un peu tard.

— Qu'est-ce qui n'a pas marché entre vous ?

— Je n'en sais rien moi-même. De quoi avez-vous parlé ?

Il versa du café dans deux mugs et lui en tendit un.

— A ton avis ? Je sais que les femmes se confient leur vie intime, mais ce n'est pas le cas des hommes. Nous avons parlé de l'Afghanistan. Bien entendu, tu y es allée toi aussi, mais ce n'est pas pareil que d'y être pour longtemps et de savoir que la vie des gens dépend de toi.

— Toi non plus, tu ne m'en as jamais parlé !

— Et Alice le comprenait. J'ai gardé beaucoup de choses pour moi, pour la protéger. C'est normal.

— Je ne suis pas d'accord. Tu ne comprends pas que vous ne nous rendez pas service en agissant ainsi ?

— Je ne crois pas. Sais-tu que Nick est allé rendre visite à toutes les familles des hommes qui sont morts pendant qu'il les soignait ? Et à tous les blessés qui avaient été opérés, pour prendre de leurs nouvelles ?

— Non, je l'ignorais. Pourquoi ne me l'a-t-il pas dit ?

— Pour toutes les raisons que je viens de te donner. C'était horrible, là-bas. Quand nous étions en permission, nous voulions surtout oublier.

Il consulta sa montre.

— Où est maman ? Elle devrait arriver d'une minute à l'autre pour garder les filles. Il faut que tu comprennes qu'il n'y avait pas que du négatif là-bas : j'y ai paradoxalement vécu la meilleure période de ma vie. Je ne me suis jamais senti aussi proche d'un groupe, et d'une certaine façon j'en garde la nostalgie.

— Pardon ! dit leur mère qui venait d'arriver, en posant son sac sur la table. Les embouteillages… Un accident, je suppose. Alice et les filles ne sont pas là ? De toute façon, tu peux y aller, Charlie. Tiggy ? Tu es avec Nick ?

Charlie éclata de rire, ébouriffa les cheveux de Tiggy et embrassa sa mère.

— J'y vais. Je vous laisse.

Il posa son képi sur sa tête et redevint sérieux.

— Ne le laisse pas tomber, Tiggy. Il y en a peu, des comme lui.

16.

Les jours qui suivirent, elle se demanda de nouveau si cela valait la peine de se battre pour garder Nick, tout au moins de lui avouer qu'elle l'aimait toujours. Puis elle renonça. Inutile, tant qu'il ne lui donnerait pas une preuve qu'elle comptait encore pour lui. Elle préférait le laisser partir que prendre le risque d'être rejetée.

Leur routine reprit son cours. Elle allait travailler, et il faisait ses exercices de façon intensive. Avant le dîner, ils partaient se promener dans les environs. Nick avait maintenant échangé ses béquilles contre une canne, dont il se servait à peine.

Ensuite, ils regardaient la télévision, jouaient au Scrabble ou résolvaient ensemble des problèmes de mots croisés. Un peu comme un couple marié, sauf qu'ils ne dormaient pas dans le même lit…

Un soir, il lui proposa de jouer au poker.

— Tu es bien sûr ? En général, c'est moi qui gagne !

Il sourit.

— Je me souviens, oui. Tu étais si… si différente des femmes que je connaissais.

Elle se blottit dans son fauteuil.

— Toi aussi, tu étais différent. Au début, je n'arrivais pas à croire que tu sois amoureux de moi.

Il s'approcha, et lui prit les mains.

— Surprenant, que tu n'aies pas conscience d'être exceptionnelle. C'était impossible pour moi de ne pas t'aimer. J'aurais dû m'efforcer de rester loin de toi, mais je n'y arrivais pas.

— Pourtant, je ne te suffisais plus, à la fin.

Une ombre passa sur son visage.

— Ce n'est pas ta faute, tu étais tout ce que j'avais de bon et de calme dans ma vie.

La lueur du feu éclaira son visage, et elle lut dans ses yeux une telle douleur qu'elle en eut le souffle coupé.

— Parle-moi, Nick. Selon Charlie, tu as rendu visite aux familles des hommes que tu as perdus, et à ceux que tu as soignés. Pourquoi ne pas m'avoir dit où tu allais ? Je t'aurais accompagné.

— Je ne sais que répondre. La dernière année de notre mariage, j'avais la tête ailleurs. Je ne supportais plus d'être avec toi.

Elle eut l'impression d'avoir reçu un coup de poignard dans le cœur.

— Je m'en suis bien aperçue, articula-t-elle avec peine.

— Je sais, et je le regrette. Tu as raison, je te dois une explication. Au début, j'étais impatient de revenir, je rêvais de toi toutes les nuits. C'était horrible de te savoir si loin, mais au moins, tu étais en sécurité. Tu comprends ça ?

— Pas très bien, mais continue.

Elle soutint son regard, attentive. Charlie avait dit la même chose. Elle devait s'efforcer de comprendre ce qui avait éloigné Nick d'elle.

— Quand je travaillais, je ne pensais plus à toi. Et il le fallait absolument, sinon la peur m'aurait gagné. Je m'inquiétais sans cesse de ce qui t'arriverait si j'étais tué, alors que je devais rester concentré. A tout moment, une fusillade pouvait éclater, et on aurait alors besoin de moi…

Une braise tomba sur le plancher. Il la ramassa pour la remettre dans la cheminée. Dehors, la pluie tombait, percutant les vitres sans discontinuer.

— Quand ils n'ont plus voulu m'envoyer en patrouille, j'ai eu vraiment du mal à le supporter.

Elle eut envie de lui caresser le visage, de l'attirer à elle pour le consoler, mais elle resta immobile et muette, de crainte qu'il ne cesse de parler.

— Puis les talibans ont commencé à utiliser les IED. Les blessures qu'ils provoquaient étaient horribles, comme je te l'ai déjà raconté, et quelquefois il n'y avait plus rien à sauver.

Il la regarda.

— Tu es sûre de vouloir entendre la suite ?

Elle acquiesça.

— Il fallait que j'arrête de réfléchir pour faire mon travail, reprit-il. J'ai commencé à penser que cette guerre n'était pas juste, et tout ce que je voulais, c'était que ce carnage cesse. Mais en attendant, je me sentais obligé de rester. Je les ai vues, tu sais, les jeunes recrues qui arrivaient. Presque des enfants. Alors, quand j'étais en permission, je ne pouvais pas me détendre, obsédé par l'idée qu'on avait peut-être besoin de moi là-bas.

— Tu ne crois pas que les autres médecins étaient aussi expérimentés et dévoués que toi ? Il te fallait bien du repos.

— En théorie, oui, mais je crains d'avoir commencé à croire en mon propre mythe. Tu sais, le talisman… Bref, à tort ou à raison, je regrettais chaque minute où je n'étais pas là-bas. Etre à la maison avec toi, c'était comme un rêve, ou comme si je jouais un rôle dans une pièce de théâtre.

— C'était tout ce que signifiait notre mariage pour toi ?

— Tu n'y étais pour rien. Je savais bien que je te faisais de la peine, je le voyais dans tes yeux. Et quand tu t'es mise à parler d'enfants, et à suggérer que je quitte l'armée… Impossible. Les hommes comptaient sur moi, il fallait que je choisisse entre eux et toi.

— Si tu avais tenté de m'expliquer…

— Le problème, c'est qu'à ce moment-là rien n'était clair dans mon esprit. Ce n'est qu'après ma première blessure que j'ai commencé à comprendre.

Il la regarda dans les yeux.

— C'est là que je suis venu te voir lors d'une permission.

Après quatre ans de séparation, j'avais besoin de te parler. Mais quand j'ai sonné, personne n'a ouvert, et je me suis demandé si tu habitais toujours ici. J'allais téléphoner à Charlie pour avoir ton adresse, puis je t'ai vue arriver, et tu es descendue de la voiture en riant. Tu étais si belle… Ensuite, tu as sorti une poussette du coffre et tiré deux bébés du siège arrière. Melody et Chrissie, je le sais maintenant, mais sur le moment j'ai cru que c'étaient les tiennes. Que tu avais trouvé un autre homme et que tu étais heureuse.

Il se passa une main sur les yeux.

— Et j'ai su que, quelque part, j'avais toujours espéré que tu m'attendrais.

— Au lieu de partir chez ma mère, ce soir-là, j'aurais dû insister pour te faire parler. Mais quand tu m'as annoncé que tu avais signé un nouveau contrat, j'ai cru que tu ne m'aimais plus.

— C'était faux, pourtant, en un sens, j'étais soulagé. Je pouvais repartir sans me sentir coupable.

Elle s'approcha de lui, s'assit sur ses genoux et, comme il faisait mine de la repousser, lui passa les bras autour du cou.

— Je ne veux plus parler du passé, ni de l'avenir, Nick. Je pense qu'il est temps que tu m'embrasses.

Si faire l'amour avec Nick avait toujours été bon, cette fois ce fut éblouissant. Comme si toute la peine et le manque qu'elle avait éprouvés au cours de ces années avaient exacerbé son désir jusqu'à son point ultime. Après avoir crié ensemble leur plaisir, ils restèrent dans les bras l'un de l'autre, en silence. Que dire de plus ? Mais pour la première fois depuis longtemps, elle se sentait entière.

Ils refirent l'amour, en prenant leur temps cette fois. Elle embrassa chaque cicatrice, mémorisant chaque pouce de son corps si familier autrefois, et devenu si différent. Tout ce qu'elle souhaitait à présent, c'était être exactement où elle était.

Le lendemain matin, allongée dans le lit, elle guettait les bruits qui provenaient de la cuisine. Nick sifflotait en remuant des ustensiles. Il semblait heureux.

Et elle aussi. Peu importait qu'il subsiste tant de zones d'ombre entre eux, elle était sûre qu'il l'aimait toujours. L'avenir était incertain, mais oui, ils s'aimaient, et c'était l'essentiel. Cette fois, ils parleraient, il n'y aurait plus de secrets entre eux. Elle s'en fit la promesse intime.

Il entra dans la chambre avec un plateau, vêtu d'une simple serviette de bain, et elle s'assit dans le lit, découvrant sa nudité. Il posa le plateau sur la table de chevet en lui jetant un regard espiègle.

— Le café peut attendre, non ?

Les jours suivants furent peut-être les plus heureux de la vie de Tiggy. Ils passèrent presque tout leur temps au lit, redécouvrant leurs corps, sans évoquer l'avenir.

Ils allèrent aussi courir, et cette fois ce fut elle qui courait à reculons en le taquinant sur son inaptitude à la suivre. Pourtant, il progressait chaque jour. Sa claudication avait disparu, et il s'était remusclé. Le soir, ils préparaient le dîner à tour de rôle et elle lui apprenait à faire des omelettes et autres plats simples.

Bien entendu, ce bonheur tranquille ne pouvait durer... Ce matin, pour la troisième fois de la semaine, elle se pencha au-dessus du lavabo, prise de nausée. Impossible de mettre ça sur le compte d'une nourriture avariée, pour autant cela ne signifiait pas forcément non plus qu'elle était enceinte ! Enfin...

A part la première nuit, ils avaient toujours pris leurs précautions. Pourtant, elle avait déjà entendu dire qu'il suffisait d'une fois... Peut-être était-il temps de se rendre à l'évidence : elle était probablement enceinte. De Nick.

Comment allait-il prendre la nouvelle ? Ils n'avaient rien décidé, et, dès qu'il serait rétabli, rien ne l'empêchait de passer la porte pour ne plus jamais revenir. Pas davantage, elle ne l'obligerait à rester pour de mauvaises raisons.

Elle se passa de l'eau sur le visage et faillit ne pas reconnaître son reflet dans le miroir, tant elle était radieuse. Elle sourit. Sa vie avait pris un autre tour, beaucoup plus excitant. Elle garderait ce bébé.

De toute façon, sa mère serait là pour l'aider, et elle gagnait bien sa vie. Mais d'abord, il lui fallait avoir une certitude. Ensuite, elle déciderait si elle devait ou non en parler à Nick.

17.

Enfin, Nick retourna à l'hôpital pour un check-up. Si tout allait bien, il passerait un examen dans quelques semaines pour savoir s'il pouvait rester dans l'armée, ou bien reprendre à l'extérieur son métier d'urgentiste.

Même si elle ne doutait pas qu'il soit accepté, elle refusait d'envisager la suite. Après une semaine de repos, elle recommençait son travail le matin, et Nick avait assuré qu'elle n'avait pas besoin de l'accompagner.

Elle venait de rentrer quand la sonnette retentit. Elle alla ouvrir, et se trouva face à une jeune femme séduisante.

— Puis-je vous être utile ?

La visiteuse se mordit la lèvre.

— Je m'appelle Kate. Est-ce que Nick Casey habite ici ?

Son sang se glaça. Qui était cette femme à l'accent américain ? Elle était si jeune… Un frisson la parcourut, et elle sentit monter une colère qu'elle ne se serait pas crue capable d'éprouver.

— Pas vraiment.

La pluie tombait en formant un rideau, et la jeune femme n'avait même pas de parapluie.

— Entrez vous sécher.

— Je ne veux pas vous déranger.

Elle sourit en disant cela, et son visage s'éclaira. Elle était réellement très belle. Lorsqu'elle fut assise, Tiggy décida d'aller droit au fait.

— Comment connaissez-vous Nick ?

— En fait, je ne le connais pas. C'est mon père.

Tiggy n'en crut pas ses oreilles. Quoi, il avait une fille ! Une fille adulte ! Pourquoi le lui avoir caché ?

— Du moins, je le crois, poursuivit la jeune femme.

Elle tira une photographie de son sac et la lui tendit.

Tiggy fronça les sourcils devant le portrait. C'était bien lui. En beaucoup plus jeune, mais lui, sans aucun doute possible. A côté d'une jeune femme brune aux yeux brillants qui le regardait avec amour.

— C'est ma mère.

Tiggy se leva. Il lui fallait un peu de temps pour rassembler ses pensées.

— Je vais faire du thé.

Nick avait eu une liaison sérieuse, et un enfant était né de cette union. Comment était-ce possible qu'il n'en ait jamais parlé ? Que lui avait-il caché d'autre ? Etait-ce la raison pour laquelle il l'avait quittée six ans plus tôt ? Elle en était malade. Cependant, quand elle revint de la cuisine, elle avait repris le contrôle d'elle-même.

— Et si vous commenciez par le commencement ?

Elle vit les larmes briller dans les yeux de Kate, qui poussa un soupir.

— Je n'ai jamais su qui était mon père. Ma mère est morte il y a un mois.

Tiggy lui prit la main.

— Je suis navrée.

— En regardant dans ses affaires, j'ai trouvé cette photo. J'ai demandé autour de moi, mais personne n'a rien pu me dire. Tout ce que j'ai appris, c'est que maman avait rencontré un Britannique pendant les vacances, et qu'après son départ elle s'est aperçue qu'elle était enceinte. Et maintenant que j'ai réussi à obtenir son adresse et qu'il n'est pas là, il va falloir que je reprenne tout du début…

— Il est à l'hôpital, mais pour des examens seulement, il va bien. Peut-être que je ferais mieux de tout vous raconter.

Quand elle eut terminé, il faisait presque nuit.

— J'aimerais le voir, dit Kate.

— Je le ramène ici demain. Voulez-vous attendre ?

Mais la jeune femme attrapa son sac, l'air décidé.

— J'ai déjà attendu trop longtemps, j'aimerais le voir tout de suite.

— D'accord, je vous emmène.

Quand elle eut déposé Kate à l'hôpital, elle resta dans la voiture à regarder la pluie tomber sur le pare-brise.

Ainsi, Nick avait une fille, et allait avoir un bébé. Elle n'osait pas imaginer sa réaction, lui qui ne voulait pas d'enfants... Elle n'avait, à vrai dire, aucune idée de la façon dont il allait se comporter en apprenant la, ou plutôt, les nouvelles...

Elle avait décidé de lui parler le soir même, mais elle devrait attendre. Elle ne lui dirait rien, du moins pas tout de suite. Pas avant d'y être obligée.

18.

En allant ouvrir, elle trouva Nick sur le seuil, l'air aussi perturbé que s'il venait de subir un tremblement de terre.

La pluie tombait toujours, ses cheveux étaient plaqués sur son crâne et il avait un regard de fou.

— Pourquoi n'as-tu pas répondu au téléphone, Tiggy ? Je m'inquiétais pour toi.

— Entre. Inutile de te faire du souci. Et je suis sûre que tu peux trouver une liste de bons hôtels sur internet.

— Je croyais que je restais ici ?

— J'ai décidé que ce n'était pas une bonne idée.

Il la prit par les épaules.

— Que se passe-t-il ?

— Tu n'as jamais pensé que tu aurais dû me dire que tu avais une fille ?

— C'est donc pour ça que tu n'as pas répondu ! Je comprends que ça t'ait fait un choc, mais je pensais qu'elle t'avait expliqué…

— Quoi ?

— Asseyons-nous, je t'en prie, dit-il en la guidant doucement mais fermement vers le salon.

— Je t'écoute, répliqua-t-elle d'un ton sec, mais à mon avis tu vas avoir du mal à t'expliquer. Tu avais un enfant, et tu as jugé inutile de me mettre au courant ?

— Je ne le savais pas moi-même. Tu t'es imaginé que je te l'avais caché, que je l'avais délibérément exclue de ma vie ?

— Pourquoi pas ? Tu ne m'as jamais tout dit.

Il prit son visage dans ses mains.

— Je te jure que je ne connaissais pas son existence. Sa

mère ne m'a jamais prévenu. C'était un amour de vacances, j'avais dix-huit ans.

Elle cilla. Pouvait-elle le croire ? Elle en avait tellement envie… Mais il lui avait caché tant de choses !

— Que vas-tu faire ?

— Je n'en sais rien. Elle est sympathique, non ? Je pense que je serais heureux de la connaître mieux, si j'arrive à la convaincre de rester un peu.

Il la prit dans ses bras.

— Tu m'as manqué.

Elle le repoussa.

— Désolée, Nick. Il s'est passé beaucoup de choses ces derniers temps… On ne peut pas revenir en arrière et oublier le passé.

— Bien sûr que si ! Et même, on peut parler de l'avenir. On m'a déclaré bon pour le service. Maintenant que tout est arrangé, nous pourrions envisager de vivre ensemble ?

— Je crains de ne plus pouvoir te faire confiance. Je passerai mon temps à me demander ce que tu me caches.

— Prenons les choses comme elles viennent. Je ne te laisserai pas m'abandonner, Tiggy, nous avons été séparés trop longtemps.

Elle se leva, les jambes tremblantes.

— Tu es rétabli, à présent. Il est temps que tu t'en ailles. Retourne à l'hôtel, reste avec ta fille… Fais ce que tu veux, mais sors de ma vie.

Nick faisait les cents pas dans sa chambre d'hôtel. Il avait encore tout gâché. Mais s'attendait-il à ce que ce soit facile ? Il fallait d'abord la convaincre qu'il avait changé.

Comment ? A présent, il avait deux femmes à prendre en considération. Il ne pouvait rien faire pour Kate, à part être présent pour elle jusqu'à ce qu'elle soit sûre de pouvoir compter sur lui. Mais Tiggy ? Comment lui redonner confiance ?

Leur mariage avait échoué parce qu'il avait été incapable de partager sa vie avec elle, et qu'il l'avait traitée comme un être qui devait être ménagé, protégé.

Elle n'était plus la femme un peu fragile qu'il avait épousée : elle était forte, indépendante, fougueuse, et il l'aimait. Quoi qu'elle dise. Mais l'aimerait-elle encore quand elle saurait tout de lui ?

Il n'avait qu'un moyen d'obtenir une réponse claire. Il prit son portable. Il était temps de solliciter quelques faveurs.

Tiggy se demanda une fois de plus si elle n'était pas folle. Nick était revenu frapper à sa porte, pour la prier de préparer son sac pour deux jours. Elle avait tenté de protester, mais il l'avait menacée de le faire à sa place et de la jeter dans le coffre avec sa valise.

— J'ai vérifié à ton hôpital, tu as deux jours de repos. J'ai promis de te ramener à temps. Prends ton passeport.

Ahurie, elle avait obéi.

— Où allons-nous ? demanda-t-elle alors qu'ils se dirigeaient vers le nord.

— Je veux te montrer l'endroit où j'ai grandi.

Elle le regarda, interloquée. Incroyable ! Elle lui avait demandé si souvent, du temps de leur mariage, de lui faire visiter son Irlande natale… Il avait toujours refusé, en disant qu'il n'y tenait pas.

Ils prirent un avion pour Dublin, où une voiture de location les attendait, et, de là, se dirigèrent vers le sud.

— Tu aurais dû proposer à Kate de nous accompagner. Je suis certaine que ça l'aurait intéressée.

— Je pourrai le faire une autre fois avec elle. De toute façon, elle avait des projets pour ces deux jours.

Elle vit à son expression que quelque chose le contrariait.

— Vous vous êtes disputés ?

— Pas vraiment, c'est juste… Luke, mon soi-disant médecin.

J'ai vu comment il la regarde. Et vu sa façon de se comporter avec lui, j'ai l'impression qu'elle aussi…

Tiggy sourit. Très amusant : Nick dans le rôle du père jaloux des fréquentations de sa fille…

— Quel est le problème ?

— Luke n'est pas sérieux. Je connais son passé, c'est un don Juan. Si tu voyais les infirmières lui tourner autour, tu comprendrais.

Elle éclata de rire.

— Tu étais un saint, toi ? Tu sais qu'on m'a prévenue de la même chose à ton sujet ? Nick, Kate a l'air de savoir prendre soin d'elle-même. Comme moi.

— Et tu penses que Sue avait raison de te prévenir, n'est-ce pas ?

— N'en parlons plus. Je ne regrette absolument rien.

Il ne répondit pas, mais ses mains se crispèrent sur le volant.

Un peu plus tard, il arrêta la voiture en haut d'un champ, à la sortie d'un petit village. Le soleil se couchait, mais à cette époque de l'année il restait bien encore deux heures de jour.

— Tu habitais dans un champ ?

Sans attendre sa réponse, elle ouvrit la portière et descendit. L'air était si pur après celui de Londres qu'elle aspira à pleins poumons, ravie. Au loin, de la fumée sortait d'une cheminée, et dans les champs en dessous paissaient des moutons.

Nick désigna la ferme.

— Voilà où j'ai grandi.

— C'est magnifique ! Pourquoi disais-tu que ça ne te plaisait pas ?

— Tu vois ce que tu as envie de voir : une ferme idyllique que tu imagines pleine de rires et d'amour. Ce n'était pas tout à fait le cas. Viens.

Il lui prit la main et la guida sur un étroit sentier.

— La ferme était à nous. Quand mon père est mort, nous

avons essayé de continuer, maman et moi. J'avais huit ans. Nous avions des employés, et nous aurions pu y arriver, mais ma mère n'a pas tenu le coup.

Il s'assit près d'un surplomb rocheux.

— Que s'est-il passé ?

— Elle s'est mise à boire, elle était déprimée. Au bout de quelques mois, elle était méconnaissable. Quand je rentrais de l'école, elle n'avait rien prévu pour le repas, et il était évident qu'elle était restée toute la journée au lit.

Tiggy ferma les yeux, imaginant l'incompréhension et la peine du petit garçon qu'il était alors.

— Je me suis efforcé de surveiller les travaux de la ferme, mais nos employés ont fini par nous quitter. Je suppose qu'elle ne les payait plus. Je faisais le ménage et la cuisine comme je pouvais. Je trayais les vaches, je nettoyais les étables, sauf que c'était peine perdue, il y avait trop de travail. Je savais que nous allions manquer de fourrage pour l'hiver, et d'argent pour en acheter. J'ai essayé de la raisonner, je lui ai même dit que mon père aurait honte de voir notre ferme dans cet état, mais rien n'y a fait.

— Et à ton école, ils n'ont rien fait pour t'aider ?

— Bien entendu, je tombais de sommeil en cours et je ne faisais plus mes devoirs, mais je ne voulais pas me confier… J'espérais que maman retrouverait son bon sens, son énergie…

Il regarda dans le vague, et elle lui prit la main.

— A la fin, nous avons dû tout vendre pour un prix dérisoire. J'ai convaincu maman de garder la grange que tu vois là-bas. Une fois la banque remboursée, il est resté juste assez d'argent pour l'aménager.

Tiggy fut surprise : le bâtiment paraissait si petit…

— J'ai fait ce que j'ai pu dedans, et nous y avons vécu jusqu'à ce que j'aie seize ans. Puis maman est morte.

— Oh ! Nick, pourquoi ne m'as-tu jamais raconté tout ça ?

— J'avais honte. Je n'ai pu sauver ni la ferme ni ma mère. Je me sentais impuissant.

— Mais tu n'étais qu'un enfant !

— Je me sentais adulte. J'avais l'impression d'avoir abandonné et mon père, et ma mère. Je savais que mon père aurait voulu que je veille sur elle.

— Qu'as-tu fait, après ?

— A seize ans, je pouvais être indépendant. J'avais décidé de devenir médecin. J'ai rattrapé mon retard en deux ans ; j'allais à la bibliothèque en sortant de l'école.

Il sourit.

— Au moins, il y faisait chaud. A dix-sept ans, j'ai dit que j'en avais dix-huit et j'ai réussi à trouver un petit boulot de portier de nuit à l'hôpital. Les nuits où je n'étais pas de garde, je lisais tous les manuels qui me tombaient sous la main. J'ai passé mes examens, et je suis rentré à la fac de médecine. Edinburgh m'a accepté. Comme je ne m'en sortais pas financièrement, je me suis engagé dans l'armée.

Il poussa un soupir.

— C'était la meilleure décision que je pouvais prendre. J'ai adoré ça. L'ordre, la régularité des repas, une place pour chaque chose. C'était comme si j'étais rentré à la maison.

Tiggy hocha lentement la tête. Cela expliquait bien des choses... Elle n'aurait jamais renoncé à lui si elle avait su tout ça.

— Tu veux voir la grange ? Les propriétaires sont absents pour quelques jours, mais ils m'ont prié de faire comme chez moi. Ils en ont fait un gîte.

Main dans la main, ils se dirigèrent vers le petit bâtiment, et Nick souleva une pierre pour prendre la clé.

— Toujours à l'endroit où je la laissais ! dit-il avec un sourire ému.

Ils pénétrèrent dans une petite pièce sombre, éclairée seulement par deux étroites fenêtres. Quand ses yeux se furent accoutumés à la pénombre, elle distingua une grande cheminée, un lit contre le mur d'en face et une petite cuisine sur le côté. Agréable pour un week-end, mais pour y vivre à deux…

— Tu aurais envie d'y rester cette nuit ?

— Tu pourras le supporter, Nick ?

— Tu sais, je suis content d'être venu. J'ai rêvé toute ma vie de cette maison, et mes rêves n'étaient pas roses, mais elle n'est pas du tout comme dans mon souvenir.

Elle lui passa les deux bras autour du cou.

— D'accord, mon amour. Chassons ces fantômes une bonne fois pour toute.

Plus tard, quand ils se furent donné du plaisir, ils restèrent dans les bras l'un de l'autre. Tiggy le regarda : désormais, elle savait que sa place était dans ses bras.

Le soleil et l'odeur du bacon en train de brûler la réveillèrent.

Nick, torse nu, était debout devant la cuisinière. Elle bondit du lit, et sortit la poêle contenant le bacon et les toasts du feu.

— Etonnant que tu aies réussi à te nourrir quand tu étais enfant !

Après le petit déjeuner, ils mirent de l'ordre et laissèrent la clé sous la porte. En retournant vers l'aéroport, il s'arrêta près d'une petite église flanquée d'un cimetière.

— C'est là que j'ai été baptisé, et que mes parents sont enterrés.

Il la guida jusqu'à une dalle où étaient inscrits leurs deux noms : John et Eleanor Casey.

Ils se recueillirent en silence, puis Nick leva la tête vers elle.

— Entrons dans l'église.

A l'intérieur, ils prirent place sur un banc.

— J'ai pensé qu'un jour nous pourrions y renouveler nos vœux. Serais-tu prête à tout recommencer ?

— Avec un bébé ?

Il lui prit la main.

— Je ne suis pas certain de pouvoir être un bon père, je n'ai pas encore vraiment réalisé que j'avais une fille. Mais si tu le désires vraiment…

Elle détourna la tête. Cette réponse n'était pas suffisante pour elle. Mieux valait attendre.

— Nous verrons.

19.

Quelques jours plus tard, lorsque Nick revint de son examen militaire, il arborait un large sourire. Le cœur de Tiggy chavira. Bien qu'elle soit heureuse pour lui, cela signifiait qu'il allait bientôt repartir…

— Tu es bon pour le service ?

— Oui !

— Tu retournes en Afghanistan ?

— En fait, non. J'ai sollicité un poste à l'hôpital militaire de Birmingham. Ou, si tu n'as pas envie de déménager, je quitterai l'armée et je chercherai un emploi à Londres.

Elle en resta bouche bée.

— Pourquoi ?

Elle avait besoin de l'entendre.

— Parce que je ne veux plus te laisser. Je veux avoir la vie que je croyais ne pas vouloir. Je me suis trompé. J'ai perdu la femme que j'aimais, et je n'ai pas l'intention de recommencer.

Il lui prit les mains.

— Tiggy, ma vie ne signifie rien sans toi. Je sais qu'il te faudra du temps pour me faire confiance, mais j'attendrai. Toute la vie, s'il le faut.

Elle ferma les yeux. Pouvait-elle le croire ?

— J'apprends, Tiggy. Avoir une famille, c'est avoir des responsabilités. Kate et moi avons perdu beaucoup de temps, mais nous progressons. Je veux que les deux femmes les plus importantes de ma vie se connaissent et s'apprécient.

— On dirait que tu as commencé à entrer dans ton rôle de père !

— Un peu étrange, mais ça peut être amusant. Quand il y a beaucoup d'amour, comme dans ta famille, ça peut même être très intéressant. Les responsabilités ne sont pas toujours synonymes de corvées.

Le cœur de Tiggy se gonfla de bonheur. Tout à fait ce qu'elle voulait entendre.

— Tes parents seraient fiers de toi. Tu en es conscient, n'est-ce pas ?

— J'ai fait ce que j'ai pu. Et tu as raison, les soldats qui sont en première ligne ont les meilleurs médecins du pays pour les soigner. Je ne regarderai plus en arrière, la vie est trop courte.

Il la fixa intensément.

— Je sais que je n'ai pas le droit de te le demander, que je t'ai fait souffrir. Je comprendrais que tu ne veuilles pas me pardonner, mais si je ne reste pas avec toi, il n'y aura personne d'autre dans ma vie.

Elle le considéra, émue. Elle le croyait lorsqu'il disait qu'il l'aimait.

— Tais-toi et embrasse-moi.

Bien entendu, ils passèrent du salon au lit…

Nick glissait les mains le long de ses hanches, et ses caresses étaient comme des plumes qui envoyaient des frissons et des ondes de chaleur dans son ventre. Soudain, il s'arrêta, remonta vers ses seins, et lui jeta un regard ébahi.

— Tiggy… Tu es enceinte ?

Elle regarda l'homme qu'elle aimait pour le meilleur et pour le pire, même s'il l'avait fait souffrir, et même si l'avenir avec lui était incertain.

— Ça t'ennuie ?

Il éclata de rire et, roulant sur le dos, l'attira sur lui.

— Tu plaisantes ?

Il lui caressa les seins.

— C'est parfait. Tu es parfaite. Notre vie va être parfaite.

Elle lui sourit.

— Peut-être pas vraiment parfaite, mais on pourra tenter de s'en approcher, si tu y tiens…

KARIN BAINE

Scandale en pédiatrie

Traduction française de
MICHELLE LECOEUR

BLANCHE

HARLEQUIN

Titre original :
A KISS TO CHANGE HER LIFE

Ce roman a déjà été publié en 2016

1.

Le tournage de la série documentaire sur le service d'oncologie du Belfast Community Children's Hospital — l'hôpital pour enfants de Belfast —, commençait le matin même, et l'unité de production mobile installée sur le parking était en pleine effervescence.

Jessica Halliday, la productrice, se trouvait devant les écrans quand le Dr Campbell passa sous la caméra télécommandée du hall de l'hôpital. Alors que tous les écrans affichaient simultanément son profil altier, elle comprit pourquoi les femmes de l'équipe de production — et même certains hommes — affublaient cet homme du surnom de « chéri de ces dames ».

Avec ses cheveux noirs ondulés, son regard d'un bleu intense et son menton volontaire recouvert d'une barbe de deux jours, Rob Campbell était un régal pour les yeux. Les manches retroussées de sa chemise enserraient des biceps impressionnants, et son pantalon moulant faisait ressortir des cuisses musclées.

Ce colosse de plus d'un mètre quatre-vingts avait l'air bâti pour jouer au rugby plutôt que pour tenir la main d'un enfant malade. Pourtant, en tant que consultant en oncologie pédiatrique, il constituait un lien essentiel entre les patients, le personnel du service et l'équipe de tournage. Dommage qu'il ait tant hésité à donner son feu vert pour la série documentaire !

Lors de la réunion qui avait eu lieu avec la production, il avait fait part de son inquiétude concernant le respect de la vie privée de ses patients. Malgré le vote du conseil d'administration qui avait donné son accord pour qu'ils filment et, malgré la promesse de l'équipe de tournage que ses membres sauraient se montrer compatissants et respectueux envers tous, il avait ignoré ostensiblement leur présence.

Elle ne s'était pas adressée directement à lui durant les quelques jours où ils avaient été sur place pour préparer le tournage, préférant construire une relation avec les familles des enfants malades. Elle avait obtenu le consentement écrit de celles qui avaient accepté de participer et ne voulait pas mettre en péril ces acquis.

Elle avait tout intérêt à le rallier à leur projet.

Pour elle, c'était bien plus important que les indices d'écoute ou la sécurité de son emploi. Le cancer avait tenu dans sa vie une place énorme, et c'était encore le cas. Non seulement il lui avait volé son enfance, mais les séquelles du traitement l'avaient poursuivie jusqu'à l'âge adulte en déclenchant chez elle une ménopause précoce. Au moment où elle retrouvait enfin toute sa féminité, la maladie lui avait décoché sa dernière flèche en l'empêchant d'être une femme à part entière. Le cancer avait éloigné son fiancé qui n'avait pas supporté la perspective d'avoir une épouse stérile. Il lui avait aussi confisqué son rêve d'avoir un enfant à elle à choyer.

Mais, après tout, qu'importe ? Il ne pouvait pas s'emparer de son esprit — pas plus que n'importe qui d'autre tant qu'elle pourrait l'empêcher.

Le moyen le plus simple de dissiper les craintes du Dr Campbell, qu'ils tourmentent les enfants en cherchant à tout prix une bonne histoire, serait de lui expliquer qu'elle-même avait survécu à une leucémie précoce. Cela donnerait du poids à ses arguments quand elle lui expliquerait qu'elle voulait avant tout attirer l'attention du public sur le travail incroyable effectué dans ce service.

Si cette série télévisée apportait plus de fonds à l'hôpital et pouvait venir en aide ne serait-ce qu'à un seul enfant, cela valait la peine d'avoir à revivre son propre cancer… En même temps, elle exposerait sa vulnérabilité. Or, la dernière fois qu'elle l'avait fait, elle avait dû le payer au prix fort.

Adam, l'homme avec lequel elle avait cru passer le reste de sa vie, n'avait tout simplement pas été capable de gérer ses problèmes de santé : il avait rompu leurs fiançailles dès que ses défaillances, en tant que femme, avaient été connues.

Comment lui en vouloir ? Quand un homme demande en mariage une femme pleine de vie, ce n'est pas pour épouser sa version décrépite. Avec le recul, il n'aurait probablement pas été l'homme qu'il lui fallait. Il avait bien fait de se démettre pendant qu'il en était encore temps. Elle devait se faire une raison, sa stérilité empêchait toute relation durable avec un homme. Ce serait égoïste de sa part de demander cela à quelqu'un, il fallait tout simplement qu'elle arrête d'en rêver.

Les bouffées de chaleur et autres changements d'humeur avaient été d'autant plus difficiles à gérer avec la pensée obsédante qu'elle n'aurait jamais d'enfant. Mais elle avait finalement accepté les transformations de son corps grâce à son travail, l'aménorrhée définitive qui avait suivi et son destin d'éternelle célibataire. Sa carrière avait comblé le vide qu'une famille aurait dû remplir. Les programmes de télévision étaient ses bébés, elle chérissait chacun d'eux. Chaque production qui était un succès contribuait à lui donner de la valeur à ses propres yeux. En fait, aucun homme ne pourrait jamais la satisfaire autant que les récompenses obtenues pour son travail !

Tout bien réfléchi, même cet oncologiste récalcitrant ne parviendrait pas à la persuader de divulguer cette information personnelle concernant son passé médical. Cela risquait de se retourner contre elle. Elle avait eu trop de mal à rejeter loin derrière elle les souffrances qu'elle avait subies pour s'en servir maintenant pour arriver à ses fins.

Comme elle voulait donner le meilleur départ possible au tournage, elle avait fait des recherches sur le Dr Campbell. Il était en charge de la collecte de fonds destinée à financer un scanner IRM pour l'hôpital des enfants. Sa passion n'était donc pas éloignée de la sienne ! Pourquoi ne profiterait-il pas de leur présence pour promouvoir sa cause ? Elle lui en parlerait, et ils établiraient peut-être à cette occasion une relation plus harmonieuse.

C'était le début de la matinée, le meilleur moment pour effectuer une reconnaissance des lieux, quand tout était relativement calme.

Après avoir appliqué généreusement du gloss sur ses lèvres et avoir fait bouffer ses boucles auburn, elle se déclara prête à rencontrer sa cible. Elle avait appris très jeune à affronter bille en tête chaque obstacle sur son chemin, et Rob Campbell ne ferait pas exception.

Avec cette idée en tête, elle quitta le local de l'unité de production en pleine effervescence et partit à la recherche de son nouveau challenge.

Cependant, lorsqu'elle franchit l'entrée de l'hôpital, son sentiment de confiance perdit un peu de son authenticité, et une sensation de désastre imminent l'envahit à mesure qu'elle s'enfonçait dans le labyrinthe des couloirs, silencieux à l'exception du claquement de ses talons aiguilles sur le sol carrelé.

Cela n'avait pas grand-chose à voir avec l'excitation d'un premier jour de tournage, mais plutôt à sa phobie des hôpitaux, restée profondément ancrée en elle.

Certes, l'intérieur clair et aéré de l'hôpital moderne était à mille lieues de la bâtisse imposante de style victorien qu'elle avait fréquentée pendant son traitement. A la place des sombres couloirs, les murs de l'aile où elle se trouvait étaient décorés de fresques colorées dans le but de distraire les enfants malades. Cependant, en dépit de ces différences, l'éclairage fluorescent et l'odeur d'antiseptique la ramenaient malgré elle à l'époque angoissante où elle n'avait pas le contrôle de son destin.

Se sentant prise d'une vague de nausée, elle dut s'arrêter

et s'appuya contre le mur, s'efforçant de respirer calmement pour maîtriser son estomac rebelle.

Inspirer. Compter jusqu'à cinq. Expirer. Tâcher de ne pas gerber sur ses escarpins à semelles rouges qui lui avaient coûté un bras. Continuer jusqu'à ce que son cerveau se remette à fonctionner normalement. Après tout, elle était une visiteuse adulte, cette fois, et non plus la pitoyable petite malade qui avait résidé ici autrefois…

Pour plus de sûreté, elle retira ses chaussures et prit pied avec soulagement sur le sol frais.

Dès qu'elle avait entendu parler de ce projet, elle avait sauté sur l'occasion d'y participer, sans tenir compte de son expérience personnelle — ou peut-être à cause d'elle.

Sans l'implication du personnel qui s'était occupé d'elle, elle n'aurait jamais atteint l'adolescence, et encore moins l'âge de vingt-huit ans. Elle était maintenant en mesure de rendre un peu de ce qu'elle avait reçu. Elle avait remplacé le mari et les 2,4 enfants de la moyenne nationale par un CV impressionnant et une excellente réputation sur le plan professionnel, et elle pouvait se permettre de mettre en lumière une cause qui en valait la peine. Rien ni personne ne l'en empêcherait — et certainement pas ce médecin peu commode qui ne savait rien d'elle.

La porte à deux battants du couloir s'ouvrait et se refermait au gré des allées et venues du personnel, lui laissant apercevoir l'insaisissable consultant dans son environnement naturel. Les infirmières s'agitaient autour du Dr Campbell comme des groupies autour d'une rock star et, elle était prête à le parier, plusieurs d'entre elles espéraient retenir son attention pour des raisons autres que professionnelles.

Mais même si le physique et la position sociale de Rob Campbell attiraient la moindre femelle dans un rayon de plusieurs kilomètres, elle devait pour sa part rester concentrée sur son projet. Pas le temps de se laisser distraire par un superhéros, aussi sexy soit-il.

Elle se secoua mentalement et prit une profonde inspiration pour se donner du courage avant de se diriger vers l'homme en question, ses escarpins à la main. Sachant que n'importe quelle infection pouvait constituer un danger pour ceux qui se trouvaient de l'autre côté, elle s'arrêta devant l'appareil mural pour se passer du gel désinfectant sur les mains avant d'entrer dans la salle.

Le Dr Campbell était au poste des infirmières et lui tournait le dos — de quoi décourager toute tentative d'approche. Il lui fallut s'armer de courage pour continuer d'avancer.

— Qu'est-ce que vous voulez ? demanda-t-il d'un ton rogue, sans même lever les yeux de la fiche médicale qu'il était en train d'étudier.

Elle reconnaissait bien là le professionnel important et occupé, habitué à envoyer paître les importuns de sorte que seuls les plus courageux osent persévérer. Elle-même utilisait parfois cette méthode.

L'ayant observé à distance pendant qu'il allait et venait dans la salle, elle savait qu'il pouvait se montrer doux et tendre, mais il n'avait à l'évidence aucune intention de sympathiser avec elle de sitôt. Heureusement, elle avait connu pire qu'un médecin mal embouché et elle avait survécu.

— Bonjour, je m'appelle Jessica Halliday et suis un des producteurs de la série documentaire ayant pour cadre votre hôpital. J'aurais aimé échanger rapidement quelques mots avec vous avant que le tournage ne commence.

— Impossible. J'ai un emploi du temps très chargé ce matin — à supposer que j'aie estimé utile de vous parler.

Sa voix grave et bourrue, agrémentée d'un accent écossais, aurait pu réduire certaines femmes à un tas d'hormones ou les faire fondre en larmes, mais elle était d'une autre trempe et n'avait pas pour habitude de tomber en pâmoison devant le premier venu.

Quoique… Quand il s'était tourné vers elle, un léger frisson s'était emparé d'elle au moment où il avait daigné la gratifier de son regard bleu métallique.

S'il lui en coûtait un peu de mettre sa fierté de côté, elle n'était pas contre l'usage de la flatterie pour arriver à ses fins.

— Il est important que les téléspectateurs voient ce qui se passe ici, aussi bien du point de vue du personnel que des patients, insista-t-elle. En tant que responsable du service, votre contribution est essentielle pour l'émission. Je suis persuadée que ce serait bénéfique pour tout le monde de travailler ensemble.

— Je suis persuadé que de nombreux hommes seraient prêts à faire des pieds et des mains pour vous satisfaire, madame Halliday…

Le regard du médecin se promena sur elle tandis qu'elle sentait, horrifiée, un frisson d'excitation lui parcourir la peau.

Certes, elle avait l'habitude de lire l'admiration dans les yeux des hommes lorsqu'ils se posaient sur sa silhouette mince, maintenue en forme par une vie très active. Mais elle n'était certainement pas disponible pour ce genre de type.

— La téléréalité ne m'intéresse absolument pas, ajouta-t-il sèchement. Si j'ai consenti à ce que vous filmiez, je n'en suis pas plus heureux pour autant. Ces pauvres gosses en voient déjà de toutes les couleurs, ils n'ont pas besoin de se retrouver devant une caméra avec un micro sous le nez. A présent, si vous voulez bien m'excuser, j'ai des patients à voir.

Là-dessus, il lui tourna le dos et se remit à consulter ses fiches.

Cette fin de non-recevoir était pour elle un véritable camouflet. Depuis sa rupture avec Adam — qui avait été un gros choc pour elle —, elle acceptait mal d'être rejetée. Pour sa propre estime, elle avait besoin de retenir l'attention de cet homme.

Sans plus réfléchir, elle posa la main sur son bras.

Elle fut surprise par la sensation de chaleur intense qui se dégagea sous ses doigts. Mais avant qu'elle ait pu ouvrir la bouche, Rob Campbell se dégagea d'une secousse et s'écarta d'elle comme si elle était contagieuse.

Cette fois, elle ressentit cela comme un affront. Pour elle qui veillait toujours à être habillée de façon impeccable et coûteuse, et s'offrait régulièrement des soins de beauté pour faire bonne impression — et se sentir bien dans sa peau par la même occasion —, c'était une injure faite à sa personne. Et cet affront, il n'y avait qu'une façon de le laver : en exposant des faits.

— Je regrette que vous perceviez de cette manière ce que nous essayons de faire ici, répondit-elle d'un ton calme et assuré. Pour votre gouverne, il ne s'agit pas de téléréalité, mais d'une série documentaire basée sur des faits réels. Comme nous vous l'avons expliqué auparavant, notre intention est de rapporter avec précision les méthodes de travail pratiquées dans cet établissement et de montrer à quel point les maladies graves affectent la vie de tous. J'interviewerai le personnel et les patients, aussi allons-nous devoir établir un calendrier… Je sais qu'il y a une pièce inutilisée dont nous pourrons nous servir, et ce serait super si nous pouvions organiser chaque matin une réunion entre votre équipe et la mienne. J'espère que nous allons trouver le moyen de travailler ensemble, docteur Campbell, car j'aimerais sincèrement aider à…

— Je crains que vous ne vous mépreniez en nous voyant comme des sortes de collègues, coupa-t-il. Ma tâche ici ne consiste pas à vous faciliter le travail, mais à m'assurer que mes patients reçoivent le meilleur traitement possible. Et dans leur intérêt, j'espère que vous ne vous mettrez pas en travers.

Sur ces mots, il la quitta en glissant les fiches sous son bras, sans qu'elle ait eu le temps de mentionner le scanner.

Mais au bout de quelques pas, il fit volte-face, comme s'il avait senti qu'elle le maudissait dans son dos.

— Et, s'il vous plaît, remettez vos chaussures et essayez de vous comporter en professionnelle !

Elle le suivit en clopinant, tout en tentant désespérément

d'enfiler ses escarpins, s'efforçant de faire passer son métier avant son ego qui venait de prendre un sérieux coup. Comme elle était le lien entre les gens dans ce type de production, elle n'avait pas l'habitude de s'énerver. Au contraire, elle était celle qui restait calme en cas de crise.

Jusqu'à maintenant. Parce que, là, ses émotions étaient en vrac.

Autant mettre cela sur le compte de l'environnement hospitalier plutôt que sur celui de cet homme en particulier.

— J'essaie justement d'être professionnelle. Si vous vouliez seulement coopérer…

Il se retourna et haussa un sourcil moqueur en la regardant trébucher sur ses hauts talons comme une femme éméchée à la sortie d'une boîte de nuit, puis il remit à marcher sans répondre.

Décidément, elle avait sous-estimé la force d'opposition de cet homme. La tension qu'il dégageait risquait d'être nettement visible devant la caméra. Elle devait y remédier, et vite.

— Je voudrais aider à la collecte de fonds pour le scanner, lança-t-elle.

Le Dr Campbell s'arrêta net et lui fit face.

— Comment ça ?

Elle avait bien fait de s'obstiner. Cela lui avait permis de découvrir son talon d'Achille. Au moins, maintenant, elle avait une ouverture pour amorcer une conversation plus courtoise. Ou pas.

— Pendant l'émission, on pourrait faire défiler en bas de l'écran l'adresse où les téléspectateurs enverraient directement leurs dons. Est-ce que vous avez un site web ?

— Oui, mais je vous soupçonne de le connaître déjà, répondit-il en plissant les yeux.

Encore raté. A présent, il la voyait comme une sorte d'intrigante.

Elle haussa les épaules.

— Vous ne pouvez tout de même pas me blâmer de faire

des recherches. Et cela pourrait donner une impulsion importante à votre démarche.

— Vous voulez dire, si je joue le jeu ?

— Il semble que nous soyons partis du mauvais pied, docteur. Je ne suis pas là pour mettre la pression sur les gens afin qu'ils fassent comme je l'entends. Je m'efforce juste d'agir correctement auprès des familles. De toute façon, l'annonce concernant le scanner apparaîtra, que nous nous entendions ou pas. J'ai déjà produit des émissions excellentes dans de pires circonstances.

Mais elle se serait volontiers passée de cette animosité latente de la part du beau médecin, alors qu'elle était déjà suffisamment touchée sur le plan émotionnel.

— Ne le prenez pas personnellement, répondit-il, comme s'il avait lu dans ses pensées. Je suis toujours très protecteur envers mes patients, comme vous devez vous en douter.

— Naturellement. Mais je vous assure que nous sommes du même côté. Si on repartait de zéro ? Je m'appelle Jessica, dit-elle en lui tendant la main.

La Terreur des Highlands commençait enfin à se détendre. Il la gratifia d'un sourire capable de capturer le cœur de n'importe quelle femme en période d'ovulation. Heureusement pour elle, Jessica ne se laissait plus entraîner aussi facilement. Son cœur à elle restait soigneusement à l'écart de ses rapports avec les hommes, toujours superficiels. C'était sa seule défense contre la peine qui s'ensuivrait inévitablement si elle s'impliquait trop dans ce domaine. Brèves et détendues, c'était ainsi que devaient être ses relations amoureuses. De cette manière, elle ne se sentait pas obligée de devoir révéler à un moment ou à un autre son incapacité à devenir mère.

— Rob.

Il la fit sursauter en claquant sa large main dans la sienne, tendue en signe de trêve.

— En tant que producteur, je suis assez versée dans le domaine des recherches de supporters financiers, ajouta-t-elle.

Je vais voir ce que je peux faire par rapport à votre projet. J'ai également parlé au directeur, et si vous et les autres administrateurs êtes d'accord, nous aimerions filmer certaines de vos actions pour trouver des fonds. Vous pourriez même faire un commentaire sur le sujet ?

Elle savait qu'elle poussait les limites de leur toute nouvelle entente un peu loin, mais elle n'en était pas arrivée là sans prendre de risques. Et puis, ils auraient besoin de traiter d'autres sujets pour contrebalancer les moments difficiles chargés en émotion. Pour en avoir beaucoup visionné sur le Net, elle savait que, pendant les collectes de fonds, les moments de détente et de rires ne manquaient pas, quels que soient les problèmes rencontrés par les bénévoles chez eux ou à l'hôpital.

— Nous verrons, dit-il sans s'engager davantage.

Mais au moins, il avait cessé de se montrer hargneux. Et elle considérait cela comme une victoire.

Rob ne pouvait guère aller plus loin. Il avait fait part de ses objections au conseil d'administration de l'hôpital et à la jolie rousse qui avait pris en charge l'organisation de toute cette folie. Il n'avait plus qu'à ravaler ses réticences et son opinion sur les médias.

Ce matin, il s'était préparé psychologiquement à se battre pour limiter la place que tout ce cirque prendrait dans le service. Auparavant, il avait aperçu à plusieurs reprises la productrice en train de rassurer le personnel et de leur expliquer, chiffres à l'appui, tous les bienfaits que l'hôpital tirerait de leur émission. Le manque d'émotion dont elle avait fait preuve sur un sujet aussi sensible pour la plupart des gens l'avait amené à la cataloguer comme un de ces reporters trop zélés, obsédés par la réussite.

Il faut dire que Jessica Halliday avait tout fait pour apporter de l'eau à son moulin en débarquant ici habillée comme pour un mariage — *son* mariage —, avec cette robe courte de dentelle blanche qui n'était pas la tenue la plus appropriée dans une salle d'hôpital. Quant à ses escarpins couleur chair, il ne doutait pas qu'ils fassent tourner en vrille le personnel masculin de la santé et de la sécurité. Un seul faux pas sur ces talons aiguilles et elle allait se retrouver aux urgences.

Il n'arrivait toujours pas à décider si cette femme correspondait ou non à l'idée préconçue qu'il se faisait des médias. Le fait qu'elle ait dressé une liste de ses demandes, sans se préoccuper du planning journalier du service, ne plaidait pas en sa faveur. En effet, le cancer ne rentrait malheureusement pas dans le cadre d'un calendrier préétabli, et c'était à elle de s'adapter, non l'inverse.

Peut-être avait-il été un peu prompt à juger son caractère, mais il était très susceptible pour tout ce qui touchait à la vie privée, et il craignait par-dessus tout l'intrusion d'enquêteurs qui — même sans le vouloir — pouvaient faire de votre existence un enfer.

Cinq ans après la mort de sa femme et de sa fille, il ne s'était toujours pas résigné à accepter leur perte dans cet accident de voiture qui s'était étalé à la une des journaux. Son chagrin était encore aggravé par la pensée obsédante qu'il était responsable de la disparition de sa famille.

Si seulement il ne s'était pas disputé avec Leah ! Si seulement il ne l'avait pas laissée sortir de la maison en étant furieuse contre lui ! Si seulement il les avait suivies, elle et Mollie ! Alors, peut-être que le pire aurait été évité et qu'elles n'auraient jamais croisé le chemin de ce voleur de voiture débile. Comme celui-ci s'était enfui et n'avait pas été retrouvé, on ne connaîtrait jamais en détail les circonstances du drame.

Il avait été tellement submergé par le soutien de sa famille et de ses amis qu'il n'avait jamais été capable d'avouer la vérité à quiconque — à savoir que c'était lui qui était à blâmer, et qu'il ne méritait pas une once de leur compassion. Comment manifester sa responsabilité dans les événements, alors que tout le monde était déjà rempli de chagrin ? Son sentiment de culpabilité n'avait fait que l'étouffer davantage lorsque les journaux s'étaient emparés de l'histoire, faisant de lui une victime alors qu'il en était tout autrement. Une sorte de cri primal lancinant s'était alors tapi au fond de lui, l'empêchant de trouver la paix.

Choisissant alors la facilité, il avait tout laissé derrière lui et quitté l'Ecosse.

Bien sûr, ce n'était pas la faute de Jessica Halliday s'il était aussi méfiant envers la presse, mais elle s'était montrée habile dans ses recherches, et il ne faudrait sans doute pas beaucoup de temps à Jessica pour découvrir la tragédie qu'il avait gardée secrète depuis qu'il avait pris son poste dans cet hôpital. Il ne supporterait pas que l'on remue encore son passé — tout ça pour booster la carrière d'une seule personne.

Cependant, elle avait raison de vouloir faire de la publicité à la collecte de fonds qui en avait bien besoin. Ils étaient loin d'avoir atteint leur but de 2 000 000 de livres. Alors, même s'il fallait pour cela faire l'hypocrite, il accepterait toutes les offres d'aide. Il était d'ailleurs indéniable que cela avait pesé dans la décision des familles de participer à l'émission, car elles désespéraient d'obtenir ce scanner si précieux pour le service. Une fois qu'il serait là, les diagnostics et les traitements seraient plus rapides, et ce serait moins perturbant pour les enfants.

— En réquisitionnant la pièce de stockage, nous aurions assez d'espace pour que les parents et le personnel puissent s'exprimer librement à propos de certains aspects du traitement, sans perturber personne autour d'eux. Puis-je vous inscrire pour une interview ? demanda Jessica, toujours sur la brèche.

C'était à chaque fois la même chose, avec ces gens-là : donnez-leur une main, et ils vous prennent le bras.

— J'ai vraiment un emploi du temps très chargé, répondit-il. D'ailleurs, il faut absolument que je commence mes tournées.

Il fit un pas pour tenter de lui échapper et aller vérifier l'état de ses petits patients, avant de discuter plus tard de l'évolution de leur état avec le reste de l'équipe.

Malheureusement pour lui, la jeune femme ne l'entendit pas de cette oreille et se mit à le suivre comme son ombre sur ses hauts talons.

— Je note tout de même que vous acceptez, dit-elle d'un ton ferme. Il vous suffit de nous appeler lorsque vous disposerez de quelques minutes. Notre équipe de techniciens est dès maintenant installée dans la grande salle, prête à commencer. Nous avons pensé que ce serait une bonne idée de vous filmer pendant que vous parlez avec nos petites stars. Je me suis déjà présentée aux enfants, mais ce sera plus facile pour eux s'ils voient un visage familier, ils seront plus confiants devant les caméras.

« Tenace », c'est le terme qu'il aurait choisi pour la décrire. Du moins, c'est le plus poli qui lui venait à l'esprit. Il l'aurait également employé pour qualifier sa défunte femme, de même que « têtue, ambitieuse, égoïste, irresponsable et affreusement irremplaçable ».

Ce jour fatal, ils s'étaient disputés parce qu'il lui avait reproché de négliger leur fille pendant qu'elle poursuivait son rêve. Les deux adultes qu'ils étaient auraient dû être capables de communiquer correctement et de trouver un arrangement pour faire garder leur enfant. Au lieu de cela, Leah s'était esquivée pour tenter d'aller dénicher des contrats de mannequinat, emmenant dans son sillage une petite fille de quatre ans qui se mourait d'ennui. S'il avait mieux géré la situation et pris conscience plus tôt des difficultés de sa femme à assumer la maternité…

Instinctivement, il se secoua pour dissiper le nuage noir qui menaçait de le recouvrir comme chaque fois qu'il pensait à la perte qu'il avait subie.

Les années passées n'avaient rien fait pour alléger sa peine, mais ici, il n'y avait pas de place pour elle. Si ses petits patients étaient capables d'afficher une mine courageuse face à ce qu'ils traversaient, il le pouvait aussi. Après tout, ces enfants n'avaient rien fait pour mériter leur épreuve, alors qu'il entretenait lui-même sa propre souffrance. Il aurait dû être là pour sa famille quand elle en avait eu besoin. Point.

— Alors ? Nous pouvons commencer ? demanda Jessica, le ramenant à la réalité.

— Bon, d'accord.

Il pouvait au moins faire les présentations entre ses patients et l'équipe de tournage. Ainsi, il serait là pour s'assurer que Jessica et Cie ne dépassent pas les limites et ne perturbent personne. On ne peut supporter que jusqu'à un certain point les sourires de sympathie et les regards apitoyés. Même avec les meilleures intentions du monde, le fait d'attirer l'attention du public sur leur tragédie personnelle pouvait briser certains de ses petits protégés. Il était le mieux placé pour savoir lesquels étaient assez forts pour mettre leur âme à nu ou trop fragiles pour supporter d'être mis en lumière.

En fait, il lui venait à l'esprit la famille qui pourrait tous les scotcher.

Dès que les caméras furent prêtes à tourner, il alla s'asseoir sur le lit de Max, un garçon de sept ans, certain que rien ne pourrait le déstabiliser.

— Tu viens jouer aux voitures avec moi ? demanda son petit patient préféré, en lui tendant un pick-up rouge choisi au milieu de l'impressionnante collection d'autos miniatures qui recouvrait le lit.

— Je ne peux pas rester longtemps ce matin, répondit-il. Il faut que je fasse faire le tour de la salle à cette dame. Mais je reviendrai te voir plus tard.

En privé.

— Elle va me faire passer à la télé ?

— Oui. C'est ce que tu veux ?

Allait-il avoir le signe que toute cette entreprise était trop dure à supporter, même pour son petit champion ?

— Attends ! dit le petit garçon en levant la main.

Toute l'équipe se figea sur place, retenant son souffle.

— On peut faire une pause si tu préfères, Max, intervint Jessica, proposant une solution pratique.

Rob lui jeta un regard noir.

A l'évidence, elle avait l'habitude d'être *la* personne responsable. Eh bien, lui aussi.

— Est-ce que tout va bien, Max ? s'enquit-il à mi-voix, en se penchant.

Les écrans des moniteurs affichant les signes vitaux de l'enfant n'avaient pas bougé. Il ne s'agissait donc pas d'un problème physiologique. Mais celui-ci n'avait qu'un mot à dire, et tout prendrait fin dès cet instant.

Max s'assit tout droit sur son lit.

— Je veux juste être sûr que je suis bien coiffé pour la caméra, dit-il en montrant son crane lisse. Les stars de la télé doivent être à leur avantage pour plaire aux filles !

Rob ne put s'empêcher de sourire en voyant Max se tordre de rire à cette plaisanterie, une des plus basiques qui circulent parmi les enfants en chimiothérapie

Certes, savoir plaisanter comptait pour beaucoup dans la guérison, mais parfois l'humour noir pouvait surprendre, voire mettre mal à l'aise.

Il s'attendait à voir les yeux de la productrice s'arrondir d'horreur. Au lieu de cela, ses yeux bleu-vert se mirent à pétiller, et ses jolies lèvres roses s'élargirent en un franc sourire.

— Ne t'en fais pas, toutes les filles vont se mettre en quatre pour te séduire, Max. Peut-être aimerais-tu dire quelques mots à tes futurs fans ?

Finalement, Jessica Halliday n'était pas la peau de vache qu'il avait cru. Elle prenait son temps sans se soucier de son timing, qui devait pourtant être très serré aussi.

Comme un vrai pro, le petit garçon s'arrêta de rire et fixa directement l'œil de la caméra.

— Salut, je m'appelle Max. J'ai sept ans, et j'aime les voitures et les milk-shakes à la fraise.

— Excellent. Personnellement, je préfère ceux au chocolat.

Jessica n'apparaissait pas à la caméra, mais nul doute qu'elle savait s'y prendre pour tirer le meilleur de ses sujets.

Et elle avait bon goût pour les milk-shakes.

— Est-ce que vous voulez voir ma sonde centrale ?

Max abaissa le devant de sa chemise d'hôpital pour montrer le long tuyau inséré dans sa poitrine pour administrer les doses de chimio. Il le faisait avec un tel naturel que l'on ne pouvait pas en être choqué ni s'apitoyer sur lui.

Tous les enfants qui se trouvaient ici savaient qu'ils étaient malades et que c'était pour eux le moyen d'aller mieux. C'était aussi simple que ça. Les adultes avaient beaucoup plus de mal à accepter la situation. Les parents de Max, qui l'avaient rejoint près de son lit, semblaient contents de le voir s'amuser avec les caméras, mais le chemin avait été long et douloureux pour en arriver là.

— Waouh ! C'est cool. Peux-tu m'expliquer à quoi ça sert ?

En douceur, Jessica parvenait à obtenir plus d'informations. Comme Max et sa famille avaient l'air détendu par rapport à ces questions, Rob ne jugea pas utile d'intervenir, à moins que l'on ait besoin de son avis.

— Les infirmières mettent le médicament là, et quelquefois, elles prennent aussi du sang.

Apparemment, le tuyau de plastique n'était pas plus effrayant pour lui que les jouets qui l'entouraient, même s'il souffrait probablement des redoutables effets secondaires de la chimio. A l'évidence, pour le petit garçon comme pour tant d'autres de ses patients, cela faisait simplement partie de la vie. C'était un scénario qu'aucun parent ne souhaiterait pour son enfant, mais c'était néanmoins la meilleure des solutions. Cela, il doutait que ses nouveaux visiteurs puissent réellement le comprendre.

— Tu es un garçon très courageux, Max. Docteur Campbell, pouvez-vous nous en dire davantage sur son état ?

La caméra se fixa sur lui.

D'un mouvement de tête, Rob désigna M. et Mme Gardner, au cas où ceux-ci auraient souhaité intervenir en premier.

— J'interviewerai les autres membres de la famille plus tard, dit Jessica. Pour le moment, j'apprécierais votre avis professionnel.

Avec le regard aigu de la productrice sur lui, aucune chance de pouvoir s'esquiver. Il se trouvait sous le feu des projecteurs, que cela lui plaise ou non.

Il inspira profondément et s'éclaircit la gorge.

— Max est atteint du sarcome d'Ewing au tibia droit. C'est une forme rare de cancer des os que l'on trouve habituellement chez des garçons plus âgés, voire adolescents. Vous êtes juste un sur un million. C'est bien ça, mon pote ?

Max claqua la paume de sa main contre la sienne.

— Exact.

— Il a très bien réagi à la chimiothérapie et doit être opéré d'ici quelques heures pour que l'on retire ce qu'il reste de la tumeur, conclut Rob.

Le Dr Campbell se doutait que la personnalité de Max, aussi vive qu'attachante, le mettrait en haut de la liste de la productrice. Ce drame allait toucher aussi bien les producteurs que les téléspectateurs. Il espérait de tout son cœur que Max aurait la fin heureuse que tout le monde souhaitait — à savoir une ablation totale de la tumeur préservant le membre, sans aucune perte de sa fonction.

Mais même dans ce cas, il n'y avait aucune garantie que le cancer ne revienne pas, ni qu'une amputation ne soit pas nécessaire un jour. Heureusement, dans son métier, on avançait étape par étape, et pour l'instant le traitement de Max se déroulait comme prévu.

— Cette opération aura-t-elle lieu sous le contrôle d'une équipe pluridisciplinaire ? demanda Jessica.

Une nouvelle preuve des recherches qu'elle avait effectuées. Les avait-elle étendues à sa vie privée ?

Il ressentit aussitôt une sensation familière au creux de l'estomac, comme à chaque fois qu'il craignait qu'on lui parle de ce qui était arrivé à Leah et Mollie — pas question de se laisser questionner sur ce sujet, il ne voulait pas de pitié !

— Oui. Le programme du traitement de Max a été établi sur mesure pour lui, sous la supervision des chirurgiens, infirmières, pharmaciens et de tous les autres professionnels de santé ayant pris part à son traitement, répondit-il rapidement.

Puis il se leva brusquement sans se préoccuper des caméras et de leur angle de vision.

Ils pourraient toujours corriger ça au montage. Après tout, il avait fait ce qu'on attendait de lui. Et, plus important, il avait vérifié que Max n'était pas inquiet avant de se faire opérer.

— Si vous avez d'autres questions, Maria, l'infirmière en chef, pourra vous répondre. Il faut maintenant que je continue mes visites.

Il pouvait compter sur ce moulin à paroles de Max pour occuper l'équipe jusqu'à ce qu'il ait pu voir tranquillement le reste de ses patients.

— Mais…

Pendant une seconde, Jessica fut tentée de repousser le Dr Campbell sur le lit afin que l'on puisse terminer la séquence.

Décidément, ce type semblait décidé à saboter son travail ! Alors qu'elle pensait qu'il avait enfin accepté leur présence, il s'était de nouveau refermé. Elle commençait à se demander s'il n'en avait pas après elle personnellement, après l'avoir vu se montrer aussi adorable avec Max.

Rob Campbell avait changé de ton à la seconde où elle avait mentionné l'équipe pluridisciplinaire. Peut-être n'appréciait-il pas qu'on le questionne sur ses méthodes ?

En tout cas, il n'avait absolument aucune raison de la traiter comme une sorte de voyeuse morbide !

En réalité, elle avait passé elle-même tellement de temps dans un service d'oncologie qu'elle était pratiquement devenue experte dans les procédures. Il lui avait juste fallu un moment pour s'habituer à voir tous ces jeunes enfants reliés à des moniteurs et des perfusions, et malgré la présence des techniciens, elle avait été soulagée que le médecin l'accompagne à travers la salle.

Pour elle, cet endroit était si fortement associé à la douleur et à la maladie qu'elle avait oublié qu'elle y avait connu aussi de bons moments. Max lui avait rappelé les crises de rire et les véritables amis qu'elle avait eus ici malgré le cancer — auquel quelques-uns n'avaient pas réchappé.

— Max, je reviendrai plus tard pour t'accompagner en salle d'opération, ajouta Rob.

Pourquoi ne s'adressait-il pas à elle avec cette même voix douce teintée d'accent écossais ?

— On pourrait peut-être faire votre interview pendant que vous êtes là ? dit-elle.

Pour l'instant, elle pouvait continuer avec Max et des parents, mais si elle ne parvenait pas à retenir le médecin pendant plus de cinq minutes, les deux mois à venir risquaient de se révéler particulièrement longs.

Le regard bleu perçant se posa brièvement sur elle.

— Nous verrons.

— Le Dr Campbell est un de mes meilleurs amis, assura Max. Chaque fois que je dois faire un séjour ici, il m'apporte une nouvelle voiture.

Elle sentit son cœur fondre malgré la douche froide provoquée par le beau médecin.

— Inutile de me lécher les bottes, Max, dit ce dernier avec un petit sourire. Tu sais très bien que tu l'auras bientôt, ta Lamborghini gris métallisé avec ton nom dessus.

Ensemble, ces deux-là étaient trop mignons.

Elle comprenait très bien que le personnel développe des relations étroites avec les enfants — elle-même s'était attachée aux infirmières qu'elle voyait alors chaque jour. Mais il était rare que quelqu'un de la position du Dr Campbell montre aux malades un tel intérêt. Avait-il lui-même un fils ? Elle ne savait rien de sa vie personnelle.

Il lui tournait déjà le dos pour s'éloigner, quand son instinct de bull-terrier lui rappela qu'elle voulait son nom sur son agenda avant qu'il ne parte.

De nouveau, elle posa une main sur son bras.

— Alors, est-ce qu'on peut la programmer, cette interview ?

Les muscles de son bras bougèrent sous ses doigts, et elle eut du mal à rester concentrée.

Inutile de le nier, Rob Campbell lui faisait de l'effet. Il y avait avec lui une alchimie explosive. Malheureusement, un coup d'œil sur son alliance lui confirma qu'il était marié.

Il pencha la tête sur le côté, la regardant comme s'il était en train de déceler en elle une nouvelle maladie incurable.

— Pourquoi ai-je l'impression qu'il y a peu de gens capables de vous dire non ?

Elle sentit un frisson courir sur sa peau, et son cœur battit plus vite.

— En fait, il y en a, répondit-elle. Seulement, je choisis de l'ignorer.

C'était précisément ce qu'elle allait faire à propos des vagues de chaleur que cet homme déjà pris déclenchait en elle.

2.

Coincé dans une longue file de voitures presque à l'arrêt, Rob mit en marche en soupirant l'air conditionné de son propre véhicule.

Il faudrait un club de gym ouvert vingt-quatre heures sur vingt-quatre au sein de l'hôpital. Ce genre d'endroit ferait fortune et constituerait un havre de paix pour ses membres soumis à des horaires changeants et sujets aux insomnies.

La veille, il était resté à l'hôpital après l'opération de Max pour s'assurer que le petit garçon ait une présence amie à son réveil. Une fois chez lui, la fatigue n'avait pas eu raison de ses cauchemars familiers.

S'il n'avait pas assisté à l'accident, il ne cessait de s'imaginer la scène : la terreur de sa fille, sa femme criant son nom juste avant l'horrible choc… Parfois, il se réveillait en croyant entendre Mollie pleurer dans la chambre à côté — un son qui lui brisait le cœur. Une fois sorti du lit, il se rendait compte que son esprit lui avait encore joué un tour cruel.

A cause de son entêtement et de la stupidité d'un voleur de voiture, il ne pourrait plus jamais consoler sa fille…

Il accueillait souvent avec soulagement les premiers rayons de l'aube, qui annonçaient le début d'une nouvelle journée où le travail occuperait largement ses pensées. C'était pendant les périodes où il ne travaillait pas — par exemple au milieu d'un embouteillage, comme à présent — que son esprit vagabondait, de nouveau hors de contrôle.

Alors qu'il se frayait enfin un chemin dans le trafic matinal, il aperçut une silhouette connue sur le bord de la route. Jessica

Halliday, sa robe de soie grise remontée jusqu'aux cuisses, courait derrière un bus, pieds nus.

Il ralentit pour mieux profiter du spectacle.

Cela faisait la deuxième fois qu'il la voyait avec des escarpins ridicules à la main. Aujourd'hui, ils étaient argentés. Il aurait parié qu'elle avait des chaussures assorties à chacune des tenues que contenait sa garde-robe.

Arrivé à sa hauteur, il abaissa la vitre.

— Vous devriez vraiment investir dans des chaussures plates.

Jessica cessa de courir et afficha un air désinvolte que contredisaient sa respiration haletante et ses joues rouges. Elle pencha la tête de côté, et des mèches de cheveux auburn roulèrent sur son épaule.

— Allez-vous rester à ricaner toute la journée, ou bien vous conduire en gentleman et me prendre avec vous ?

Même si elle était la dernière personne avec qui il avait envie de passer du temps, il pouvait difficilement la laisser en plan alors qu'ils se rendaient au même endroit.

Avant d'ouvrir la portière, il éteignit son lecteur MP3 — elle n'avait pas besoin de savoir qu'il aimait la musique de variétés populaire.

La prochaine fois, il vaudrait mieux faire comme s'il ne l'avait pas vue, ça lui permettrait d'éviter de suffoquer en respirant son parfum épicé.

— Je ne pensais pas que vous étiez du genre à utiliser les transports publics, observa-t-il.

Les vêtements coûteux de Jessica et tous les accessoires assortis qu'elle arborait ne collaient pas avec l'épaisse fumée qui se dégageait du bus roulant devant eux. Elle aurait certainement été plus à l'aise dans une voiture de sport décapotable roulant à travers les rues de Monaco, ou dans un autre endroit aussi chic.

— Je n'ai jamais pris le temps d'apprendre à conduire. Par ailleurs, les bus roulent en ville toute la journée à des heures régulières, et je n'ai pas besoin de chercher une place de parking. C'est ma faute si je suis en retard. J'ai mal dormi, et je n'ai pas entendu le réveil ce matin.

En se penchant dans l'habitacle étroit pour remettre ses escarpins, Jessica lui posa tout naturellement une main sur la cuisse et s'y agrippa pour garder son équilibre.

Ce geste intime bien qu'innocent déclencha en lui une vague de chaleur inattendue.

Il n'aurait pas cru réagir de manière aussi primitive ! Tout ça parce qu'il se trouvait à côté d'une femme quasi inconnue à qui il n'avait pas adressé la parole jusqu'à ces dernières vingt-quatre heures !

Il ne vivait pourtant pas comme un moine, il avait eu quelques aventures. Mais il observait toujours trois règles : personne au travail, pas plus d'une nuit, et des rapports strictement physiques. Ses partenaires étaient mises au parfum dès le départ, si bien qu'il pouvait repartir ensuite sans complications sur le plan émotionnel. Ainsi, aucune femme ne devenait suffisamment proche pour qu'il envisage de remplacer un jour Leah dans sa vie.

Jessica était attirante, elle réussissait dans son métier et avait l'air incroyablement tactile… L'ennui, c'est qu'il ne s'offrait que des aventures d'une nuit. Or, il allait revoir la dame en question à l'hôpital pendant plusieurs semaines. En d'autres circonstances, il aurait sans doute agi différemment et encouragé une exploration plus fouillée de sa personne. Mais là, il ne ferait que courir au-devant de problèmes.

Tandis que Jessica lui racontait qu'elle n'avait pas eu le temps de prendre de petit déjeuner, il remua sur son siège mal à l'aise.

Par chance, elle retira sa main au moment où la situation risquait de devenir inconfortable pour tous les deux. Il passa la cinquième vitesse en se dirigeant vers l'autoroute, et un silence gêné s'installa à l'intérieur de la voiture.

Parler de l'hôpital était le plus sûr moyen de ne pas s'égarer sur une voie dangereuse.

— Je… Euh… Vous serez sans doute contente d'apprendre

que l'opération de Max a été un succès. Le chirurgien a réussi à enlever toute trace de tumeur.

— Je le savais déjà, mais merci quand même.

— Oh ! Est-ce que vous avez continué à le filmer ? demanda-t-il.

Il n'avait pourtant pas vu de caméras près de la salle d'opération, et c'était une information qu'une infirmière lui aurait certainement donnée.

— Non, répondit-elle. Mais j'ai reçu hier soir un texto de sa mère, Maggie. Je suis en contact avec la plupart des parents pour avoir des nouvelles des enfants. Vous savez, tout le monde ne pense pas que je suis le diable incarné.

Il n'en revenait pas qu'elle ait réussi à se rapprocher ainsi des familles, que celles-ci l'aient incluse aussi vite dans leur cercle de confiance… Si elle disait la vérité, cette information sur la santé des enfants ne servait même pas pour l'émission. Il allait devoir réviser son opinion sur elle. A cause de ses idées préconçues sur le monde des médias, il avait jugé impossible qu'elle s'investisse de manière authentique et sincère auprès de ces enfants. S'il en était autrement, il fallait peut-être qu'il commence à se montrer gentil avec elle.

Du moins, au travail.

— Je suis ravi que vous montriez un réel intérêt pour les familles, mais j'espère que vous comprendrez que l'on ne peut pas vous laisser aller et venir à votre guise. Il n'est pas question de retarder des traitements pour se conformer à votre planning.

Après tout, Jessica Halliday était déjà privilégiée d'avoir accès à la grande salle. Il persistait à se montrer dur pour maintenir certaines limites, afin de ne pas risquer d'être dépassé par la situation.

En fait, il avait peut-être réussi à asseoir son autorité auprès de l'équipe de tournage, mais il avait aussi fait ce qu'il fallait pour éviter qu'une relation de travail relativement harmonieuse puisse s'installer avec eux. Tout ça parce qu'il ne pouvait pas supporter sans flipper de se trouver aussi près d'une autre femme.

Jessica s'était raidie sur son siège, les mains posées sur les genoux.

— Je peux vous assurer que je prends mon travail très au sérieux, dit-elle. Mon timing est en général scrupuleusement respecté. Mon retard de ce matin ne se reproduira pas.

— Tant mieux. N'y a-t-il pas quelqu'un qui pourrait vous emmener en voiture le matin ? demanda-t-il.

Pourquoi cherchait-il à en savoir davantage sur sa vie ? Après tout, qu'elle ait un compagnon ou qu'elle vive chez ses parents, cela importait peu.

— Je suis célibataire et redécouvre les joies de l'indépendance… Et vous ?

Il avait décelé dans sa voix l'amertume d'une femme qui a connu une rupture difficile et n'est pas pressée de revivre une relation. Mais, encore une fois, il n'avait aucun désir de connaître les détails de cette rupture, ni de se retrouver à échanger des confidences avec une parfaite étrangère.

Aussi décida-t-il de se présenter comme un célibataire par force. Il n'avait pas choisi de se retrouver seul, mais il n'aimait pas l'étiquette de veuf, qui amenait trop de questions indiscrètes.

— Il n'y a donc pas de Mme Campbell pour vous embrasser après vous avoir préparé des sandwichs, le matin quand vous partez au travail ?

L'ironie de Jessica trahissait ce qu'elle pensait du genre de femme qu'il avait épousé.

Elle était loin du compte. Leah avait toujours été un esprit libre que le fait de devenir une épouse et une mère n'avait pas étouffé. En fait, des deux, il avait été celui à qui la vie de famille avait le mieux convenu. Mais il ne l'admettrait pas devant une femme qui avait défié son autorité et l'avait contraint à faire des concessions. Une femme qui n'était pas si différente de celle qu'il avait perdue.

— Plus maintenant, répondit-il d'un ton bref, en s'efforçant de contenir les émotions qui s'agitaient en lui.

Involontairement, il resserra les mains autour du volant et appuya le pied sur l'accélérateur pour arriver à l'hôpital le plus vite possible.

Il n'allait pas se mettre à ressasser sa peine avant même d'arriver au travail, c'était déjà bien assez de le faire à la fin de la journée ! S'il mêlait vie privée et vie professionnelle, il serait complètement démoli chaque fois qu'une famille lui rappellerait la sienne. Et quel but lui resterait-il dans l'existence, s'il ne pouvait pas exercer son métier correctement ?

— Est-ce qu'elle a oublié de beurrer vos tartines une fois de trop ?

Le sujet était trop grave pour qu'il ait envie de plaisanter.

— Elle est morte.

Il n'eut pas besoin de tourner la tête pour savoir que Jessica était restée bouche bée. Ces mots produisaient toujours le même effet quand on le forçait à les prononcer.

Mais, curieusement, au lieu de déclencher de nouveau en lui un sentiment de tristesse, cet aveu lui procura un certain soulagement. Ce n'était plus aussi douloureux. Durant ce bref instant, il avait pu être lui-même, cesser de faire semblant d'être un homme pour qui tout va bien. Comme s'il avait exhalé les toxines du passé en une profonde expiration purifiante.

Il aurait dû partager ce secret depuis longtemps. Il savait que Maria et beaucoup d'autres étaient curieux de le voir avec une alliance alors qu'aucune épouse ne se manifestait jamais. Mais il n'avait jamais été tenté d'entrer dans les détails. Ça n'aurait fait qu'amener d'autres questions auxquelles il n'était pas prêt à répondre.

Il y avait quelque chose de lui qu'il reconnaissait en Jessica Halliday, et qui le mettait à l'aise en sa compagnie. Quelque chose de dangereux.

Jessica se serait volontiers giflée.

Elle n'aurait jamais fait de commentaires aussi stupides si elle avait su que Rob était veuf. En réalité, elle l'avait surtout fait pour se rappeler qu'il n'était pas disponible. Parce que sa libido avait fait une remontée en flèche quand elle avait senti sous ses doigts les muscles puissants de sa cuisse.

Et voilà qu'elle craquait pour un homme en deuil !

— Je suis navrée.

— Merci, dit simplement Rob.

Il gardait les yeux fermement fixés sur la route, ne lui laissant pas la possibilité de lire en lui.

Elle ne ferait pas subir l'épreuve des caméras à un médecin qui venait de perdre sa femme et n'était pas encore remis de son chagrin. Elle se promit d'interroger à ce sujet Maria Dean, l'infirmière en chef qui, contrairement à Rob, semblait toujours heureuse de lui parler…

Rob gardait les mâchoires contractées, malgré cela, elle tenta d'en savoir davantage.

— Votre femme était-elle d'ici, ou écossaise aussi ?

Ce n'était pas une question trop indiscrète, et cela pouvait lui indiquer si son deuil était récent, puisqu'il portait toujours son alliance.

Les muscles de la mâchoire de Rob saillirent, et elle put presque entendre ses dents grincer.

— Leah était d'Edimburgh comme moi.

Cela indiquait probablement qu'il était venu en Irlande du Nord après la mort de sa femme, dont elle connaissait à présent le prénom. On progressait.

— Est-ce que je peux vous demander…

— Pouvons-nous arrêter là-dessus, s'il vous plaît ?

Cette fois, il tourna son regard bleu vers elle, lui faisant comprendre, sans la moindre équivoque, que le sujet était maintenant tabou. Il n'avait probablement aucune envie de lui raconter ce qu'il était arrivé à Leah.

— Bien sûr. Désolée.

Et elle l'était vraiment. Désolée qu'il ait perdu sa femme, et surtout qu'elle lui ait tout remis en tête.

Le reste du trajet s'effectua en silence, Rob manifestement perdu dans ses souvenirs, et elle peu désireuse de dire un mot qui le bouleverse davantage.

Si les rôles avaient été inversés, elle n'aurait pas du tout apprécié que quelqu'un fouille dans son passé et rouvre d'anciennes blessures. Même si son ex était toujours bien vivant, les souvenirs qu'elle avait de lui n'en étaient pas moins douloureux. Chaque fois qu'elle pensait à Adam, elle se rappelait ses propres manquements avec lui. Ce n'est que récemment qu'elle avait réussi à se libérer de ce sentiment de culpabilité. C'est pourquoi son travail était aussi important pour elle. Elle avait fini par se rendre compte que, si elle avait raté l'épreuve de sélection pour le mariage et la maternité, elle pouvait encore réussir les autres aspects de sa vie.

Rob vivait peut-être quelque chose de semblable, se reprochant des événements qu'il n'avait probablement pas été en mesure de contrôler ? Peut-être venait-elle de trouver quelqu'un comme elle, une sorte d'âme-sœur qui avait aussi focalisé toute son énergie sur sa carrière plutôt que de risquer son cœur dans une autre relation sérieuse ?

Cette pensée la réconforta, malgré le silence embarrassant qui régnait toujours entre eux.

L'atmosphère commença à s'alléger lorsque le bâtiment en verre de l'hôpital fut en vue. Rob devait être aussi pressé qu'elle d'aller travailler.

Elle détacha sa ceinture et posa la main sur la poignée de la portière.

— Merci de m'avoir amenée. Je vais vous quitter ici.

Si elle le laissait respirer un peu pendant quelques minutes, peut-être oublierait-il qu'elle avait fait la seule chose qu'elle s'était promis de ne jamais faire : s'immiscer dans sa vie privée. Puisque c'était lui le chef ici, elle allait devoir déployer tous ses efforts pour le convaincre qu'elle n'était pas la fille de Satan et qu'elle ne cherchait pas à étaler la souffrance des gens pour s'amuser.

Depuis Adam, Rob était le premier homme qu'elle avait envie de convaincre qu'un cœur sensible battait sous son épaisse carapace de productrice.

— Est-ce bien Jessica Halliday que j'ai vue arriver avec vous ce matin ? demanda Maria.

— C'était ma B.A. de la journée, grommela Rob en parcourant son planning. N'allez pas y voir autre chose !

Il préférait avertir l'infirmière avant qu'elle ne commence à échafauder des plans.

Depuis son arrivée ici, il avait dû supporter plusieurs tentatives de sa part pour le recaser. Maria était sûrement animée de bonnes intentions, mais il ne voulait pas oublier. Leah, Mollie et le chagrin lié à leur souvenir faisaient partie de lui. Il ne souhaitait pas faire comme si rien n'était jamais arrivé. Sa femme et sa fille méritaient qu'il se souvienne d'elles et qu'il vive avec ce sentiment de culpabilité jusqu'à la fin de ses jours.

Cependant, il ne pouvait pas en vouloir à Maria qui avait été sa bouée de sauvetage dans l'océan du désespoir. Quand il était arrivé ici, leur dévouement commun envers les patients les avait immédiatement rapprochés, mais il ne lui avait pas parlé de l'accident, pas plus qu'à ses autres collègues, alors qu'il était évident pour tout le monde qu'il était seul. Dans l'intérêt du service, il valait mieux qu'il soit perçu par tous comme un pilier inébranlable dans les épreuves qu'ils traversaient dans leur travail, plutôt que comme un autre parent éploré.

— Pourtant, répondit Maria qui ne se laissait pas décourager si facilement, Jessica est une femme jeune, célibataire et séduisante.

Et pas du tout du genre à se fixer. La femme idéale pour une aventure sans lendemain s'ils en avaient eu envie tous les deux. Mais il y avait quelque chose en elle qui mettait tous ses sens en alerte.

— Je ne dis pas le contraire, mais vous oubliez de préciser qu'elle est aussi indiscrète et terriblement énervante.

Il la connaissait à peine, et elle lui avait déjà soutiré plus d'informations sur sa vie privée que tous ses collègues réunis !

— Ah, ah ! Je vois que vous l'avez déjà dans la peau, dit Maria avec un petit sourire entendu.

— Absolument pas !

Il l'avait effectivement dans la peau — à la limite de l'irritation. Mais Maria n'avait pas besoin de le savoir. Il ne tenait pas à ce que quelqu'un d'autre se mêle de ses émotions.

— Je l'ai rencontrée plusieurs fois pour la préparation du tournage, poursuivit l'infirmière. C'est une femme qui ne craint pas de dire ce qu'elle pense ni de poser des questions difficiles. C'est cela qui vous fait peur ?

Hum. Maria le connaissait un peu trop bien.

— Je n'ai rien contre les femmes qui savent ce qu'elles veulent, répondit-il d'un ton faussement léger, espérant ainsi clore le sujet.

Mais Maria posa sa main sur la sienne.

— Ne renoncez pas à l'amour, Rob. La bonne personne est là pour vous, quelque part.

Il dut faire un effort pour ne pas la repousser.

Il avait eu la bonne personne, et celle-ci n'était plus là. Personne ne pouvait rien y changer.

Jessica sentait son cœur battre fort dans sa poitrine et son estomac réclamer quelque chose de plus substantiel que les deux cachets contre le mal de tête avalés le matin.

En plus du petit déjeuner, elle avait sauté le repas de midi et avait eu une conversation plutôt tendue avec le directeur de la programmation au sujet du contenu de l'émission. Celui-ci voulait plus de séquences personnelles sur Rob afin que les téléspectateurs puissent établir un lien avec lui.

Autant lui demander de filmer le monstre du Loch Ness !

Pour clore le tout, la fin de journée allait être particulièrement difficile.

Malheureusement, avec le cancer, les soins palliatifs concernent tous les âges. Elle avait parlé avec les parents de la petite Lauren O'Neill pour s'assurer qu'ils étaient prêts à raconter devant la caméra le cas de leur fille, une histoire qui ne finirait pas bien. Le traitement pouvait aider la petite patiente à se sentir mieux à court terme, mais il ne pourrait pas la guérir. Cette enfant — presque un bébé — n'aurait pas de seconde chance dans sa courte vie.

Elle-même n'avait pas besoin d'avoir des enfants pour comprendre l'immense détresse de cette famille. Elle s'était mise d'accord avec le directeur pour traiter les deux aspects, l'ombre comme la lumière, s'ils voulaient reproduire la réalité du service. Mais, au fond de son cœur, elle souhaitait surtout occulter l'aspect destructeur du cancer.

Finalement, la famille avait pris la décision de parler de l'état de Lauren, dans l'espoir qu'un traitement serait trouvé un jour. Quant à elle, elle n'avait qu'à se répéter qu'elle devait rester émotionnellement neutre.

Plus facile à dire qu'à faire, songea-t-elle en se massant les tempes.

Quand elle déboucha dans le hall de l'hôpital pour retrouver l'équipe de tournage, une odeur de café et de gâteau lui chatouilla les narines.

Quelques parents avaient installé un étal dans le foyer principal et vendaient des gâteaux faits maison et des friandises dans le but de faire rentrer de l'argent pour l'achat du scanner. Des tables et des chaises étaient disposées çà et là. Rob Campbell était là, une boîte pleine de sucreries à la main, en train de plaisanter avec les mamans.

Le milieu de la télévision générait rarement ce genre

d'altruisme, et elle trouva cela rafraîchissant. Une fois de plus, il dépassait le cadre de ses attributions. Elle regrettait d'autant plus d'avoir été aussi stupide ce matin en faisant une intrusion dans sa vie privée. C'était quelqu'un de bien, et cela faisait longtemps qu'elle n'avait pas rencontré un homme comme lui.

Elle se dirigea vers l'étal, bien décidée à s'excuser, mais ses jambes refusèrent soudain de la porter. Une sensation de lourdeur s'empara de tout son corps, et, impuissante, elle se sentit tomber. La dernière image qu'elle eut avant de sombrer fut celle de Rob se précipitant vers elle.

— Jessica ?

Perdue dans un épais brouillard, Jessica entendait quelqu'un au loin qui l'appelait.

— *Jessica ?*

Elle n'avait pas envie de sortir de son paisible sommeil, et elle se blottit davantage dans la chaleur qui l'entourait.

— Pouvez-vous me faire le plaisir d'ouvrir les yeux, chérie ?

Elle fronça les sourcils.

— Allez-vous-en.

— Je le ferai dès que nous serons debout.

— Quoi ?

Malgré la confusion qui l'habitait, elle aurait juré avoir entendu Rob lui murmurer des mots doux à l'oreille pour la ramener à la vie.

— Vous vous êtes évanouie.

Clignant les yeux, elle vit le visage du beau médecin à quelques centimètres à peine du sien.

Elle ne comprenait pas ce qu'elle faisait dans ses bras, mais ce n'était pas pour lui déplaire. Le torse ferme de Rob était pressé contre elle, et sa large main lui soutenait le dos, si bien qu'elle était totalement enveloppée dans ses bras musclés.

— Est-ce que vous pouvez vous lever ?

Elle fit un effort pour se concentrer.

— Désolée, je ne sais pas ce qu'il s'est passé, dit-elle en le repoussant pour se libérer de son étreinte et mettre fin à la scène embarrassante qu'elle avait générée.

— Vous devriez vous asseoir.

Il la soutint jusqu'à ce qu'elle soit installée sur une des chaises du café improvisé.

— Je vais bien, assura-t-elle, bien que la tête lui tourne encore un peu.

Elle détestait faire preuve de faiblesse, surtout si elle dépendait d'un homme pour la secourir.

— Penchez-vous et mettez la tête entre vos jambes, puis respirez profondément.

Elle s'exécuta uniquement parce qu'il était médecin et qu'elle avait du mal à recouvrer entièrement sa lucidité.

Rob lui frotta le dos pendant qu'elle inspirait.

— Vous avez la tête qui tourne ?

— Un peu, répondit-elle, sentant la large main accompagner sa respiration.

— Quand avez-vous avalé quelque chose de substantiel pour la dernière fois ?

— Euh… J'ai bu une tasse de café ce matin en prenant des cachets contre le mal de tête. Ensuite, j'ai eu des tas de choses à faire, et…

— Ceci explique cela. Vous ne pouvez pas vous nourrir que de café et d'adrénaline. Je comprends que vous ayez besoin de mettre toute votre énergie dans votre travail, mais il est important de recharger les batteries de temps en temps.

— Bien, docteur.

— Vous devez faire remonter votre taux de sucre dans le sang. Il faut absolument que vous observiez une pause.

S'accroupissant devant elle, il lui prit un pied puis l'autre pour lui retirer ses talons aiguilles, et elle eut l'impression de vivre la même scène que Cendrillon à l'envers.

La chemise blanche de Rob était entrouverte. Du haut de sa chaise, elle bénéficiait d'une vue plongeante sur sa peau mate.

Puis il se redressa et rejeta en arrière avec douceur quelques mèches tombées sur son visage…

Troublée, elle réprima un frisson et sentit tout son être rester en suspens, comme si elle s'attendait à recevoir le baiser magique du conte.

Mais le prince charmant saisit le verre d'eau que lui tendait une des bénévoles, y trempa le coin d'une serviette et continua de lui caresser les cheveux.

— Qu'est-ce que vous faites ? dit-elle en rejetant la tête en arrière, se rendant enfin compte qu'ils n'étaient pas seuls.

Qu'allaient donc penser tous ces gens ? Tout cela n'était pas très bon pour sa crédibilité au sein de l'hôpital.

— Vous avez de la crème dans les cheveux.

— Oh.

— Vous avez écrasé mes gâteaux au passage, ajouta-t-il avec un sourire, en désignant du menton le sol à côté d'eux.

Recouvert des restes colorés de divers cupcakes, l'endroit ressemblait à une scène de crime.

Elle tenta de rassembler ses idées confuses.

Se retrouver assise ici, impuissante et dépendante de Rob Campbell, lui rappelait le temps où son sort était entre les mains des médecins, où toutes les décisions la concernant étant prises par eux. Certes, cela avait été dans son intérêt, mais depuis, elle s'était battue pour regagner son indépendance, et elle n'entendait pas se soumettre aussi facilement — même si le médecin en face d'elle aurait pu figurer le mois de juin dans le calendrier des plus beaux mâles de l'année.

— Merci d'être venu à mon secours, dit-elle d'un ton redevenu ferme.

— Qu'est-ce qu'un homme pourrait faire d'autre en voyant une jolie femme s'effondrer à ses pieds ?

Etant donné leurs rapports, elle doutait fort qu'elle soit son type. Et puis, Rob Campbell était voué à faire partie d'un couple, alors que son destin à elle l'entraînait dans une tout autre direction. Il serait vain d'imaginer un rapprochement quelconque entre eux.

— Désolée de vous faire perdre vos illusions, mais mon malaise n'était dû à rien d'autre qu'un manque de nourriture.

D'ailleurs, elle avait encore du mal à croire qu'elle avait perdu connaissance. Sans doute avait-elle brûlé excessivement vite trop de calories dans l'effervescence de ce début de tournage.

— Je vais vous apporter un thé et un cupcake, mais je vous conseille de faire rapidement un vrai repas, dit Rob en se dirigeant vers l'étal.

Elle le regarda s'éloigner, désabusée.

En fait, il la traitait comme n'importe quel patient qu'il souhaitait voir guérir. A l'avenir, elle prévoirait d'avoir sur elle quelque chose à grignoter, afin d'éviter que cette situation embarrassante ne se reproduise.

Mais au moins cet incident avait-il adouci son attitude envers elle, bien qu'il en ait coûté à sa dignité. Rob était compatissant, passionné, dévoué… Tout ce qu'une femme souhaite trouver chez un compagnon pour la vie.

Heureusement pour elle qu'elle n'en cherchait pas, sinon elle aurait été en grand danger de tomber amoureuse.

3.

Jessica grignota le gâteau au chocolat que Rob lui avait apporté et sirota son thé, se sentant peu à peu redevenir elle-même.

— Ça va mieux ? lui demanda Rob lorsqu'elle eut jeté son assiette et son gobelet en carton dans la poubelle.

— Oui, merci. Il faut que je regagne la salle, je ne voudrais pas faire attendre les O'Neill.

Dans son travail, on n'avait pas de pitié pour les productrices surbookées qui oubliaient de manger. Le succès de l'émission reposait sur ses épaules. Elle était responsable de tout ce qu'il se passait devant et derrière l'écran. L'étape suivante dans la progression de sa carrière était le poste de producteur exécutif. Elle serait alors à la tête de ses propres productions, de la conception jusqu'à la finition. Car elle voulait également être responsable de la sélection et de la commercialisation des programmes, y compris les pièces de théâtre et les documentaires…

Donc, elle n'allait sûrement pas se laisser déstabiliser par ce genre d'incident.

— Ah, oui, répondit Rob. Les O'Neill m'ont dit que vous faisiez une séquence sur eux. Je vais vous accompagner.

Elle leva le menton, vexée qu'il puisse croire qu'elle était quelqu'un d'insensible.

— C'est inutile. Je vous promets de faire constamment preuve de respect et de compassion.

— Ravi de l'apprendre. Mais c'est surtout à vous que je pense.

La tête lui tourna légèrement tandis qu'elle affrontait le regard de Rob fixé sur elle.

— Je vous assure, ce n'est pas la peine.

Il était normal qu'il lui montre de la sollicitude après son évanouissement, mais elle ne pouvait s'empêcher d'être troublée par ses paroles. Elle était tellement habituée à se battre seule qu'elle avait oublié ce que cela faisait d'avoir quelqu'un qui veille sur vous. Pour son propre bien, mieux valait ne pas s'habituer à cette situation, car elle n'était là que pour quelques semaines, et il y avait longtemps qu'elle n'était plus une petite chose délicate qui avait besoin d'un homme pour se sentir en sécurité.

D'un geste ferme, elle enfila ses escarpins.

— Je ne veux pas que l'on me tienne pour responsable si vous retombez dans les bras d'un autre homme sans méfiance, plaisanta Rob en s'effaçant pour la laisser passer.

— Cela n'arrivera plus… Bien que ce soit tentant si je suis ensuite gavée de gâteau au chocolat.

Elle évita de mentionner la tentation encore plus grande de se retrouver serrée dans ses bras.

— Je suis sérieux, vous devez faire attention.

Comme elle ouvrait la bouche pour protester, Rob l'arrêta d'un sourire.

— Je sais, je sais. Il ne vous arrivera rien. A présent, est-ce qu'on peut y aller ?

Il se montrait si courtois qu'elle s'attendait presque à ce qu'il lui offre le bras. Elle n'avait plus d'autre choix que de l'accompagner.

Et, pour être honnête, quand elle entra dans la salle, elle fut contente de l'avoir à ses côtés pour la soutenir.

En s'adressant à M. et Mme O'Neill, debout à côté du lit de Lauren, Jessica avait la bouche sèche et le cœur lourd.

Tout avait été fait pour rendre la chambre d'hôpital aussi gaie que possible, depuis les cartes de vœux de bon rétablissement qui tapissaient les murs jusqu'aux ballons multicolores et aux jouets qui remplissaient tout l'espace disponible.

Elle se gratta la gorge avant de commencer.

— Pouvez-vous me résumer le parcours médical de Lauren ? demanda-t-elle doucement.

Elle admirait la force et le courage qu'ils avaient de partager leur histoire durant ce qui était probablement la pire période de leur vie.

Leur total dévouement envers leur enfant lui rappelait ce que ses propres parents avaient dû traverser. Elle s'était toujours focalisée sur la façon dont son traitement l'avait affectée, *elle*. Mais eux aussi avaient dû connaître l'enfer en la voyant souffrir, vomir, perdre ses cheveux. A l'époque, ils ignoraient si leur fille unique parviendrait à l'âge adulte. La famille O'Neill n'aurait pas ce réconfort.

— On a diagnostiqué une tumeur au cerveau chez Lauren juste après son deuxième anniversaire, raconta Mme O'Neill tout en caressant la main de sa fille. Elle a subi une opération importante, suivie d'une radiothérapie et d'une chimio.

Lauren lui souriait, alors que l'on voyait bien qu'elle était très faible. L'amour que la mère et la fille éprouvaient l'une pour l'autre était presque palpable.

Malgré les circonstances tragiques, Jessica éprouva un pincement de cœur à la pensée qu'elle ne connaîtrait jamais la relation mère-fille. Elle ne pouvait qu'imaginer la force de l'amour que l'on éprouve pour son enfant.

Le silence régnait maintenant dans la chambre, et elle sentit que tout le monde hésitait à entrer davantage dans les détails de la maladie de Lauren.

— Pouvez-vous me dire ce qu'il s'est passé après le traitement initial ?

Elle ne s'attendait pas à voir M. et Mme O'Neill sourire en replongeant dans le passé.

— On lui a retiré la tumeur entièrement, et elle s'est bien

rétablie, répondit Mme O'Neill. Nous avons passé seize mois mémorables à rattraper le temps perdu, en faisant toutes les choses les plus agréables que nous avions ratées pendant la chimio. Tu as adoré le zoo, n'est-ce pas, ma chérie ? demanda-t-elle tendrement en caressant la tête de sa fille.

— C'étaient les singes que je préférais, répondit la faible voix enrouée de Lauren, encore tellement remplie d'émerveillement que Jessica sentit son cœur se serrer.

Il y avait tellement de choses que la petite fille ne découvrirait jamais ! Malgré les séquelles qu'elle avait gardées, Jessica se rendait compte de sa chance.

— Et papa t'en a même acheté un, renchérit Mme O'Neill en désignant un singe rose aux longs bras à l'angle du lit.

— Est-ce qu'il a un nom, Lauren ? demanda Jessica.

— Pinky, répond la fillette en souriant jusqu'aux oreilles.

— Lauren est retombée malade peu de temps après, poursuivit sa mère. Le cancer était de retour, et cette fois la tumeur s'était logée dans la colonne vertébrale. On nous avait dit que s'il revenait…

La jeune femme fut prise d'un sanglot, mais elle n'eut pas besoin de finir sa phrase pour que Jessica comprenne qu'il n'y avait pas de guérison possible.

Elle-même était bien placée pour connaître la cruauté d'un faux espoir. Après six mois de rémission, elle avait rechuté. La période de répit, pendant laquelle elle avait pu vivre comme n'importe quelle fille de onze ans, avait été brève. Puis les fêtes d'anniversaire et les après-midi entre copines avaient été de nouveau remplacés par les rendez-vous à l'hôpital et les traitements. Encore maintenant, la crainte de voir sa santé décliner de nouveau la poursuivait.

— Lauren suit un traitement pour lui permettre de mieux supporter son état, afin qu'elle puisse rentrer chez elle, enchaîna Rob, probablement pour permettre à Mme O'Neill de se ressaisir. Nous allons faire un autre scanner dans quelques semaines pour vérifier si la chimio a ralenti la croissance de la tumeur.

Cela signifiait que l'on ne pouvait rien faire d'autre pour Lauren que lui rendre ses derniers jours plus supportables et lui permettre des moments de qualité avec sa famille.

Ne souhaitant pas voir se prolonger le supplice de la famille, Jessica fit un signe pour que l'on arrête de filmer.

Comment Rob faisait-il pour gérer de tels instants au quotidien et continuer de fonctionner ? On ne peut pas toujours conjurer le stress en avalant son propre poids en chocolat. Il faut avoir atteint un certain niveau de détachement pour ne pas être trop affecté par un bébé impuissant et vulnérable, relié à des machines bruyantes et à des moniteurs. Ce détachement, même une productrice au cœur dur en serait incapable.

Elle ne voulait pas montrer des choses qu'elle risquait de regretter plus tard. Des commentaires pourraient être ajoutés au montage une fois qu'elle aurait pris un peu de distance avec les événements. Mais, pour l'instant, regarder ce couple murmurer des mots tendres à leur innocente petite fille dont la vie s'enfuyait, c'était à la limite du supportable — exactement ce que Rob craignait.

— Merci très sincèrement de nous avoir autorisés à vous parler, dit-elle aux parents. Et, Lauren…

Elle aurait voulu leur adresser des mots de réconfort, mais il n'y aurait ni amélioration ni seconde chance.

Etouffant un sanglot, elle sentit les larmes qu'elle avait tenté désespérément de retenir lui monter aux yeux.

— Jessica reviendra te voir plus tard, Lauren, enchaîna Rob. Il faut qu'elle aille finir de préparer son émission de télévision pour que tu deviennes une vraie star.

Il réussit à amener le sourire aux lèvres de la fillette, alors que tout ce que Jessica avait vu, c'était de la tristesse.

Deux fortes mains se posèrent sur ses épaules, et elle ne résista pas quand il l'entraîna hors de la chambre.

Dans d'autres circonstances, elle se serait dégagée de son étreinte, mais en son for intérieur elle devait reconnaître que Rob avait raison : cela n'aiderait personne si elle restait à pleurnicher près du lit, alors que ceux qui étaient le plus affectés par cette situation réagissaient beaucoup mieux qu'elle. C'était la force d'une famille — se soutenir les uns les autres pour traverser les jours les plus sombres. Quelque chose qu'elle n'aurait jamais.

Comme un automate, elle suivit Rob le long du couloir, ne sachant même pas où ils allaient.

Elle aurait tant voulu pouvoir faire quelque chose pour Lauren ! Mais elle n'était évidemment pas dans le bon état d'esprit pour être d'une quelconque utilité.

— Je suis tellement triste pour eux…

— Nous sommes tous tristes. Mais ils ont besoin que nous soyons forts pour qu'eux-mêmes puissent rester forts. Si vous craquez, ils craquent aussi. Vous comprenez ?

Elle hocha la tête en se mordant la lèvre, s'efforçant de se ressaisir.

Lorsqu'elle était journaliste avant d'entrer à la télévision, elle avait vu et entendu les pires choses et avait toujours réussi à rester professionnelle. Mais voir tant d'innocence touchée par le même fléau qui avait gâché sa vie l'avait transformée en un tas de gelée tremblotante.

— Je ne voulais pas les perturber, murmura-t-elle.

Rob aurait mieux compris sa réaction s'il connaissait son histoire. Et si elle-même avait mesuré à quel point le sujet la touchait, elle aurait évité de mettre beaucoup de monde mal à l'aise, elle y compris.

— Nous devons essayer de rester le plus optimiste possible, nous concentrer sur les aspects positifs et prendre les journées les unes après les autres, sinon on deviendrait tous fous, dit-il doucement. Lauren est toujours parmi nous, et elle ne souffre pas. On ne peut pas en espérer plus actuellement.

Jessica hocha la tête.

Elle détestait se sentir impuissante à aider, habituée qu'elle était à une position de pouvoir.

Pour l'instant, la seule chose qu'elle contrôlait était sa vie personnelle, et elle avait bien l'intention que ça continue, sinon elle finirait encore comme une victime de la vie.

Rob était toujours plus dérouté par l'attitude de Jessica

Sa première impression sur celle-ci se révélait de plus en plus fausse. Malgré sa position, elle n'était pas du genre à masquer ses sentiments. Il l'avait entendu dans sa voix, lu dans ses yeux. Sa réaction n'était pas inhabituelle pour quelqu'un qui arrivait dans ce service. Simplement, il ne s'était pas attendu à cela de sa part.

Lors de leur rencontre, elle lui avait fait croire qu'elle était uniquement dédiée à son travail. Il n'avait pas imaginé qu'elle ferait preuve de compassion ni qu'elle dévoilerait cet aspect de sa personne. Or, cette femme semblait porter son cœur en écharpe. Tout le contraire de lui, qui déguisait ses émotions afin que personne ne puisse lire en lui et s'entourait de mystère pour empêcher les autres de trop s'approcher ou de le juger.

En l'espace de vingt-quatre heures, il avait déjà vu cette femme irritée, vulnérable, triste. Il était curieux de la voir heureuse et enthousiaste.

— Est-ce que ça va ? demanda-t-il en se tournant vers elle.

— Je vais bien…

Sa voix anormalement haut perchée et le tremblement de sa lèvre inférieure affirmaient le contraire : elle n'allait pas bien, même si elle ne tenait pas à en parler.

Pas question de la laisser retourner travailler dans cet état. Personne ne devait montrer sa propre détresse au milieu de la salle des enfants.

— Dans mon bureau, tout de suite, ordonna-t-il, les mâchoires serrées.

Et il l'entraîna derrière lui.

Il existait des moyens de rester détaché, et il devait en faire profiter Jessica Halliday. Ce moment de répit permettrait à celle-ci de se reprendre avant de retourner donner des ordres à ses sous-fifres. Il l'aurait fait pour n'importe quel membre du personnel.

A la minute où il eut refermé la porte derrière eux, Jessica fondit en larmes.

— J… je… suis… désolée, bredouilla-t-elle entre deux sanglots.

— Il ne faut pas. Vous êtes simplement humaine.

Lui-même avait donné un morceau de son cœur à chaque petit enfant qui avait franchi les portes de son service. En fait, il était plutôt satisfait de voir Jessica Halliday réagir émotionnellement. Les enfants malades signifiaient donc plus pour elle que des indices d'écoute et des parts de marché, c'était tout ce qu'il voulait savoir.

Prenant une boîte de mouchoirs, il la lui tendit.

Il fut remercié par un sourire humide, et peu à peu les reniflements diminuèrent.

— Je ne suis pas comme ça d'habitude, assura-t-elle.

— Nous avons tous nos moments.

Il avait versé une larme pour chaque enfant qu'ils avaient perdu, mais en privé. Cela avait été un peu plus difficile pour ceux qui lui avaient rappelé sa propre fille. Il songea au joli sourire de Mollie — le même que celui de sa mère —, et sentit une boule se former dans sa gorge.

Il ne pouvait s'empêcher de penser à la façon dont la petite fille aurait évolué. Serait-elle restée la fille à son papa ? Aurait-elle été gênée d'être vue avec lui une fois adolescente ?

Jessica s'était remise à pleurer.

Quelque part, il l'enviait de pouvoir exprimer aussi ouvertement des émotions qu'il s'efforçait de garder enfouies en lui. Dans ces moments-là, il se demandait souvent si les auxiliaires médicaux qui avaient été là pour Leah et pour Mollie avaient pleuré pour elles, si quelqu'un avait pris le temps de les réconforter.

— Laissez-vous aller, dit-il en lui entourant les épaules de son bras.

Après une légère hésitation, Jessica accepta son épaule pour pleurer, et les larmes trempèrent sa chemise.

Il lui frotta le dos en se disant qu'il aurait peut-être dû mieux la préparer à l'atmosphère de la salle. Mais il n'avait pas pensé qu'un être sensible se cachait derrière sa profession.

Elle sentait bon : un mélange de chocolat, de thé et de parfum épicé — idéal pour créer l'ambiance d'un foyer.

Pendant quelques secondes, avec Jessica dans ses bras, il fut tenté de croire qu'il pourrait de nouveau former un couple, partager ses craintes avec une femme, trouver auprès d'elle un réconfort mutuel…

Et ensuite ? Il faudrait qu'il parle de sa famille et de la façon dont il l'avait déçue. Pire encore, il risquait de répéter la même erreur et de détruire d'autres vies.

Il jeta un coup d'œil à Jessica.

Certes, c'était tentant de rester dans cette bulle et de se protéger de la cruauté du monde extérieur, mais il y avait là un sérieux danger de franchir un interdit.

Jessica Halliday n'était pas une patiente, ni à proprement parler un membre du personnel. Pourtant, il se préoccupait de ce qu'elle était en train de traverser. Voilà qui ne correspondait guère à l'une de ses trois règles de base concernant toute femme séduisante et célibataire : pas d'attachement émotionnel.

— Dès que j'aurai fini mon service, je vous ramène chez vous, décida-t-il tout haut.

Il pouvait tout de même avoir de l'empathie tout en gardant une certaine distance.

— D'accord, murmura-t-elle, avant de sangloter de nouveau.

Il posa le menton sur sa tête et lui caressa les cheveux en attendant que la crise passe.

Il avait envie de la protéger comme il l'avait fait pour les femmes de sa vie. Il avait été là pour les bobos aux genoux de Mollie, il l'avait consolée quand elle pleurait, et cela lui avait été brusquement arraché.

Il avait envie que l'on ait de nouveau besoin de lui.

Jessica laissa l'équipe de production visionner les prises de vue de la journée, et alla se chercher sa dose de caféine.

Suivant la prescription de Rob, elle avait pris un déjeuner tardif, et elle avait l'intention de rentrer chez elle à une heure raisonnable. Ce n'était pas son habitude d'être aussi vidée par un tournage, et elle devait se remettre rapidement en selle avant que quelqu'un d'autre que le Dr Campbell ne s'en aperçoive.

Elle n'arrivait toujours pas à croire qu'elle avait craqué ainsi devant lui ! Sans parler de l'épisode de l'évanouissement. Rob Campbell savait se montrer rassurant, et elle devait admettre que, malgré sa réputation de femme de pouvoir, elle avait apprécié d'avoir son épaule pour pleurer. Mais elle ne s'abandonnerait jamais avec un homme plus longtemps que ces quelques minutes. C'était le seul moyen de préserver son cœur.

Elle était devant la machine à café, attendant que le gobelet en carton se remplisse, quand elle sentit une présence à son côté.

— Prête à partir ? murmura Rob près de son oreille.

L'onde de choc provoquée par la voix grave la parcourut tout entière, faisant plus pour la revigorer que tous les breuvages du monde.

Pendant quelques secondes, elle envisagea sérieusement de refuser sa proposition et de rentrer seule sous la pluie plutôt que d'accepter encore son aide. Il faudrait qu'elle ajoute des leçons de conduite à la liste des choses à faire avant d'entamer son prochain projet, de même que manger à horaires réguliers et éviter d'aborder certains sujets de trop près.

Tout pour éviter de se retrouver dans le rôle de la demoiselle en détresse !

Mais, s'il la raccompagnait chez elle, dans vingt minutes elle pourrait se blottir sur le canapé de l'appartement meublé qu'elle avait loué pour le temps du tournage, au lieu de rester dehors dans le froid à attendre le bus.

— Absolument, répondit-elle. Je prends juste mon café.

Rob avait posé la main au creux de ses reins pour l'encourager à le suivre, et ce léger contact la fit frémir.

Elle souleva le gobelet et, après en avoir vu le contenu, le déversa dans la machine.

— Tout compte fait, j'en boirai un chez moi.

Soit cet homme déclenchait en elle une sorte de réaction allergique, soit il y avait entre eux une incroyable alchimie.

Etait-elle la seule à éprouver cette sensation ?

Pendant le trajet, Jessica se confondit en remerciements.

— Merci de me ramener. J'espère que je ne vous détourne pas trop de votre route ?

— Ce n'est rien, répondit Rob avec désinvolture, comme s'il était habitué à caracoler quotidiennement sur son cheval blanc pour ramasser les dames évanouies sur son passage.

Elle lui jeta un coup d'œil à la dérobée et admit en son for intérieur qu'il avait vraiment tout pour s'acquitter de cette mission. Avec lui, une femme ne pouvait que se sentir en sécurité. Mais elle ne voulait pas qu'il l'ajoute à la longue liste de celles qui recherchaient auprès de lui un partenaire pour la vie. Son intérêt pour les hommes était d'une durée beaucoup plus brève.

— Merci pour tout, dit-elle quand il s'arrêta devant son immeuble.

— Je vous en prie.

— Désormais, je vous promets de ne plus me servir de votre épaule pour pleurer. Je tiens aussi à payer le nettoyage de votre chemise. Et je vous dois un gâteau.

— Ce n'est vraiment pas nécessaire.

— Je suppose que vous avez déjà un abonnement au pressing pour tous les vêtements maculés de mascara et de larmes que vous leur apportez…

— Exactement. J'ai ma carte de fidélité dans celui qui est au coin de ma rue. D'ailleurs, ils me surnomment « Dr Bourreau-des-cœurs ».

Elle éclata de rire et enfouit son visage dans ses mains, laissant échapper un son proche du grognement du cochon.

Décidément, elle ne comptait plus les fois où Rob Campbell l'avait vue à son désavantage, se dit-elle en riant de plus belle.

— Eh bien, docteur Bourreau-des-cœurs, le moins que je puisse faire est de vous offrir une tasse de thé après tout ce que vous avez fait pour moi aujourd'hui.

Certes, elle contrevenait au règlement qu'elle avait établi — aucun homme chez elle —, mais une conversation autour d'un thé, ce n'était pas cher payé pour qu'elle puisse finir la journée dans un minimum de dignité.

Rob n'avait rien d'autre à retrouver qu'une maison vide. Cependant, l'invitation de Jessica alluma en lui tous les signaux d'alerte.

Aujourd'hui, leur relation était devenue plus amicale. Pourtant, malgré son amitié pour Maria, il n'avait jamais éprouvé le besoin de serrer celle-ci dans ses bras quand elle avait eu une mauvaise journée. En revanche, il y avait chez Jessica une fragilité qui l'interpellait, et pendant le bref moment de réconfort qu'il lui avait procuré, il en avait oublié ses propres défenses.

Beaucoup d'énergie lui était nécessaire pour prétendre que la vue de Lauren et des autres enfants ne l'atteignait pas. Mais il passait la journée avec d'autres professionnels de santé qui l'incitaient à garder son masque en place afin de maintenir une certaine distance émotionnelle avec les patients. Peut-être était-ce l'empathie de Jessica qui l'avait amené à baisser ainsi sa garde.

Il s'était dit que, une fois qu'il l'aurait déposée devant chez elle, il pourrait cesser de penser à elle. Mais si elle l'avait invité à prolonger la soirée, c'est peut-être qu'elle avait besoin de compagnie. N'importe qui à sa place aurait été secoué après la journée qu'elle venait de passer. Cela ne pourrait pas lui faire de mal de tendre pendant quelques minutes une oreille compréhensive au-dessus d'une tasse de thé.

— J'aurais fait la même chose pour n'importe qui d'autre, précisa-t-il. Mais si vous avez un ou deux cookies aux pépites de chocolat à m'offrir, je suis votre homme.

— Je vais voir ce que je peux faire.

Une fois dans le minuscule appartement, Jessica alla directement dans la cuisine, et il entendit quelque chose tomber.

En la trouvant penchée sur le carrelage en train de ramasser le contenu d'une boîte de biscuits, il ne put faire autrement que de remarquer ses fesses rondes et fermes soulignées par le tissu tendu de sa robe.

Il dit alors la première chose qui lui traversa l'esprit.

— En général, on recommande de plier les genoux pour éviter le mal de dos.

Sans répondre, elle s'appuya sur son bras pour se relever.

Ce contact inattendu lui donna presque une sensation de brûlure. Leurs regards se croisèrent et, pendant une seconde, il crut voir dans ses yeux turquoise le même désir qu'il ressentait.

Jessica rompit le charme en se grattant la gorge, et il se rappela qu'elle n'avait fait que lui offrir une tasse de thé.

Ils réussirent à préparer le thé sans se toucher, ce qui tenait du miracle étant donné le peu d'espace dans lequel ils évoluaient.

Le séjour dans lequel ils emportèrent la théière et les biscuits n'était guère plus spacieux que la cuisine.

Là où il s'attendait à trouver un décor impersonnel, il découvrait un intérieur rendu intime par la présence d'objets personnels colorés, aux antipodes de sa propre maison.

Il sirota son thé en survolant la vie de Jessica à travers les photos posées sur la table basse.

La rouquine aux cheveux courts et aux allures de garçon manqué avait cédé la place à la femme bien faite et glamour qui se tenait près de lui.

— Est-ce que ce sont vos parents ? demanda-t-il en désignant le couple entre deux âges qui l'entourait sur la photo occupant la place de choix.

Ils avaient l'air heureux ensemble, et cela lui rappela la relation étroite qu'il avait eue avec ses propres parents.

Il avait rompu tout lien avec eux après l'accident pour prendre un nouveau départ à Belfast. Cinq ans plus tard, il se rendait compte qu'il avait commis une erreur. Il avait agi dans un moment de folie — compréhensible après la perte qui l'avait anéanti — et n'avait fait qu'augmenter sa punition. Cette décision égoïste de tout quitter sans explication venait parfois le hanter. A présent, il ne pouvait plus prétendre avoir une famille.

— Oui, répondit Jessica en laissant courir un doigt sur la silhouette de son père. Papa est mort d'une crise cardiaque peu de temps après cette photo.

— Cela a dû être dur pour vous.

— Ça l'est toujours.

Elle retira ses chaussures et se blottit sur le canapé, l'air toute petite et perdue.

Sur la photo, elle ne devait pas avoir plus de onze ou douze ans, mais le chagrin était encore visible dans ses yeux.

Il tourna le dos à tous ces souvenirs et alla s'asseoir en face d'elle.

— Et votre maman ?

— Maman se porte bien, à part son arthrite. Elle m'a eue sur le tard, d'où quelques problèmes de santé liés à son âge.

Il n'avait même pas envisagé que la santé de ses parents ait pu se détériorer depuis son départ. Il était leur seul enfant et les avait laissés tomber à cause de sa stupide fierté. Malgré son envie de les revoir, il craignait de les bouleverser encore plus en faisant irruption dans leur vie sans crier gare.

— Est-ce qu'elle vit près de chez vous ?

— Oui. Elle habite à cinq minutes à pied de chez moi. Comme il ne reste plus que nous deux, on se soutient beaucoup.

La force du lien qui unissait Jessica à sa mère était évidente.

La mort avait rapproché leur famille, alors qu'elle avait déchiré la sienne.

— Vous aussi, vous êtes une enfant unique ? demanda-t-il.

— Maman rêvait d'avoir une grande famille, mais le destin en a décidé autrement… Qu'est-il arrivé à votre femme ? demanda soudain Jessica.

Voilà, elle lui avait posé la question tant redoutée. Dans le confort de son séjour et du bavardage détendu qui marquait la fin d'une journée de travail, il avait oublié qu'il ne devait pas se laisser entraîner dans des histoires personnelles.

— Accident de voiture, répondit-il, laconique.

— Oh ! mon Dieu ! Je suis vraiment navrée.

Et voilà. Une fois de plus, il avait droit aux grands yeux apitoyés : *Dis-m'en davantage afin que je puisse pleurer avec toi.*

C'était justement la raison pour laquelle il ne voulait plus avoir cette conversation. C'était déjà suffisamment pénible que les gens le plaignent d'avoir perdu sa femme, il ne pourrait pas supporter leur compassion s'il leur parlait aussi de Mollie. Il ne méritait pas cette réaction.

Finissant sa tasse d'un trait, il se leva.

— Merci pour le thé, il est temps que je reparte.

Il vit Jessica se lever, mais il était déjà hors de la pièce avant qu'elle ne l'interroge encore et ne découvre qu'il n'était pas l'homme qu'elle croyait.

Jessica se mordit la lèvre.

Bon sang ! Elle était encore allée trop loin avec Rob. Elle avait juste voulu lui prêter une oreille attentive comme il l'avait fait pour elle. Sa mère ne voulait jamais évoquer son père avec elle — ça la bouleversait trop —, et elle n'avait pas une foule d'amis avec qui en parler. Cela lui avait fait du bien de se confier un peu à Rob, et elle avait voulu faire la même chose pour lui. Il était évident qu'il n'avait pas fait son deuil de sa défunte épouse puisqu'il refusait d'en parler, et elle n'avait pas le droit de chercher à obtenir de lui des informations, alors qu'elle-même enfouissait sa propre peine de cœur et ses secrets.

Ce serait dommage que la soirée se termine sur une note négative alors qu'elle commençait à s'habituer à son amitié. Elle tenait au moins à lui dire au revoir correctement.

— Rob, attendez !

Il s'arrêta, et elle se hâta de le rejoindre.

Face à face dans le couloir étroit, leurs pieds se touchaient presque. On n'entendait plus que le bruit de l'horloge murale qui ponctuait le silence, et elle eut du mal à trouver ses mots sous le regard bleu empli de peine et de frustration.

— Je ne voulais surtout pas vous mettre mal à l'aise. Vous avez subi une terrible épreuve, et je suis désolée de vous l'avoir rappelée. J'avais envie d'être là pour vous comme vous l'avez été pour moi aujourd'hui.

— Ce n'est rien, dit-il avec un sourire hésitant.

Pendant une seconde, elle eut la folle impression qu'il avait envie qu'elle le prenne dans ses bras.

Tic-tac, tic-tac.

— Merci encore pour tout, murmura-t-elle en levant la tête pour l'embrasser sur la joue. A demain…

Au même moment, il tournait la tête pour lui dire au revoir. Leurs bouches se rencontrèrent accidentellement.

Elle aurait pu s'excuser aussitôt et s'écarter, mais il avait les lèvres si douces qu'elle s'y arrêta un peu plus longuement qu'elle n'aurait dû.

Le bon sens la rattrapa vite : embrasser Rob Campbell alors qu'il n'avait fait que se montrer gentil avec elle était une impulsion stupide.

— Désolée…

Mais il posa la main sur sa taille et l'attira contre lui avant d'écraser sa bouche sur la sienne.

Elle retint sa respiration, sentant la tête lui tourner, lorsqu'il s'empara de sa lèvre inférieure.

Qui n'aurait pas adoré être embrassée par un médecin sexy dont les lèvres avaient un goût de thé sucré ?

Quand il glissa la langue dans sa bouche, elle se sentit devenir toute molle contre lui. Toutes ses zones érogènes se trouvèrent brusquement en alerte.

Elle n'aurait pas dû y prendre tant de plaisir. Il était en deuil, et elle était en vrac. Mais c'était si bon.

Rob agissait rarement de façon aussi spontanée. Pourtant, dès que leurs bouches s'étaient frôlées, cela avait entraîné une réaction en chaîne, et le côté rationnel de son cerveau avait été occulté au profit de son instinct primitif.

Jessica était si réactive, mêlant sa langue à la sienne… S'ils se retrouvaient dans la chambre à coucher, ce serait explosif entre eux. Il la désirait si fort que c'en était presque douloureux.

Pressée contre lui, elle était forcément consciente de son érection, et ses gémissements indiquaient qu'elle était prête pour l'étape suivante. Elle se fiait à lui avec son corps comme elle s'était fiée à lui avec ses émotions.

Mais il ne voulait pas des complications qui s'ensuivraient s'ils passaient la nuit ensemble. Jessica avait déjà partagé beaucoup de choses avec lui, et elle ne se contenterait pas d'une simple aventure d'une nuit. A un moment ou un autre, elle attendrait de lui plus qu'il ne pouvait lui donner. Ils étaient en train de commettre une erreur.

Peu à peu, il reprit contact avec la réalité et interrompit leur baiser.

— Qu'y a-t-il ? demanda Jessica, les yeux encore pleins de désir.

Il recula d'un pas.

— Je ne voudrais pas que cela devienne gênant pour nous au travail. La journée a été longue, et nous n'avons plus les idées très claires.

Elle lissa le devant de sa robe, évitant son regard.

— Vous avez raison. Nos émotions ont été mises à mal.

C'était mieux ainsi. Un baiser serait plus facile à oublier que des ébats passionnés dans un lit. Ils n'allaient pas passer le reste du mois à s'éviter à cause d'un simple malentendu. Tous deux avaient cédé à leur attirance réciproque au lieu de l'ignorer, mais il n'était pas trop tard pour remettre les choses en ordre. Il préférait toujours que la situation soit claire, éviter toute confusion.

— Donc, demain nous ferons comme si rien ne s'était passé et continuerons comme avant ?

— Bien sûr, répondit Jessica. Nous ne sommes pas des gamins, ce n'est pas un baiser qui va nous faire perdre la tête.

— Exactement.

Tous deux acquiescèrent avec conviction.

Si cela avait vraiment signifié si peu, ils n'auraient sans doute pas éprouvé le besoin de s'en expliquer. Mais mieux valait donner le change.

— On se voit demain, donc. Bonne nuit, Jessica.

Il ouvrit la porte et sortit avant de faire quelque chose qu'il pourrait regretter.

4.

Le matin suivant, même l'information qu'un projecteur avait été endommagé ne parvint pas à assombrir l'humeur de Jessica.

Elle avait passé une partie de la nuit à revivre ce moment de cinéma — lorsque Rob l'avait attirée dans ses bras pour un second baiser.

Chaque fois qu'elle se remémorait cet instant, une douce chaleur lui emplissait la poitrine. Cela faisait longtemps qu'elle n'avait pas été embrassée aussi passionnément, qu'elle ne s'était pas sentie aussi désirable. C'était la preuve que l'attirance irrésistible qu'elle ressentait n'existait pas seulement de son côté, même s'ils s'étaient mis d'accord pour l'ignorer. Rob l'avait tout simplement traitée comme une femme normale. Elle pourrait facilement s'y habituer.

Quand la chimiothérapie l'avait privée de ses beaux cheveux, elle avait cru que personne ne la trouverait plus jamais séduisante. A l'âge où ses copines découvraient le maquillage et les garçons, elle avait été une créature pitoyable enchaînée à son lit de douleurs et pleurant toutes les nuits avant de s'endormir.

Adam avait été sa première relation sérieuse à l'âge adulte. Comme elle était en rémission à l'époque de leur rencontre, elle avait pu tout lui donner — jusqu'à ce que son corps la lâche de nouveau. La ménopause avait anéanti son énergie, sa libido et tout ce qui faisait d'elle la femme qu'elle était devenue. Adam l'avait alors abandonnée au moment où elle avait le plus besoin de lui.

Même une fois fiancés, ils n'avaient jamais parlé d'enfants, étant tous deux focalisés sur leur carrière. C'est du moins ce qu'elle avait toujours pensé. L'arrivée de la ménopause avait tout changé.

Son cycle avait toujours été irrégulier, mais quand ses règles avaient cessé pour de bon, elle s'était d'abord crue enceinte. Ironie du sort, elle s'était imaginé durant une brève période qu'elle allait être mère, qu'un petit être grandissait en elle. Le coup avait été d'autant plus rude lorsqu'elle avait découvert la vérité : après plusieurs tests de grossesse négatifs et toute une batterie d'examens, son médecin lui avait confirmé qu'elle subissait toujours les séquelles de la chimiothérapie : le dosage élevé de médicaments auxquels elle avait été exposée si longtemps avait eu raison du fonctionnement de ses ovaires.

En apprenant qu'elle ne pourrait jamais avoir d'enfant, ni Adam ni elle n'avaient été capables de supporter la nouvelle. A la différence que lui avait eu l'occasion de recommencer ailleurs. Elle ne pouvait pas lui en vouloir de l'avoir saisie.

Il lui avait fallu quatre ans pour digérer cet état de fait et ses conséquences. Depuis, elle avait eu quelques flirts, mais une relation durable n'était plus envisageable pour elle. Plus jamais elle n'avait laissé quelqu'un l'approcher autant, de crainte d'être rejetée lorsque les choses deviendraient sérieuses. Cela lui avait pris trop de temps d'apprendre à s'aimer de nouveau.

Mais avec Rob, elle était tout à fait partante pour une nouvelle soirée semblable à la précédente. Aucun des deux n'était prêt à envisager quelque chose de plus sérieux, occupés qu'ils étaient encore à panser les blessures de leur passé. Ça ne les empêcherait pas de prendre un peu de bon temps pendant la durée du tournage. Quelques baisers volés et autres étreintes passionnées sans attaches et sans rien attendre de l'autre, voilà qui lui semblait une perspective très agréable.

Elle avait espéré que Rob l'accompagnerait au travail ce matin pour qu'ils puissent discuter de ce qu'il s'était passé, mais elle ne l'avait vu nulle part. Apparemment, il avait commencé sa journée plus tôt que d'habitude.

En allant rejoindre l'équipe de tournage dans l'unité de cancérologie pour adolescents, elle comprit pourquoi.

Les ados atteints de cancer avaient leur salle à eux, dans laquelle régnait une atmosphère particulièrement détendue. Dans la partie commune décorée de couleurs gaies, on trouvait des canapés confortables et des consoles de jeux. Cela ressemblait davantage à un club de jeunes qu'à une salle pour enfants malades. Et là, au milieu, Rob était en train de disputer une partie de billard américain avec Cal, le garçon dont on devait filmer l'histoire aujourd'hui.

Elle serait volontiers restée des heures à regarder Rob, penché sur la table, ses fesses musclées tendant le denim noir. Mais l'équipe de tournage n'aurait pas été d'accord.

— Salut, vous deux, dit-elle en s'avançant.

— Salut, Jessica, répondit Cal en lui adressant un sourire rayonnant.

Ce beau garçon de seize ans avait déjà dû briser quelques cœurs avant de tomber malade. Et maintenant qu'il venait d'être autorisé à rentrer chez lui, la liste de ses conquêtes n'allait pas manquer de s'allonger.

— Hello, dit Rob, levant à peine la tête, visiblement concentré sur sa partie.

Ce n'étaient pas les retrouvailles auxquelles elle s'était attendue, même en présence d'une troisième personne…

Plutôt que de se focaliser sur ses propres états d'âme, elle se tourna vers Cal.

La véritable cause de sa présence était la guérison du jeune homme. Elle souhaitait de tout son cœur qu'il se rétablisse vite. C'était plus important qu'une romance qui, apparemment, n'avait existé que dans sa tête.

— Alors, Cal, comment te sens-tu, aujourd'hui ?

— Super bien, répondit-il. Dès que j'aurai gagné la partie contre le Dr Campbell, j'irai faire mes bagages pour retourner chez moi.

L'ado plein d'énergie qui se tenait devant elle n'avait rien à voir avec le garçon épuisé dont elle avait fait la connaissance une semaine auparavant, quand il se remettait lentement d'un virus. La chimio affaiblit tellement le système immunitaire qu'un simple refroidissement peut terrasser un patient.

Elle comprenait son impatience à retrouver son propre espace. Pour elle, le pire moment avait été le Noël qu'elle avait dû passer à l'hôpital, trop malade pour pouvoir dîner avec ses parents ou même ouvrir ses cadeaux. Le cancer prive les malades de bien plus que leur santé, il leur vole aussi leurs souvenirs d'enfance. Elle était heureuse de constater qu'au moins un de ces enfants pouvait retourner à une vie normale.

— Il va encore falloir que tu attendes un peu, car je ne suis pas prêt à te laisser gagner, répliqua Rob.

Cal retroussa ses manches et se remit à jouer, l'air plus déterminé que jamais. Cet entêtement avait dû lui servir dans son combat contre la maladie !

Rob se tourna vers elle avec un clin d'œil indiquant qu'il ne faisait que taquiner son jeune patient, et elle réprima un frisson.

C'était tout de même incroyable que cet homme soit capable de la mettre sens dessus dessous d'un simple clignement de paupière ! Si seulement c'était pour lui faire savoir qu'il pensait encore à leur soirée…

Puis Cal insista pour qu'elle joue à son tour et lui montra comment tenir la queue entre le pouce et l'index.

— Comme ça ?

Rob fit le tour de la table et se glissa derrière elle pour guider ses gestes, faisant augmenter sa température corporelle de plusieurs degrés.

Elle se tourna vers lui pour le remercier et trouva sa bouche à quelques millimètres de la sienne.

A en juger par le regard affamé qu'il jeta sur ses lèvres, ils étaient à deux doigts de répéter la scène de la veille.

— Voilà exactement les gens que je cherchais, dit une énergique voix féminine. Cal, il faut faire tes prélèvements sanguins avant que tu ne partes.

A l'entrée de Maria dans la salle, Rob s'écarta rapidement de Jessica, et les épaules de Cal s'affaissèrent.

— Et zut, soupira-t-il. S'il y a une chose que je ne regretterai pas, c'est bien ça.

Même si cela faisait partie de la routine des malades, ce n'était pas facile à supporter pour autant, Jessica s'en souvenait encore.

— Est-ce que tu veux qu'on le fasse ici ? proposa l'infirmière.

— Je préférerais dans ma chambre, comme ça, je pourrai m'allonger un peu.

Distraite par Rob, Jessica ne s'était pas rendu compte que Cal commençait à se fatiguer. Il suffisait d'une partie de billard pour vider un corps affaibli par la chimio, quelle que soit la force mentale du patient.

— Prends ton temps, lui dit-elle. Nous ferons venir l'équipe seulement quand tu seras prêt.

Elle pouvait s'organiser autrement en attendant qu'il se sente suffisamment bien pour affronter les caméras avec ses parents. En dépit de ce que certains pouvaient penser, le bien-être des jeunes interviewés avait la priorité sur son planning. C'était un des avantages d'être responsable du tournage, quand ils se trouvaient devant ce genre de problème sensible. Un producteur qui n'aurait pas vécu les mêmes épreuves ne serait peut-être pas aussi compréhensif.

Cal retourna dans sa chambre, suivi de Maria qui se retourna avant de gagner le couloir.

— C'est toujours d'accord pour ce soir, Rob ?

Ce dernier lui sourit en hochant la tête.

— Naturellement. Je ne raterais cela pour rien au monde.

— Parfait. On se retrouve là-bas à l'heure habituelle. Jessica, je vous appelle quand les parents de Cal seront arrivés, pour que vous puissiez tout installer.

— Merci, marmonna Jessica.

Rob et l'infirmière en chef avaient-ils une relation qui s'étendait en dehors de l'hôpital ? Dans ce cas, inutile de s'intéresser à lui… Mais alors, pourquoi l'avait-il embrassée de cette façon ?

Il fallait qu'elle en ait le cœur net avant de s'imaginer qu'elle avait peut-être une chance avec lui.

Rob bénit Maria en pensée.

L'interruption de l'infirmière avait été bénéfique, elle avait dissipé la tension sexuelle qui s'était créée entre Jessica et lui, alors qu'il ne savait toujours pas comment gérer celle de la veille.

Chaque fois qu'il avait Jessica Halliday dans ses bras, il manquait de perdre la tête. Il avait suffi à celle-ci d'apparaître, avec son look à la Audrey Hepburn, sa queue-de-cheval qui se balançait et ses battements de cils, pour qu'elle anéantisse tous ses efforts. C'était la raison pour laquelle il avait tenté de l'éviter.

Un gentleman lui aurait proposé de passer la chercher ce matin, pour lui éviter de prendre le bus. De même, un vrai gentleman ne lui aurait pas sauté dessus comme il l'avait fait la veille. Il s'était laissé emporter par son désir sans penser aux conséquences.

Durant cette soirée, ils avaient partagé beaucoup de choses — peut-être trop. Jessica en savait déjà trop sur lui pour être traitée comme une aventure d'une nuit, et il était impensable d'envisager autre chose. Même si elle était d'accord.

La prochaine fois qu'il aurait une aventure, il faudrait que ce soit avec quelqu'un qui soit uniquement à la recherche d'un frisson d'excitation. Il avait compris à ses dépens que la famille doit toujours passer avant le travail. Peut-être que si Leah et lui l'avaient compris plus tôt, il aurait encore sa fille. S'il avait un jour une seconde chance de devenir un époux et un père, il ferait en sorte que ce soit sa priorité. Seule une compagne avec un idéal semblable pourrait lui rendre ce sentiment de complétude, et ce ne serait certainement pas Jessica.

— Il faut que j'aille retrouver mes patients aux consultations externes, lui dit-il.

— Nous n'allons pas parler de ce qu'il s'est passé ? rétorqua-t-elle.

Il aurait dû savoir qu'elle ne le laisserait pas s'en tirer à si bon compte. Elle serait plutôt du genre à chercher la confrontation. Mais sa propre façon d'envisager une relation ne lui conviendrait pas. Il avait vu combien elle était sensible sous la surface.

— Ce n'était qu'un baiser, qui n'aurait pas dû arriver. Nous devons travailler ensemble, et je ne veux pas de complications. Mieux vaut en rester là, non ?

— Bien sûr, ne vous inquiétez pas, répondit-elle en relevant le menton. D'autre part, je vous ai entendu, Maria et vous, parler de vous retrouver.

— Vous n'avez tout de même pas cru que... Nous sommes amis, tout simplement. Elle m'a convaincu de faire une démonstration de premiers secours à sa troupe d'éclaireuses.

Même si ses rapports avec la religion étaient plutôt tendus depuis quelques années, il était souvent enrôlé pour participer à des manifestations confessionnelles. Bien que lui-même ne soit plus un parent, il appréciait ces occasions qui le maintenaient en contact avec ce rôle.

— Seriez-vous jalouse ? ajouta-t-il avec un petit sourire.

— J'ai cru que c'était pour ça que vous ne vouliez pas d'un flirt avec moi, répondit Jessica, rouge comme un coquelicot. Ça ne me regarde pas, de toute façon.

Mais il lisait clairement en elle.

— Maria est plutôt une sorte de grande sœur protectrice. Et, quoi qu'il en soit, je ne fréquente pas de collègues de travail de cette façon.

— Evidemment, dit Jessica en évitant de le regarder. Vous savez, le directeur de la programmation est toujours sur mon dos pour que l'on fasse plus de séquences sur la vie du personnel en dehors de l'hôpital. Est-ce que vous croyez que l'on pourrait vous filmer avec Maria lorsque vous travaillerez avec les éclaireuses ? Ça ferait un contraste intéressant entre votre travail à l'hôpital et votre temps libre.

La proposition de Jessica le prit par surprise, d'autant plus qu'elle les amènerait à passer encore plus de temps ensemble — ce qui allait à l'encontre de sa décision de garder ses distances avec elle. Comme ils n'étaient plus dans le cadre de l'hôpital, il avait le droit de dire non.

— Je ne serais pas à l'aise si une équipe me filmait, répondit-il prudemment. Et puis, ça distrairait les filles.

— Je vous promets d'opérer avec le minimum de dérangement. Quelques prises en début de soirée suffiront. Et je demanderai le consentement des parents avant de filmer, ajouta-t-elle en battant des cils.

Difficile de refuser. Il avait vu le contact que Jessica avait réussi à créer avec les enfants, et il devait pouvoir compter sur elle pour que cette opération soit menée à bien.

— Et puis, ça ne me ferait pas de mal de revoir mes notions de secourisme, ajouta-t-elle en dernier recours.

Il capitula.

— Dans ce cas, je vais en parler à Maria.

Quand elle se retrouva dans le hall de l'église, le badge « Visiteur » épinglé sur sa poitrine rappela à Jessica son statut, ainsi que le rôle éphémère qu'elle jouait dans la vie de Rob, et toutes sortes de pensées se mêlèrent dans sa tête.

Il lui avait clairement fait comprendre qu'il n'était pas intéressé, et c'était difficile de ne pas prendre ce rejet personnellement. En même temps, il s'était contredit dans ses actions. Ce soir, il n'avait apparemment rien contre sa présence. Bref, elle ne pouvait s'empêcher d'espérer qu'ils passent encore du temps ensemble.

Elle ne demandait pas une histoire d'amour, ni des promesses qu'il ne pourrait pas tenir. Tout ce qu'elle voulait, c'était de lui exprimer son désir et qu'il lui confirme le sien. Elle avait besoin de savoir qu'elle était capable d'éprouver de la passion et de l'inspirer à d'autres en dépit de ses insuffisances. Avec sa maladie, sa libido en avait pris un coup en même temps que sa confiance en elle, mais les deux semblaient en bonne voie de rétablissement avec l'aide involontaire de Rob.

Elle n'avait pas vu beaucoup d'hommes capables de parler à des enfants et de se mettre à leur niveau sans être condescendants, mais le rire de Rob indiquait qu'il faisait cela par plaisir, et non comme une corvée.

Avant ce tournage à l'hôpital, elle n'avait pas passé beaucoup de temps avec des enfants. C'était difficile pour elle de se retrouver avec eux en sachant qu'elle ne pouvait pas avoir de bébé. De par son travail, Rob avait au contraire beaucoup d'expérience avec les enfants. Ça se voyait dans sa façon de les mettre en train avec des jeux de société. Un homme désireux de fonder un jour une famille ne serait pas intéressé par une brève aventure…

Malgré la force intérieure qu'elle avait développée depuis que ses rêves de mariage s'étaient envolés, son désir de connaître un jour une vie familiale ne la quitterait sans doute jamais.

— Lorsque Rob arrive ici, on dirait une rock star, commenta Maria, qui avait abandonné son uniforme, mais organisait la soirée avec la même autorité qu'à l'hôpital.

— Est-ce qu'il vient souvent ?

— Oui, il nous aide souvent avec les enfants. Mais il n'avait encore jamais amené une amie, répondit Maria, laissant son regard aller de Rob à elle.

Il n'y avait pourtant aucune raison de s'exciter.

— Au fait, dit Jessica, un peu gênée, merci de m'avoir aidée à obtenir les consentements des parents si rapidement.

— Je vous en prie. A vrai dire, je suis surprise que Rob ait accepté la présence de l'équipe de tournage. C'est un homme très secret.

Elle pouvait comprendre le désir farouche de Rob de

maintenir le contrôle sur toute information personnelle. Pour sa part, les quelques relations qu'elle avait eues dernièrement avaient été si superficielles qu'elle n'avait jamais eu à faire de révélations.

Rob était différent. Sans avoir l'air d'y toucher, il l'avait amenée à s'ouvrir à lui, et rien que pour ça, elle devrait s'enfuir en courant. Mais, tout au contraire, il lui donnait envie de rester et de mieux le connaître.

— Il doit se rendre compte que c'est important pour l'émission, répondit-elle. Je vous suis très reconnaissante à tous les deux de vous montrer aussi compréhensifs.

Après avoir fait quelques prises de Rob avec les enfants, elle put renvoyer l'équipe de tournage. Ils avaient suffisamment de quoi montrer le médecin sous un angle plus personnel, le directeur serait content.

Une fois l'équipe partie, Maria et elle restèrent les deux seules spectatrices. Quand Rob sortit des bandages et des attelles de sa trousse médicale, les filles se pressèrent autour de lui tel un essaim d'abeilles.

Il frappa dans ses mains pour faire taire leur bourdonnement excité.

— OK, les filles, mettez-vous par deux, s'il vous plaît.

Elles s'exécutèrent immédiatement.

— Il ne se rend pas compte de l'effet qu'il produit sur ces jeunes filles, dit Maria, avec le sourire d'une mère fière de son fils. Je suis sûre qu'il y en a plus d'une qui est amoureuse de lui.

Jessica laissa échapper un petit rire forcé, consciente qu'elle faisait partie du lot.

— Je vais vous montrer quelques techniques qui peuvent aider en cas d'accident, dit-il après avoir brièvement expliqué en quoi consistaient les premiers secours. Bien sûr, en cas de blessure grave, vous devez appeler le 999… A présent, j'ai besoin d'une volontaire.

Une douzaine de mains s'agitèrent en l'air.

— Jessica ?

Rob lui faisait signe d'approcher, et Maria la poussa fermement en avant.

Elle le rejoignit avec réticence, accueillie par le regard envieux de toutes les filles.

— Allongez-vous par terre devant moi, ordonna Rob.

— Pardon ?

— Je voudrais expliquer la PLS, la position latérale de sécurité, et je ne peux le faire que si vous vous allongez. S'il vous plaît, ajouta-t-il d'un air presque suppliant.

Heureusement, cette fois, elle était en jean.

— D'accord.

Elle s'agenouilla et sentit son cœur battre plus vite quand il s'agenouilla près d'elle.

— Essayez de vous détendre, dit-il en ouvrant doucement ses poings fermés et en étendant ses bras sur les côtés.

Il lui sembla que la température ambiante était montée de plusieurs degrés.

— J'ai un peu chaud, marmonna-t-elle.

— Effectivement, vous êtes rouge. Voulez-vous que je déboutonne votre chemise ?

Elle hocha la tête en se mordant la lèvre, car elle n'avait qu'une envie : qu'il la touche encore. Elle avait envie de flirter avec lui, de se rendre compte s'il était aussi immunisé qu'il voulait le paraître.

Quand il ouvrit son chemisier, elle retint sa respiration.

— Ça va mieux ?

— Beaucoup mieux, répondit-elle, alors qu'elle brûlait carrément à l'intérieur.

— Fermez les yeux, murmura-t-il contre son oreille. Vous êtes censée être inconsciente.

Elle obtempéra, mais tous ses autres sens furent réquisitionnés, et un frisson d'excitation la parcourut quand la fragrance boisée de l'after-shave de Rob l'enveloppa.

Cette séance était une douce torture.

Rob expliqua à leur public attentif que l'on utilisait la

PLS pour les personnes inconscientes mais qui respiraient, et seulement si elles n'étaient pas blessées à la nuque ou à la colonne vertébrale.

— La première chose à faire est de vérifier si le patient réagit, en le secouant doucement et en l'appelant.

Il posa les mains sur ses épaules et la secoua.

— Jessica, est-ce que vous m'entendez ?

Comment faire semblant d'être inconsciente, alors que chaque partie de son corps frémissait à son contact ? Se retrouver aussi proche de lui était une incitation à faire n'importe quoi.

— S'il n'y a aucune réaction, appelez de l'aide et passez à l'étape suivante, qui consiste à contrôler les voies respiratoires. Avec un patient inconscient, on procède en inclinant la tête en arrière et en relevant le menton…

D'une main ferme, Rob joignit le geste à la parole et la plaça dans la position indiquée.

— Pour vérifier la respiration, observez si la poitrine se soulève et s'abaisse, sentez le souffle sur votre joue ou écoutez les bruits.

Le souffle de Rob était chaud sur sa joue. Peut-être que, si elle était convaincante dans son rôle, il lui ferait du bouche-à-bouche ?

Il détailla ensuite la position latérale que l'on devait donner au corps, en lui manipulant les membres pour illustrer sa démonstration.

Pour être aussi troublée, elle devait vraiment être en manque de contact physique avec l'autre sexe…

— La tête doit reposer sur la main libre, la bouche dirigée vers le bas au cas où le patient vomirait. Le menton doit être détaché de la poitrine et le genou est à angle droit avec le corps. En attendant l'ambulance, vérifiez encore la respiration.

Rob se releva, et elle eut une brusque sensation de froid.

— A vous, dit-il en se tournant vers les filles. Répétez le processus en commentant chaque étape. Auparavant, merci d'applaudir ma séduisante assistante.

Il lui tendit la main, et elle se retrouva debout à côté de lui, la main posée sur sa poitrine pour ne pas perdre l'équilibre. Quand elle le regarda, elle revit dans ses yeux le même désir que la veille.

Des applaudissements enthousiastes la ramenèrent à la réalité.

— Jessica, pouvez-vous me donner un coup de main pour superviser les filles ?

Pendant les vingt minutes qui suivirent, elle se mêla au groupe pour rappeler les positions, et il y eut beaucoup d'éclats de rire, si bien que les filles commencèrent à la traiter comme une des leurs.

Elle avait l'impression d'être une sorte de tante à qui l'on vient demander conseil au sujet des garçons ou de la mode. Leur innocence et leur sincérité étaient rafraîchissantes pour elle qui côtoyait le monde souvent cynique de la télévision. Elle avait oublié ce que c'était que de participer sans arrière-pensée à une activité à la fois amusante et profitable.

Soudain, elle eut l'impression que sa rupture avec Adam l'avait transformée en une sorte de monstre préoccupé uniquement de lui-même. Obnubilée par le besoin de se protéger pour éviter de souffrir à nouveau, elle ne s'était pas demandé comment elle pouvait aider les autres.

Rob avait connu une tragédie bien pire que la sienne, mais il ne s'apitoyait pas sur lui-même. En dehors de son travail si prenant, il se rendait utile à la société tout en décompressant. Il s'intéressait toujours à la vie des autres.

Y compris à la sienne.

5.

Parmi le groupe excité des futurs secouristes, Jessica remarqua une jeune fille pliée en deux.

— Mademoiselle, je crois que Ciara ne se sent pas bien, dit sa partenaire au même moment.

— Ciara ? Est-ce que tu veux une chaise ? demanda Jessica en la rejoignant aussitôt.

En aidant la jeune fille à s'asseoir, elle remarqua sa pâleur de craie et vit qu'elle respirait difficilement, cherchant de l'air.

— Rob, on a besoin de vous ici, appela-t-elle. Maintenant !

Il fut près d'elles en deux secondes et s'agenouilla devant Ciara en prenant ses deux mains dans les siennes, tandis que Maria s'occupait de distraire le reste du groupe en sortant du jus d'orange et des biscuits.

— Tu vas respirer longuement, profondément, Ciara. Inspire, expire.

Au bout de quelques respirations, la panique de la jeune fille diminua.

— C'est très bien, dit Rob. As-tu ton inhalateur ?

Pendant que Ciara sortait l'appareil de sa poche, Jessica ouvrit de grands yeux.

Donc, il connaissait l'état de santé de cette jeune fille, ce qui en disait long sur ses relations avec la paroisse. Il était probablement beaucoup plus enclin à se faire des amis qu'elle ne l'avait cru.

Rob secoua l'inhalateur avant d'ôter le capuchon, afin que Ciara prenne quelques bouffées pour soulager ses symptômes. Sa respiration se régulait lentement.

Jessica lui frotta doucement le dos.

Chaque crise d'asthme devait être une expérience effrayante pour Ciara. A cet âge, la maladie n'était pas facile à vivre, elle en savait quelque chose. Dans ces moments-là, on n'aspire qu'à une chose : se retrouver dans son lit.

— Je vais appeler ta mère, dit Rob. Nous allons te ramener chez toi — si Jessica est d'accord, ajouta-t-il en lui jetant un coup d'œil interrogateur.

Elle hocha la tête.

— On va te raccompagner chez toi, ma chérie.

Dans certains domaines, elle ne demandait pas mieux que de se soumettre à l'autorité de Rob Campbell, ce qui n'était pas le cas avec tout le monde. Rob était du genre à prendre les choses en main sans arrogance ni supériorité. Rien ne semblait l'ébranler. Elle aurait aimé avoir quelqu'un comme lui à ses côtés, lorsque le monde s'était écroulé sous ses pieds. Les choses auraient été différentes si elle avait eu un compagnon aussi solide auprès d'elle.

Rob mit fin à la séance après avoir obtenu la permission des parents de Ciara de la raccompagner. Il vérifia encore une fois son état et s'assura qu'elle était bien couverte avant de sortir avec elle dans la nuit.

Ce n'était pas la première fois qu'il était confronté à l'asthme de Ciara, mais là, il avait bénéficié du soutien de Jessica. Au lieu de s'affoler et d'augmenter ainsi la panique de la jeune fille, celle-ci avait gardé son calme en l'aidant à contrôler la situation. Et, cette fois, il n'y avait pas de caméra en train de tourner ni de patron à impressionner ni aucun enjeu financier. L'unique préoccupation de Jessica avait été le bien-être de Ciara.

Ce comportement envers les malades aurait fait d'elle un bon médecin si elle avait suivi cette voie ! Non, toutes les personnes travaillant dans les médias n'étaient pas dépourvues d'humanité…

Durant le trajet en voiture, Jessica se retourna fréquemment vers Ciara pour s'assurer qu'elle n'avait pas froid et bavarda avec elle pour la distraire de son asthme.

Il ne pouvait nier l'incroyable alchimie qui existait entre eux. Il avait un peu honte de s'être donné en spectacle avec elle pendant la démonstration, mais tous les prétextes avaient été bons pour la toucher.

Jessica Halliday représentait pour lui le fruit défendu, ce qui la rendait d'autant plus attirante. Il avait envie d'elle comme quelqu'un qui, au régime, peut avoir envie de chocolat. Et à en juger par ses coups d'œil sensuels et la façon dont elle avait réagi quand il la manipulait, alors qu'elle était censée être inconsciente, elle était dans les mêmes dispositions que lui.

Le moment approchait où il lui faudrait admettre qu'il y avait quelque chose entre eux et qu'il ne servait à rien d'ériger des barrières imaginaires. Même dans les régimes les plus stricts, on peut parfois se lâcher un peu…

Il se gara le plus près possible de la maison de Ciara afin que la fraîcheur de la nuit ne risque pas de provoquer une nouvelle crise. Jessica fut la première hors de la voiture pour aider leur jeune patiente à sortir, et ils l'accompagnèrent tous les deux jusqu'à la porte. La mère de Ciara leur proposa une tasse de thé, mais ils déclinèrent l'invitation. Il lui donna pour instruction de bien la surveiller et d'appeler le médecin le lendemain matin.

— Désolée, j'ai tout gâché, dit Ciara, la tête basse.

— Pas du tout. On pourra recommencer la semaine prochaine, et vous aurez toutes eu le temps de vous exercer.

La jeune fille retrouva un semblant de sourire.

— Est-ce que Jessica sera là aussi ?

— Si elle est disponible…

Il échangea un coup d'œil avec sa nouvelle assistante.

Il ne voulait pas lui forcer la main. Il n'avait aucune idée d'où en seraient les choses dans une semaine. Jessica n'aurait alors plus besoin de filmer, sa réponse dépendait donc entièrement de son envie de passer du temps avec eux.

— J'adorerais !

En entendant cette réponse, il ne put s'empêcher de sourire.

Il fallait vraiment qu'il soit masochiste pour continuer de jouer à faire semblant de ne pas avoir envie de lui arracher ses vêtements !

Alors qu'ils regagnaient la voiture, il remarqua qu'elle avait perdu de son ressort.

— Quelque chose ne va pas ?

Elle prit une profonde inspiration.

— C'est juste que… Je suis bien placée pour savoir à quel point c'est terrible d'être malade à cet âge.

— Vous avez eu de l'asthme, vous aussi ?

— Non, pas de l'asthme, mais j'ai été une enfant malade.

Brusquement, beaucoup de choses devenaient limpides : si Jessica avait passé son enfance à fréquenter les hôpitaux, cela expliquait son empathie envers les enfants. Mais peut-être voyait-elle cela comme une faiblesse ?

Il se sentit d'autant plus honoré qu'elle ait choisi de se confier à lui. Et, en tant que médecin, sa curiosité était piquée au vif.

Jessica était une battante, il ne la voyait pas succomber à quoi que ce soit — pas même à la maladie. Il n'avait remarqué chez elle ni séquelle physique ni cicatrice apparente, et il avait eu l'occasion ces derniers jours d'étudier son corps de près ! Il savait que ses yeux couleur d'aigue-marine se teintaient d'ambre quand elle était irritée et que ses joues se coloraient de rose quand il s'approchait…

— Avec de la chance, l'état de Ciara s'améliorera en grandissant. Je suppose que c'est ce qu'il s'est passé aussi pour vous ?

— J'ai été longue à me rétablir, et ça n'a pas été sans mal. J'espère vraiment que Ciara ira mieux. Car, quand on regarde en arrière, la maladie entache tout. Les lits d'hôpital et les tests sanguins ne font partie pour personne de la nostalgie de l'enfance. Il suffit de me regarder : je suis amère et intrigante.

Elle éclata d'un rire sans joie qui lui fit plus mal que si elle avait fondu en larmes.

Malgré toute l'expérience qu'il avait accumulée dans le domaine médical, il n'avait pas trouvé de traitement magique pour soigner les traumatismes émotionnels. S'il y était parvenu, il aurait sans doute trouvé plus facile de s'ouvrir à Jessica comme elle le faisait avec lui.

Il se retint de démarrer, de crainte de rompre le charme, car il voulait savoir ce qu'il s'était passé dans son enfance qui la hantait encore. Il avait envie de l'aider à le surmonter.

— Est-ce que tout va bien, maintenant ? demanda-t-il, n'osant pas l'interroger plus avant, de crainte de la mettre mal à l'aise.

Naturellement, s'il pouvait faire quelque chose pour elle professionnellement, il n'hésiterait pas une seconde.

— Oui. J'ai été déclarée guérie il y a déjà longtemps…

Elle se tut comme si elle se demandait si elle devait entrer dans les détails ou non.

— LLA, lâcha-t-elle enfin. Plus exactement, leucémie lymphoblastique aiguë.

Il se figea.

Il avait vu de nombreux patients souffrir de cette maladie particulièrement dévastatrice, dont la durée moyenne de traitement est de deux ans, ponctués de séjours à l'hôpital.

C'était long pour un enfant.

— Vous vous en êtes bien sortie…

— Je suis une survivante. Et je compatis au sort de Ciara. La bataille n'est jamais facile.

Avec ce qu'elle avait traversé, elle aurait pu s'apitoyer sur elle-même, mais elle préférait réserver sa compassion pour une jeune fille.

Il découvrait une femme remarquable, qui avait eu la force de traverser cette épreuve. Si un jour elle décidait de donner des conférences pour faire part de son expérience, il serait le premier à mettre son établissement sur la liste. Cela pourrait permettre d'alléger les problèmes des familles concernées.

L'empathie de Jessica montrait qu'elle s'intéressait aux problèmes des autres, même si elle ne pouvait rien faire pour eux. Et puis, c'était une sorte de thérapie où on ne payait pas un étranger pour vous écouter et où on n'était pas étiqueté comme patient. Après tout, lui-même avait mieux dormi après lui avoir parlé de Leah.

— En tout cas, vous êtes là, et en bonne santé. Je ne vois pas pourquoi Ciara ne pourrait pas y arriver elle aussi.

— Vous avez raison… Je suis stupide de réagir ainsi.

— Pas du tout ! Vous êtes pleine de sollicitude et de compassion. Une belle personne, à l'intérieur comme à l'extérieur.

— Merci.

Mentalement, il se vit prendre son visage entre ses mains pour l'embrasser…

Ce fut son cœur qui lui dit qu'il ne fallait pas. Mais il ne pouvait pas la déposer simplement devant chez elle, alors qu'elle venait de se mettre à nu devant lui.

Il ne s'était encore jamais trouvé dans cette situation. Certes, il avait souvent conseillé des familles dans le cadre de son travail, mais là, c'était différent. Jessica avait besoin d'un soutien à la fois physique et émotionnel, mais s'il l'embrassait, cela les mènerait au-delà de l'amitié, et il ne voulait pas prendre ce risque alors qu'elle était vulnérable.

Il faudrait qu'il lui confesse ses fautes, ça la dégoûterait d'attendre quoi que ce soit de lui. Cependant, il ne voulait pas le faire ici, dans l'obscurité, alors qu'ils se voyaient à peine.

Il mit le moteur en route.

— J'habite pas loin d'ici, vous voulez qu'on aille manger un morceau ? Votre journée a été aussi chargée que la mienne, et je n'ai pas envie de vous voir encore tourner de l'œil…

Jessica venait de confier à Rob l'essence même de ce qu'elle était — la raison pour laquelle elle était devenue la femme qu'il connaissait. Elle prit son absence de réaction pour une rebuffade de plus. Si elle n'avait pas craint de se retrouver seule chez elle à ressasser ses malheurs et n'avait pas eu aussi faim, elle aurait décliné son invitation.

Mais elle n'en eut pas l'énergie.

Le grand bungalow de style chalet devant lequel ils se garèrent ressemblait plus à une résidence familiale qu'à la garçonnière pour célibataire branché qu'elle avait imaginée. C'était une construction neuve, et vu le vaste terrain qui l'entourait, elle était probablement plus chère qu'un luxueux appartement en ville. A l'intérieur, tout était immaculé — l'ordre et la précision dont Rob faisait preuve dans le travail rejaillissaient ici aussi.

— Mettez-vous à l'aise, dit-il en l'entraînant dans le séjour. Je vais voir ce que j'ai de comestible dans ma cuisine.

— Appelez-moi si vous avez besoin d'un coup de main.

Elle s'affala sur un canapé de cuir noir.

On aurait dit que tout le mobilier venait d'être livré. Rob était là depuis cinq ans, mais la maison ne donnait pas l'impression d'être habitée. Bien que le souvenir de sa femme ait semblé très vivace chez lui, il n'y avait aucune photo, et elle ne voyait pas d'objets personnels. Comme s'il était dans le déni du drame qui avait eu lieu.

Tout cela n'était pas très sain.

Rob revint avec un plateau couvert de diverses boîtes dont le contenu ne semblait pas très alléchant.

— Nous avons de la soupe en boîte, des conserves de légumes, des œufs, et je dois avoir un paquet de saucisses qui n'est pas encore périmé. Désolé, je n'avais pas prévu cette soirée. Je peux battre quelques œufs en omelette, si vous voulez ?

— Ne vous donnez pas cette peine. J'adore la soupe à la tomate, et on pourra manger dans moins de cinq minutes.

La soupe avait été un des rares aliments que son estomac avait été capable de supporter durant sa maladie.

— A vos ordres.

Rob s'inclina devant elle en faisant un grand geste de la main et retourna vers la cuisine.

Mais elle avait envie d'être en sa compagnie, surtout quand il laissait s'exprimer son côté espiègle.

— Attendez, je viens vous aider !

La cuisine ressemblait à la cuisine modèle d'un magasin de déco, avec ses plans de travail en marbre, ses éléments en chêne clair et ses gadgets dernier cri. Son appartement à elle aurait tenu tout entier dans un angle de la pièce.

— Ne me dites pas que vous avez un endroit pareil pour cuisiner et que vous vous nourrissez comme un étudiant sans le sou ?

— Ne soyez pas trop dure avec moi, se défendit-il. Je n'ai pas encore eu le temps de faire les courses cette semaine.

Il répartit le contenu de la boîte de soupe dans deux bols qu'il glissa au micro-ondes.

Quelque chose ne collait pas. La cuisine était d'une telle propreté que, soit il ne l'utilisait jamais, soit il faisait appel à une armée de lutins pour qu'elle soit aussi parfaitement entretenue ! Elle ne comprenait pas pourquoi il était venu ici après avoir perdu sa femme. La taille de la maison ne pouvait qu'accentuer le sentiment de solitude. Elle, au moins, elle avait sa mère qui lui rendait visite lorsqu'elle se trouvait trop seule. C'était comme si Rob se punissait lui-même en vivant dans un endroit aussi vaste et vide, loin de toute présence.

— Vous devez avoir une vue magnifique, dit-elle.

Pour l'instant, il faisait trop sombre pour qu'elle puisse apercevoir quoi que ce soit.

— Si on aime les prés couverts de moutons à perte de vue…

Cet isolement ne pouvait pas aider Rob à sortir de sa situation !

Pour sa part, elle savait depuis longtemps qu'il n'était pas bon de dissimuler ce qu'elle pensait. Si elle n'abordait pas le sujet maintenant, elle allait éclater.

— Croyez-vous sincèrement que Leah voudrait que vous vous cachiez ici durant le reste de votre vie ?

Elle vit Rob s'agripper au plan de travail, le dos tourné.

— Vous ne pouvez pas comprendre.

— Vous avez raison. Alors, expliquez-moi pourquoi vous êtes aussi dur avec vous-même.

Après tout ce qu'ils avaient déjà partagé, il devrait être capable de lui faire confiance. Pourquoi avait-elle l'impression que tenter de lui soutirer des informations, c'était comme se heurter à un mur de brique ?

Forcé de se confronter à ses démons dont il était fatigué de se cacher, Rob remarqua à peine le bip du micro-ondes.

— Je n'ai pas pu la sauver. J'ai échoué en tant que médecin et en tant que mari… Je n'étais pas auprès d'elle quand elle a eu le plus besoin de moi.

Il avait été trop pris par son travail, occupé à sauver la vie d'autres gens, il n'avait pas été là pour protéger celles qui comptaient le plus pour lui. Si seulement il avait participé à l'expédition shopping pour la rentrée des classes de Mollie, au lieu de ressasser la dispute qu'il avait eue avec Leah, il aurait pu éviter la tragédie !

— Ce n'était pas votre faute. C'était un accident, vous ne pouviez pas le prévoir.

— On s'était disputés pour une bêtise, et je lui en voulais encore. Sinon, j'aurais été là quand le chauffard lui est rentré dedans. J'aurais pu l'éviter.

Il se retint de justesse de parler de son échec en tant que père. Un seul secret honteux à la fois. Il ne voulait pas que Jessica le juge ni qu'elle le plaigne plus qu'elle ne le faisait déjà. Ça ne ferait que lui rappeler encore plus sa famille. Et puis, les souvenirs qu'il avait de Mollie n'appartenaient qu'à lui. Il ne les partageait avec personne.

Leah et lui n'étaient ensemble que depuis quelques mois quand elle était tombée enceinte. C'était la raison pour laquelle ils s'étaient mariés si vite. Leah avait alors mis sa carrière de mannequin de côté, et ensuite il n'avait pas compris qu'elle lui ait caché qu'elle cherchait à retravailler, alors qu'il l'aurait soutenue quel que soit son choix. Tout ce qu'il voulait, c'était qu'elle soit heureuse. Ils s'étaient aimés, mais elle avait fini par leur en vouloir, à lui et à leur fille, de l'empêcher de vivre ses rêves. Son rôle de mère au foyer ne l'avait manifestement pas satisfaite, il s'en était rendu compte trop tard. Il n'avait su comment Leah passait son temps que lorsque Mollie était devenue grognon et fatiguée. Il avait alors appris la vérité de la bouche de son enfant chérie, et son monde s'était écroulé. A cause du manque de communication entre sa femme et lui, et de son échec à reconnaître qu'elle n'allait pas bien, il avait tout perdu.

— L'accident se serait produit, que vous ayez été là ou non, persista Jessica.

— Peut-être, peut-être pas. J'ignore dans quel état d'esprit était Leah quand elle a pris la voiture ce jour-là, et on n'a jamais retrouvé le chauffard. Je ne sais pas comment s'est passé l'accident ni quels ont été ses derniers instants, et c'est ce qui me tue. J'aurais peut-être pu éviter la voiture, ou la sauver si j'avais été là.

Et sauver aussi Mollie.

— C'est terrible à accepter, mais vous ne pouvez pas vous en vouloir alors que vous n'étiez au volant d'aucun des deux véhicules.

Dans son ignorance des faits, Jessica analysait les événements d'une façon naïve qui rendait sa psychologie de cuisine d'autant plus insupportable. Ça ne le réconfortait nullement. Depuis le jour fatal, chaque fois qu'il voyait des policiers arriver dans le service, il avait la peur au ventre, dans la crainte qu'ils ne soient porteurs d'une nouvelle dramatique.

— Vous savez, poursuivit Jessica, j'ai passé des années à chercher un responsable à mes problèmes. Est-ce que j'étais malade parce que mes parents ou moi avions fait quelque chose de mal ? Non. C'était juste un de ces malheurs qui peuvent faire de nous des êtres humains plus forts. Vous ne pouvez pas éternellement laisser cet accident vous consumer.

Les mots que disait Jessica, il avait entendu sa mère les lui répéter jusqu'à ce qu'il ne puisse plus le supporter. Ils ne signifiaient pas grand-chose quand les journaux vous rappelaient que vous aviez beau être médecin, vous n'aviez pas pu sauver votre propre famille.

Elle prit son visage dans ses mains, insistant pour qu'il la regarde.

— Ce *n'est pas* votre faute ! Vous méritez mieux que cette demi-vie que vous vous accordez. Cette tragédie vous est arrivée à vous, mais pas à cause de vous. Croyez-moi, je connais la différence.

Avec la passion qui la caractérisait, Jessica le défendait contre ses tourments intérieurs.

Il avait envie de croire qu'il avait des affinités avec elle. Pendant un instant, il souhaita échapper à ce qu'il se passait dans sa tête, se permettre de ressentir autre chose que la culpabilité qu'il traînait quotidiennement derrière lui.

— Ce n'est pas votre faute, répéta Jessica comme un mantra, en l'embrassant sur les deux joues.

C'était quelque chose qu'il avait eu trop peur de faire pour la réconforter, de crainte qu'elle ne lui prête d'autres intentions. Comme à son habitude, elle agissait spontanément, sans réfléchir à ses moindres mouvements, au contraire de lui.

— Ce n'est pas votre faute…

Elle l'embrassa sur la bouche.

Se disait-elle que, en le lui répétant, il finirait par le croire ? Si seulement il pouvait, lui aussi, penser qu'il était juste un homme seul en grand besoin de réconfort, qu'il avait le droit de ressentir autre chose que cette immense tristesse qui submergeait son cœur !

Il ferma les yeux, s'efforçant de neutraliser le passé pour se focaliser sur le présent : les lèvres douces de Jessica sur les siennes.

Son parfum exotique lui déclencha un picotement d'excitation sur la langue. Quand elle fit un geste pour s'écarter, il l'accompagna dans son mouvement afin de prolonger l'instant. Elle se détendit contre lui, et il goûta la chaleur et le réconfort de leur étreinte.

Il posa sa main sur le bas de son dos.

— Jessica, si nous n'arrêtons pas tout de suite...

Sa voix était rauque de désir, mais il ne voulait pas se laisser entraîner pour le regretter ensuite.

— Pas question d'arrêter, dit-elle. Ça fait trop longtemps que nous nous refusons ce moment.

Sur ces mots, elle entreprit de défaire les boutons de sa chemise, exposant son torse qu'elle couvrit de baisers. Sous la chaleur de sa bouche, il sentit ses mamelons se durcir en même temps qu'une autre partie de son corps. A chaque baiser, sa peine s'éloignait un peu plus.

Jessica Halliday était plus efficace qu'un kilo de chocolat.

Il s'efforça de garder les idées claires quand elle lui titilla un mamelon avec sa langue.

— Je ne veux pas que ça devienne sérieux...

— Moi non plus, répondit-elle, l'air très absorbé par ce qu'elle faisait.

— Ce qui veut dire que ça ne dépassera pas une nuit, insista-t-il, préférant que les frontières soient clairement définies avant qu'ils n'atteignent le point de non-retour.

Elle s'interrompit pour lui jeter un coup d'œil de côté.

— J'ai bien compris, et ça me va très bien. Aucun de nous deux ne veut s'engager. Je pense qu'une nuit de passion débridée suffira à nous calmer. Et, dans quelques semaines, on se quittera avec un agréable souvenir.

Elle avait le chic pour exprimer succinctement ce qu'elle ressentait, alors qu'il avait du mal à trouver les mots.

Il l'attira contre lui pour goûter de nouveau ses lèvres et oublier toutes les raisons qu'ils avaient de ne pas s'accorder.

Ici et maintenant, ils étaient simplement deux âmes solitaires trouvant du réconfort ensemble.

Lorsque leurs langues se mêlèrent, il sentit la passion qu'il avait contenue se libérer. Glissant la main dans l'encolure du chemisier de Jessica, il caressa la pointe d'un sein avec son pouce, et son excitation augmenta quand il le sentit se durcir. Il lui embrassa le cou tout en déboutonnant son chemisier.

Quand Jessica gémit doucement, il sentit son sang bouillir dans ses veines. En un rien de temps, il lui dégrafa son soutien-gorge et posa sa bouche sur la pointe rose qui se dressait. Elle était à la fois douce et dure, sucrée et épicée, et il était fou de désir pour elle.

Quand ils se furent débarrassés de leurs dessous, elle prit le contrôle de la situation. Les bras autour de son cou, les jambes accrochées à ses hanches, elle s'ancra à son sexe en érection.

Il frissonna tandis que leurs corps fusionnaient et s'immobilisa en elle, le temps de savourer sa chaleur humide. Puis il l'appuya contre le plan de travail de la cuisine, les fesses calées sur le bord. Jessica enfouit les doigts dans ses cheveux en le chevauchant, et il eut l'impression que tous ses démons fuyaient. A chaque mouvement, un gémissement de plaisir lui échappait, il se sentait sur le point de perdre les pédales. Il s'était privé si longtemps qu'il se repaissait sans retenue de cet accomplissement.

Leur souffle s'accéléra au rythme de leurs mouvements, jusqu'au moment où il se répandit en elle, libérant toute sa frustration dans un cri primal.

6.

Les jambes tremblantes, Jessica prit pied sur le carrelage et rajusta son chemisier pour couvrir le haut de son corps.

Rob lui avait littéralement coupé le souffle. Elle ne s'était pas attendue à ce qu'il soit aussi impulsif et d'un tempérament aussi fougueux.

Le problème, c'est qu'elle n'avait qu'une hâte : ranimer au plus vite la flamme de la passion. Maintenant qu'elle savait à quel point ils pouvaient être bien ensemble, une seule fois ne lui suffisait pas. La spontanéité de leur échange montrait l'intensité du désir qu'il avait éprouvé pour elle à cet instant, mais elle voulait plus.

Depuis ses biceps ronds jusqu'à ses cuisses musclées, en passant par tout ce qui se trouvait entre, Rob Campbell était bâti pour le plaisir. Il lui tardait de découvrir chaque centimètre carré de son corps.

Seulement, il enfilait déjà son pantalon, et le doute assombrissait son regard.

Elle glissa un doigt dans sa ceinture et l'attira contre elle pour un baiser langoureux.

— Qu'est-ce que… ?

— Je n'en ai pas encore fini avec toi.

— Non ?

— Nous nous sommes mis d'accord pour une nuit. Une nuit entière, dit-elle en l'entraînant dans le couloir à la recherche de sa chambre. Si c'est l'affaire d'une fois, autant en tirer le meilleur parti, tu ne crois pas ?

Rob hésita une seconde, puis il la prit par la main et la guida jusqu'à sa chambre.

— Dans ce cas, qu'est-ce que nous attendons ?

Lorsqu'ils se retrouvèrent devant le lit *king-size* de Rob, il y eut un moment de silence.

Craignant qu'il ne change d'avis s'il réfléchissait trop à ce qu'ils étaient en train de faire, elle se déshabilla complètement de ses doigts tremblants.

Elle n'avait pas ses jolis vêtements pour l'aider à exprimer sa féminité. Or, Rob n'était pas une rencontre de hasard qu'elle ne reverrait plus, ce qu'il pensait d'elle lui importait. Elle voulait qu'il ait envie d'elle.

— Avec ou sans talons hauts ? demanda-t-elle en s'avançant vers lui, les mains sur les hanches, affichant une confiance qu'elle était loin d'éprouver.

Son métier lui avait appris à cacher la moindre faiblesse sous le masque de la bravade. Son corps l'avait lâchée dans le passé, et il n'y avait pas de meilleure façon de faire taire ses incertitudes que de parader avec aux pieds une jolie paire de chaussures.

— Avec, répondit sans hésiter Rob d'une voix éraillée.

Avant qu'elle ait eu le temps de protester, il la plaqua sur le lit comme au rugby.

Elle poussa un petit cri, secrètement ravie qu'il la trouve aussi irrésistible.

A présent, il la recouvrait entièrement de son corps.

Cela faisait quelque temps qu'elle n'avait pas couché avec quelqu'un, et elle ne s'était jamais confiée à personne comme à Rob. Pour le coup, l'aspect émotionnel qu'elle s'efforçait d'éviter prenait toute sa place. Elle se détendit en se disant qu'elle devait juste considérer cette nuit pour ce qu'elle était : une nuit dont elle se souviendrait.

En quelques secondes, il se retrouva nu, et elle sentit son sexe en érection contre elle.

Il n'y a rien de plus aphrodisiaque qu'un homme sexy et

athlétique qui vous trouve désirable. Et là, tout contre Rob, elle pouvait enfin être elle-même. Il connaissait déjà presque tous ses secrets.

Il l'embrassa longuement, et elle eut envie de sentir sa bouche et sa langue sur tout son corps. Mais la trouverait-il toujours aussi attirante, s'il savait que sa maladie lui avait volé une partie vitale de sa féminité ?

A cet instant, comme s'il avait lu dans ses pensées, Rob lui demanda si elle prenait une contraception, ce qui lui amena les larmes au bord des cils.

C'était l'occasion de lui dire toute la vérité, mais elle ne voulait pas casser l'ambiance en parlant de sa tragédie.

Elle ravala ses larmes avant de lui répondre.

— Je suis protégée, dit-elle avec un sourire forcé.

Rob sourit à son tour et se remit à l'embrasser avant de se pencher sur ses seins. Il promena sa langue sur ses mamelons, les titillant entre ses lèvres jusqu'à ce qu'elle s'accroche au matelas en gémissant de volupté.

Cette fois, elle s'abandonna entièrement à lui. Lorsqu'il se glissa entre ses jambes, elle lui ouvrit son intimité, incapable de penser à rien d'autre qu'au plaisir qu'il lui donnait. Et lorsqu'elle atteignit l'orgasme, elle entendit ses propres cris résonner dans le calme de la maison.

Quand Jessica se fut apaisée, Rob la pénétra lentement et se perdit dans sa chaleur et sa féminité.

Les jambes accrochées autour de sa taille, Jessica accompagnait chacun de ses mouvements de petits gémissements qui ne faisaient que l'exciter davantage. A cet instant, il ne pouvait penser à rien d'autre. Le plaisir monta inexorablement en lui jusqu'au sommet de la jouissance, si puissamment qu'il l'ébranla au plus profond de lui-même.

Malgré leur accord selon lequel il n'y aurait que du sexe entre eux, il savait en lui-même que ce n'était pas vrai : il ne s'agissait pas que de sexe. En faisant l'amour avec Jessica, il n'avait rien retenu. En même temps, il savait que l'euphorie du moment ne durerait pas, qu'il leur faudrait affronter de nouveau la dure réalité de leur métier. Ils n'avaient été réunis que par des circonstances temporaires.

S'allongeant à côté d'elle, il déposa un baiser sur ses lèvres. Il se sentait reconnaissant envers elle de lui avoir permis de vivre entièrement dans l'instant présent, juste un moment.

— Rob, est-ce que ça va ? Je te trouve bien calme, dit Jessica en fronçant les sourcils.

Ce n'était pas très galant de se perdre dans ses propres pensées après les instants qu'ils venaient de partager. Il serait bien temps, plus tard, de se flageller de nouveau en se repentant de ses fautes. Pour cela, il attendrait que l'autre côté du lit se soit refroidi.

— C'est parce que tu m'as épuisé, répondit-il.

Il lui caressa la joue avec son pouce, cherchant à prolonger le contact physique pour ne pas rompre le charme trop tôt.

— Veux-tu que je parte pour que tu puisses mieux te reposer ? proposa-t-elle.

Son teint était rose, elle avait les cheveux ébouriffés, et il crut voir une lueur d'incertitude dans ses yeux. Elle semblait aussi secouée que lui.

S'ils s'en tenaient strictement à leur accord, il n'y avait aucune raison de paniquer. Il aurait tout le temps d'analyser les événements une fois qu'elle serait partie. Pour l'instant, il voulait juste que son esprit soit en paix avec son corps.

— Inutile de se presser, dit-il. Je pourrai te déposer plus tard. A moins que tu ne préfères partir ?

— Euh… non, je… Si cela te convient ?

Pour sa part, il aurait aimé rester allongé près d'elle un peu plus longtemps.

— J'apprécie ta compagnie, répondit-il simplement.

Il tapota l'oreiller près de lui, et quand elle vint se blottir contre son torse, il soupira de bien-être.

C'était si bon de n'avoir pas que des fantômes pour partager son lit !

— Je ne fais pas ça d'habitude, murmura-t-elle contre son oreille, comme s'ils étaient en train de braver un interdit.

— Quoi donc ? Coucher avec un collègue ? S'attarder au lit après l'amour ? Se blottir ? dit-il en enfouissant le visage dans sa masse de cheveux roux.

— Tout ça à la fois.

— C'est nouveau pour moi aussi.

Habituellement, sa vie amoureuse ne sortait pas du cadre des chambres d'hôtel. Les rares fois où il avait amené ses conquêtes chez lui, il ne les avait pas encouragées à rester. Cela changeait la donne quand on savait que l'on allait revoir sa partenaire d'un soir chaque jour sur son lieu de travail.

— Ne t'inquiète pas, dit Jessica, je ne cherche vraiment rien de sérieux. Je suis déjà passée par là, comme en atteste la robe de mariée qui est toujours suspendue dans mon placard.

Apparemment, sa rupture avait été plus grave qu'il l'avait d'abord pensé. Mais il ne serait pas celui qui pourrait réparer son cœur, puisqu'il essayait toujours de rassembler les morceaux du sien. Jessica et lui avaient beau être officiellement célibataires, ils étaient encore mariés avec leur passé.

— Je peux donc rester allongée ici sans que tu en tires de fausses conclusions ? dit-elle en laissant courir son index autour de son mamelon.

— De mon côté, je peux t'assurer que je n'ai pas de projets pour nous au-delà de l'instant présent, dit-il, avant de lui saisir les mains et de rouler sur elle en la maintenant par les poignets.

Elle ouvrit de grands yeux, haletante.

— Alors, ne gaspillons pas le peu de temps qu'il nous reste.

Le bruit strident d'une sonnerie de réveil arracha Rob d'un profond sommeil. Il tenta de rouler sur le côté pour l'éteindre, mais fut freiné par le corps nu de Jessica, endormie sur sa poitrine.

N'importe quel autre matin, il aurait déjà été réveillé avant l'aube. Leur nuit d'amour semblait l'avoir guéri de son insomnie !

Sa première réaction fut de la tirer de son sommeil pour qu'elle s'en aille au plus vite. Aucun des deux n'avait prévu qu'elle passerait la nuit là.

Il referma les yeux.

Encore cinq minutes…

— Quelle heure est-il ? marmonna Jessica contre son torse, le visage recouvert de boucles en désordre.

Avoir une femme nue contre lui, le matin au réveil, c'était une nouveauté pour Rob, et son corps ne manqua pas de réagir.

— Et si on recommençait ? murmura-t-il, laissant courir sa main le long de son dos avant de l'arrêter sur ses fesses rebondies.

Elle leva la tête pour jeter un coup d'œil au réveil.

— J'adorerais, mais nous devons tous les deux aller travailler.

Il fourragea dans son cou, tentant de la persuader du contraire.

Ce matin, il n'avait pas faim de porridge, mais d'elle. Une fois debout, ce serait la fin du rêve. Ils devraient retourner dans le monde réel, et retrouver son lit vide serait encore plus difficile que d'habitude.

— Je n'ai pas de vêtements de rechange, dit-elle en se frottant contre lui d'une manière provocante.

— Tu n'en as pas besoin, assura-t-il, une main sur son sein.

— Je crois que ça causerait une certaine agitation si j'arrivais à l'hôpital ce matin dans mes vêtements de la veille.

Il jeta un coup d'œil aux vêtements en boule qui gisaient par terre.

— Tu as raison.

Et puis, s'il la revoyait là-bas avec ce chemisier, il se rappellerait constamment l'épisode de la cuisine où elle ne portait *que* ça.

— Il faut que j'y aille, soupira-t-elle à contrecœur.

Etait-ce vraiment la fin de leur unique nuit ?

— Je te ramène chez toi… Dès que je serai complètement réveillé, dit-il en relevant les draps par-dessus leur tête.

Il n'avait pas l'intention de quitter ce lit avant de lui avoir dit au revoir correctement.

Les joues rouges de honte, Jessica eut l'impression que tous les yeux se tournaient vers elle quand elle entra dans le local de production, en retard pour la première fois de sa vie.

Fidèle à sa parole, Rob l'avait raccompagnée chez elle, mais il avait également insisté pour l'attendre, et pendant qu'elle était dans la salle de bains, il lui avait suggéré « une dernière fois » sous la douche. Certes, elle s'était changée, mais il leur avait été impossible d'arriver à l'heure.

— J'avais des coups de fil à passer, marmonna-t-elle.

Personne ne prit la peine de la questionner. Comme c'était généralement elle qui faisait des heures supplémentaires, on avait dû estimer qu'elle pouvait se permettre un écart.

La paperasse était empilée sur son bureau, mais elle avait l'esprit trop confus. Elle avait besoin de temps pour réfléchir à cette nuit, et à ce matin. Tout le reste pouvait attendre.

L'avantage de son statut, c'était que, ici, elle pouvait faire à peu près ce qu'elle voulait sans avoir à fournir d'explications détaillées. Ce serait une bonne idée de s'asseoir dans la salle d'attente de l'hôpital avec un café. Là-bas, les gens étaient trop préoccupés par leurs propres problèmes pour prêter attention aux siens.

Elle avait été comblée au-delà de ses espérances par sa nuit avec Rob. Ces quelques heures passées ensemble avaient signifié tellement pour elle sur un plan personnel qu'elle avait du mal à tirer un trait dessus. Non seulement elle avait pris confiance en elle en voyant à quel point Rob l'avait désirée, mais elle s'était aussi amusée. Avant, elle était tellement méfiante et ligotée dans ses incertitudes qu'elle avait oublié ce que c'était de rire avec un homme et de passer un bon moment avec lui. Dans l'excitation du moment, Rob et elle avaient tous deux abandonné leurs positions et fait un gigantesque pas en avant. Leur contrat verbal de la nuit unique aurait pu supporter un ou deux amendements…

Malheureusement, s'il était maintenant prêt à revenir sur le marché, c'est probablement une autre femme qui en retirerait les bénéfices. Un homme comme lui voudrait avoir tout le package, sa maison attendait une épouse qui lui prépare le dîner tous les soirs et une tribu d'enfants excités qui accourent à la porte pour l'accueillir.

Elle détestait déjà la femme dont il allait tomber amoureux. Elle ne pourrait jamais rivaliser.

Elle n'avait qu'à pas être aussi gourmande ! Après tout, elle avait eu ce qu'elle voulait, même si elle se rendait compte maintenant que ce n'était pas assez. Cette seule nuit la hanterait probablement jusqu'à la fin de ses jours.

Si elle devait pleurer au-dessus de sa tasse, elle méritait au moins un breuvage digne de ce nom.

Elle venait d'appuyer sur le bouton du restaurant quand un bras musclé stoppa les portes métalliques de l'ascenseur.

— Salut, dit Rob.

— Salut, répondit-elle, le regard fixé devant elle.

Allait-elle réussir à faire comme s'il ne s'était rien passé cette nuit ?

Les portes se refermèrent, et elle sentit les yeux de Rob sur elle pendant que l'ascenseur s'ébranlait.

— Désolé de t'avoir mise en retard ce matin.

— Ça en valait la peine.

Elle leva les yeux vers lui pour croiser son regard, et instantanément la flamme fut de retour. Ils se précipitèrent l'un vers l'autre, et leurs bouches se trouvèrent comme s'ils n'avaient jamais quitté le lit.

Quand ils se séparèrent, Rob se passa la main dans les cheveux.

A l'évidence, ils avaient sous-estimé la difficulté qu'ils auraient à éviter de se toucher, après avoir été nus l'un contre l'autre pendant des heures.

— On ne devrait pas faire ça au travail.

— Tu penses à un autre endroit ?

Il s'éclaircit la gorge.

A la minute où il avait laissé Jessica devant l'hôpital ce matin, il avait eu besoin d'une autre dose. Loin de le calmer, cette nuit passée ensemble avait décuplé son appétit d'elle.

— Cette nuit… Est-ce qu'on pourrait la recommencer ? demanda-t-il soudain, sans plus réfléchir.

Jessica haussa un sourcil.

— Qu'en est-il de ta règle de la nuit unique ?

Il sentit la sueur lui couler le long du dos.

S'il insistait pour maintenir cette restriction, il fallait qu'il cesse de la rechercher. Et qu'il trouve d'autres sujets de conversation.

— On a eu de bons moments ensemble, non ?

— Oui. Est-ce que ça signifie que tu voudrais que l'on continue à se voir ?

— Après cette nuit, les prochaines semaines vont être un enfer si on ne peut plus se toucher.

Même maintenant, en plongeant dans ses yeux bleus-verts, il menait un combat perdu d'avance contre sa libido.

Elle tendit la main et joua avec le bouton de son col.

— Je pensais justement que l'on pourrait peut-être se voir tant que je suis en ville.

Il hocha la tête et déglutit avec peine, sentant qu'ils étaient sur le point de revivre l'explosion de la veille.

— Nous aurions ainsi tous les avantages d'une relation sans l'inconvénient de chercher à devenir un couple, dit-il. Puisque aucun de nous ne veut s'engager, on pourrait juste continuer jusqu'à ce que vous ayez fini de tourner ?

— Tu veux dire que le jour, on travaillerait ensemble, comme les professionnels que nous sommes, et que la nuit…

Jessica lui décocha son sourire le plus sensuel.

Il était vraiment temps que cet ascenseur arrive à destination.

— Oui. A partir de maintenant, nous devons veiller à séparer notre vie professionnelle et notre vie privée. Plus de rencontre comme celle-ci.

A peine avait-il terminé sa phrase qu'il pencha la tête pour réclamer ses lèvres une dernière fois.

Il était en train de devenir sérieusement accro.

7.

Quand Rob retrouva Jessica sur le parking de l'hôpital, il dut résister à l'envie de l'embrasser.

Tous deux avaient des horaires irréguliers auxquels ils devaient s'adapter. Cela convenait à leur mode de vie et à leur désir d'être sans attaches, mais ils n'en étaient pas moins esclaves de leur carrière.

— Aujourd'hui, nous avons suivi Cal et sa famille chez eux, raconta-t-elle.

— Comment va-t-il ?

Il avait rarement des nouvelles de ses patients entre leurs visites à l'hôpital. Et s'il les revoyait alors qu'ils s'étaient rétablis, c'est qu'elles n'étaient pas bonnes.

— Il est fatigué mais heureux d'être chez lui. Il avait un vrai fan-club qui l'attendait.

Jessica alluma son téléphone portable pour lui montrer quelques photos qu'elle avait prises de Cal et de ses amis, pour la plupart de sexe féminin.

— C'est très bien, tant qu'il ne se surmène pas, dit-il en lui rendant le téléphone.

Maintenant qu'il connaissait mieux Jessica, il comprenait son intérêt pour l'histoire des patients. Il savait que leur guérison était importante pour elle.

Il la vit frissonner.

Sa robe à fleurs était un peu trop légère pour affronter le climat irlandais. Dans sa maison, ils seraient au chaud — et de préférence nus.

— Tu as froid, on ferait mieux d'y aller.

Lorsqu'ils furent entrés dans la voiture, il se pencha pour réclamer la récompense qu'il avait attendue toute la journée. Mais au moment où leurs lèvres se touchaient, son estomac se rappela à son attention.

— Tu as besoin de manger, murmura Jessica contre sa bouche.

— J'ai besoin de toi, répondit-il en approfondissant son baiser, avant de gargouiller de nouveau.

— Bon. On va s'arrêter en chemin pour acheter quelque chose, décida-t-elle.

Il avait été tenté de l'emmener dîner dans un bon restaurant, mais il avait craint que ça ne ressemble à un rendez-vous galant. Ils s'étaient mis d'accord pour que leurs rapports soient uniquement physiques, afin d'éviter tout désagrément quand il serait temps pour Jessica de partir. Un fast-food était un bon compromis.

— Parfait, dit-il. Tout à l'heure, tu vas avoir besoin de toute ton énergie.

Le regard de Jessica brilla, et il se dépêcha de démarrer. Ce soir, pour une fois, il avait toutes les raisons de rentrer chez lui le plus vite possible.

Le ronronnement du moteur agissait sur Jessica comme une berceuse. La fatigue commençait à avoir raison d'elle. Ils avaient finalement décidé de dîner sur place plutôt que de manger des frites et des burgers froids à la maison. Maintenant qu'elle avait le ventre plein, son corps épuisé n'aspirait plus qu'au sommeil.

Peut-être que si elle se reposait juste cinq minutes, elle pourrait recharger ses batteries avant la nuit de folie qui était prévue…

Elle appuya la tête contre la vitre et ferma les yeux.

— Jessica, on est arrivés.

— Mmh ?

— Tu es chez toi.

La voix lointaine de Rob parvint jusqu'à sa conscience, et elle lutta pour ouvrir les yeux.

La voiture était garée devant son immeuble.

— Que s'est-il passé ?

— Visiblement, tu es épuisée. On peut reporter ça à une autre fois.

Pour le coup, elle fut totalement réveillée.

— A présent, ça va beaucoup mieux. Je saute sous la douche, et je suis toute à toi, dit-elle avec son sourire le plus éblouissant.

Rob coupa le contact, mais ne retira pas les clés.

— Moi aussi, je suis vanné. On a peut-être exagéré, la nuit dernière. Quatre fois, c'est un record pour moi, il ne faut pas abuser des bonnes choses.

— En fait, cela fait cinq fois en comptant la douche. C'était pour rattraper le temps perdu. On ne pourrait pas continuer à ce rythme la nuit tout en travaillant le jour.

En réalité, elle avait tout autant aimé bavarder et rester blottie contre lui que faire l'amour.

— Tu peux tout de même entrer cinq minutes ?

Elle n'insisterait pas plus pour ne pas avoir l'air en manque.

Indépendamment de leur pacte, il était humain d'aimer être apprécié pour autre chose que le sexe. Qu'était-il resté avec Adam, quand elle n'avait plus eu d'intérêt pour ce domaine ? Sans enfants et sans passion, il n'avait plus eu aucune raison d'être avec elle. Au moins, maintenant, elle avait retrouvé une partie de ce qui faisait d'elle une femme.

— Je te raccompagne jusqu'à ta porte, mais on ferait mieux de s'arrêter là pour ne pas tomber épuisés.

Rob n'avait l'air ni irrité ni frustré par ce changement de programme. Elle n'était pas habituée à une attitude aussi mature en de telles circonstances.

Elle accepta la situation avec un soupir de résignation et chercha ses clés dans son sac.

— Bonne nuit…

Rob se pencha pour embrasser ses lèvres boudeuses.

C'était incroyable comme le simple contact de cet homme pouvait mettre tout son corps en alerte. Elle laissa tomber son sac pour lui nouer ses bras autour du cou, et il répondit en posant les mains sur le bas de son dos.

Leur simple baiser de bonne nuit était en train d'évoluer sérieusement.

— On ferait mieux de rentrer avant que les voisins ne jasent, suggéra-t-elle.

— Je ne reste toujours pas, répondit-il avec entêtement.

— Je cours sous la douche, dit-elle une fois à l'intérieur. Installe-toi confortablement dans le séjour.

Après une journée passée à courir les interviews en ville, elle avait vraiment besoin de se rafraîchir.

— Dépêche-toi, grommela-t-il.

Elle resta plus longtemps que d'habitude parce qu'elle espérait qu'il la rejoindrait. Au bout d'un long moment, elle dut reconnaître sa défaite et s'enveloppa dans une serviette avant de le rejoindre. Au passage, elle vérifia néanmoins qu'il ne s'était pas couché tout nu dans son lit en l'attendant.

Au lieu du scénario romantique qu'elle avait imaginé, elle trouva Rob allongé sur le canapé. Il avait soigneusement plié sa veste sur le bras du fauteuil et retiré ses chaussures, et il s'était endormi.

Comment lui en vouloir, alors qu'il était si beau ainsi et qu'il avait l'air comme chez lui ?

Ses lèvres s'entrouvrirent, laissant échapper un doux ronflement. Le col ouvert de sa chemise était une invitation à se rapprocher de lui.

Elle se percha sur le bord du canapé pour mieux le contempler et lui caressa les cheveux.

— Viens t'allonger près de moi, marmonna-t-il sans ouvrir les yeux.

— Mes cheveux sont encore mouillés.

— Ils sécheront.

Il se tourna sur le côté pour lui laisser plus de place, et elle ne put résister à l'envie de se pelotonner contre lui.

— On est bien, murmura-t-elle.

— On n'a pas besoin de faire quoi que ce soit. Je sais que tu es fatiguée.

Rob étala sur eux le plaid qui recouvrait le dos du canapé et l'entoura de ses bras.

— Tu es sûr que c'est moi qui suis fatiguée ?

Il enfouit la tête dans son cou. Déjà, elle entendait sa respiration changer.

— Chut. Endors-toi.

Elle ne tarda pas à s'exécuter.

Rob se réveilla aux premières lueurs du jour avec une crampe dans le mollet et les cheveux de Jessica sur le visage.

Un canapé, ce n'était pas l'endroit idéal où dormir à deux, pourtant il éprouvait une sensation de paix qu'il n'avait pas envie de quitter. Avec Jessica dans ses bras, il n'y avait plus ni souffrance, ni mort, ni chagrin — seulement du contentement. Malheureusement, sa compagnie n'était qu'une solution temporaire à son problème, et il craignait que son départ ne fasse qu'accroître la sensation de perte.

Dehors, un oiseau chanta pour accueillir cette nouvelle journée.

Il n'avait encore jamais dormi dans l'appartement d'une femme, pas plus qu'il n'avait passé deux nuits consécutives avec la même personne. En limitant ses liaisons à des chambres d'hôtel ou à une nuit maximum chez lui, il avait toujours réussi à contrôler la situation. Mais ces mesures de sécurité n'avaient plus cours quand il était avec Jessica. La spontanéité qu'il y avait entre eux était parfaite pour une liaison passionnée. Pourvu qu'il ne regrette pas d'avoir enfreint ses propres règles pour elle ! Peut-être pouvait-il encore exercer un certain contrôle en partant avant son réveil…

Il se redressa, et Jessica roula à l'endroit qu'il venait de quitter. La couverture glissa sur le sol, révélant son corps nu à peine couvert par une serviette de bain.

Non. Il ne pouvait pas la laisser ainsi sans passer pour un

parfait goujat. Au moins, si elle se réveillait dans son lit, elle saurait qu'il s'était soucié d'elle, même s'il n'avait pas pu rester.

Doucement, il la prit dans ses bras et la porta jusqu'à la chambre, sans provoquer autre chose qu'un léger grognement. Elle était allongée là, paisiblement, le visage dépourvu de maquillage, sans superbes vêtements derrière lesquels se cacher.

Il comprenait à présent pourquoi elle attachait tant d'importance à ses tenues, alors qu'elle était si belle naturellement. C'était sa façon de se protéger et de cacher sa peine. Elle se servait de son maquillage comme il se servait de sa position — pour maintenir une certaine distance avec les autres. Mais ce devait être difficile de garder sa maladie secrète alors qu'elle était si vulnérable sur le plan émotionnel.

Il étouffa un bâillement et consulta sa montre.

Il lui restait quelques heures avant d'aller travailler, et le lit était beaucoup plus tentant que le canapé.

Soudain, il ne trouvait plus aucune raison de ne pas retirer sa chemise pour s'allonger près d'elle.

A la seconde où il se glissa sous les draps, Jessica se lova contre lui.

— Je croyais que tu ne restais pas…

— La tentation était trop forte, dit-il en laissant courir sa main sur son épaule jusqu'à la taille.

La première nuit sans insomnie, il avait voulu croire que c'étaient leurs ébats qui l'avaient épuisé. Pourtant, lors de cette deuxième nuit passée tout habillé et dans une position inconfortable, il avait dormi paisiblement, sans cauchemars et sans se sentir envahi par la culpabilité. Jessica était le seul facteur commun de ces deux circonstances…

Noterait-il des changements quand il redormirait seul ?

Il n'était pas pressé de le savoir. Surtout alors qu'une belle femme nue demandait toute son attention.

Elle bâilla et s'étira langoureusement, révélant ses seins magnifiques.

— Comment avons-nous atterri là ?

Etant donné qu'ils étaient tous les deux pleinement réveillés et qu'ils avaient du temps à tuer, il aurait été stupide de ne pas profiter de la situation.

Il posa la main à plat sur son ventre et descendit lentement vers son sexe.

— J'ai pensé que ce serait plus confortable, répondit-il.

Elle étouffa une exclamation quand il glissa un doigt dans son intimité, et répondit en enfonçant les ongles dans son torse. Il avait remarqué que c'était le signe qu'elle appréciait particulièrement ce qu'il lui faisait.

Rejetant la couverture par-dessus sa tête, il rampa vers le bas du lit, ce qui provoqua chez Jessica un petit cri de plaisir.

Après deux semaines de liaison, Rob ne parvenait toujours pas à se lasser de Jessica. Alors que cela faisait à peine quelques heures qu'ils s'étaient séparés à l'entrée de l'hôpital, il comptait les minutes, pressé de se retrouver seul avec elle. Chaque fois qu'il la voyait passer dans les couloirs, elle était pour lui comme un rayon de soleil.

Il se mit à siffloter gaiement à la perspective de se retrouver ensemble, chez lui, à la fin de la journée.

— On dirait qu'il y a de la bonne humeur dans l'air, observa Maria alors qu'ils se rejoignaient devant la porte de l'unité de jour.

— Je vais renvoyer une de mes patientes chez elle. N'y a-t-il pas de quoi se réjouir ?

— Hum. Ça ne vous ressemble pas. Le plus curieux, c'est que je viens de croiser Jessica qui fredonnait le même air, dit-elle d'un air soupçonneux.

— On a dû écouter la même radio ce matin.

Ce qui était exact. Ils s'étaient tous les deux trémoussés dans la voiture au son d'une chanson des années 1990. Elle chantait aussi mal que lui, et avec le même enthousiasme.

Maria poussa un soupir de frustration.

— Pour l'amour du ciel, n'allez-vous pas avoir pitié de moi et me dire si vous vous êtes enfin rapprochés ?

Son premier réflexe fut d'ériger de nouveau des barrières pour protéger sa vie privée. Mais Maria était son amie. Après tout, pourquoi nier quelque chose dont il n'avait absolument pas honte ?

— Bon, d'accord, nous nous voyons. Mais il est inutile d'aller acheter une tenue pour le mariage. Ne l'oubliez pas, elle n'est ici que jusqu'à la fin du mois.

Leur relation avait une date d'expiration, qui arriverait sans même qu'ils s'en rendent compte.

— Aucune importance, répliqua Maria. En quelques heures de voiture, vous êtes à l'autre bout du pays. Vous pourrez continuer à vous voir si vous le voulez.

— Nous avons tous les deux choisi d'en rester là. Vous devriez déjà être contente que je prenne un peu de bon temps.

Maria haussa les épaules. Ce n'était manifestement pas ce qu'elle avait envie d'entendre. Ils n'étaient pas d'accord sur ce qu'il y avait de mieux pour lui, mais elle ne fit pas d'autre commentaire.

Il entra dans l'unité de jour et salua chaque jeune patient qui suivait un traitement. Les infirmières du service d'oncologie administraient la chimio une fois qu'il avait planifié les détails du traitement. Elles étaient parfaitement capables de retirer les sondes de Hickman utilisées pour les intraveineuses et les prises de sang, mais il préférait le faire lui-même chaque fois qu'il le pouvait, ce qui lui permettait de suivre ses patients du début à la fin de leur maladie.

Maria était déjà dans le box avec la petite fille de dix ans qui devait sortir et qui attendait avec sa mère.

Soudain, il pensa à Jessica.

Celle-ci devait avoir à peu près le même âge quand la LLA l'avait frappée, elle aussi. Il serait éternellement reconnaissant envers le collègue oncologiste qui lui avait sauvé la vie.

Après avoir vérifié les résultats des derniers examens sanguins, qui étaient pleinement satisfaisants, il ôta son alliance pour se laver soigneusement les mains.

— Je suis sûr que tu es ravie qu'on te retire ta sonde aujourd'hui, Katie.

Sa patiente hocha timidement la tête, mais sa mère exprima son soulagement de voir le traitement se terminer.

— C'est une procédure assez rapide. Tu peux m'arrêter à chaque instant si tu ne te sens pas bien, mais ce sera terminé en quelques minutes.

La mère prit aussitôt la main de sa fille dans la sienne.

— Est-ce que vous avez prévu quelque chose pour fêter ce retour ? demanda-t-il pour distraire Katie de ce qu'il faisait.

— On va faire une énorme fête, répondit Mme Daniels pendant qu'il introduisait l'anesthésique dans l'aiguille.

Il injecta le produit dans plusieurs endroits autour du poignet. Katie tressaillit, mais resta silencieuse.

— J'espère que tu vas recevoir des cadeaux ? dit-il en attendant que l'anesthésie fasse son effet.

— Je vais avoir un petit chien, dit Katie d'une voix tout excitée.

— C'est le meilleur cadeau que l'on pouvait te faire, assura-t-il.

Prenant un scalpel sur le plateau que Maria avait préparé à côté de lui, il pratiqua une incision pour libérer le poignet, avant de voir apparaître le cathéter blanc.

— A présent, Katie, je vais compter jusqu'à trois, puis tu vas retenir ta respiration. Un, deux, trois.

Il appuya sur le côté puis tira doucement sur le tuyau pendant que Katie retenait sa respiration.

— Alors, ce n'était pas si terrible ?

— Est-ce que c'est fini ?

— Pratiquement.

Après s'être assuré qu'il n'y avait pas de complication, il nettoya de nouveau la zone et utilisa des strips avant de tout recouvrir d'un pansement.

— Tu vas te reposer un petit moment, puis tu pourras rentrer chez toi et oublier tout ça, dit-il en retirant ses gants, avant de récupérer son alliance sur l'évier. Maria va garder un œil sur toi jusqu'à ce que tu sois prête à partir.

Mme Daniels lui adressa un sourire radieux.

— Merci pour tout, docteur.

Lorsqu'il eut regagné son bureau, il ôta son alliance pour la regarder de plus près.

Pendant cinq ans, il ne lui était pas venu à l'esprit de la retirer, et il savait que Jessica ne s'attendait pas à ce qu'il le fasse pour elle. Mais plus il regardait cet anneau, plus il se disait que cela l'enchaînait au passé. Tant qu'il le porterait, il serait la moitié d'un couple qui n'existait plus.

Aux yeux du monde, rien d'autre n'indiquait qu'il était encore un homme marié. Il ne ferait sûrement pas l'amour avec Jessica si c'était le cas. Cette alliance ne lui servait plus qu'à maintenir les gens à distance. Or, maintenant, il voulait que Jessica soit le plus proche possible.

Avant de changer d'avis, il sortit son portefeuille de sa poche et glissa l'alliance à l'intérieur, à côté de la précieuse photo de famille qu'il gardait là.

Même si c'était dur à admettre, le seul moyen pour que son cœur guérisse était de laisser Leah et Mollie s'en aller. Il les porterait toujours dans son cœur, mais elles ne seraient pas là en permanence. Il était temps pour lui de continuer sans elles.

Jessica versa les pâtes dans une passoire, puis elle mélangea dans la poêle la crème fraîche, le chili et la sauce à la tomate et au basilic avec les poivrons en morceaux et le brocoli précuit à la vapeur. Les cuisses de poulet attendaient au four, et la table était mise pour deux.

Ce n'était pas un dîner officiel pour fêter leurs deux semaines passées ensemble — en leur rappelant qu'ils étaient à la moitié du parcours — mais au moins, quelqu'un avait fait bon usage de cette magnifique cuisine de pro.

Quand Rob s'était rendu compte qu'il ne pourrait pas

quitter l'hôpital en même temps qu'elle, il avait insisté pour lui commander un taxi et lui avait tendu les clés de sa maison. Tous deux tenaient à passer le reste de la soirée ensemble.

Elle avait fait un détour par son appartement pour prendre les ingrédients nécessaires au dîner et jeté quelques affaires dans un sac. Cela leur éviterait de courir le lendemain matin, vu qu'ils étaient invariablement en retard.

Elle entendit la voiture arriver au moment où elle déposait le plat appétissant sur la table.

— Ça sent bon, dit Rob en lui entourant la taille de ses bras, avant de fourrager dans son cou.

Il lui fallut faire appel à toute sa volonté pour ne pas réagir à son contact, alors qu'elle avait attendu ce moment toute la journée. Mais elle ne voulait pas voir ses efforts culinaires réduits à néant s'ils cédaient d'abord à la faim qu'ils avaient l'un de l'autre.

— J'ai pensé qu'il était temps que quelqu'un inaugure cette cuisinière.

— Belle initiative de ta part.

— Ne crains rien, je ne suis pas en train de marquer mon territoire. J'avais juste envie que l'on ait un vrai dîner.

Elle aimait bien cuisiner, même si elle trouvait que c'était une perte de temps de le faire pour elle seule.

— Je ne me plains pas, dit Rob. Tu es toujours la bienvenue.

Du moins, pendant le court laps de temps qu'il leur restait. Pourtant, elle commençait à apprécier les joies de la vie domestique. Ils étaient trop bien ensemble, que ce soit dans la chambre à coucher ou ailleurs, pour que cela reste une aventure sans signification.

La perspective de ne plus se voir était trop douloureuse pour qu'elle s'y arrête, mais il était trop tard pour reculer, le mal était déjà fait. A la fin du tournage, elle n'aurait pas d'autre choix que de s'en aller, si elle ne voulait pas finir par être rejetée par Rob lorsqu'il saurait tout. Tout ce qu'elle pouvait faire, c'était d'apprécier ce qu'il leur restait à vivre ensemble, le temps que cela durerait.

Après le dîner auquel ils firent honneur, ils s'installèrent sur le canapé, où elle avait pris l'habitude de se blottir contre la poitrine de Rob à la fin d'une longue journée de travail.

— Une de mes patientes a terminé son traitement aujourd'hui, dit-il, visiblement soulagé.

— C'est une merveilleuse nouvelle.

Jusqu'à ce que Rob entre dans sa vie, elle avait oublié les bons côtés de la vie de couple : partager les histoires et les préoccupations, laisser le stress de la journée s'éloigner un peu plus à chaque étreinte. Cela pouvait sembler normal à quelqu'un qui retrouvait un conjoint chez soi chaque soir, mais pour elle qui avait pour habitude de regagner un appartement vide, c'était merveilleux.

Plus qu'une quinzaine de jours à jouer au petit couple heureux, et la réalité se rappellerait à elle avec toute sa force.

— Comment s'est passée ta journée ? demanda Rob.

— Pas aussi bien que la tienne, je le crains. Nous avons eu des problèmes techniques avec les caméras commandées à distance, et nous avons perdu les prises de vue en extérieur.

— Ma pauvre Jess !

Il lui déposa un baiser sur le front, et elle se sentit tout de suite mieux.

Elle entrelaça ses doigts avec les siens, et c'est alors qu'elle sentit un vide à la place de l'alliance.

Son cœur faillit s'arrêter de battre.

Il pouvait y avoir plusieurs raisons pour que Rob l'ait enlevée, sans que cela ait à voir avec elle.

Elle n'osa pas le questionner, de crainte que sa réponse ne fasse resurgir ses peurs et ne l'oblige à mettre fin à leur histoire plus tôt que prévu.

8.

Jessica s'arrêta dans le couloir devant le panneau qui affichait les résultats de la collecte pour l'achat du scanner.

On en était presque aux trois-quarts de l'objectif.

— Espérons que la diffusion de la série documentaire permettra d'atteindre le montant fixé !

— Je croise les doigts, dit Rob. Mais on est encore loin du compte.

Il avait pris une part active dans la vente de gâteaux, de bons de lavage de voiture et les promesses de dons. Son dévouement à la cause était admirable, et elle comprenait d'autant mieux son engagement après avoir vu tous ces enfants.

— Est-ce que tu vas t'inscrire pour la course ? demanda-t-il.

— Moi ?

— Ça ressemblera sans doute plus à une marche vers la fin, car elle doit s'étaler sur la journée de samedi dans le parc de Tollymore, à County Down. Mais on devrait bien s'amuser, et tu es la bienvenue pour te joindre à nous.

A quel titre était-elle censée participer ? Son amie ? Son amante ? Sa collègue ?

— Samedi prochain ? Je vais voir si je peux trouver une équipe de tournage pour couvrir l'événement.

— A vrai dire, je préférerais qu'ils ne soient pas là.

Rob ne lui laissait même pas la possibilité de justifier officiellement sa présence !

— Nous verrons, dit-elle, sans vouloir s'engager davantage.

— Ceci t'aidera peut-être à te décider. J'ai oublié de te le donner hier soir.

Il lui tendit un sac en papier.

Une vague de panique s'empara d'elle.

— Il ne fallait pas…

— Je sais. Ouvre-le.

C'était trop lourd pour que ce soit un bijou ou du chocolat, et trop grand pour une bouteille de vin.

Elle jeta avec appréhension un coup d'œil à l'intérieur et découvrit une paire de baskets décorées de strass, nichées dans du papier crépon rose.

— Qu'est-ce que… ?

— Je ne supporte plus de te voir avoir mal aux pieds chaque soir, après être restée perchée sur tes talons aiguilles toute la journée. Il faut que tes pieds puissent se reposer.

— Merci.

Il lui avait acheté une paire de baskets en pensant au bien-être de ses pieds ! C'était l'attention la plus craquante qu'elle ait jamais reçue d'un homme. Et la plus effrayante. Leur relation progressait trop rapidement pour demeurer superficielle, elle devait le quitter.

— Et maintenant, dit-il avec un clin d'œil, tu as même l'occasion idéale pour les porter !

Les baskets clinquantes amenaient le sourire sur le visage de Jessica chaque fois qu'elle les mettait.

Elles plaisaient beaucoup aux enfants, même si elle avait remarqué quelques coups d'œil intrigués du côté de ses collègues, habitués à la voir chaussée de façon plus formelle.

Au moins, elle avait les pieds à l'aise à défaut du reste, debout au milieu de cette forêt — en tutu.

De nouveau, elle sentit le regard de Rob sur elle.

— Quoi ?

— Je m'attendais plutôt à ce que tu te déguises en princesse glamour qu'en fée scintillante.

Le fait qu'elle puisse encore le surprendre alors qu'ils étaient ensemble pratiquement vingt-quatre heures sur vingt-quatre n'était pas pour lui déplaire.

— Aujourd'hui, il s'agit de faire rentrer de l'argent tout en s'amusant. Ce n'est pas un défilé de mode. J'ai pensé que, avec les baskets, des leggings argentés et un tutu rose étaient plus adaptés.

Rob haussa un sourcil.

— Ça ne te ressemble pas d'avoir l'esprit pratique.

Lui-même n'était pas en reste avec sa tenue très « années 1980 », ses jambières rose fluo et son serre-tête blanc. Seul son sac à dos n'était pas d'époque. Il était rempli du contenu de sa trousse médicale, afin d'assurer les premiers secours.

Elle appréciait qu'il soit capable de se montrer en public sous un côté moins sérieux. Cela le lui rendait d'autant plus attachant, comme si soigner des enfants malades et secourir des femmes évanouies ne suffisait pas.

Ils se rendirent sous la tente de toile dressée sur le parking et reçurent leurs numéros ainsi qu'une carte sur laquelle figurait le tracé du parcours. Puis ils rejoignirent la foule assemblée devant la ligne de départ.

— Je reconnais des visages, dit Rob. Certains anciens patients sont venus avec leur famille.

Il souriait et faisait un signe à tous ceux qui croisaient son regard, visiblement ravi de constater qu'ils étaient suffisamment rétablis pour participer.

C'était aussi pour son grand cœur qu'elle l'aimait.

Oui, elle l'aimait, ce n'était plus la peine de chercher à se leurrer. Sinon, pourquoi penserait-elle à lui à chaque instant de la journée et ne pourrait-elle plus envisager de dormir ailleurs que dans ses bras ?

Sous le coup de cette révélation, elle démarra en trombe quand le signal du départ fut donné.

Elle avait fait la seule chose qu'elle s'était interdite : elle était tombée amoureuse. A présent, inutile de compter sortir de cette histoire avec un cœur intact. Même s'il existait une faible chance que Rob éprouve le même sentiment, il y avait trop d'obstacles à surmonter. Ils ne feraient que repousser l'inévitable.

Elle courait de toutes ses forces, comme pour fuir cette injustice.

Elle avait trouvé quelqu'un capable de la rendre heureuse, quelqu'un avec qui elle pouvait être elle-même, mais il y avait toujours ce squelette dans son placard, qui finirait par l'éloigner d'elle.

— Hé, attends-moi ! cria Rob en la rattrapant.

— Désolée, mon instinct de compétition a pris le dessus pendant une minute, plaisanta-t-elle.

Elle ralentit pour adopter un rythme plus réaliste. De toute façon, elle n'aurait pas tenu longtemps à cette allure.

— Tu ferais mieux de garder ton énergie pour le sprint final, dit-il, avant d'accélérer à son tour et de prendre la tête.

Plus loin, le sentier se rétrécit le long d'un torrent, les forçant à progresser l'un derrière l'autre et empêchant toute conversation.

C'était l'occasion rêvée de réfléchir à ses émotions anarchiques tout en contemplant les fesses musclées de Rob devant elle.

Ils s'étaient vus tous les jours au travail, ils avaient fait les trajets ensemble et passé toutes les nuits dans les bras l'un de l'autre. Elle n'avait pas prévu ça. Cet homme avait pénétré tous les aspects de sa vie, et ce serait une tâche herculéenne que de faire disparaître toute trace de lui, une fois qu'elle ne serait plus là.

Rob Campbell faisait partie intégrante de ses journées de travail en tant que médecin et en tant que confident. La nuit, il était son compagnon et son amant. Et elle n'avait pas envie de le perdre, sous aucun de ces aspects. Elle n'aurait jamais dû commencer à s'attacher à lui, à faire des incursions dans le passé et à laisser l'émotion s'insinuer partout.

Certes, il savait s'y prendre avec les enfants, mais il ne lui avait jamais fait part d'un quelconque désir d'en avoir à lui.

Et si elle projetait ses propres incertitudes sur lui ? Peut-être avait-il enterré l'idée d'avoir une famille en même temps que sa femme ?

Elle ferait bien d'arrêter de gamberger.

Elle ne voyait que deux façons de mettre fin à cette sérieuse brèche pratiquée dans son cœur, et aucune des deux n'allait forcément bien se terminer pour elle. Soit elle taisait ses sentiments à Rob en faisant semblant de ne pas être anéantie par la fin de leur histoire, soit elle lui avouait ce qu'elle ressentait. Dans ce dernier cas, le scénario le plus probable était un nouveau rejet.

Mais si c'était sa dernière chance de passer sa vie avec quelqu'un qu'elle aimait, elle ne se pardonnerait jamais d'être partie sans l'avoir tentée.

Rob ne le savait pas encore, mais il détenait pour elle les clés du bonheur — un fardeau qu'il ne serait peut-être pas prêt à accepter.

Le chemin s'élargit de nouveau, et ils arrivèrent à l'orée de la forêt. La foule des coureurs s'éparpilla au milieu des rires et des éclats de voix, créant un spectacle coloré parmi les arbres. Désireuse de se retrouver seule avec ses pensées, elle ralentit l'allure et se mit à marcher, se laissant rapidement distancer.

Rob ne fut pas long à le remarquer et fit demi-tour.

— Alors, on traîne ? Est-ce que tu admettrais déjà ta défaite ? demanda-t-il en émergeant de la forêt.

Pour éviter d'avoir à s'expliquer, elle se pencha en avant et fit la grimace.

— Je crois que j'ai un point de côté.

Ce n'était pas tout à fait faux. Il y avait cette douleur aiguë en elle, qui lui donnait envie de se rouler en boule.

Il changea aussitôt de visage et s'arrêta à son tour, toute son attention tournée vers elle, si bien qu'elle se sentit coupable d'avoir usé de ce subterfuge.

— Respire profondément plusieurs fois tout en marchant.

Elle s'exécuta en grimaçant de nouveau, pendant que Rob sortait une bouteille d'eau de son sac à dos et la lui tendait.

Que ce soit pour un faux point de côté ou pour un vrai évanouissement, il était là pour la rattraper. C'était dans sa nature, et il montrait probablement la même sollicitude envers tous ceux qui en avaient besoin.

Mais il ne partageait pas son lit avec eux la nuit. Et elle s'était rendu compte qu'il n'était pas si facile de séparer l'amour et le plaisir.

Il ne lui restait plus qu'à espérer que la compassion de Rob s'étende à tous les aspects de ses ennuis de santé. Ainsi, il pourrait comprendre son problème de fertilité, l'accepter et l'aimer quand même.

Autant demander la lune.

Rob continua de surveiller Jessica pendant qu'ils s'enfonçaient plus profondément dans la forêt.

Elle était plus silencieuse que d'habitude, et il ne croyait pas que c'était à cause d'un simple point de côté. Ça ne lui ressemblait pas de s'isoler du reste du groupe. En général, on la trouvait plutôt au cœur du problème, en train de remonter le moral des troupes, tout comme lui. Elle voulait probablement être seule avec lui, et il n'allait pas s'en plaindre. Pour une fois, ça faisait du bien de se retrouver ensemble dehors.

La série documentaire étant presque achevée, il savait qu'il leur restait peu de temps, mais il n'était pas encore prêt à lui faire ses adieux. S'il y avait un moyen pour qu'ils continuent à se voir après la fin du tournage, il sauterait sur l'occasion. S'il ne voulait pas remplacer Leah et Mollie, il ne pouvait pas non plus supporter l'idée de perdre Jessica.

Cinq années de pénitence pendant lesquelles il s'était interdit d'être heureux, n'était-ce pas suffisant, devait-il se condamner à vie ?

Tout le monde pensait qu'il était trop dur envers lui-même,

mais ils ne connaissaient pas tous les faits. Jessica était la seule personne à qui il pourrait confier la vérité. Sa réaction lui indiquerait s'il s'était suffisamment puni, et s'ils pouvaient envisager autre chose. Il ne voulait pas perdre ce qu'il avait avec elle par crainte d'être heureux sans Lea et Mollie.

Il prit la tête quand il fallut traverser la rivière, pour s'assurer qu'il n'y avait pas de danger. Mais Jessica sauta d'une pierre à l'autre derrière lui comme une nymphe des bois. Elle était une lumière scintillante dans son monde peuplé d'ombres, et il ne voulait pas replonger dans l'obscurité une fois qu'elle serait partie.

— Est-ce que ça va ? lui demanda-t-il en lui tendant la main pour l'aider à effectuer le dernier saut jusqu'à la rive.

— Je me sens beaucoup mieux. Merci, docteur.

Elle battit des cils en s'appuyant contre lui pour recouvrer son équilibre, et il ne put résister à l'envie de l'embrasser.

Leurs lèvres s'unirent à l'ombre des arbres qui laissaient filtrer des taches de lumière. Le doux bruissement des feuilles et le bruit régulier de l'eau qui coulait formaient un cadre idéal.

Ils étaient si bien ensemble !

— J'aimerais que l'on puisse rester toujours ici, murmura-t-il dans ses cheveux, en la tenant serrée contre lui.

Les mots lui avaient échappé, mais elle n'eut pas l'air de s'en formaliser. Tout semblait si simple quand ils étaient dans les bras l'un de l'autre.

— Moi aussi, soupira-t-elle.

Ils restèrent ainsi un moment, à se balancer doucement. Puis il aperçut du mouvement, au loin, sous les arbres : une bande de retardataires arrivait, gesticulant et parlant fort.

Le charme était rompu.

— Je crois que nous avons de la compagnie.

— C'était trop beau…

— Allons-y, on va essayer de les distancer.

Il prit Jessica par la main et reprit le chemin menant à la

vallée. S'il devait lui confier ses plus noirs secrets, mieux valait que ce ne soit pas en présence d'un public.

Elle éclata de rire quand ils se mirent à courir comme des écoliers faisant l'école buissonnière.

— Qu'est-il arrivé au médecin affable qui a toujours du temps et un mot aimable pour chacun ? railla-t-elle.

— Même lui a besoin de faire des pauses. Peut-être s'est-il enfin décidé à écouter ceux qui lui disent qu'il devrait refaire sa vie.

S'il devait suivre ce conseil, il aurait très envie que Jessica fasse partie de ce nouveau départ. Avec elle, il avait appris qu'il pouvait à la fois éprouver des sentiments pour elle et continuer d'aimer sa famille.

Elle lui serra la main, comme pour lui exprimer sa solidarité.

Ils firent le tour de la mare aux canards, et après s'être assurés qu'ils avaient semé le reste de la fête, ils s'assirent sur un banc.

Jessica étendit les jambes devant elle et rejeta la tête en arrière pour offrir son visage aux rayons du soleil.

Il ne savait pas exactement où il en était avec elle, mais il était certain qu'il y avait encore quelque chose qu'elle ne lui disait pas.

La tête un peu confuse, il s'approcha du bord de l'eau et fourragea dans son sac à dos.

Les canards avaient toujours été une étape importante dans ses balades, et il ne partait jamais les mains vides. Il prit une poignée d'avoine et s'agenouilla pour être plus près d'eux.

— Nous ne sommes pas en Ecosse, objecta Jessica. Je parie qu'ici, à la place du porridge, les canards aiment autant les bons vieux morceaux de pain sec.

Il secoua la tête.

— Ils n'ont aucune valeur nutritive. En fait, cela peut même les ballonner et leur causer des problèmes. De plus, ce qui n'est pas mangé affecte la qualité de l'eau et attire la vermine. Il vaut beaucoup mieux les nourrir avec de l'avoine, du blé, ou même des grains de raisin coupés en deux.

Jessica le rejoignit et nourrit les canards avec lui.

— C'était toujours le moment que Mollie préférait, murmura-t-il sans réfléchir.

Les mots lui avaient échappé. Mais le simple fait de dire le prénom de sa fille à voix haute déchira les nuages de tristesse qui la cachaient au monde entier.

Cela faisait trop longtemps qu'il ne l'avait pas prononcé. Ne plus l'appeler chaque jour était aussi dur que de ne plus voir son visage chéri. Mollie méritait qu'on lui rende hommage.

Son prénom resta suspendu dans l'air.

— Mollie ? répéta Jessica, tout en continuant à nourrir les canards.

Elle ne se rendait pas compte qu'il venait de lui confier la mémoire de sa fille, ce qu'il avait de plus précieux dans la vie.

Fermant les yeux, il prit une profonde inspiration.

— Je n'ai pas seulement perdu Leah dans l'accident. J'avais aussi une petite fille.

Ce fut comme s'il avait ouvert une valve, libérant toute la pression du chagrin enfoui au fond de lui depuis si longtemps.

La perte de Mollie avait été l'événement le plus traumatisant de sa vie. Il avait fait tout son possible pour l'enterrer, comme s'il s'était agi de quelque chose de honteux. A présent, il espérait de toutes ses forces qu'il pouvait confier sa mémoire à Jessica.

Elle poussa une exclamation étouffée.

— Oh ! mon Dieu ! Non !...

Cela faisait beaucoup d'un seul coup, et il comprenait le choc qu'avait dû produire cette révélation.

Que peut-on dire à quelqu'un qui a perdu un enfant ? Il avait tout entendu : « Au moins, elle est avec sa mère ». « Elle est sûrement mieux là où elle est ».

Ce genre de commentaire d'une banalité affligeante lui avait souvent donné envie de taper sur n'importe quoi. Mollie était sa fille, et il l'avait perdue pour toujours. L'énormité de cet état de fait ne pourrait jamais être complètement exprimée. Peut-être valait-il mieux que Jessica ne dise rien, plutôt qu'elle sorte un autre cliché.

— Quel âge avait-elle ? demanda Jessica, les yeux remplis de larmes.

Devant son émotion, il se détourna pour ne pas pleurer à son tour.

— Quatre ans. J'ai une photo d'elle.

Il sortit son portefeuille de sa poche et montra la photo de famille usée qu'il gardait précieusement contre son cœur depuis cinq ans. Il n'y avait pas d'autres photos chez lui parce qu'il voulait éviter les questions embarrassantes qui auraient fait resurgir son sentiment de culpabilité. Lorsque les visages de Leah et Mollie devenaient flous dans son souvenir, il regardait cette photo.

— Elles sont très belles toutes les deux, dit Jessica. Vous aviez l'air très heureux ensemble.

Il n'y avait aucune trace de jalousie ni d'irritation dans sa voix, et il se raccrocha à l'idée qu'il venait de trouver quelqu'un avec le cœur assez grand pour l'accepter avec sa vie passée.

— Nous l'avons été. Le plus souvent, répondit-il en rangeant son portefeuille.

Il aurait aimé pouvoir ranger ses sentiments aussi facilement.

— Pourquoi ne m'as-tu rien dit ?

Il éclata d'un rire bref.

— On était censé avoir une brève relation sans complications, non ?

— Je sais bien, mais on a partagé beaucoup de choses, ces trois dernières semaines. Qu'est-ce qui t'a fait croire que je ne pourrais pas supporter de savoir, à propos de ta fille ? demanda Jessica, visiblement contrariée.

Il sentit sa gorge se nouer.

La véritable raison pour laquelle il avait gardé le secret sur Mollie, c'était qu'il avait honte de lui avoir fait défaut. Jessica risquait de lui tourner le dos en apprenant la vérité, mais il ne pouvait plus supporter de ne rien dire. Ils ne pourraient pas avoir un avenir ensemble tant qu'elle ne connaîtrait pas le vrai Rob Campbell.

— Je ne t'ai pas tout dit à propos de l'accident, avoua-t-il. Personne ne connaît toute l'histoire. On me plaint en faisant de moi une victime, alors que c'est moi qui suis à blâmer.

Il lui raconta en détail les raisons de leur dispute.

— J'estimais que Mollie méritait plus d'attention de la part de sa mère, poursuivit-il. Résultat : je ne les ai même pas accompagnées quand elles sont sorties faire des courses pour la rentrée des classes de Mollie. Depuis, je vis avec la pensée que j'ai envoyé ma femme et mon enfant à la mort. Je les ai abandonnées toutes les deux.

Il se laissa tomber sur les genoux avec l'impression qu'il ne restait plus de lui que la coquille vide du mari et du père qu'il avait été.

Jessica s'assit à côté de lui, jambes croisées, sans paraître se soucier de la boue qui maculait son tutu rose, et prit sa main dans les siennes.

Elle lui montrait qu'elle était là pour lui, qu'il n'était pas tout seul. Auparavant, il n'avait jamais apprécié ce geste à sa juste valeur.

— Je maintiens que ce n'était pas ta faute, dit-elle. Malgré la dispute et en dépit du fait qu'il y avait aussi ta fille. Vos parents doivent sûrement être de cet avis ?

— Je ne leur ai jamais rien dit. Je n'aurais pas supporté que quelqu'un d'autre connaisse la vérité et me déteste autant que je me détestais. Il était plus simple pour moi de faire mes bagages et de partir.

Et à présent, il était trop tard pour tenter de renouer avec sa famille.

— Rob ! s'exclama Jessica en lui donnant une tape sur le bras.

Il fut si surpris qu'il faillit perdre l'équilibre.

— Quoi ?

— Sérieusement, passer cinq ans en étant coupé de sa famille et de ses amis me paraît une punition générale exorbitante pour un accident qui n'était même pas de ton fait ! Ils n'avaient rien fait pour mériter ça, n'est-ce pas ?

— Non. Mais je ne pouvais pas supporter que l'on me dise ce que je devais ressentir, ni ce que je devais faire. Nous n'avions plus la même façon de penser.

— Que se serait-il passé si tu avais été dans cette voiture ? Tu aurais aussi bien pu être tué, toi aussi. Et toutes les vies que tu as sauvées ces dernières années, elles ne comptent pour rien ? Tu as accompli tant de bonnes choses dans ta carrière, aidé tant de gens. Ne serait-il pas temps de recréer des liens avec ceux qui t'aiment ?

— Je leur ai fait du mal. J'ai dit des choses… Je ne suis même pas certain qu'ils veuillent que je revienne.

Tout à son chagrin et à sa colère, il avait rejeté les quelques personnes qui comptaient dans sa vie et était parti pour redémarrer ailleurs, dans un autre pays. Mais ça n'avait pas fonctionné. Il n'avait fait que se replier sur lui-même avec son chagrin.

— Bien sûr que si ! assura Jessica. En perdant Leah et Mollie, ils t'ont perdu aussi. Double peine…

Il n'avait jamais pensé à la perte subie par ses parents et ceux de Leah. La lumière s'était éteinte aussi dans leur vie, pas seulement dans la sienne. Pendant l'enterrement et les jours qui avaient suivi, il n'avait pu penser qu'aux deux cercueils blancs et à sa douleur scellée à l'intérieur. Les parents de Leah avaient perdu leur fille, mais les siens avaient perdu leur fils, et tous avaient perdu Mollie.

Il avait été égoïste, et il avait fallu quelqu'un avec le cran de Jessica pour le lui faire comprendre.

— Je suis certaine qu'il suffirait d'un coup de fil pour les rassurer, insista-t-elle.

— Nous verrons, répondit-il. Une chose à la fois.

Il fallait d'abord qu'il apprenne à vivre au jour le jour.

— Je pense que ça te ferait du bien d'avoir quelqu'un ici pour toi.

La capacité de compréhension de Jessica était la raison pour laquelle il avait fini par lui parler de Mollie. Il était loin, le jour de leur première rencontre plutôt rock and roll. Maintenant, elle était celle qu'il voulait avoir avec lui.

— Tu m'as demandé pourquoi je ne t'avais pas tout raconté. En vérité, je n'avais confiance en personne. Je ne voulais pas que les gens me pensent incapable d'exercer mon métier objectivement, à cause de cette tragédie. Cela appartient à la sphère privée. Depuis que je suis ici, je suis devenu très sélectif à propos des amis. Tu peux considérer le fait que je t'aie choisie pour confidente comme un grand privilège, ajouta-t-il avec un petit sourire.

Peu à peu, il se détendait.

Après avoir tout dit à Jessica, elle était encore là. Chaque fois qu'il avait pensé à parler de la perte de sa fille, il s'était imaginé que les gens s'enfuiraient à toutes jambes. Jessica, elle, restait assise près de lui et lui disait qu'il devait se ressaisir.

— J'ignore ce que j'ai fait pour mériter un tel honneur, mais je l'accepterai si tu arrêtes de vivre dans le passé.

— C'est bon, c'est bon, j'ai compris. Je ne broierai plus du noir. Tu peux être sacrément dure quand tu veux, Jessica Halliday !

Ces derniers jours, il avait commencé à envisager à son avenir, et il espérait qu'elle en ferait partie. Avec son aide, il arriverait peut-être à se libérer de ce sentiment de culpabilité qui pesait sur lui.

— J'ai une réputation à sauvegarder, ironisa-t-elle. En même temps, je suis curieuse de savoir pourquoi tu as décidé de me parler maintenant.

En fait, elle le poussait à exprimer ses sentiments pour elle.

— Je sais que nous nous étions mis d'accord pour que cette histoire finisse à la fin du tournage, mais maintenant que cette fin approche, je trouve stupide de renoncer à ce que nous avons. Nous sommes bien ensemble, Jessica…

Il se retint de justesse de dire les trois petits mots qui risquaient de l'effrayer.

Pour faire sa prochaine révélation, il attendrait de savoir s'il était possible qu'elle l'aime aussi.

Jessica ne protesta pas, mais elle fut soulagée de voir arriver les retardataires qui interrompirent de nouveau leur conversation.

Ce n'était pas le moment d'avouer ce qu'elle ressentait pour Rob, avec tous ces gens autour qui nourrissaient les canards tout en se rafraîchissant.

Après les dernières confidences de Rob, ses émotions étaient en vrac. Il ne lui avait pas déclaré un amour éternel ainsi qu'elle l'avait craint, mais en se confiant à elle au sujet de Mollie, il lui avait donné quelque chose d'encore plus précieux. Des mots d'amour n'auraient pas été plus sincères et profonds. Et cela s'était passé peu de temps après qu'il eut retiré son alliance. Cela faisait beaucoup de choses à digérer.

Rob lui avait dit qu'il voulait être avec elle, et son cœur lui disait la même chose. Mais l'amour qu'elle pourrait lui donner ne remplacerait jamais ce qu'il avait perdu. Et elle ne pourrait pas supporter le rejet qui interviendrait inévitablement quand elle lui aurait avoué sa stérilité.

Cet homme avait besoin de fonder une autre famille et le méritait. Elle ne pourrait jamais la lui donner. Mieux valait pour elle s'en tenir à leur accord original plutôt que de faire traîner les choses jusqu'à la fin, qui serait forcément douloureuse. Elle ne l'entraînerait pas plus loin, en lui laissant croire qu'elle était la femme qu'il attendait.

La perte que Rob avait subie était aussi importante que, pour elle, celle de l'enfant qu'elle n'aurait jamais. Comment pourrait-elle s'attendre à ce qu'il laisse le passé derrière lui, alors qu'elle ne pouvait pas lui donner d'avenir ? Son cœur lui faisait mal à l'idée de le perdre, mais elle ne pouvait pas le lui montrer. Elle n'aurait pas dû laisser les choses aller aussi loin. Malgré toutes ses précautions, elle était tombée éperdument amoureuse de lui, et elle allait devoir mettre fin à leur histoire.

— On devrait continuer à avancer si on ne veut pas qu'ils envoient quelqu'un à notre recherche, dit-elle en se relevant.

Rob l'imita.

— Merci de m'avoir écouté. Je te promets de penser à contacter mes proches.

— Très bien.

Ainsi, il aurait quelqu'un pour l'aimer et le soutenir quand elle partirait pour de bon.

— Nous terminerons cette discussion en privé, ajouta-t-il en se penchant à son oreille.

Apparemment, son corps n'était pas au courant que sa tête avait déjà mis fin à leur relation : sa voix grave toute proche déclencha un long frisson d'excitation le long de son dos.

— D'accord, promit-elle.

Mais elle avait à l'esprit un lieu moins intime que lui. Pour lui annoncer leur rupture, elle porterait des vêtements plus sombres et le verrait en terrain neutre.

9.

Rob faisait enfin la paix avec le passé. Après s'être confié à Jessica, il était rentré chez lui et avait appelé ses parents au téléphone. Ils avaient eu ensemble la longue conversation pleine d'émotion dont ils avaient tous besoin. Ils ne croyaient pas plus que Jessica qu'il était responsable de l'accident. Tout ce qu'ils voulaient, c'est qu'il soit heureux.

Il le serait dès que Jessica et lui trouveraient le temps de se parler de cœur à cœur. Maintenant qu'il se sentait libre de reconstruire sa vie, il avait hâte de passer à la prochaine étape avec sa rousse pleine de cran.

Malheureusement, ces derniers jours, on aurait dit que tout conspirait à les éloigner.

Après la course de charité et son lot d'émotions fortes, Jessica avait été si épuisée qu'ils étaient convenus de passer le week-end séparément afin qu'elle puisse récupérer. Mais à présent, on était mardi, et il se sentait devenir parano.

Certes, elle était débordée car c'étaient les derniers jours de tournage, et elle s'efforçait de tout mettre en boîte. Mais sa soudaine froideur avait commencé à apparaître lorsqu'il lui avait parlé de leur relation. Il avait besoin de savoir si elle était encore intéressée par lui. Or, elle ne lui avait jamais rien dit de ce qu'elle ressentait depuis qu'ils se connaissaient.

Le temps filait, et il s'était empêché d'être heureux pendant trop longtemps. Aujourd'hui, il fallait qu'il en ait le cœur net. Tous deux devaient savoir exactement où ils se situaient l'un par rapport à l'autre.

Le meilleur moyen d'y arriver sans trop empiéter sur le

travail de Jessica était de combiner les deux. Il avait donc programmé la fameuse interview en tête à tête qu'elle avait essayé d'obtenir dès le premier jour. Elle n'avait donc plus d'excuses pour ne pas le voir.

S'asseoir dans une pièce avec une caméra pointée sur lui était peut-être un peu excessif pour attirer l'attention de Jessica, mais elle en valait la peine. Sa vie avait été suffisamment en suspens ces dernières années, il ferait tout à présent pour s'assurer qu'ils avaient un avenir ensemble.

Jessica fit irruption dans la pièce avec cinq bonnes minutes de retard, les bras chargés de documents et un café à la main, très femme d'affaires dans son tailleur sombre.

— Désolée de ce retard. Je ne te retiendrai pas longtemps.

Elle ne cherchait pas son regard, ne lui souriait pas. Rien dans son attitude n'indiquait qu'ils avaient passé durant le tournage la plus grande partie de leurs nuits dans le même lit. Ni que, quelques jours auparavant, ils avaient du mal à détacher les mains l'un de l'autre.

Il ne comprenait pas ce qui avait entraîné un tel changement.

— Ce n'est rien, répondit-il. Il n'y a que nous deux ?

— Oui. Tout est prêt à fonctionner. Je peux tourner l'interview toute seule avec une caméra statique. Cela la rend plus…

— Intime ?

— J'allais dire « détendue ». Je te poserai quelques questions en relation avec ton travail, et tu répondras en regardant directement la caméra.

— Je vois. Ensuite, tu effaceras tes questions pour que j'aie l'air de me parler à moi-même ?

— Disons plutôt que c'est un monologue devant la caméra. Tu es prêt ?

Jessica pria pour que ses mains s'arrêtent de trembler et que Rob je s'aperçoive de rien.

Elle n'était pas pressée d'avoir avec lui la conversation qu'il avait prévue ensuite. Elle l'avait délibérément évitée jusque-là. Elle avait déjà commencé à prendre ses distances pour que la séparation finale soit moins inattendue. Mais, en réalité, elle était trop lâche pour lui annoncer la nouvelle en face. Elle craignait de s'effondrer à la dernière minute et qu'il voie clair à travers ses mensonges. Par-dessus tout, elle était terrifiée à l'idée d'être de nouveau rejetée.

Elle s'éclaircit la gorge, but un peu de café pour se donner du courage, et demanda à Rob de se présenter d'abord devant la caméra.

Elle le traitait comme un étranger pour protéger son cœur, ne pas penser à lui. Elle se répétait qu'il avait survécu à un traumatisme beaucoup plus grand que la fin prématurée d'une aventure.

Il lui rendit la tâche plus facile qu'elle ne s'y attendait, en omettant de l'interroger sur son absence depuis samedi. Dès que la caméra se mit à tourner, il se redressa et se présenta, expliquant sa fonction et son rôle au sein du Belfast Community Children's Hospital.

— Mon travail consiste à m'assurer que chaque enfant reçoit les meilleurs soins possible à partir du moment où son cas est diagnostiqué. Cela inclut la chimiothérapie et le choix de la combinaison de traitements qui sera le plus efficace pour chaque individu. Je fais aussi le lien avec les familles, en les maintenant informées à chaque stade du traitement de l'enfant.

— Dites-nous pourquoi l'acquisition d'un scanner est si importante pour le département.

Elle avait promis de lancer un appel, et c'était principalement pour cette raison qu'il avait accepté d'être interviewé.

Le regard bleu acier se fixa sur la caméra, et elle ne put retenir un frisson.

Elle savait ce que cela faisait d'être l'objet de sa passion intense. Sa vie allait être tellement plus terne sans cette passion. Sans lui.

— Nous sommes le seul hôpital pour enfants du Royaume-Uni

à ne pas posséder encore de scanner. Contrairement à d'autres procédés, le scanner IRM est peu invasif et expose le patient à peu de radiations. Actuellement, chaque enfant qui a besoin d'un scanner doit être transféré à l'hôpital pour adultes, avec tout ce que cela entraîne comme complications. Les enfants malades dont nous avons la charge ont droit aux meilleurs soins qui existent, et tous les dons sont les bienvenus. Chaque penny compte.

— Je veillerai à ce que toutes les coordonnées figurent à la fin de chaque émission, pour que les gens puissent envoyer directement leurs dons, dit-elle.

Au moins, son passage ici aurait des retombées positives.

— Merci.

Rob s'adressait à elle directement pour la première fois depuis qu'ils avaient commencé l'interview, et elle sentit ses mains se remettre à trembler.

A chaque minute qui passait, elle mesurait à quel point cet homme merveilleux allait lui manquer. De son côté, elle devait s'acquitter de sa mission aussi rapidement et efficacement que possible — c'était la moindre des choses.

— Je n'ai plus que deux questions à poser, dit-elle. Je sais que tu as un emploi du temps chargé.

— Je prendrai toujours le temps qu'il faudra pour toi, Jessica. Si tu as besoin de quoi que ce soit, il te suffit de le demander, et je ferai tout ce qui est en mon pouvoir pour te le donner.

Elle ne voulait pas croire à ce genre de promesse. Elle avait été trop souvent déçue dans sa vie.

— Je n'ai besoin que de cinq minutes, répondit-elle, feignant de ne pas comprendre. Bien. Revenons à votre journée à l'hôpital. Qu'est-ce qui constitue pour vous la meilleure partie de votre travail ?

Les visages de Cal et de Max lui apparurent aussitôt, et elle pensa au caractère fantastique de tous les enfants qu'elle avait croisés en si peu de temps. Ce seraient les plus beaux souvenirs qu'elle emporterait — et aussi les plus tristes.

L'expression sérieuse de Rob fit place à son plus beau sourire.

— Sans hésitation, la partie que je préfère, ce sont les contacts que j'ai avec les enfants. Malgré les épreuves qu'ils traversent, ce sont eux qui illuminent mes journées. Nous nous amusons beaucoup entre les traitements. Et, lorsque je suis en mesure d'annoncer aux familles que le cancer de leur enfant est en rémission, c'est un soulagement pour moi autant que pour eux. Je suis là pour qu'ils aillent mieux, c'est le résultat vers lequel nous tendons tous. L'oncologie peut être un domaine passionnant, lorsque nous poursuivons nos recherches en participant à de nouveaux essais cliniques. On estime qu'il y a maintenant entre 75 et 80 % d'enfants qui survivent au cancer grâce à tout ce travail qui est fait.

— Et la partie la plus difficile ?

Tous deux savaient en quoi cela consistait. Elle répugnait à l'interroger là-dessus, mais les téléspectateurs devaient l'entendre. Tous les patients n'avaient pas la chance qu'elle avait eue. Les parents de Lauren avaient ramené leur enfant chez eux, mais dans des circonstances beaucoup plus douloureuses.

— Le pire, c'est quand on annonce de mauvaises nouvelles aux familles. Devoir dire à un parent que la maladie de son enfant est incurable est quelque chose qui demeure en vous pendant longtemps. Lorsque vous lui dites que le traitement ne marche pas, c'est l'équivalent d'une condamnation à mort pour son enfant. Je sais ce que c'est que de recevoir ce genre de nouvelle. Ma petite fille de quatre ans est morte dans un accident de voiture, et je peux m'identifier aux familles dans de telles circonstances.

Rob était-il vraiment prêt à partager Mollie avec le reste du monde ?

Elle arrêta la caméra.

— Tu n'as pas besoin de…

— Je veux le faire. Plus de secrets.

Il attendit que la caméra ait redémarré pour continuer.

— La perte d'un enfant est la chose la plus dure qu'un

parent puisse traverser. Il ne peut y parvenir qu'avec l'amour et le soutien de son entourage. Je ne souhaite à personne la douleur que j'ai endurée, et je fais tout ce qui est en mon pouvoir pour empêcher d'autres familles de souffrir. Il ne se passe pas un jour sans que je pense à ma fille, Mollie.

Sa voix se brisa quand il prononça son prénom, et Jessica sentit sa propre vision se brouiller de larmes.

Rob venait de franchir un pas énorme en se confrontant à son passé en public. Désormais, il pourrait aller de l'avant, alors qu'elle-même resterait figée dans le temps pour toujours. Le seul avenir était professionnel.

Elle essuya ses larmes d'un revers de main.

— Merci. Je crois que j'ai tout ce qu'il me faut.

Les yeux bleus de Rob la fixèrent de l'autre côté de la caméra. Il lui sembla qu'ils pénétraient profondément dans son âme et voyaient tous ses mensonges.

— Et qu'en est-il de nous ? dit-il.

Rob sentit que la température venait de chuter brusquement entre eux. Plus il s'ouvrait, plus Jessica se refermait.

Mais s'il s'était complètement trompé sur le lien qu'ils avaient créé pendant ces dernières semaines, il voulait l'entendre de sa bouche.

— Nous avons vécu de bons moments. Ce n'était pas censé aller plus loin.

Posément, elle se mit à ranger son matériel, comme si tout ce qu'ils avaient partagé ne signifiait rien pour elle.

Mais il savait que ce n'était pas la vérité. Leur relation avait cessé d'être superficielle dès la première nuit qu'ils avaient passée ensemble.

Il quitta sa chaise et la rejoignit.

— Au début, oui. Mais nous savons tous les deux qu'il y a eu beaucoup plus que ça. Ces derniers jours où je me suis réveillé sans toi à mes côtés ont été un enfer. Après avoir perdu Leah et Mollie, je n'aurais jamais cru que je voudrais de nouveau avoir quelqu'un dans ma vie. Mais avec toi, j'ai pris conscience que c'était exactement ce que je voulais. Je me trompe peut-être, mais j'ai l'impression que tu étais heureuse avec moi.

— C'est vrai. Mais c'est terminé, Rob. Mon travail est fini, et notre histoire aussi. Je suis contente que tu ailles mieux, et je te souhaite tout le meilleur. Mais je ne peux pas faire partie de ta nouvelle vie.

Elle se détourna pour ouvrir la porte.

Bon Dieu, il fallait qu'il sache pourquoi elle avait changé d'attitude !

Il posa sa main sur la sienne pour la retenir.

— Parle-moi, Jessica. On était inséparables, et voilà que tu t'en vas sans même un signe de la main ! Dis-moi ce qui a changé entre nous depuis samedi. Je suis désolé si je t'ai bouleversée, en t'ouvrant mon cœur à propos de Mollie, mais il fallait que je le fasse pour nous donner une chance. Nous n'en sommes pas encore à discuter mariage et enfants, mais au moins je commence à entrevoir un avenir. Je voudrais tant que…

— Je ne peux pas !

Le visage baigné de larmes, Jessica lui arracha sa main et s'enfuit en courant.

Inutile d'essayer de la retenir, elle avait manifestement besoin d'être seule.

Mais qu'avait-il fait pour la bouleverser ainsi, à part lui dire qu'il tenait à elle ? Il avait vu cette énorme peine dans ses yeux. Il devait savoir pourquoi. Peut-être avait-il été trop pris par ses propres problèmes pour se rendre compte des siens ?

Jessica l'avait aidé à exorciser ses démons, il voulait être là pour elle. Ce qu'il y avait eu entre eux valait la peine qu'il se batte pour le conserver. Il ne renoncerait pas avant d'avoir trouvé ce qui la perturbait et d'avoir tout fait pour l'aider.

10.

Jessica émergea de son sommeil en entendant tambouriner à la porte d'entrée. Dès qu'elle eut recouvré un peu de sa lucidité, le visage de Rob s'imposa à elle.

Après les émotions de la journée, elle aurait voulu sombrer dans un oubli profond, pour toujours. Jusqu'à cet entretien, elle avait encore espéré, tout au fond d'elle-même, qu'il la prendrait un jour dans ses bras en lui disant que sa stérilité n'avait pas d'importance. Mais là, dans la salle de tournage, il lui avait clairement dit qu'il aimerait avoir de nouveau des enfants, la mettant du même coup hors-jeu. Elle ne pourrait que rester à l'extérieur et le regarder jouer les pères de famille heureux avec quelqu'un d'autre.

Les coups redoublèrent à la porte.

— Je ne suis pas là ! cria-t-elle.

Rien n'y fit.

Furieuse, elle se leva et s'enveloppa dans sa couette avant d'aller ouvrir et de trouver un médecin écossais sur son palier.

— Je ne veux pas te parler.

— Moi, si. Alors, cesse de te montrer aussi égoïste, et laisse-moi entrer.

Avec un soupir, elle céda, et Rob la suivit à l'intérieur.

— C'est simple, dit-elle sans lui laisser le temps d'ouvrir la bouche. Il n'y a pas d'avenir pour nous en tant que couple. Tout est fini.

Elle se remettait lentement de sa surprise, car elle ne s'était pas attendue à le revoir. Le quitter à la fin de l'interview lui avait brisé le cœur. Elle savait à présent que ne plus avoir

Rob Campbell dans sa vie serait encore plus dur à supporter que sa stérilité.

— Je ne te crois pas, répondit-il. Et je veux savoir pourquoi.

— Crois-moi, je nous épargne à tous les deux de souffrir encore plus.

— Tu ne vas pas me faire croire que tu ne veux plus…

L'attirant soudain contre lui, il se mit à l'embrasser avec passion.

Elle tenta de résister, de lui prouver qu'elle était immunisée, mais ses défenses fondirent comme neige au soleil, et elle lui répondit avec toute la fougue dont elle était capable — avant de se ressaisir une dernière fois.

— Si tu as terminé…, dit-elle en se détournant de lui.

Rob la prit par le menton et la força à le regarder dans les yeux.

— Je t'aime, Jessica.

Non !

Tout son être se révoltait contre le processus qu'elle ne connaissait que trop bien et qui ferait d'eux un homme déçu et une femme brisée.

— C'est ce que tu crois, Rob. Mais tu confonds les choses. Je ne pourrai jamais être pour toi que la fille qui t'a servi de lien avec le monde réel et t'a permis de rebondir.

— Regarde-moi dans les yeux et ose me dire que tu ne m'aimes pas.

Une boule se forma dans sa gorge.

— Je regrette, mais je ne ressens pas la même chose.

— Dis-le.

— Je ne t'aime pas, lâcha-t-elle.

— Non ? Je pourrais peut-être te croire s'il n'y avait pas ces larmes sur tes joues.

Il prit son visage dans ses mains tandis qu'elle pleurait de plus belle.

— C'est parce que je suis fatiguée. Je ne t'aime pas, répéta-t-elle en fermant les yeux pour ne plus le voir. Pas du tout.

Tendrement, il essuya ses larmes.

— Tu es une très mauvaise actrice, Jess. Si tu préfères, ne parlons pas d'amour, mais ça ne nous empêche pas de continuer à nous voir. Pourquoi vouloir arrêter ce qui est bon pour nous ?

— Nous voulons des choses différentes. Ça ne marcherait pas.

— Pourquoi ? insista-t-il.

Elle devait se rendre à l'évidence, lui dire la vérité était la seule façon de l'éloigner.

— Je ne peux pas avoir d'enfants, voilà ! Ça te va, comme raison ? A cause de la chimio, j'ai eu une ménopause précoce, et je ne pourrai jamais te donner la famille que tu attends.

Elle venait enfin de décharger son lourd secret sur les épaules de Rob.

Immédiatement, la pression des bras se desserra autour de sa taille, et il la lâcha sans un mot.

Elle avait eu raison en prévoyant cette réaction de sa part, mais elle n'en retirait aucune joie.

Il fallut quelques secondes à Rob pour mesurer ce que Jessica venait de lui dire.

Naturellement, la stérilité était un possible effet secondaire d'une chimiothérapie intense et prolongée. Jessica avait joué de malchance. Si elle avait été plus âgée au moment du traitement, on aurait congelé ses ovules, et elle pourrait encore être mère aujourd'hui. Mais c'était une telle force de la nature qu'il n'avait jamais vu en elle une victime du cancer.

— Je suis navré, Jessica.

Il avait dit ces mots des centaines de fois dans le cadre de son travail, et il les trouvait toujours aussi inadéquats.

— A présent, tu peux partir, dit-elle, toujours enveloppée dans sa couette. Tu sais toute la vérité. Evite de claquer la porte en sortant.

Avait-elle vraiment cru qu'il voulait remplacer Mollie ? De toute évidence, il n'était pas le seul à avoir du mal à oublier le passé. Il ne s'était pas rendu compte de l'épaisseur des remparts dont elle avait entouré son cœur.

— Pourquoi cela devrait-il changer quelque chose à mes sentiments pour toi ? Tu crois vraiment que je vais cesser de t'aimer parce qu'il y a une chose que tu ne peux pas me donner ? Et, tout le reste, qu'est-ce que tu en fais ? Ton amitié, ta compréhension, ta sensibilité, ton amour…

Elle lui avait tant donné en étant simplement là pour lui ! Il pouvait lui rendre la pareille.

— Je ne veux personne d'autre que toi, murmura-t-il.

Elle se mordit la lèvre, et il sentit toute sa peine intérieure.

— Tu dis ça maintenant, mais un jour… Je ne suis pas une affaire, tu sais. Non seulement je ne peux pas concevoir, mais il est toujours possible que le cancer revienne. Je ne peux pas t'infliger ça, alors que tu as déjà tant souffert.

Elle semblait avoir oublié que c'était elle qui lui avait appris à vivre l'instant présent.

— J'ai toujours pensé que tu étais plutôt du genre à voir le verre à moitié plein, dit-il avec douceur. On ne peut pas bâtir un futur avec des « si ». Tu es là, tu es en pleine santé, c'est tout ce qui compte.

— Mais je ne peux pas avoir d'enfant, et ça ne changera pas.

— Est-ce que tu n'es pas en train de brûler les étapes ? Je demande seulement que l'on continue à se voir.

Elle esquissa un bref sourire. Tous deux savaient qu'il voulait bien plus.

— Je ne dis pas que je n'aimerais pas redevenir père un jour, poursuivit-il. Mais si ça ne se fait pas, tant pis. Le jour où nous aurons envie d'avoir une famille, il y a d'autres choix possibles. Je serais bien plus désespéré si je ne t'avais pas dans ma vie. Après la mort de Leah et de Mollie, j'ai vécu pendant cinq ans comme un zombie. Et puis, tu es apparue, et tu m'as montré qu'il était possible d'aimer de nouveau.

Il prit ses mains tremblantes dans les siennes.

— Je ne peux pas vivre sans toi, Jessica. Je te préviens,

si tu me laisses tomber, je m'enfermerai dans le noir avec des tonnes de barres chocolatées. Et si j'entre dans un coma diabétique, ce sera entièrement ta faute.

— Comme ça, au moins, tu ne me mets pas la pression ! ironisa Jessica.

Peu à peu, elle commençait à croire que c'était possible. Si Rob pensait réellement que sa stérilité n'était pas un problème, seules ses peurs les maintenaient éloignés l'un de l'autre. Elle l'aimait, il l'aimait, mais elle craignait de s'ouvrir à nouveau.

— Sérieusement, comment peux-tu croire que cela marchera, avec notre lourd passé ? demanda-t-elle.

Rob laissa échapper un petit rire.

— C'est vrai. Mais qui d'autre voudrait de nous ?

— Tu as raison. Un ex-père de famille sans famille et une femme affaiblie et stérile… Si on s'inscrivait sur un site de rencontres, on n'aurait aucun succès.

— Hum. « Affaiblie » n'est pas le mot que j'emploierais. Je dirais plutôt têtue, obstinée, pleine de tempérament, passionnée, belle…

Il lui caressa les doigts avec son pouce.

Ce petit geste de tendresse venant d'un homme aussi athlétique la faisait fondre à chaque fois. C'était une des nombreuses choses qu'elle adorait chez lui.

— Merci, répondit-elle.

Elle n'en revenait toujours pas qu'il veuille encore d'elle après ce qu'elle lui avait dit.

— Tu te trompes sur un point, dit-il. J'ai bien une famille. Grâce à toi, j'ai repris contact avec eux la semaine dernière, on va se revoir.

— C'est super ! Je suis si contente pour toi…

Cela ferait du bien à Rob de passer du temps avec sa famille. Ils auraient beaucoup à se dire, et il pourrait enfin clore ce chapitre douloureux.

— Je leur ai parlé de toi, ils veulent te connaître, ajouta-t-il.

C'était une énorme nouvelle. A présent, elle n'avait plus d'excuses. Elle devait décider si elle sautait le pas en faisant confiance à Rob ou si elle jouait la sécurité.

La perspective de redevenir la moitié de quelqu'un l'effrayait, mais ça valait la peine d'être tenté.

— Cela me plairait beaucoup, répondit-elle.

Rob la prit dans ses bras

— Vas-tu enfin te décider à admettre que tu m'aimes ? murmura-t-il contre son oreille. Allez, essaie.

— Je t'aime…

— Ça tombe bien, je t'aime aussi !

Il pencha la tête, et leurs lèvres se joignirent.

Maintenant, elle savait que tout irait bien. Elle était vraiment guérie.

Épilogue

Jessica secoua doucement Rob endormi près d'elle.

— C'est le moment.

Elle s'était adossée à la tête de lit pour tenter de calmer les douleurs au niveau des reins. Mais elle n'allait pas tarder à avoir besoin de son aide. Les contractions se rapprochaient, et l'enfant qu'elle avait cru ne jamais avoir n'allait pas tarder à naître.

— Mmm, marmonna Rob, encore à moitié endormi.

Elle aimait tellement cet homme que c'en était presque douloureux.

Après tout ce qu'il avait fait récemment, il avait de quoi être épuisé. En plus de son travail, il avait assisté aux cours d'accouchement avec elle et décoré la chambre d'enfant. Sans parler de la cuisine et du ménage, qu'il assurait depuis qu'elle avait commencé à se dandiner pendant les dernières semaines de sa grossesse.

Une autre contraction s'empara d'elle. Elle serra le ventre et ferma les yeux, attendant que cela passe. Quand elle les rouvrit, elle vit le visage inquiet de son mari.

— Je crois que le bébé arrive.

Rob bondit hors du lit et enfila rapidement un jean avant de se mettre à faire les cent pas.

— Bon, récapitulons. Ton sac est prêt…

— Nous avons encore le temps. Je vais prendre un bain, boire une tasse de thé et me détendre le plus possible.

— Tu veux que j'appelle l'équipe de tournage ?

Au ton qu'il avait pris, elle savait que la dernière chose qu'il voulait était qu'une caméra vienne les filmer.

Après le succès de la série documentaire et l'acquisition du scanner, elle s'était intéressée à la fécondation in vitro. Beaucoup de monde utilisait ce procédé, et il était important pour eux d'être au courant des difficultés qu'ils pouvaient rencontrer. Rob l'avait soutenue, mais même elle savait ne pas aller trop loin.

— Ils attendront, dit-elle. Ce moment nous appartient.

Elle ne voulait le partager avec personne d'autre que son mari.

Après avoir porté les affaires dans la voiture et prévenu l'hôpital, Rob aida Jessica à entrer dans la baignoire.

Habituée depuis des années à mener seule ses propres batailles, elle n'avait pas encore complètement assimilé le fait d'avoir un compagnon pour s'occuper d'elle. Il avait toujours été attentif depuis qu'ils avaient vu les deux traits bleus sur le test de grossesse.

Ces deux dernières années passées avec Jessica avaient été les plus belles de sa vie. La célibataire endurcie, pleine de méfiance envers la gent masculine, avait cédé la place à une romantique invétérée. Chaque jour passé avec elle était rempli d'amour, et il savait que leur bébé recevrait tout le nécessaire.

Après qu'elle avait reconnu ses sentiments pour lui et abandonné ses peurs, leur relation avait évolué rapidement. La rencontre avec ses parents avait été très émouvante, ils l'avaient accueillie à bras ouverts. Il lui avait fait sa demande moins de six mois plus tard, et après le mariage, l'envie d'un bébé était devenue plus pressante. Ils avaient envisagé l'adoption, et lorsqu'elle avait consulté sur ses conseils un spécialiste et appris qu'il y avait encore une chance qu'elle porte l'enfant biologique de Rob, elle avait résolu de la tenter. Il avait craint que le processus compliqué de la fécondation in vitro ne soit trop stressant pour Jessica, mais les ovules fécondés en laboratoire avec son propre sperme s'étaient implantés avec succès dans son utérus, dès le premier essai.

Tous deux avaient triomphé ensemble de tous les obstacles, et leurs liens s'étaient encore renforcés. Le mariage n'avait pas étouffé la flamme entre eux, au contraire. Il ne se lassait pas de Jessica et se demandait comment il avait pu survivre seul si longtemps.

— Tu es très belle, murmura-t-il en se penchant au-dessus de la baignoire pour l'embrasser.

— Je me demande si la femme qui a fait don de ses ovules se rend compte de tout ce qu'elle nous a donné, répliqua-t-elle en lui rendant son baiser.

Il vit son ventre se contracter de nouveau, en même temps qu'elle faisait la grimace.

Il détestait la voir souffrir et aurait volontiers pris sa place.

Il lui tint la main pendant qu'elle respirait en haletant.

— Je crois qu'il est temps de penser à partir, dit-il.

Il y avait tant de complications possibles lors d'un accouchement. Elle serait plus en sécurité à l'hôpital que dans une maison isolée à la campagne.

Aucun des deux n'avait voulu connaître à l'avance le sexe du bébé. Il se moquait d'avoir une fille ou un garçon, tant que la mère et le bébé étaient en bonne santé.

— Euh… Rob ? dit-elle après être ressortie de la salle de bains.

Elle abaissa les yeux, et il suivit son regard.

Il y avait une petite flaque d'eau entre ses pieds.

— Tu as perdu les eaux !

— Oui…

Pour la première fois, il sentit la panique dans sa voix.

— A présent, je me charge de tout, assura-t-il.

Lui-même n'en menait pas large, mais il voulait qu'elle sache que, quoi qu'il arrive, ils traverseraient les prochaines heures ensemble.

Avec sa mèche de cheveux noirs et ses yeux bleus, leur bébé était un Rob en miniature.

— Il est magnifique, murmura Jessica, émue, en lui caressant la tête. Il ressemble à son papa.

— Etant donné le peu de temps qu'il a mis pour arriver, je dirai qu'il a la détermination de sa mère, dit Rob en souriant, avant de lui déposer un baiser sur le front.

— Je ne peux pas croire qu'il soit vraiment à nous…

Pourtant, même si elle n'était pas apparentée génétiquement à son bébé, elle se sentait totalement sa mère après l'avoir porté pendant ces neuf mois.

— On ferait mieux de s'y habituer rapidement, parce que nous allons passer tous les trois un sacré bout de temps ensemble, dit Rob.

Elle se perdit dans le regard bleu de son mari.

Elle y lisait tant d'amour que cela valait amplement la peine d'avoir lutté toute sa vie pour arriver à ce moment de perfection.

Il lui avait tenu la main pendant tout l'accouchement sans flancher, même pendant la période du travail où elle avait crié. Par chance, leur fils était arrivé très vite. A présent, elle jouissait de chaque seconde de ce petit miracle.

Elle regarda Rob bercer le bébé dans ses bras en lui murmurant des mots doux.

Elle avait vraiment beaucoup de chance. Cet homme avait guéri son cœur, et, maintenant, avec la famille qu'ils avaient fondée ensemble, elle se sentait enfin entière.

BLANCHE

HARLEQUIN

Retrouvez prochainement, dans votre collection

BLANCHE

Seconde chance à l'hôpital, de Charlotte Hawkes - N°1536

SÉRIE : LE DEVOIR D'AIMER - 1/2

Mattie Brigham a imaginé ce moment des milliers de fois – celui où elle reverrait Kane Wheeler, son amour de jeunesse. Bien sûr, alors qu'ils se retrouvent à l'hôpital de Castleton, elle pourrait lui dévoiler son parcours professionnel hors normes : médecin-major de l'armée, elle sauve des vies à chacune de ses missions en zone de combat. Pourtant, face à Kane, elle n'a plus de mots. Ou alors une simple question : pourquoi l'a-t-il quittée autrefois ?

La tentation de Bridget, de Charlotte Hawkes

SÉRIE : LE DEVOIR D'AIMER - 2/2

Pour l'innocente infirmière Bridget, le commandant Hayden Brigham est un fantasme. Sublime et charismatique, il la séduit au cours d'une nuit inoubliable. Seulement voilà, lorsque tous deux se retrouvent dans une clinique de la savane africaine, la passion qui resurgit aussitôt entre eux menace de compromettre leur mission humanitaire et la carrière à laquelle ils sont si dévoués…

Une noce dans les Alpes, d'Annie Claydon - N°1537

La demoiselle d'honneur qui tombe sous le charme du témoin du marié ? Quel cliché ! Et pourtant, Andrea ressent un véritable coup de foudre pour Cal. Est-ce en raison des Alpes italiennes enneigées qui offrent un cadre somptueux à leur rencontre ? De leur passion commune pour la médecine ? Quoi qu'il en soit, l'attirance est bien là, et durant les quelques jours que durera la noce il serait fou de ne pas y céder…

Amoureuse d'un urgentiste, d'Amy Ruttan

Candice est sous le choc. Jimmy Liu est le nouvel urgentiste embauché au Mountain Rescue, le service de secours en montagne où elle exerce comme médecin. Or Jimmy représente à lui seul toutes ses premières fois. Son premier baiser, son premier amour, son premier cœur brisé. Si dix ans après leur rupture il a toujours le même effet sur elle, Candice est toutefois résolue à s'en tenir avec lui à une relation strictement professionnelle…

Leur mission : sauver des vies.
Leur destin : trouver l'amour.

BLANCHE

Rencontre en haute mer, de Scarlet Wilson - N°1538

Un rendez-vous manqué, une chance inattendue… Durant des mois, le Dr Ivy Ross, chirurgienne dans la marine, échange des messages avec l'homme idéal sur une application de rencontres. Hélas, le jour même de leur rendez-vous, elle est appelée en mission sur un porte-avions. Quelle n'est pas sa surprise de découvrir que son coup de cœur inconnu n'est autre que Travis King. Travis, le médecin-major sous les ordres duquel elle va travailler, au milieu du Pacifique…

Une sage-femme à Barcelone, de Fiona McArthur

Quelques notes de flamenco, une danse avec le plus bel homme qu'elle ait jamais vu… Cleo, sage-femme des plus raisonnables, pensait ne jamais revoir celui qui lui a fait perdre la tête au cours d'une soirée enivrante. Et pourtant, Felipe Gonzalez est le cousin de la patiente qu'elle a promis d'accompagner à Barcelone. Une nouvelle d'autant plus troublante qu'elle résidera chez lui lors de son séjour en Espagne !

Un bébé pour le Dr Hayes, de Carol Marinelli - N°1539

Cat tombe des nues lorsqu'elle se découvre enceinte. Sa merveilleuse nuit de passion avec Dominic, un séduisant médecin rencontré lors d'un congrès à Barcelone, ne devait pas porter à conséquence ! Les choses étaient claires entre eux : chacun poursuivait son chemin de son côté. Et pourtant, voilà qu'elle attend son bébé. Alors qu'elle sent la joie l'envahir, Cat redoute la réaction de Dominic quand il apprendra qu'il va être père…

L'inconnu dont elle rêvait, d'Annie O'Neil

À chaque fois qu'Ali se remémore la nuit torride passée avec un inconnu deux semaines plus tôt, elle sent son corps s'embraser. Qu'importe, elle doit oublier ce moment d'égarement ! Hélas, lorsqu'elle découvre l'identité de son nouveau chef – un médecin aussi talentueux que redouté –, ses résolutions volent en éclats. Car le Dr Aidan Tate n'est autre que son séduisant amant d'une nuit…

HARLEQUIN

Leur mission : sauver des vies.
Leur destin : trouver l'amour.

HARLEQUIN
www.harlequin.fr

BLANCHE

HARLEQUIN

Attirance aux urgences, de Caro Carson - N°1540

Chaque fois, c'est pareil : il suffit que Zach Bishop mette un pied aux urgences pour que la gent féminine se pâme devant lui. Une situation qui fait enrager Brooke : ses collègues ne voient-elles pas que Zach est un égocentrique doublé d'un don Juan ? Un jour, pourtant, elle intervient à ses côtés sur les lieux d'un accident et se met à douter. Émue par son courage et son dévouement, troublée comme jamais, Brooke passe une nuit avec lui…

Médecin et séducteur, de Michelle Celmer

Quoi qu'il lui en coûte, il séduira la belle Clare Connelly : tel est le défi que s'est lancé le Dr Parker Reese. Et hors de question qu'il échoue, même si la mystérieuse jeune femme prend un malin plaisir à repousser ses avances ! Ce que Parker n'avait pas prévu, en revanche, c'est qu'à force de côtoyer Clare il ne pourrait plus se passer d'elle… Des sentiments qui vont à l'encontre de sa réputation de don Juan impitoyable…

Leur mission : sauver des vies.
Leur destin : trouver l'amour.

HARLEQUIN
www.harlequin.fr